表达

你的

发现

2023

精选集

《散文》编辑部 编选

天津出版传媒集团

百花文艺出版社

图书在版编目（CIP）数据

散文 2023 精选集 /《散文》编辑部编选. —— 天津：
百花文艺出版社，2024.1
ISBN 978-7-5306-8671-3

Ⅰ.①散… Ⅱ.①散… Ⅲ.①散文集–中国–当代
Ⅳ.①I267

中国国家版本馆 CIP 数据核字(2023)第 226850 号

散文 2023 精选集
SANWEN 2023 JINGXUANJI
《散文》编辑部编选

出 版 人：薛印胜
统筹策划：汪惠仁　张　森　　封面设计：蔡露滋
责任编辑：沙　爽　田　静
出版发行：百花文艺出版社(天津)有限公司
地址：天津市和平区西康路 35 号　邮编：300051
电话传真：+86-22-23332651（发行部）
　　　　　+86-22-23332656（总编室）
　　　　　+86-22-23332478（邮购部）
网址：http://www.baihuawenyi.com
印刷：天津新华印务有限公司
开本：787 毫米×1092 毫米　　1/16
字数：330 千字　　插页：6
印张：20.25
版次：2024 年 1 月第 1 版
印次：2024 年 1 月第 1 次印刷
定价：58.00元

如有印装质量问题,请与天津新华印务有限公司联系调换
地址：天津东丽开发区五经路 23 号
电话：(022)58160306
邮编：300300

写在前面

汪惠仁

一

生计受限是令人忧伤的,比生计受限更令人忧伤的,是精神世界活性的萎缩与坍塌。如果说文学有什么任务的话,那任务就是:留住精神世界里的活性。

有一年乘车在四川的莽莽大山里奔驰,那是我较早地见识原始森林的一次外出。车窗并没有开,但车里渐渐弥漫起特殊的气息,我想那气息一定来自窗外的森林。那气息是纯净的——纯净里带着混合物,这混合物在此群山亿万斯年而获得某种秩序,于是又归于纯净。在车里,我就被这样有密度的纯净气息浸泡着。同行的朋友说,附近有熊猫。

一种古老生物一直繁衍到现在,生存环境未发生剧烈变迁是至关重要的。而环境得以良好维护,依靠的是两种内在的能力:一是自生,一是自净。概而言之,就是活性。活性的前提,是生物多样性——多样性保持了生机,多样性维持着奇妙的平衡。

近年,我一直看重写作者的语言自治能力,其实,个体的语言自治,所造就的正是文学的多样性,也就是文学的活性。文学活性的受益者,不仅仅是不同审美趣味的读者作者,它最大的受益者,是共同语。共同语因接纳文学的活性,而获得不停向着未来生长的能力。

二

不少作家回忆人生之路时,透露着这样的信息:"我"当初是个"问题儿童""问题青少年"。我相信,其中有诚实的叙述,有些则是虚伪而带有作秀意味的叙述。至于虚伪和作秀的目的,无非是沉醉于目前的"著名"与"成就"。然而有益于写作的,总是那些诚实的叙述。

我要讲的不仅是"问题儿童""问题青少年"，而是"问题人生"。谁的人生没有问题呢？我们恐怕找不到足够完美的人生，我们的身体、我们的心理，都不会那么完美，多少都会裹挟着一些问题。贫穷，会伤害我们的身心；富贵，也会伤害我们的身心——上流社会，那个流淌着财富的、在我们想象中生活必定如蜜一样甜美的阶层，在光鲜的皮相下，也同样地演绎着"问题人生"。

无论是"问题人生"，还是人生中阶段性的问题，如果在心理学意义上构成了严重的"问题"，那我们就必须承认这些"问题"的不良性质——尤其在这些"问题"直接构成了对他人和社会的侵害的时候。

问题，它就是问题。问题本身并不直接拥有美学与思想价值。不要以为"问题人生"与良好品行、稳定而获得公认的理智与情感有着相位差异，就能先天获得某种艺术上的优势。虚妄的"高大全"与概念化的宏大叙事是病态的写作，但这并不天然意味着，只要我们触碰卑微与日常，我们的写作就赢了。

有时，我们的写作不得不始于"问题人生"，但文学之产生魅力，并不因为"问题人生"本身，而是因为由此"问题"出发而向着光明行进的途中，我们每个人给出了特别的路径。

三

总想恶补一下理论物理上的时间认识，想了解一下别人是怎么解释的。然而通常总是翻几页就翻不下去了——除了自己学习能力差以外，"专家"未必真说得明白，说不清楚就弄迷魂阵放烟幕弹，种种学术花招，也是我补课长久"未遂"的一个原因。我想，作家中有与此类似阅读经验与体会的，应该也不在少数。

好在，即便没有理论物理，时间也还是在的；尽管我们用手抓握不住它，用嘴也不能辩说清楚它，时间也还是在的。对觉悟的写作者而言，时刻表、年月日，这是我们对时间捉襟见肘的表述，这是我们加诸在"时间"这个天使身上的俗名，而高效率、"抓紧时间"，则是我们加诸在时间身上的苦役。

时间是一个浑然的、无边的存在，而我们理想的写作，正要面向这样的存在。

目录

【卷叁】

【卷肆】

表达 你的 发现

散文
2023
精选集

马温 | **活着的芦苇**

一

永和九年，一只酒杯从兰亭的一条小溪出发，顺着水流的方向漂游，它会在哪儿停顿则完全没有规律。曲水流觞，是魏晋文人喜欢的一款游戏，酒杯是重要道具，代表天意，停在谁的面前，谁就饮酒作诗。酒杯正在漂来，每人都在想，它是停还是不停呢？天意难测，测不准，就有了神秘性。王羲之负责为本次活动写小结，小结是应用文，因为喝了酒，他将应用文写成了散文，又将散文写成了天下第一行书，这篇散文叫《兰亭集序》。对酒杯的神秘行为，王羲之未置一词，天意，谁说得明白？真喝多了才敢妄揣。

作为撰稿人，王羲之将自己定位为一个旁观者。各种视角中，只有旁观离上帝近些。旁观，就是不做这个世界的密接者，不痴，不迷，而是努力让自己腾空。飞起来，才是有效的逃逸和真实的觉醒。不必飞得太高，九霄云外是上帝的表演区，人只要有燕子的高度就很了不起了，那已是俯瞰的高度了。那一天，撰稿人王羲之以燕子的视角完成了《兰亭集序》的书写。许多细节因高度而模糊，闪烁的波光隐藏了那只酒杯，有人起立赋诗，可燕子一个字也听不真……这使王羲之可以专注于自己的观察。《兰亭集序》的关键词是"岂不痛哉"——在起点处看到破灭，在欣快时看到厌倦，在春花烂漫中看到形骸之外的寂寥，就是这样的痛。不是痛不欲生，而是隐痛、阵痛，痛在精神上，痛在文化上，痛在骨子里。

一部历史，都是在讲出发的故事。

汨罗江向屈原出发，蜀道向李白出发，幽州台向陈子昂出发；

黄河向大禹出发，青铜器向鸿门宴出发，兵马俑向帝王陵出发；

张骞走向西域，郑和走向海洋，徐霞客走向地理，李时珍走向本草；

而那只酒杯,向着王羲之出发,一直流进《兰亭集序》。这篇散文不是酒杯的终点,当我们念"是日也,天朗气清",它又漂流进我们的身体,从此,王羲之的"岂不痛哉",也会在一些奇妙的时刻在我们体内发作。

二

"向着黎明出发",是我们高喊过的口号。黑暗是我们的起点,黑暗包围着我们,压迫着我们,我们受不了了,我们要突围,于是有了我们的出发。这场出发不会有纪念照,我们连同伴的眉眼都看不清。可是,黑暗中总是有微光,如果完全没有,这黑暗就没法战胜。在无边的黑暗中,一定也为人准备了光明,这光明不是火把,它们是煤,是矿,深埋于地下的岩层。寻找光明的人,必须让自己成为盗贼,像狗一样,趴在地上嗅探,嗅出煤的气味,再用镐凿,用锹挖,用锤头砸,砸出火星,一闪,又一闪……

从胜利走向胜利的出发,是有的,但更多的出发指向未知,指向浑蒙,甚至步步惊心,通往劫难和地狱。没有谁给种子颁发免死牌,没有谁保证它会生根发芽,种子就出发了。它不是必然地会遇到湿润的土壤,遇到阳光照耀,遇到除草的锄头和一只传授花粉的七星瓢虫。

荆轲的命运会比一粒种子更好吗?

让我们穿越到战国,在寒风呼啸的易水旁见证荆轲的出发。我们祝福他成功,可是,他有多大的胜算呢? 他的战术优势是有一个好剧本,他要用地图上的一块虚拟土地,和这块土地上的虚拟城池、人口和物产,挑逗一个帝王的欲望。在帝王咽口水的时候,荆轲的台词是:"尊敬的秦王啊,只要打开地图,这一切就都归您啦!"——打开,打开吧,蛰伏在地图里的匕首终于等来它的高光时刻。匕首飞起来,直取秦王,一根大柱代替秦王挨了一刀。柱子碰破了一点皮,可秦王无恙,历史安好,献图人荆轲已被扭住胳膊。一出精心设计、奢华包装的大戏如此收场,荆轲哪还有脸苟活?他干巴巴地笑了两声,就被一柄长剑砍倒在地。剑,是更厉害的兵器。回头看,我们当初的祈祷是多么虚伪,我们心里明白,荆轲的出发是走向死亡。

非洲角马的出发也不计后果,什么都拦不住它们,它们追逐着水草,用三千公里的长途跋涉在塞伦盖蒂草原上画出一个巨大的圆。每年一次,周而复始,似乎它们很享受这趟有氧旅行。而事实是,迁徙路上危机四伏,有狮子的围猎、豹子的偷袭、鬣狗的穷追不舍,还有潜伏在河中的凶残大鳄。角马的出发变质为存活率很低的闯关游戏,每一关都惊险,每一关都血腥,每一关都命悬一线。过程如此可怖,角马为什么不记取、不退缩,仍然年年出发,顽固地重蹈去年的疼痛?为什么?是因为它们只知道吃喝繁殖脑回路不好吗?每年一度的大迁徙,也许是角马年年举行的成人礼和大型军演。它们需要证明自己,不是证明食草动物能打败食肉动物,而是证明食草动物只要鼓足勇气拼命跑,就能摆脱食肉动物的追捕。请好好看看角马,它的眼神中并非只有规训,也有不屈不挠的光芒。

三

一只鹰正朝着高加索飞去。每天它都在这个时间出发,它要去对付一个囚犯,他被捆绑在高加索群山中的一块峭壁上。

他叫普罗米修斯。

普罗米修斯是外国版的女娲。中国的女娲用黄土造人,而在希腊神话中,人是普罗米修斯用黏土捏出来的泥人。一个用黄土,一个用黏土,除了取材标准不同,这两位创世神的性格也有差别。女娲像男人一样大包大揽,人间有了灾难,她都冲在第一线,深度介入干粗活;普罗米修斯却像细心的母亲,发现人间没有炊烟,他就悄悄将天上的火种送给人类。

对人类而言,这是好事;对神仙世界来讲,这是坏事。

坏在哪里呢?因为触犯了天条。用火是神的特权,人类不配。

给他戴的罪愆是"盗火者",对他的惩罚是扔在荒凉的高加索,每天派一只鹰去撕开他的胸膛,啄食他的肝脏。

"这不幸的神啊!"这是古希腊悲剧《被缚的普罗米修斯》中的一句台词。到了鲁本斯的同名油画中,这位盗火者的形象更糟了。他被鹰掀翻在地,他的眼珠被鹰爪戳破,他的手臂上缠着铁链,他痛苦地扭动双腿,而这时,鹰嘴正将一条肉从他的胸口上扯断——这件工作,鹰每天都在做,做得精益求精。这是神赋予它的神圣任务,神说它是神鹰。

在完成当日的全部流程后,鹰心满意足地飞走了,而普罗米修斯躺在地上呻吟。

他在为人类受难。

"暝色催归牧,炊烟向晚樵。"这人间的小景,普罗米修斯能看到吗?

四

项羽和虞姬,彼此都爱得很投入。穷途末路时,项羽唯独舍不得这个女人,而她为了不拖男人后腿,抽出剑就把自己脖子给抹了。

虞姬死后,还有哪个女人会想到项羽呢?

有的。得等,还得有耐心。

这是漫长的等待,比一千年还长,到了宋朝,有个女子想他了:"至今思项羽,不肯过江东。"

"不肯过江东",就是不肯出发。什么叫出发,各有各的理解。卧薪尝胆是勾践的出发,鸿门受辱是刘邦的出发,但项羽不能接受"向后也是出发"的观点。忍辱负重的战略撤退,摇尾乞怜的养精蓄锐,哪怕是为了东山再起,他也嗤之以鼻。

惨到兵败垓下的田地,项羽也不是没有选项。一条小船出现了,它是历史送给项羽的秋波。历史极少像这样偏袒一个失败者。跳上船渡过乌江就有活路,就可能翻盘。可项羽是向前向前向前的英雄,临阵脱逃是他所不能承受的耻辱。他拒绝了历史的怜悯,拔出剑,让自己山崩海啸般倒下。

战马也是项羽难以割舍的牵挂。虞姬自刎,帮他卸了一个包袱,马哪有这种默契?它用舌头舔着主人的铠甲,主人叹口气,将它推上小船,历史的秋波被他转赠给坐骑。项羽一声吼:"走!"艄公的船就在烟波渺茫中消失了。一次很可能意义非凡的出发,被项羽自己叫停,至此,这个力能扛鼎的男人的命运已经不能刷新。

无数的人评点过项羽,说得最好的还是李清照:"生当作人杰,死亦为鬼雄。"对一个男人的历史定位,被一个女人抢到了 C 位,佩服,佩服。

五

每时每刻都有出发。

庄子的鲲鹏在出发,苏武的大雁在出发。落霞与孤鹜也出发了,它们要找王勃,而王勃正倚着滕王阁的栏杆远望。

徽州出发的是商人,绍兴出发的是师爷,山西出发的是银票,沧州出发的是护路镖师。

洪水在出发，蝗虫在出发，陌生的年号在出发，战争在出发，商旅在出发，传道者也在出发。

还有文字，甲骨文、钟鼎文、石鼓文、简牍文，都在出发。

转经筒的出发是手腕的圆周运动，半径虽小，路却永远走不完。

长城的出发首先从告别开始。告别京华繁胜，告别平坦的官道，告别满城芍药柳絮飘，然后一转身，变成披甲执戈的将士，走向地老天荒。狼烟是昨天的夕照，号角是今天的拼杀，而明天也许是风掣大旗冻不翻。古风飒飒，取缔了多少汉关秦月，那饮过战马的长城窟早已干涸成乐府诗，可长城还在走，直到将它走成眼花缭乱的多义词——从宏大叙事的军事工程，变成一句口号、一段回忆、一部拍案惊奇。早已凋陨的关隘在影视剧里奇迹复活，故事的情节，要不就是敌攻我守，要不就是战场变成了墙头马上、暗通款曲的暧昧空间。

在唐朝，惊天动地的出发不是军队，而是岭南荔枝。"一骑红尘妃子笑，无人知是荔枝来。"这条热点新闻能被长安百姓吃瓜，可能要归因于马蹄上钉了铁掌。有了这串金属声的清脆爆料，想要掩盖这桩皇室风流已经变得不可能。"风流"是花蕾，花蕾绽放就欠下了"风流债"。我们来为唐玄宗和杨贵妃算一算他们的债务。千里送荔枝，是用一种疯狂到变态的行为，证明了两个事实：一是唐朝的驿传系统仍然高效实用；二是这条国家大动脉在君王的任性消费下已经腐朽。

荔枝的出发如此高调，其实和马没有关系，是权力在跳舞。传送荔枝成为国家驿道的优先事项，这事想低调都难。贵妃要出行，要下棋，要卸妆沐浴，哪一样走的是低调路线？无聊之事，只要权力愿意埋单，就会刮起荔枝风，吹拉弹唱，好像将要改写历史、影响未来。可是，最后什么也没发生，就是个壳，壳好看，捅破了，里面一泡水。

将国力错误地投射到一种水果身上是要遭报应的。"一骑红尘"也没让妃子笑上几年，就在荔枝又一次成熟的七月，在马嵬驿一个破旧的佛堂里，一条布带将杨贵妃送往碧落黄泉。

那一年叫安史之乱。长安城里逃出无数难民，皇帝一家沿着驿道向西逃，许多百姓尾随其后，紧跟皇帝在任何时代都是首选。难民当中有一个诗人，他没有和皇帝保持一致，皇帝向西，而他掉头向东，下了江南。

他叫张继。

六

一滴水绝对没有荔枝的排场,它的出发无比平凡。

用食指蘸上水,竖直朝下,指尖上就出现一滴水,亮晶晶的,慢慢变大,沉了,挂不住了,就掉进下面的水盆。任何人都可以用这个方法制造一次出发。

一盆水和一滴水相比,可以用"辽阔"来形容,阔得像江,像河。现在,一滴水前来投奔江河,它是从我的指尖出发的,这次出发无疑是这滴水生命史上的大事件,后面会有什么激情澎湃的故事发生呢?瞪大眼睛,只见它往下掉,掉进水里就不见了,水面平静如初,哪有什么故事?失望之余,只能根据常识判断,这滴水的投奔之路是顺滑的,江河大度且慈爱地将投奔者一把揽进它的怀抱。

可是,有了高速摄影之后,故事反转了。在慢放镜头中,等待这滴水的不是热烈欢迎、热泪盈眶的预设场面,而是水面张力,小水滴碰到水面就被这个张力弹开,再掉下来,又被弹开。这是冷冰冰的拒绝,一次又一次,直到小水滴被张力撞破,撞成了碎屑,辽阔的江河才很不情愿地说:"那,就留下吧。"

宏大的事物并不天生具有宽广胸怀。在一滴水真诚前来投靠时,大江大河态度轻慢,它已经足够雄浑,足够强大,根本不在乎一滴水兴致勃勃的加盟。小水滴每一次被弹开都是在过关,江河并不信任投奔者,搜查、审问,再审、再查,通过了重重关卡,你才成为江河的一分子。

从来都是宏观考验微观,岩石嘲笑灰尘,体制碾压个体。一滴水找到了它的归属,却再也找不到从前的它。

投奔,是许多出发的共同主题。谁没有过投奔?谁不是一滴水?谁没有从历史的手指尖上往下掉落?谁没有撞到水面?谁没有疼过痛过幻灭过?

另有一个比喻,说人是脆弱的芦苇,一折就断。其实,一折就断的是干枯的芦苇,如果你遇见的是一根活着的芦苇,要将它折断也并不容易。你用劲掰它,将它掰弯,掰出很深的折痕,可是它就是不会断。它会带着裂口,带着伤痛,歪歪倒倒地继续活着。每一片芦苇荡里,都有这样活得难看的芦苇,它们证明的不是生活的多姿多彩,而是生命的多灾多难。除了芦苇,别的植物和动物也有类似现象,意外蒙受的摧残,让它们活得畸形、艰难和尴尬,可它们仍然坚忍地活下去。一些人不也活得很难看吗?但他们也活着,像那根弯折的芦苇,照样抽叶吐穗。

没必要给苏东坡制造一个出发。他一生都在出发，都在赶路。二十一岁那年，他从眉山出发，前往京城应试，一试成名。这是苏东坡最辉煌的一次出发。时代也欢迎他登台上位。可是，时代会变，时代开始讨厌他。我们不能说他不懂政治，只能说他不会站队。选边是普适标准，大家都这么干，他却特立独行，用自己的价值观来决定自己的立场和态度，这就吃了大亏。聚光灯不再慷慨地送给他飞吻，他的脸灰了，丑了，即便容颜依旧还是成为异类。他被挤到边缘，很难站稳，任何一只胳膊捅他一下，他就只好"再出发"——被贬被继续贬继续流放。这是被动出发，出发就是出局，越踢越远。

也不是绝望到无路可走。长江还在，跳上小船出发，就到了赤壁。去了一次，又去第二次，写了《前赤壁赋》，又写《后赤壁赋》，还有《念奴娇·赤壁怀古》。那时的苏东坡，人不老，志犹壮。那片火红的赤壁是中心舞台，多少英雄豪杰在这里风起云涌，演绎大命运、大决战。而他实际能做的，只是让自己喝多，沉沉睡去，不知东方之既白。亦梦亦醒中，他看到一只孤鹤横江东来。

在他生命的最后一年，聚光灯又来抚摸他的脸了。皇帝下诏，说你快快回来，我有用得着你的地方。皇恩虽然浩荡，可是苏东坡却没有力气继续出发了。他给朝廷打报告：饶了我吧，我在常州病倒了，爬也爬不动了。没过几天，他真的死了。一只白鹤飞过宋朝天空，再也没回头。

离常州大约两百里，就是"夜半钟声到客船"的寒山寺。逃出长安后，某一日，诗人张继的船在枫桥"夜泊"。这纯属偶然。但神奇的是，偶然出现的张继，竟被钟声选为它的阐释者。钟声向张继出发，钟声为张继鸣响，而钟声的意义，也将由张继用一首新诗来赋予。

我们读《枫桥夜泊》，知道那个意义叫"愁"，可是张继故意不把这个字说透，而是让我们猜——是国愁还是家愁？是他愁还是我愁？夜色中的枫叶是暗淡的，渔火是暗淡的，拱形的枫桥是暗淡的，连钻进船篷的钟声也落了一身的秋霜。怎么言说此时此刻的滋味？他不明说，我们也不必曲解，不就是云雾一样的轻愁来缭绕我们的人生嘛，既然赶不走，那就……留下吧。

七

我已经三年不出远门了，我指的是旅行。想去哪儿呢？我选四川的李庄古镇，早些年我已去过一次。先去看的是旋螺殿，旋螺殿被水田、竹林和农舍环抱着，田里的秧绿绿的，水中倒映出一丛丛竹叶。大门关着，我们敲门，附近的农家走出一位大嫂，说守门人赶集去了，钥匙让她管着，就哗啦啦地开锁，推门：进去看吧，走时告诉我。庭院里清清爽爽，一副石桌石凳，一株参天老树，树后就是旋螺殿，一座红色的亭台楼阁。风将一片叶子摇下树，落在地上，阔大的叶形配着砖缝里长出的幽蓝苔花，看起来很美。建筑大师梁思成考察过旋螺殿，还用很高级的词汇赞美它的营造技法，那是我搞不懂的知识。我仰头看了会儿旋螺殿的藻井和檐角上的荒草，就开始欣赏周围的景色——我要重返自己熟悉的领域。一群白鸭在水塘里觅食，梯田也许是新灌了水，太阳一照，亮汪汪的，再向远，是浓浓淡淡迤迤逦逦的一道道山岭一朵朵白云。这是乡村式的、恬静的、可以平淡相处的风景。炊烟随意升起，耕牛和你共走一条小路，鸡鸭鹅为一切细小的原因叽叽喳喳，竹叶坚守着绿色，稻麦却渐渐金黄，结出饱满的穗子。这样的景色让人想起许多词语，但不会想到"出发"。

　　在李庄古老的小巷里乱转，转到席子街，看到一家造酒坊。门开着，随意进，工棚是芦席顶，破了许多洞，阳光从洞里洒下来，照亮几口大锅、几堆酒糟和几个赤膊男人。铁耙在锅里翻搅，白花花的热气冲出来，香喷喷的酒气也冲了出来。这儿产的酒，我尝了一小口，顿觉胸膛热烈。在这家土法造酒坊里，我也想光着膀子，和那几个男人抬筐挥耙，把自己弄累，然后一起喝酒。用什么下酒呢？李庄的名菜是白肉，肉薄如纸，铺一层蒜泥，浇一层酱汁，卷成筒，一口塞进嘴里。吃李庄白肉没有舌尖上的事，那太矫情。在热气腾腾的酒坊里，谁还想"出发"呢？喝酒，用碗，先醉一场再说吧。

苍耳 | 致巨河书

致白鹿山庄·2017

几年前的炎夏,我和顾老在连续暴雨后驱车小龙山下,无意间闯入你的领地边缘——靠近石塘河那个叫官兵村的地方。到处都散发着湿润的混杂气息:湖边玉米地缥缈的酸甜气味,灌木腐殖层浓重的发酵气味,年代久远的废墟的窒闷气味。巨河的梅雨季历来如此,要么昼夜暴雨倾盆,让两岸平原陷入周期性内涝;要么像一首抒情泛滥的绵绵长调,不讲平仄,只把浓霾、烟雨胡乱填入桑园、田格。再看那湖上栅影晃动,水鸟游弋,远山墨釉吻着水波线,若剑侠别姬。不过,该村在路边树一块"精致官兵,欢迎你"的巨碑,倒像是漫长雨季遮掩掉的若干词牌之一,显然不是望海潮、临江仙慢,倒有点接近换巢鸾凤、雨翁操。

女村干圆脸,着一袭红裳,很亮眼,介绍说,这个村在明代叫官箅村,今人嫌"箅"生僻烦琐,字典上都难找,便以谐音"兵"替之。我"哦"了一声。树上飞来一只寒鸦。女村干说,村子自南而北依次为:江氏享堂、元庄、李家洼、渡船口、白鹿山庄、南浮山陈家老屋、小堂湾、程家享堂、獭石岭、将军湾。我问:白鹿山庄是否为明代方氏所建?她瞪了我一眼说:好像是吧,你来过?我摇摇头。女村干说:这片都叫白鹿山,大着呢。我好奇问:见过白鹿吗?女村干笑起来:大哥哎,俺没见着,俺爷爷见着哟。顾老笑道:见着白鹿精了吧?女村干说:莫瞎讲哟,老哥哎,把俺肚子笑痛着。树上寒鸦"呀"了一声。女村干敛住笑容,将近年村建成绩叙说一遍,然后指着湖对岸说:喏,那边有个渡口呢,往大枫圩区便捷得很。

我一惊,双目尽力往迷蒙的湖岸搜瞄。湖面灰寥微渺,断云幽渡,不见一叶。我确实在找寻某个隐秘的渡口,但不是通往大枫圩区。

采访结束后,村会计聊起村委后山边早先有个尼姑庵,是个流浪老尼化缘、开荒建的，后来不知所终。听老人说民国初年，广济圩筑堤前，长江与内湖水系相通，漕运发达，官箅渡一带商贾兴隆，遍布鱼市、茶肆、酒馆、木行、油坊、当铺、鞋庄、面店。我和顾老坚持要去看那庵。会计说庵址距此不远，仅剩一口井了。于是会计在前面带路，探寻到荒草纷披的湮没遗址，但全无一点庵基残迹。会计仍往丛密处走，我们屁颠屁颠尾随其后。当那口庵井在野榛乱荆中显现，下半身已被枝叶打得湿漉漉了。掀开井盖，一眼水泛着幽光；定睛再瞅，暗苔斑斑，疑似一个面孔慢慢浮上来，像荷叶。那是谁？似曾相识，又完全陌生。清漪微漾，这张脸立马变得丑陋狰狞，仿佛现代类人猿。我后悔没把这张脸打捞上来，带回去制成面具，挂于壁以便反复谛视。

白鹿山庄！你的墟址仍在白鹿消隐的白鹿山上，在我匆促的脚步之下，在巨河北岸苍湖黛山之间埋首掩面。据我所知，此山庄为桐城方氏数代贤哲之别业，始建于明代天启四年(1624)，大理寺少卿方大镇预感政治清洗将至，卜得"同人于野"卦辞，遂辞官返桐城——在石塘河、白鹿山之间择地筑居，改号"野同翁"，承继父亲方学渐著述讲学之文脉，专研学问，撰《易意》《诗意》《礼说》多卷。次年桐城人左光斗被下狱虐死，方大镇之子、兵部主事方孔照，亦受牵连褫职，不得已携子方以智、方其义回山庄隐居。

然而白鹿山绝非世外桃源。山庄因连年战祸衰败不堪，暴侵的血火时时波及居者内心。方以智出走山庄，潜入南方抗清遭拘捕，誓不降敌，在梧州"披缁为僧"，仍秘密参与复明义举；女婿孙临战死福建莆城，女儿方子耀及外孙下落不明；方其义博洽多艺，开五石弓，作尺许字，琴剑棋画，无所不工，明亡后困居山庄，累年悒郁，以致英年侘傺以死。在如此艰窘中，方孔照秉承家学渊源，撰成《周易时论》初稿，次年秋即郁殁。方以智奔丧返白鹿山，于父冢旁结庐三载，修撰亡父《周易时论》及其他遗著，将"易学"及象数之学传授给次子方中通。方氏数代治《易》，凿石攻玉，方以智可谓集大成者，《易》是他的道和器，亦是方氏家族的乌托邦。山庄因之声名远播，白鹿灵异引世人瞩目。可以说，方以智求学始于"白鹿"，也终于"白鹿"：十五岁时随父回归山庄并拜白瑜为师，接受姑母方维仪的悉心教导，结识钱澄之、周岐、方文、孙临、吴道凝等同道才俊；及至中年，其主要著作《东西均》《物理小识》《医学会通》等酝酿于斯，并在往返山庄与南京期间渐次完成。

白鹿山庄！明亡后白鹿已远遁，你自此徒具其壳。看看有清文字狱，对汉文化典籍的摧残与篡改令人发指。方以智坚信与阐扬"尽天地古今皆二"和"公因即在反因中"之哲念，秉持"不虚生，不浪死"之态度，但其死仍存未解之谜。学者余英时认为方以智因"粤难"案被执押往广东，行至江西赣江惶恐滩想起文天祥，遂自沉以殉节。另一派则认为，倘说方以智以身殉节，理应在二十年前于广西平乐首次被清兵拘执时，所以"病殁"一说更可靠。笔者认为，方以智既非殉节，亦非病殁，而是自沉于最悲摧的绝望：一则个人抗清之志不泯，拒降绝仕，但南明弘光朝廷又指责他帝都城破时未"殉节"，打入"从逆六等"之列，随着南明内讧和覆亡，满人坐稳江山，此乃"亡国"之悲；一则个人著述基本完成，然面对统治者奴化施政，摧残文化，遂有"亡天下"之悲；一则白鹿山庄方氏家破人亡，有战死者，有自尽者，有忧殁者，苟活莫如己者，且病魔缠身，此乃"亡家"之悲。任一之悲堪比利箭必置人死地，何况三箭攒心，哪有活理？在风萧萧中，"易"之光必照彻那决绝一跳。过赣江惶恐滩，不过偶合一机缘耳，不自沉于此，必自戕于彼矣。无可大师信奉"尽心，知性，知天"和"大生死之事"，从决绝自沉那最后一刻，已完成验证。

幽冥无踪的白鹿啊，丁酉年炎夏我无意间与你照面，竟相隔四百年之遥，你却在距我四米远的萋萋草尖倏忽而逝！走到土岗上，一丛丛芭茅低昂如纤夫，墟址上有屋舍、猪圈、篱笆和玉米地，其间一株老橡树兀立，浑身结满树瘤，令我肃然起敬。山庄遗址错综呈现着缥碧、酱红、土黄和瓦蓝，均淹没在大地的褐色和天空的铅灰之中。

一阵湖风吹酸我的眼，沼泽边的灌木丛传来沙鸭的低鸣。那参差的菖蒲举起烛绒，似乎想照亮什么，不过只照见一只栖停的鱼狗——它须掠过多少朝代的风刀霜剑，才能抵达这里？

无人告诉我隐秘的渡口在哪里。那远去的灰影，是参照呢，还是尺度？告别时，会计忽想起那庵的逸事——

当年张献忠率农民军攻入桐怀之地，大批难民逃到白鹿山庄附近的山坳里，结果饿死很多人。那庵里老尼听说后拿出仅存的杂粮，完了开始拆庵墙——有一年开荒种地，玉米丰收，吃不了就将玉米棒子晒干，和以糯米粥，然后砌成庵墙。老尼带着小尼拆下一块块玉米砖，因此救活四邻八乡的逃难者，此庵后被村民呼作"普济庵"。

如今此庵仅剩一井，在荒荆野莽中。

致清明·2000

两千年了,你降临巨河两岸时往往烟雨如晦、天色沙黄,箸竹和鹃鸟在丘峦间一哑一鸣。你不过是疏通阴阳的一隙虫孔、一面透光铜镜。春四月,当爆竹炸响、纸灰飞扬,我们其实并不在青石碑后,不在黄土中,也不在高陵地宫内。我们一直奔突在巨河的苍波里——凋世之际已化作这无尽西奔的苍黄流波:逝者如斯夫! 一百年前,大胡子的美国诗人惠特曼已作如下描述:

倒下的战士一如沉下去的海浪,他们是奔腾不息的海洋的一部分。

何谓逝者? 无物无我,无贵无贱,无富无贫,无高无势,万类归一,几经沤烂、分解,仍复归这无边无际、无形无状的鸿蒙之水。

哦哦,我等不过是浮沤、浪沫、旧朝落红、碎萍,破灭后又层出的若干气泡。

光线愈加幽暗了。在山道间、圩堤上,手携纸标和祭品的灰暗身影行走匆匆。那个撑着油纸伞的杏村少妇有点面熟,她提着装满花束、冥币和金晃晃元宝的竹篮,恍若此间的一尾白鲟;其旁跟着一紫衣伢子,头戴柳圈,手舞一只蝴蝶筝,又似此间的一条薄花鳅。"小哥哥嗳,带快点哟,爷爷在北方筑长城时累毙,爹修皇陵死不见尸。"马王堆近了,青烟四起了,土岗上麦苗青郁,乌鸦盘旋若磁铁,未亡人披麻戴黑,似陈年棉秸。世间总把逝者视为"过去时",却不曾打量巨河里一涡一涡的流波——冲撞、叠涌是交谈,回旋、跌宕是哼小调。别以为我们消失了,便需要通过你招魂、超度。这其实是一种古老的误解。倘无敬生瞻老之心,亦无一点自省、忏悔之意,一个劲地朝碑石磕得头破血流,得了破伤风咋办?

况且,况且我们已从六合空间"降维"进入巨河,每年都要涨几次潮啊,又化作霜露以及梅雨抚摸干燥的旷原。再看那秦、汉已化作尘土,在一座座荒圮的宫殿中,黄鼠鸣窜,无主的燕子呢喃着五行闭合的圆。不断重复的悲剧和喜剧呀,英雄穷途,小人得势,戏子张狂,不断轮回的诡谲命运仍在持续上演。在孤注一掷的日落时分,我们举起一头濒临灭绝的白鱀豚,设法让它跃得更高些,更凄艳些,然后慢慢滑坠下去,陷入渊谷和忘川。至于胭脂鱼、银鲴、江豚、淞江鲈……不忍一一说出。此间并不欢迎它们加入络绎的"逝者"行列!

我和我们流过去了。不是白驹过隙,不是飞矢不动,倒近于惶恐滩头的白鲑,零丁洋里的河豚,然后化作弱水三千。

比如我,可能是南唐那位末代君主。我写的那些词被后世奉为圭臬,其实不过是以泪洗面的悲情延续,更近于水银泻地千里,然后再度灌回我的每一根血管。不敢缅想最后的金陵之夜,刀箭交鸣,乱马狂嘶。在肉色、镀金的日子崩溃后,剩下的只是锁链、蔑视和羞辱。

> 我的脚踩上了寻找着我的长矛的阴影。我死亡的嘲弄,骑兵,鬃毛,一匹匹战马,收紧了我的包围圈……

一千年以后的南美洲诗人博尔赫斯竟如此逼真地描述了我的命运!在乌暗得失去名字的巨河渡口,我和皇族像牲口一样被押解到汴京。

我是谁?是丰额骈齿的南唐君王,还是引颈待决的囚徒?是一目双瞳的江南国主,还是受尽凌辱的违命侯?下弦月之夜,我抖动手腕用颤笔写下"流水落花春去也,天上人间",墨迹虬曲,大字如截竹,小字如聚钉。可是,我真的跌落到人间了吗?我做过南唐的人君,可我做过几回"人"?倘非"人",死后做"鬼"怕有些危机,也领受不了这份香火呀。借着烛光,我审看金错刀体反倒更像人,更像一个个风骨嶙峋的"倔强丈夫"!写下这些词句,吾深知本囚连涸辙之鲋也不如。

> 一旦归为臣虏,沈腰潘鬓消磨。最是仓皇辞庙日,教坊犹奏别离歌。垂泪对宫娥。

先是蹂躏小周后辱杀我,接着以牵机药鸩杀——那马钱子性寒味苦,令饮者全身抽搐,头与足相接而毙,状似牵机。然而葬于洛阳北邙山的,不是我。一江渔火若白芷,见证我的臭皮囊化作了草萤……宋太宗那个臭狗屎也接踵而来,作为农家肥也加入"逝者"阵列。

长夜。漫漫长夜会发现我在金陵的一个荒凉河湾逗留、张望。我生性懦弱,搞出的浪花很小,响声也小,低得像洞箫。我的南唐故城啊,四十年来家国,三千里地山河。玉栏我拍不到,却把金陵宫阙的一块雕砖拍湿了。

清明呀，吹了两千年的巨河之风仍在吹着，吹向土岗尽头的一座废窑洞，那里除了草还是草，一只倾倒的破陶罐，里面的水像瞳孔，凝望河边土屋的篱笆上吊着的几只干丝瓜。何谓逝者？无荣无辱，无名无实，无春无秋，无彼无此，万源归一，几经蒸腾、冷凝，最终复归这无边无际、无形无状的混沌之水。

比如我，也可能是晚清安庆那个民间小女子胡娴静，因排行在七，胡玉美族人呼我"胡七姑"。我深爱的未婚夫孙本佑功名心切，读书用力过猛，猝然呕血而亡，我悲伤至极，决意以死相随，吞乌金自尽。然小女子绝非"殉节"！杜丽娘死而复生，与柳梦梅缔结死生无间的好姻缘，是天意昭昭，更是自由抉择。然而我的灵堂挂满了"贞孝可风""千秋烈女"的挽匾，在菱湖北岸建"胡七姑祠"，还惊动慈禧御赐"胡氏节孝坊"。然百年豹变，不变的是所有的祭祀，不过是把我的爱情第 N 次杀死，连同我的抗争！

何必……何必问君愁？那只蝴蝶筝已脱手而去，飘曳在"一江春水向东流"之上的云边、月边。

不再絮叨了。逝者不是死者，而是另一种"在者"——被巨河平等、宽大地接纳在怀，作为不可否定的世界的一部分，仿佛童年歌谣，以及星空长出豆芽的旋律。"伢子嗳，地上长河么人开呀，月里梭桐么人栽呀？呀子呷子呀，什么人天河把渡摆？什么精灵下凡过河来呀？"

不必问杜刺史，亦不必问那牧童。

朱以撒 | 一个文士的秋夜

　　我接触一些古人，都是从他们的书法开始的。那时的文士，人人擅八法，给后人一个很感性的引导。接触赵孟頫也不例外，他留下来的作品那么多，都可称为精品，随取一帖，皆足为范，尤其是他以行楷抄写的曹子建的《洛神赋》、苏东坡的《前后赤壁赋》，都有一种珠圆玉润的灵性跃动其间，使观者生出春风拂面一般的喜悦，无端地觉得下笔如此优雅的人，一定是个眉清目秀的开心少年。那时我每天都会去学校图书馆的深处，抱一堆字帖到敞亮处一本本看——我是视赵孟頫笔调为正宗的，它从王羲之这一脉流淌而出，恚然游刃，孤怀以托清迥，非寻常笃古之士所能措手，便十分钦佩。尤其是这种文士风韵在不惹尘泥时又有普适之美，使引车卖浆者流也爱不释手，可谓雅俗共赏。在一段时间里，我有了以字相人的爱好，觉得赵氏是个注意细节的人，以至笔笔精致细腻，毫无破败，人当如是，置身于春色之中怀抱自足。加上读了他的《鹊华秋色图》，更支持了我的想法——爽朗静谧的秋山，使人澹然与世相忘，人生如此寄迹，当为足矣。赵孟頫理应是有着士大夫那般的优游徜徉的心境，真是尽承平之乐。

　　如果没有后来对赵诗的阅读，我对他的认知，大抵也就如此了。

　　赵孟頫的诗颠覆了我既往的认知，如同一个人先前只看到一个潇洒前行的背影，却没有转到正面，看到他备受摧残的容颜。

　　赵孟頫的不快乐，大概是从程钜夫奉元世祖之命搜罗江南隐逸开始。他觉得自己跑不掉，是永远跑不掉了。他得继续在元朝廷里当官，让当官的日子一天天过去。

　　易代之际，最难将息。这个说法似乎没有什么过错，但要看对什么人来说。有的人无所谓，改朝换代干我何事，照常日出作日落息，饥来食困来眠，俗常日子并无不同。可对于赵孟頫来说则不同，作为宋王孙，他就不自由了，想做的无从做，不想做的却成了日常。如果不是有诗这样的形式，也许一个人内心的真实感动就烂在肚子里，永远无人知晓。

我一直认为，由《至元壬辰由集贤出知济南暂还吴兴赋诗书怀》，便可以探尽赵氏苦痛之源：

> 五年京国误蒙恩，乍到江南似梦魂。
> 云影时移半山黑，水痕新涨一溪浑。
> 宦途久有曼容志，婚娶终寻尚子言。
> 政为疏慵无补报，非干高尚慕丘园。

> 多病相如已倦游，思归张翰况逢秋。
> 鲈鱼莼菜俱无恙，鸿雁稻粱非所求。
> 空有丹心依魏阙，又携十口过齐州。
> 闲身却羡沙头鹭，飞来飞去百自由。

诗的首句就石破天惊——一位文士对于京国五年的蒙恩非但不感激豪荡，还满腹怨叹，认为是一种失误。在俗常人追求的指标中，仕途是首选，为这个指标而屈己徇人、干禄祈进，往往倾尽家财跑遍关系，成为常态。赵孟頫并无意于仕途上行走，不管如何处庙朝高位，钟鸣鼎食，他还是认为自己误入罗网了。五年忽忽过去，还有多少时日需要煎熬呢？为政疏散慵懒，叹其漫长无端，把一个人的情调都扭曲了。按赵孟頫直陈，伤害是非常大的："向来豪气消磨尽，空对年光浪自惊。"他还年轻，却暮气弥漫了——一个人不能任情性为人、为事，犹如辕下驹，俯首羁勒，何以堪。又是秋高气爽时节，他不由得想起同为南方人的张季鹰，那时张在洛阳当官，看似习惯了，见秋风乍起，还是不由得思念起家乡的美味鲈鱼、莼羹，不能自已，转头辞官回到苏州——这真是一个自率果断的官员，为了美味而有如此行为。后人不断地引用张季鹰的例子，其意义已远远超过鲈鱼和莼羹之美，而是提出了一个人在心灵困境中如何疗伤和解脱的方法，鲈鱼和莼羹虽然比不上官职、地位，但一个人的精神、情性的鲜活，不会只停留在俗常的认识上，而是出人意料。但是四海之大人群汹汹，有几人如张季鹰，又几人如此真率。秋风残照中，赵孟頫想起张季鹰，眼前似有鲈鱼、莼羹。可是，他也只能有这么一个念头了。

读毕想想，这才是赵孟頫最大的愁烦，挥之不去。人如同陷入泥淖，拔不出来。心病郁积成大，沉重无比。如他这般蹑高位者，处优履闲，愁烦理应比草民少得多。当然，草民的愁烦几许，也不是他能体验的。只是有的愁烦可以纾解，纾解之后，这些红女、田畯、牧子、担夫还是很开心的，咀嚼自己的一点小欢喜、小狡黠、小隐私，几碟小菜，一壶浊酒之后，安然入睡。

赵孟頫的愁烦是无法纾解的。反复试探无望，最后就成了死结，横亘心中，使他在日渐清寒的秋夜难以入梦。听着户外风吹雨滴，鸟鸣蛩唧，只好坐起来，茫然四顾。"如何当秋夕，怆怳令心悲。"秋分过后，夜渐渐拉长了，对于嗜睡的人来说，不啻为上天赐予的一份福利；对于不眠的人来说，则是寂静的拷问。对于敏感的文士来说，伤秋永远是一个必须碰触的题材。秋意肃杀，金铁皆鸣，草木零落，山川寂寥，能不伤乎？如刘梦得那般"自古逢秋悲寂寥，我言秋日胜春朝"的人本无多。就是神色飞扬不可羁囿的李太白，笔下也都是暗淡："乐游原上清秋节，咸阳古道音尘绝。音尘绝，西风残照，汉家陵阙。"他和整宿整宿不安睡的赵孟頫的相同感受就是空空荡荡，心头骤然抽紧。一个人在本该安歇的夜晚兴奋起来，思绪如潮水冲刷，"展转复展转，瘘痹不能寐"。那么起来作诗，也只能如此了。许多诗都表达了不能安睡的苦闷，这真是一个难题。"徘徊白露下，郁邑谁能知。""孤客睡不着，乱蛩鸣更多。""夜久不能寐，坐来秋意浓。""念子已独寐，无人相与言。""披衣步中庭，仰视河汉白。""隐忧从中来，起视夜何其。"这些关于不能入睡的记录不断延长着，没有尽头。

诗的意象是我时常喜爱琢磨的，向上的向下的，明净的蒙翳的，看到情绪宣泄的指向。意象是人生境况的一种体现，诗人通过意象的集中建立起属于自己的意义世界，透露出一种隐喻性和暗示性。赵孟頫诗的意象，在我看来是阴森的、黯然的、残败的——悲风、寒雨、哀吟、惆怅、孤鸿、边声、离忧、残照、凋伤、迟暮、惨淡、破屋、乱蛩……毫无疑问，这些意象有一种相互追加的力量，向下坠落，落入深渊。如果没有这些意象的敷陈，有多少人能知晓这位文士的伤痛？每个人都是独异的，往往他不知你，你不知他，自欢，自悲，兀自存活下去。

如果找一位前朝王孙来对比，可以是朱耷。这位朱明王朝的后裔，在明亡之后，开始了在清王朝里生存的里程。如果说后人对朱耷好感多了，也是缘于他对清政府一直持有不屈态度，守志节，思故国，除了不仕，还伴疯伴癫，自署驴、驴屋、驴汉、个山驴,似乎有意糟蹋自己,扭曲自己,显示出与这个世界的格格不入。相比于赵孟頫,朱耷算得上一个有故事的人,或癫或疯,醉酒长啸,疑真疑幻,也真做得出来,就像石涛说的:"有时对客发痴颠,佯狂索酒呼青天。须臾大醉草千纸,书法画法前人前。"的确奇怪无常。非奇不传,是俗常传播的真理,一个人敢拉下面子装疯卖癫,时道时僧,忽醉忽醒,真可谓不管不顾。人如此,字画亦如此,朱耷笔下的禽鸟,独脚的、缩脖的、白眼的、畸形的,时时可见;书法则由秃笔为之,蜿蜒蛇行寒藤挂壁,都是清冷意。这般表现拉近了人们的好感,以为落魄王孙具风骨重道义,虽不能以死殉志,却能以失常怪异来应对,真志士也。赵孟頫是做不来朱耷这一套的,他具有文士的那份矜持斯文,恂恂儒雅甚讲礼数,加上他相貌丰伟,谦谦君子,打死也不会循怪异辙轨。那么,后人拿赵孟頫出气,也正常得很。

　　一个人以何种精神状态处世,实在是太私有了。只是自古以来,精神怪异者总是备受人之津津乐道,为其反常行径喝彩。譬如怀素,为僧而好酒,醉后喜于酒徒辞客满堂时狂肆挥毫,何曾有僧人安和之状。譬如徐渭,迷狂杀妻,以利锥锥两耳,以斧自击其头——皆常人不敢为之,却传之远。赵孟頫却没有什么笑料可资传播,从元代到现在,被人看媚了,看坏了。如果不是学习书法要遭遇他,知道赵孟頫的还真不多。

　　廖先生是使我进一步接近赵孟頫的人。他边在中学教历史,边习练赵孟頫书法。很多年过去,写得婵娟美人一般,只是笔中无骨稍嫌轻薄。他坦诚地和我说是赵书自身的不足引起的,他被引导着也如此了。他谈起赵孟頫的仕元,觉得一个贰臣是没什么骨气的,以至于笔迹如此。当初是为其外表诱惑,算是进错门庭,现在要退出来也迟了,便生出几分懊悔。他觉得要当书法家还是师从颜鲁公最为可靠,颜是忠肝义胆之人,书法亦有如重器,放在哪儿都不可移易。我觉得廖先生把赵孟頫的人和书法混起来说了,还是把二者分离开来好。人归人,书归书;一个道德范畴,一个审美范畴,它们永远都各有边界,如果混起来说,终是混沌不清。我们就这样各说各的,漫说漫议。廖先生还把他珍藏的旧日拓本送给我,没头没尾几十页,毛边都卷起,页面脱开。我费了一点时间才弄清楚是赵孟頫的名作《张留孙道行碑》,便觉得甚为珍贵。但我觉得奇怪,一个不喜赵书的人,却珍藏其法帖——他心中肯定有过矛盾、动荡,只是思维开放的时间尚未到来,不得转捩。廖先生早已不在世了,没有看到后来审美思维的迁变。在我带的研究生中,就有喜好赵书者。我觉得如此选择甚好,它是一条通衢,上通王羲之,下达近代诸家。真善于学习者,还真写出骨力开张的大气来了。在不少艺文道道上,我更乐意自己去思去想,不愿被动地获得那些惯常之说——既然书写是一种值得信任的行为,那么自己多动一点脑子,就有希望到达未知的高处。如果徇人、徇时、徇势,随世运作低昂,也就不能本乎情性,肆意而发。这种想法当然是基于我对赵孟頫书艺的理解,是把书与人分出来之后的收获,依此据此,别无所倚。

捷克诗人塞弗尔特晚年曾说:"生活中毕竟有一些我们所爱的事物是能够用我们的双手和心灵把它们保存下来的。"这段话也适用于后人对于赵孟頫艺、文的热爱。如果留心,赵孟頫的书法正为大量的爱好者所仿效——我觉得,这是一个必然。

不过,我对赵诗的倚重还是要远远超过对他书法的好感。这和我悲悯的倾向有所关联——就像看影视,那些血淋淋的鞭笞、砍头的场面我都会细细去看,而不会不忍细看。我觉得赵诗中也有不少这样的场面,在秋夜里狠狠地摧毁着他。如果说一个人的精神成长过程中一定会领受创伤,那只能像树木那般,带着创伤生长,成为参天大树。王羲之有伤,颜真卿有伤,苏东坡也有伤。只是和赵孟頫相比,也不过是小小伤罢了。作为易代的旧朝王孙,当时的人与后来的人,似乎谁都可以向他提出对亡宋承担道义、砥砺节操的要求,恨他不能成为斗士。

天下人除了有自己的一些指标外,对他人也有不少的要求,既要合于公道,又要契于私道,不如此就口诛笔伐而后快。赵孟頫到现在依然是一个被要求要符合公私两道的人,他做不到,便也痛苦不堪,这是因为他的心灵世界和外部现实要求的差异太大了。外部世界给他艰难的重负,那么,还是专注于内部世界吧。文士做事素来败多成少,在赵孟頫的仕途上,想脱离这样的束缚,终归是思思复思思,从未有成。如果成功了,他就从一个文士上升为斗士,不知能获得多少赞赏。文士到斗士,是一条荆棘之路,甚至就没有路——那种充满棱角、锋芒的斗志心气,还有甩匕首投利器的力量,也没有多少文士可以具备。就算到近代出现了鲁迅,也出现了弘一。两个人出生不过相差一年,一个成了勇敢的斗士,一个成了澹泊的出家人。一个积极地入世,无穷的远方、无数的人们,都与他有关;一个则想着出世,青灯黄卷、晨钟暮鼓下的闭关修炼。鲁迅去世前写了那么多的嘱咐,弘一则只写下"悲欣交集",言简旨远,兴会无穷。只能说各自的精神走向不一,真要比较,就是比较各自的独异之美,做自己方是本质。赵孟頫成不了斗士,也成不了隐士,这在程钜夫来找他时就定下,他没有崚嶒骨,只好随他入宫。尚好,艺和文淡化了他不开心的仕途。而今,中文系的学生读到赵孟頫的诗文,美术系的学生临摹了赵孟頫的山水画,书法系的学生则把赵孟頫书法视为通向王羲之的津梁。如此,赵孟頫是无法隐藏的,注定要长久流传的。世人在欣赏上对艺文界的畸士多存好感,畸士除与常人相悖、举止异常外,甚至就是不堪入目的变态、丑陋、疾患、肮脏、汤汤水水、褴褛衣裳,像是处于崩溃边缘。恰恰是这类人,很容易返回人的记忆之中,说起来眉飞色舞,有不断任意展开的空间。赵孟頫只合做一个文士,成不了斗士,也不让自己成为畸士。他就是一个斯文人,长得那么好看,风姿如玉,神采焕发,如神仙中人,让人看了喜欢。没有必要糟蹋自己的形象,还是文士,文士!

唯意所适——人生如此,也算好了。

耿立 | **我乡月令**

正月

正月寥廓。可以给雪，可以给爆竹，可以给寒暄和串门。

正月和腊月和其他一切的月份不一样，它从守夜开始，一家老小全体坐在一起，长者坐上首，晚辈陪末座，孙子辈玩耍，母亲媳妇女儿在灶下。

有盘，有碟，有碗。鱼、猪肉、酥肉、海带、青红丝、藕。

脚下是火盆，火发出卷舌音，酒要挂杯，酒有莹蓝色，上漂酒花。

先给爷爷敬，再给奶奶敬。

一代人喝，两代人喝，三代人喝，四代人同喝，村庄站起来喝，村庄卧下来喝。直到村庄踉跄满眼金星，胡同踉跄满眼金星，树倒欲扶，星倒欲扶，人扶星倒，星扶人倒，就如《水浒传》杨志和生辰纲，在黄泥冈喝了贼人椰瓢里的蒙汗药，一个个倒也。

正月释怀。社火有侠客情怀，也有诗人情怀。这是放松，春官在各家门口说着吉祥话，假扮孕妇在腰间塞满麦草的男人，用锅底灰和红纸装扮。

秧歌，单秋千，双秋千。一座座村庄荡到云彩眼里，河流低下了，炊烟低下了。村庄已到了一个高度，但还不餍足，还有云灯，到天已黑尽，云灯把月光、把星辰沉入天幕。直到蓦然回首，那真的月亮挂在元宵的枝梢。

还有——

还有——

给村庄装上假肢，乡村的高跷踩起来了。锣鼓家什一响，乡村像着了魔一般，披挂起来，穿戴起来，蹦起来又跳起来，打跟头、叠罗汉、爬桌子、上凳子。

歌曰：咚咚嚓，咚咚嚓，甩胡子，抖大褂，拿大顶，劈大叉，红绸甩成风摆旗，拐子碰得响雷炸。咚咚嚓,咚咚嚓,庄家老头扮仙女,八尺汉子扮哪吒,闺女媳妇当李逵,三岁小童瞎舞喳,蹦上三天过够瘾,腿痛三天直哎呀。

正,端也。新也,改也。一元复始,是为正。一月是出发,是启程,穿着新鲜的布鞋,还会有雪,每一个祝福都不会少了雪,瑞雪兆丰年,雪打灯才好呢。雪是丰收的另一层含义,它带着丰歉的机密。

一月,雪画下的雪白的起跑线,看着雪花,人满含敬畏,马虎不得。

二月

歌曰:一把梭,织白布,染巴染巴做条裤;二把梭,织条纹,做成褂子扎挂人;三把梭,织方格,做成包袱包银壳;四把梭,织成花,穿到身上人人夸;五把梭,织成锦,送进京城当贡品;六把梭,织彩云,王母娘娘做罗裙;八把梭,织不好,花里花嗒像狗咬;九把梭,织得差,乌鼻灶眼疙瘩瘩;十把梭,不织啦,咔嚓咔嚓了机啦,这回丢人丢足了。

二月闲暇。二月解冻。

二月的瓦开始露出脊骨,那种蓝,如回门的新妇。

屋檐的残雪,经春风一刮,滴滴答答,也如瀑,唧唧复唧唧,村妇当户织。

大脚的农妇,是能让瀑布平躺在织布机上的。这老土布,有燕来的二月,有河开的二月,有种子的萌发,有茵陈蒿的绿。

二月明亮。有织布机才有温暖,老土布的纹路就是灵魂回家的路,一方小小的老土布,是平原深处的遮羞布。为你没能衣锦还乡遮羞,它接纳你,到了夜半,盖上一方老土布:

"好好睡吧,孩子。没人打搅你。"

三月

三月逸荡。赠之以芍药。

三月聚会。阳光磨薄了翠绿的衣袖。

蛰伏已久的心,聚;束缚太久的手脚,聚;河水如血液在流淌的欲望,聚。

三月才是故国的情人节,踏青。

歌曰：三月三，去赶会，一斤麦子身上背，半斤换了仨油条，吃上一会儿闻一会儿；三根油条都吃完，油烘的嘴叉没解馋，还想再吃没有钱。

油条好，油条是乡土味蕾的陪伴，和油条陪伴的伙计，还有大饼。冯杰兄曾记了一段包公唱段："听说老包要出宫，忙坏娘娘东西宫。东宫娘娘烙大饼，西宫娘娘剥大葱。"冯杰家河南长垣，与我山东隔河相望，冯杰家属于豫东北，冯杰兄文中多说是北平原，紧邻山东，山东才时兴烙饼卷大葱。我家鲁西南，我把这片土地叫曹濮平原，黄河是北平原和曹濮平原的鞋带，北平原、曹濮平原，是鞋带上的蚂蚱。

油条，我们这一代也叫香油馃子，早点时用它，与豆浆烧饼老咸菜共食，有肯德基汉堡味道，也常作乡里人走亲戚串门的礼品。买上十几根油条，用细柳条一穿，绕成圆圈，提在手上，又好闻又好看又实惠。

四月

四月，麦子黄熟。

四月，麦子开怀。

歌曰：粮食打上场，布袋堆两行。小四他来扛，压弯光背梁；小三他来扛，压尿一裤裆；小二他来扛，走路晃秧秧；老大他来扛，又快又稳当。囤里都装满，再装盆子缸。烙好白面饼，老大吃四张，老二吃三张，老三吃两张，老四吃一张。

麦秋收后，扛布袋是重活。麦子在场里打轧好了，浑圆的麦粒，如女人浑圆的臀，惹人上火。麦子储藏的就是火，从土壤里长出来，把阳光和汗粒包进去，有呛人的味道。把这芬芳、新鲜的肉体装进了布袋，余下的便是由壮劳力扛布袋装车。往囤里倒粮食，这是个力气活，也是壮汉们显示自己雄性的好时机。那些多余的荷尔蒙正好把这些浑圆的臀扛上。一布袋粮食重一百二十斤到一百五十斤，袋高一米五六，也如女人。壮汉们用砍刀式、腰挎式、双排式等架势，把这些女人的腰肢、头脚，拦腰抱，肩上扛，脊梁背，缠缠绵绵，如胶似漆，喝凉水，行虎步，穿梭于场院与粮囤之间，如入洞房。

五月

五月有毒。

五月四肢无力。

五月不可触，猿声天上哀。

一天天燥了，各类虫豸、瘴疠、鬼魅出来。门插艾条。燃雄黄。

七年之病，求三年之艾。

艾蒿不足以拒之，乡人挂葫芦拒之。葫芦，是乡人法器，置床头三枚，门后一枚，灶间一枚。

葫芦属金，化土煞，化邪气。讲究的人家，则用红线绳串绑葫芦五枚，悬屋梁下，是为"五福临门"。

歌曰：风寒发烧，甘草连翘；头痛咳嗽，川贝瓜蒌；头昏眼花，立参红花；吃饭不香，山楂干姜。肚子有气，放个响屁。身子发酸，罚你搬砖。吃饱就困，欠揍十棍。

乡间有药铺，就如宗教之有耶路撒冷，是圣殿。乡间的药铺有人文性，关乎心灵，也关乎虔敬。浓郁的中草药香，高立的药橱药柜，闪光的银针，神态安详的老中医，一切都是乡土的原配。头疼脑热，就抓一把草果、一些骨头、一些树皮，那病就好了，身子就爽了。

乡间曾是协调的，无论动物植物人物，大家是相让的。山有柴，春天人把斧头封住；春天河里有鱼，人管住自己的嘴巴。人是知底线、有良知的。那时，端坐在大雄宝殿里的菩萨，是认真的；土地庙里的神明，是正常值班的；百姓，是心怀敬畏的；小人，是会得到报应的。

那时，乡间药铺，是能治愈疑难杂症的。

六月

六月有雷。

六月用雷鸣制造炸药。

六月性格火辣，一切都在发声。草木叫，秧苗叫。

早晨的蝉是窃窃私语，到了中午，就是鸣鼓而攻，天底下，没有了一丝的空余。青蛙忍耐的极限是晚上，星斗一显，则霸气出击，鼓腹而鸣。

弹拨的在这儿集合：琵琶、扬琴、古筝、古琴。

敲击的在这儿集合：锣、鼓、大镲、小镲。

无论金、石、丝、竹、匏、土、革、木，无论笛子、唢呐、二胡，所有的手指、所有的腮帮、所有的脚板，都按照宫、商、角、徵、羽，都按照哆来咪发索拉希在风中起立。

歌曰：响器班,响器响,呜呜哇哇去赶场。赶值一家正娶亲,吹他个喜鹊闹新春;赶上一家正发丧,吹个天鹅离故乡;赶上一家摆寿筵,吹个仙翁松间站;赶上一天没啥事,吹个"锅缸解解闷";赶上一天吹三场,累得吐血地上躺。

　　乡间唢呐班子一般五六人。唢呐二人,笙二人。锣鼓梆子镲等二人。这样的班子应付一般乡村的婚丧嫁娶,是游刃有余的。有的班子里还配有善唱的人,在婚丧事的间隙里吼唱一番,以增加红白事或喜或哀的气氛。这平原深处的唢呐有名,电视剧《水浒传》片头曲"该出手时就出手"的曲调,就是唢呐曲"大锅缸"。

　　唢呐艺人兴致高时可一嘴吹三四支喇叭,也可鼻孔吹,耳朵吹,有时唢呐口朝天,顶上置一碗水,一边吹,一边扭来扭去地走动,滴水不洒。

　　　　响器班是合唱队
　　　　尖嗓子的童声的美声的通俗的
　　　　都在这集合
　　　　生旦净末丑,京戏、柳子戏、两夹弦、曲剧
　　　　红脸花脸二花脸
　　　　都从丹田起步经过口腔、鼻腔、喉及胸变得绚烂

　　我喜响器班乡土样的辽阔与无垠。那些黄铜全部努力张大着嘴,青筋绽出,眼睛圆睁。黄铜的胸怀起伏,血脉贲张,这才是泥土情感的发源地。

　　只有叫,无论雷,还是虫子,或是人,才能确定自己的位置。

　　六月的雷荡涤,六月的雨冲刷。

　　荡涤该剔除的,留下该生育的。

　　所以,六月的草木如疯狂的女人,肚子开始在这个时节膨大起来。

七月

　　七月流火。大火星西行,天气转凉,但溽热还在,做最后的反扑。

　　有爱情在天上。河汉清且浅,相去复几许。

　　草际鸣蛩,惊落梧桐,有儿童抓过奶奶的扇子,把最亮的萤火虫追到天上。

　　这是庄稼最后的疯狂,草也疯狂,该薅草了,还不能挂锄,田野里到处都是草帽

晃动。

七月是产床，一切都在待产。

然而——

但是——

还有——

歌曰：小三搬砖，一搬搬到磨道里，一变变了个大叫驴。小三搬砖，一搬搬到鸡窝里，给他媳妇裹脚哩。小三搬砖，一搬搬到草窠里，草窠里，有蚂蚱，蚂蚱蹦了，小三病了，蚂蚱来了，小三埋了。

七月蓬头垢面。七月身骨羸弱。

古时，也有黑砖窑黑窑工。窑场上的星宿沉入泥坯，泪花沉入泥坯。在没使用煤的年代里，烧窑都用柴草，每一座土窑的旁边都堆着小山一样的柴垛。也许，那炎热的七月之小山一样坟丘一样的土窑，正架着小三的骨头，在燃。

八月

八月收藏。

歌曰：秋风起，杨叶掉，我穿杨叶一大抱；抱回家，烙火烧，火烧烙得小又巧，放到嘴里舍不得咬；舍不得咬，咱不咬，拿个杨叶咱包好，明天带到学校里，专馋同桌捣蛋包。

杨叶，是搭在村庄肩头的印花布手巾，秋的深处，早晨开始下霜，那树的叶子是禁不得几次霜的击打与蹂躏的。

在村外的白杨林里，那些灿烂的叶子开始辞别高处。它们飘落在地上，有的成堆，有的孤单。安静的，如睡眠；活泼的，如蝴蝶。

我也曾串杨叶，母亲用杨叶捂酱豆，酱豆盛器的口部盖上杨叶，然后再埋到麦秸垛里，经过几日，就有发酵的味道从麦秸垛逸出。

敷在酱豆盛器的杨叶，如草纸揭下。

串杨叶，常使人感觉，那一串的圆圆黄黄的叶子如一串的蝴蝶，还如金币。

落叶的白杨树，高大魁梧，它们的身上睁开了很多的眼睛。

仰头望天，秋的空阔是从串杨叶开始的，头上传来鸟的叫声。黄的叶子又沙沙沙地下起来了，这时的叶子不是蝴蝶，而是雨。

风大了。

九月

九月苍茫。

天地玄黄。

草木易色，褪去青苍。

歌曰：小鹌鹑，秃尾巴，我跟爷去逮它。这边下了缠丝网，那边小哨吱吱响。逮个鹌鹑喂半月，鹌鹑怪得直炸窝。带到集上斗一场，赢了一斗红高粱；带到集上斗两场，断了翅膀断鼻梁。爷爷恼得直摔头，我给鹌鹑抹香油。

逮鹌鹑在晚秋。用雄鸟作"媒子"（诱鸟），雄鸟叫起来像"咯咯咤"，所以媒子也叫"咤"。

逮鹌鹑的时间一般选在黎明前。地点最好是在距村庄稍远，在比较开阔的庄稼地设围网。即把该地块四周用网围起来，或围三缺一，"网开一面"，乡人也善兵法，兵法，诈术也。

一切就绪。猎者把媒子鸟笼上围了一夜的布套揭去，躲到一边。在笼子里闷了许久的鸟，顿感自由来临，欢畅无比，"咯咯咤！咯咯咤！"叫起，于是美男计成，雌鹌鹑纷纷自投罗网。

世事多重复，何独禽兽界？

南山有鸟，北山张罗。

鸟自高飞，罗当奈何。

也有用铜质的鹌鹑哨引诱鹌鹑者，即模拟公母鹌鹑的声音。嘤其鸣矣，求其友声。乡间有诸多捉鹌鹑的迷人传说。

传说一：半夜里正吹鹌鹑哨，突然过来一个倒骑毛驴的小媳妇，走近一看是一女吊，猩红衫子，石灰一样白的圆脸，漆黑的浓眉，乌黑的眼眶，猩红的嘴唇。

传说二：正吹着鹌鹑哨，突见远处飘来一个黑压压的大麦秸垛，如蘑菇，只有不断吐唾沫才散。

十月

十月暖阳。

十月的词汇表如下：

【立冬】十月节。冬，终也，万物收藏也。水始冰。水面初凝，未至于坚也。地始冻。土气凝寒未至于圻。雉入大水为蜃。

【小雪】小雪，十月中。雨下而为寒气所薄故凝而为雪。小者，未盛之辞。虹藏不见。礼记注曰：阴阳气交而为虹，此时阴阳极乎辨，故虹伏。虹非有质而曰藏，亦言其气之下伏耳。天气上升，地气下降，闭塞而成冬。天地变而各正其位，不交则不通，不通则闭塞，而时之所以为冬也。

【蒙头红】指姑娘在出嫁的那天蒙在头上的红绸巾，等客人走了，由新郎用包着红纸的秤杆挑下。

【迎娶】吉日，男方用花轿到女方家迎娶。花轿到男方家门口时，燃放鞭炮，男家撒喜糖、栗子、花生等。新娘由二伴娘挽扶，与新郎一拜天地，二拜高堂，夫妻对拜，入洞房。男方将新娘从家中带来的挂面煮至半熟，新娘吃的时候，迎娶婆问："生不生？"新娘回答："生。"晚上，村中男子"听房"，进行乡村性启蒙。

歌曰：新媳妇，分量重，大嫂二嫂抬不动；新媳妇，脸红红，香粉胭脂抹一层；新媳妇，辫子长，甩甩搭搭垂腚旁；新媳妇，模样好，羞羞答答吃半饱；新媳妇，腿怪粗，腰下挂着俩肥猪；新媳妇，模样丑，捂着盖头不撒手。丑媳妇，俊媳妇，能过日子就是好媳妇。

曹濮平原在迎娶吉日，一般是找把椅子，椅子上铺块红布，找两三个本族气力大的嫂子、婶子负责抬。新娘子顶着蒙头红，或胖或瘦，坐在椅子上，由力气大的嫂子或婶子抬到院子里。

十一月

十一月，冬的廊道。

天地皆瘦，删繁就简。

晚来欲雪，此时，适宜读哲学。

翻一本《板桥家书》，破破读哲学的烦闷，不亦乐乎：

　　天寒冰冻时，穷亲戚朋友到门，先泡一大碗炒米送手中，佐以酱姜一小碟，最是暖老温贫之具。

汪曾祺曾说此段亲切,但更形象的是接下来喝粥人的形貌,真是工笔写意,惟妙惟肖。在故乡时,我见多了这样的父老——

　　暇日咽碎米饼、煮糊涂粥,双手捧碗,缩颈而啜之,霜晨雪早得此,周身俱暖。

没有粥摊的乡村是贫乏的,也是可怜的,是不人道的,也是胡闹的。我父亲曾卖胡辣汤,也可以说是粥的一种。那时的乡间,冬天天不亮粥摊就已在集头摆好了,掌勺的师傅衣帽齐整,手掌葫芦瓢,专俟顾客上门。粥缸用曹濮平原烧制的陶缸,上部圆大,下部尖小,外用细麦糠包裹,再用白布严严地包起来,放在特制的大木架上,抬动方便,说走就走。粥用小米、黄豆、麦子面共煮而成,稠而不粘碗,稍带煳味,佐以油条鸡蛋饸子,成冬日乡间最佳搭配。

　　歌曰:李家豆粥,源自曹州。传了十代,名声没败。仔细选粮,当年下场。细细磨浆,细罗三张。夜里熬粥,关门防偷。熬好盛缸,香气满庄。喝上一碗,身上发暖。两碗喝光,嘴里喷香。早上喝顿粥,一天滋悠悠。

腊月

十二月,下大雪。

天地一白。

雪是主角。

祭也主角。腊者,猎也,以祭祀,于是乡间此时杀猪宰羊,磨刀霍霍。

　　歌曰:过年哩,杀猪哩,小刀子,怪快哩,小猪看见怪怕哩。小猪小猪你别怕,我就牵你去赵坝,过了赵坝过黄河,叫杀猪的找不着,过了年,再回来,明年咱再一起玩。

入腊月,曹濮平原一带的农家人开始杀猪,准备年集卖肉。农家杀猪是村庄大事,一可换钱,二可吃肉。下货也大有用途,苦胆可作刀创药,胰子可做护手油,尿脬可作气球,猪脚壳可做灯碗,碎油可做蜡烛,猪头或肠子可做杀猪师傅的报酬。

杀猪时,我们小孩子挤到杀猪锅那里看热闹,眼巴巴地盯着猪蹄甲或者猪尿胯。大人用铁钩子把猪蹄甲一个个钩下来，分给小孩，有大的，有小的。大家拿到猪蹄甲，就从满是腾腾热气的锅里捞那些碎猪油，把猪油放到蹄甲里，有时就从猪的身上扯一块板油，回到家后往猪蹄甲里塞一根棉花捻子。

晚上，一个个的猪蹄甲蜡烛就在乡村的夜里燃亮了。

燃在雪地里的猪蹄甲蜡烛，使雪泛出异样的光晕。

雪，又下起来了。

人说，天地大白，如祭，是为腊。

米兰 | 数学课

疫情封控期间，当我对外部世界的向往之心近乎萎灭之时，又一次看到了那一头炸裂开来的鬈发和那个广为人知的质能等价公式：$E=mc^2$。作为一个数学爱好者，我更倾向于将其视为一个数学方程，而不是物理公式。没错，一切物质都潜藏着质量乘以光速平方的能量。某个风雨如晦的春夜，我从书柜中找出乡贤刘徽的《九章算术注》，打算重新研读一遍，借以消除竟日瑟缩于一窗之内的惶恐。就在去年，本地新建高中征集校名，我以"刘徽中学"投了票。后来听说，也有诸如"伏生中学""范公中学""广田中学"之类提名。遗憾的是，"终评委"们并不了解这些历史名人的功绩，他们最终以"××二中"一锤定音。就这样，刘徽以《九章算术注》和《海岛算经》两个精湛的数学成果获得"古典数学理论奠基者"的美誉，连同人们因为了解数学在生活中的重要性而产生的对他的敬仰和推崇，也终于被时间销蚀。

"事类相推，各有攸归，故枝条虽分而本干者，知发其一端而已。"在《九章算术注·序》中，我们的数学家充分表达了他对事物所含哲学内蕴的深刻认识，因而时间中的"失去"对他来说，其实算不了什么，我或许也不必为之叫屈。

2002年8月20日（我还记得这个日子），我特意请了半天假，一早来到邮政大厅门口排队。国家邮政局发行"中国古代科学家"纪念邮票一套四枚，其中刘徽邮票首发式在我所居住的小城举行。彼时，我已经有了七年的集邮史，对我来说，这枚面值八十分的邮票意义非凡。这位票面人物，在时间上与我相隔了一千七百多年的距离，但在物理空间上，我与他既为同乡，那么这种"同源"性必然带来心理和情感上的亲近。（时间似流水，在人与人之间形成空间和距离；桑梓如堤岸，将空间和距离连缀在一起，形成麻花状双螺旋结构。）

那天，我如愿买到了全套四枚邮票，还拿出更多钱购买了同日发行的刘徽邮票首日封、纪念封和明信片。从邮政大厅穿过喧嚷的人群回到大街上时，炽烈的阳光像火一样炙烤着排队的人。我躲在树荫下，仔细查看购买的东西，唯恐有所遗漏。（写到这里，我停下笔，翻箱倒柜找出了那些物品，它们完好如初地待在一个集邮册里；那枚邮票上，刘徽的雕刻画像清晰如昨，两道剑眉和额头上长短不一的三道皱纹，勾勒出一位深具辩证思维的数学家的古老风貌。）然后，带着满心欢喜回家。

"数学包含大量的前提。"他在一张纸上画下一些乱七八糟的几何体，用一些奇怪的符号把它们连接起来，嘴里咕咕哝哝说着什么，又在另一张纸上写下一连串公式和方程，"自变量是一个与他量有关联的变量，这一量中的任何一值都能在他量中找到对应的固定值。"我站在窗前，看着庭院里次第盛开的花朵，无心理会这个沉浸于演算中的男人。"比如说，只要具备足够的已知条件，应该可以建立一个数学模型，据此制定出一套适用于上海、北京或其他任何地方的更加科学的防疫方案……"他俯身于我们的餐桌，像电影《美丽心灵》中的约翰·纳什那样，坚信自己与众不同。（霍金在《大设计》中提出依赖模型的实在论，认为实在不过是一套自洽的和观测对应的图景、模型或者理论；霍金企图找到宇宙的唯一起源，最终发现关于宇宙的起源有多种模型，于是他放弃对唯一性的追求，认为只要这些模型是自洽的，与之对应的宇宙起源理论便是成立的。）

封控到了第三十七天，他从一开始的惬意到渐生焦虑，从焦虑到烦闷，再从烦闷到沉默，这个一向把"顺其自然"挂在嘴边的人，竟然想凭一己之力替决策者和一众医学家、科学家解决偌大难题，这让我油然而生怜悯之心。难道他不明白，有些事不是数学题，而是秘密，就像但丁在《神曲》中讲述的那些关于天堂、地狱和人间的秘密。

小女儿的花和蘑菇、被口罩紧捂的两年
　　——多少回忆像暴雨落下

窗台上放着一本诗集。不经意间，受他影响，我也在脑海中运用数学思维，将那些诗句意指的生活，想象为一个坐标——原点：个体命运；两条数轴：地上站立的人和树林、地下平躺的人和蜿蜒的根茎。接下来，一个包括人类与花朵、飞鸟与流言、病菌与炮弹在内的适用于万物的相对极坐标,在我脑海深处慢慢成形。在这个相对极坐标中,任何个体命运,都无法绕开时代的丛林,他们将最终一起拥抱着走向神灵……

树上新绿初绽,一寸寸光阴贴着叶面飞驰。我发现,有些秘密是写在树叶背面的。那些海绵组织、那些虫卵、那凸起的叶脉隐藏着怎样的故事? 还有,石榴种子的排列方式是六边形,向日葵花盘有两组方向相反的螺旋线,雏菊花冠上的小花互以137°30′的夹角排列, 一棵树每年的分枝数都是斐波那契数……大自然这本书以文学形式叙写,真相往往更加迷离,能够客观反映其内部关系的数学,反倒是最真实的表达。

在《九章算术注》卷四,刘徽写道:"言不尽意,解此要当以棋,乃得明耳。"很多事有无数的起点和无数个理由,人们所希求的,不过是遵循自然规律和道德良知,能够自由地对此进行考证和辩论,仅此而已。

我相信数学与文学之间存在着美妙的共鸣。

在文学上,文字排列不同,句子会有不同的含义,而含义排列不同,则会产生不同的表达效果。这就涉及我们所学的一个数学概念:排列组合。短篇小说《立体几何》是我为数不多的阅读次数达二十遍以上的文学作品。("我"凭借曾祖父日记里记录的数学奇思和性爱理论,不动声色地实施的杀妻计划,被作者写得如此平静而惊悚。)如果没有丰富的数学知识,我认为伊恩·麦克尤恩很难把那些字词句和段落、开头与结尾,设计得如此巧妙。

同样,一位优秀的数学家,他的语言表述能力也一定是一流的,比如刘徽。

成书于汉代的《九章算术》,由二百四十六个应用题和解答这些例题的方法组成,分为方田、粟米、衰分、少广、商功、均输、盈不足、方程和勾股九章。遗憾的是,该书中缺乏定义、推导和证明,分类也不尽合理。时至魏晋,我们的刘徽"是以敢竭顽鲁,采其所见,为之作注"。他一方面为《九章算术》中的数学概念、具体方法和正确结论确立定义,进行论述和证明,使其包含的数学内容更加严密和完善(由此奠定了中国古典数学理论的基础);另一方面,他在为该书作注的同时,又提出新问题(在数学研究中,问题的提出本身,就是一个了不起的发现),创立新方法,开辟新领域(《九章算术注》中的《重差》一卷,即全为刘徽独创,唐代以单行本《海岛算经》

发行）。正是凭借《九章算术注》，中国古代数学向前发展了一大步。

数学史家李迪将刘徽的数学贡献概括为六个方面：一、建立了"十进分数"理论；二、推广了分数计算方式中的"齐同术"理论；三、运用极限思想建立"割圆术"理论；四、创立了计算复杂立体体积的"刘徽定理"；五、改进了线性方程组解法；六、完成"重差术"著作。

《九章算术注》中，类似以下的表述比比皆是：

> 徽以为今之史笈且略举天地之物，考论厥数，载之地志，以阐世术之美。
> 凡物类形象，不圆则方。方圆之率，诚著于近，则虽远可知也。
> 触类而长之，则虽幽遐诡伏，靡所不入。
> 至于以法相传，亦犹规矩度量可得而共，非特难为也。
> 言虽异矣，所以成法实则同归矣。
> ……………

言辞简约，却不乏骈文的富丽精工，又有散文的朴茂洒脱。刘徽写的原本只是一本纯数学之书，可谁又能说，它不像一部文学著作？

2015年12月，当代数学家丘成桐在北京外国语大学作题为《数学与文学的共鸣》的演讲，他认为，数理之与人文，实有错综交流的共同点。他说，物理学需要实验，数学需要证明，文学却不需要这么严格，但是离现象太远的文学，终究不是上乘的文学。以《红楼梦》为例，曹雪芹借自身经历描述一个家族的荣华富贵及其无可避免的腐败和堕落，事则实事，然则有隐有见，有正有闰，有条有理的创造和叙述，犹如一个大型的数学创作……

彼时，我试着以数学架构仿写了一首小诗《七只水鸟》：

> 昨夜，一阵小雨
> 像密集的鸟鸣落进庭院。清晨的
> 一滴露珠迎着朝阳，
> 一只蜜蜂停在玫瑰花上，

一个男孩在医院里降生，
一位苍老的清洁工，在人行道上
歌唱爱情

当我穿过人群来到河边，七只水鸟
从芦苇荡里飞起
三只向东，三只向西
另外一只在我头顶，欢鸣
而这正是
我一次次穿过人群
抵达一条河的原因

　　我原本更善于通过文学途径获知人生含义和人类丰富的道德寓意，无奈生命历程中遇到的问题越来越多，更有一些神秘的存在在施加影响，单靠文学，已经无法实现对人类精神的正确理解。这种情况下，借助数学思维不失为明智之举——需要特别说明的是，只罗列数字而缺乏逻辑推理和理性分析的做法，并不能称之为数学思维，比如对某些灾害的统计（降雨量、风力、小麦倒伏面积、减产幅度、经济损失总量等）。数字本身含义是不明确的，灾害发生时那些无法用数字计算的东西，比如对人感情的戕害，对人心灵的折磨，对灵魂空间的挤压，很难说不是更为严重的灾害。

　　2013 年 6 月 22 日（我也记得这个日子），"纪念刘徽注《九章算术》一千七百五十周年国际学术研讨会"在我们这里举行。（在这之前，我在一本文献汇编上看到过中科院研究员郭书春撰写的《刘徽籍贯考》，他将"山东邹平"作为刘徽的籍贯确定下来，其考证、推理、逻辑、行文，令我印象深刻。）这天正好是星期六，我很高兴我能以一个数学爱好者的身份参与研讨会的旁听。不想，天有不测风云，好巧不巧的是，麦收之前应该发放给受灾农户的小麦保险金，因资金不到位迟迟无法落实，偏偏星期五，也就是研讨会前一天，这部分资金突然到账，单位要求全员加班，不允许请假。

　　小麦保险赔付明细表中，张三九十元，李四一百四十二元，赵五五十五元……我发现核损数字的大小，赔付金额的多少，在此时的老百姓眼里，已经变得不再重要，尽管之前他们找村委、找镇上、找市里、找保险公司，来来回回如此这般地据理力争过；但此刻他们心中所愿，只是种好下一茬庄稼，是秋玉米丰产丰收，是风调雨顺。

地方文史专家王红先生，帮我搜集了几份研讨会的发言稿，其中包括纽约市立大学教授道本周的论文，他为与会者详细梳理了世界范围内对刘徽注《九章算术》的研究成果。论文最后写道：刘徽卓越的数学成就的取得，正是他立异标新的科学思想和卓越的哲学思想共同指导的结果。

学生时代的我从未思考过数学的应用，也就是数学与生活的关联性问题。多少年后的一个春天，被封控于陋室，无所事事之时重读《九章算术注》，我的脑洞缓缓打开，迎面而来的一丝光亮，似乎弥平了我与数学之间的明沟暗渠。刘徽认为，天地之间一切客观事物，皆可用数量关系去效法和把握；现代数学研究者进而发现，现实世界中许多问题不仅可以建立数学模型，还可将模型归结为某个非线性偏微分方程，其往往有多个解甚至无穷个解……

数学的研究对象是由论证组成的，数学更重要的是逻辑和推理，数学需要敏锐的洞察力。很显然，这些能力我并不具备。也就是说，筚路蓝缕开启山林的过程，让刘徽们获得寻找真理的乐趣，而我所拥有的，只是被埋在题海中的苦恼。

每个人都有一段决定性的成长经历。"徽幼习《九章》，长再详览。观阴阳之割裂，总算术之根源，探赜之暇，遂悟其意。"（《九章算术注·序》）刘徽是天生的数学家，还是在成长过程中受到启发和指引而走上的数学研究道路？

关于刘徽的成长细节，我在史书、地方志、地方人物故事中，在严敦杰、郭书春、李迪、梅荣照等一应数学史家的论著中，都没有找到更多线索。退而求其次，我只能从他生活的时代寻找答案。

刘徽生卒年月不详。据《晋书·律历志》和《隋书·律历志》记载："魏陈留王景元四年，刘徽注《九章》。"魏陈留王景元四年，为公元 263 年，次年魏亡，再次年即是西晋泰始元年。也就是说，《九章算术注》成书于魏晋时期。众所周知，魏晋时期是一个社会从战乱走向统一、思想从解放走向争鸣、科学从恢复走向发展的时代—— 何晏注《论语》，王弼注《老子》和《周易》，向秀、郭象注《庄子》，葛洪著《抱朴子》，贾思勰著《齐民要术》，马钧发明龙骨水车，蒲元发明"木牛"，竹林名士嵇康主张"非汤武而薄周孔"，提出"越名教而任自然"……学术界释古而创新的思潮，辨析明理、注重逻辑的风气，对刘徽的影响是不言而喻的。

就在那个风雨如晦的春夜，盯着 π 后面那几位数字，我仿佛看到这位远古时代的乡贤，在一个圆形图案内接割出一个正六边形，又将每段弧分割为二，得到接正十六边形，"割之又割，以至于不可割，则与圆合体而无所失矣"，直至接正一百九十二边形，得出圆周率为 3.14 的数值。（那幽秘的、抽象的、无边界的思考，挑战着他的智力和体力。）这时，他想要的答案好像近在咫尺又好像远在天边。割之又割。及至割到三千零七十二边形，他得到了令自己满意的数值：3.1416。

——一百多年后，祖冲之在此基础上，将圆周率精算到小数点后第七位，即 3.1415926 < π < 3.1415927。

世界上的大部分人，一直在发出疑问，一直在等待结论，却少有身体力行去求证或推动结论者，因此，真相的意义，更多地存在于孜孜以求之中。

躺在草地上仰望星空，那崇高旷远的秩序使我感知到，这个世界是圆的。人之初，也是圆的。后来，人的形状慢慢衍变为心形、正方形、三角形、六边形、梯形、菱形……他们是：母亲、父亲、学生、战士、诗人、科学家……

有生以来第一次遇到这种情形——以几何体思考人类的基本问题。实际上，这种思考已经超出我的能力范围，成为难解的问题。身为晦暗不明之境的亲历者，我只想把人类的基本问题具象为生与死的问题，从而使我眼里的圆，不仅不代表万事皆空，而且可以作为一个完满瞬间，将人的一生简单地固定下来。至于其他形状，三角形也好，六边形也好，不妨像省略掉小数点后面的数字一样，忽略不计。

现在封控解除了，我与他陡然燃起的对数学的热情迅速降温。他想建立的数学模型是否有了些眉目，他没说，我也没问。在我这里，对刘徽的重新阅读给予我的最大启发，更多地体现在哲学而不是数学方面。而事实上，科学的变革，无不以深刻的哲学思想为背景，从笛卡儿、伽利略，到牛顿、莱布尼兹，莫不如此。刘徽在数学研究中所运用的析理思想、推类思想、简约思想、重验思想、求新思想，以及关于言意的思想，亦时时折射着来自《周易》《老子》《庄子》《墨子》《论语》《荀子》《周礼》《管子》《淮南子》《论衡》的诸多先秦、两汉哲学思想的辉光。《九章算术注》，是刘徽的数学成就，也是他的哲学成就。

草地上的这个夜晚,那些繁密的星群在我眼里,不仅凸显着空间的多维,也凸显着时间的多维性——刘徽头顶的每一颗星辰,此刻也正闪耀在我的眼前——时间永远分叉,通向无数的未来。就是这样,一个平常的夜晚,风从远方吹来,我听懂了紧随着它的那些激荡的声音。

徐鲁 | 灯火

灯火

你是否有过在风雪之夜匆匆赶路的经历？或者,你是否曾经独自行走在异乡的星空下？夜色茫茫,山路迢迢,看不见一个人影,只有天上的星斗伴着你默默前行……

就在你十分疲惫、孤独,甚至有些心灰意冷的时候,偶尔抬起头来望向远处,忽然,远方的山脚下,闪烁出一豆微弱的灯火,若有若无,似近又远,有点飘忽,又有点朦胧。虽然你还不能马上就走近它,但毕竟,那是一豆真实的灯火,正在前方。

是那么微弱的一小团橘黄色的灯火呢,却又分明在向你发出无声的召唤。望着远方那一豆灯火,你也许瞬间就不再在意一直阻碍着你前行的脚步、让你感到寒冷和迷茫的风雪;你也许顿时就会疏远了头顶上的满天星斗,而觉得闪烁在山脚下和大地上的灯光,哪怕小如一星一豆,哪怕看上去是那么遥远,但它是那样的亲切,那样的明亮和温暖。

这一豆灯火,正在引导着你,鼓舞着你,给你送来信心和希望,也给你送来勇气和力量。它让你心驰神往,奋然前行,同时也给你带来许多的遐想——

那也许是一个小小的野店挂起的一盏风灯吧?那也许是一户农家正在燃着的温暖的灶火吧?哦,有小小的山坳、小小的村落,就必定会有一个温暖的家,就有烟熏的墙壁、火燎的灶台,有粗糙和辛劳的亲人的手,在揭开热气腾腾的盖帘时,扑鼻而来的饭菜香……

橘黄色的灯火里,或许还会有一位慈祥的母亲,正在给家人缝补被山棘刮破的衣衫?或者是有一个小小的读书郎,正俯身在小小的饭桌上做功课?哦,也许还会是小小的姐弟兄妹几个,正支着双手捧着小脸,在听妈妈或外婆讲故事吧?

又或许，灯火里有一间敞开的篱门？篱笆院前，站着一个盼归的人？裹在围巾里的脸，冻得通红。那一豆灯火，就像一颗殷殷期盼的、温暖的、跳动的心……

　　遥望着闪烁在远山脚下那一豆橘黄色的灯火，你可能会情不自禁地沉浸在这样一种温柔的感情和美好的遐想里，而把茫茫夜色和弥漫的风雪抛在脑后，踩在脚下，振作起来，继续前行……

　　啊，毕竟，毕竟是灯火在前啊！

　　不知你是否还曾留心过这样的情景，或者是有过这样的感受——

　　当暮色降临、华灯初亮，或是夜色已深，你从高铁站或机场，乘着车子驶上高架桥，缓缓地进入一座陌生的城市，或者是回到了你所熟悉的家乡的城市时，透过车窗玻璃，你看到一幢又一幢拔地而起、矗立在夜色里的高层住宅楼上，无数个窗口都在闪耀着橘黄色的、明亮的灯光。

　　这些高楼大厦的轮廓，好像已经融入了温柔的夜色，但那一个个闪耀着灯光的窗口，却是异常的清晰明亮；也不难想象，每一个窗口之内，都有一个温馨的小家，都有一家人围在飘香的饭桌前，或是闲坐在客厅里，亲情怡怡，笑语喧哗……

　　我曾经多次留心观察过这些闪耀着美丽灯火的高楼上的窗口。每次看到这样的景象，我的心里都会漾起一种温柔的情感：啊，这不就是真正的万家灯火吗？这不就是我们的城市最应该拥有的平安、祥和、幸福的生活日常吗？

　　远远地瞩望着、想象着夜空之下那无数个灯火闪亮的窗口，我还会情不自禁地想到：让每一个中国人和每一个中国家庭都过得更安宁、幸福，更美好一些，把每一个家庭、每一位老人、每一个孩子对美好生活的向往，都当作我们成年人的奋斗目标，这该是一种多么庄重、美好和坚定的承诺与担当啊！

　　哦，不论是远山脚下的一豆灯火，还是城市高楼上的万家灯火，都是多么美丽的世间意象，又是多么静好、多么祥和的生活图景。在这一刻，我甚至还联想到了一位诗人曾经的歌唱：

　　　　羡慕吧，生活多么好，多么令人爱恋，
　　　　为了享受这一夜，我们战斗了一生！

小溪

你知道江河是怎么形成的吗?

其实,所有汹涌澎湃、浩浩荡荡的江河,在开始的时候,仅仅是些清净、冰冷的泉水,集聚在一起,在坡度比较大的山谷里活泼起来,形成幼小的江河——溪水。她欢歌跳跃,横冲直撞,爱怎么流就怎么流,花费了很多精力,走了数不清的冤枉路,那么曲折,几乎每一步都有一个弯。后来,有许多小溪找到了共同的方向,道路就越来越直了,成了江河。她看起来变得庄重了,沉默了,拘谨了,但她有了不可阻挡的力量,坚定不移地前进,前进,奔向海洋,奔向太阳……

少年时代,我坐在故乡小河边一个高高的瓜棚上,第一次读到诗人白桦的小说《小溪奔向海洋》里这段文字时,眼前那道清亮的河水,正绕着小村哗哗地奔向远方。我还隐隐地听到了,在不远的远方,在山的那边,辽阔的大海正在胶州湾涌动着不息的潮声,好像在召唤我向它奔去。

我当时想象,自己就像故乡的一条小溪,正在积攒着一点一滴的水珠和奔流向前的力量。在未来的日子里,我也将绕过小小的村庄边缘,绕过青青的山坡脚下,穿过幽深的、茂密的苇草和倒伏下来的树丛,甚至冲过河流中间那些大石头,一直向前奔流、奔流,奔向自己的海洋和太阳。

我相信,每一个人,在他的一生中,都会有一个如此美好和值得回味的时刻:朝气浩荡,壮志凌云,情不自禁地为自己远大的抱负而感动,甚至也幻想着踏上为美好的理想而奋斗的旅程,哪怕是苦一些、累一些,流汗、流泪、流血,也在所不惜、无怨无悔,并且也憧憬和期待着终有一天,有一双温柔而明亮的眼睛,在远方等待着自己、注视着自己,然后和自己一道前行。

啊,小溪奔向远方,是一个多么坚定、庄严和美好的目标啊!我能做到吗?

——坐在故乡的小河边,我也曾这样问过自己。

茅棚

朴素无华的茅草棚在哪里?在哪朵像锡纸般闪亮的云彩之下?在哪场轰然而至的暴风雨之中?在哪一片空旷的秋后的旷野上?在绵延起伏的地平线的哪一边?

茅草棚,默默无声的茅草棚,多少景象与往事都如云烟一般散淡远去了,而你却毫不动摇地屹立在我的心灵深处,屹立在我记忆的旷野上最醒目的地方,仿佛我的一位曾经相濡以沫的老哥哥,远远地总在向我招手,永远会对我敞开着宽厚而温暖的胸怀。

你,我艰辛的幼少时代里躲雨的憩园、避风的港湾和栖身的野巢,有多少次,你在狂风暴雨之中接纳了我,拥抱了我,庇护了我那幼小的、像小小的菜花蛇一样的生命啊!

我常常记起贫穷年月里的一个晚秋。那一天,我劳作归来,突然狂风大作,乌云压顶,轰轰烈烈的电光映照着天边巍峨的山影与丛林,震撼山岳的雷鸣正威慑着天地间的一切。我像一个突然间迷失了道路的小牧童,惊恐地奔跑在茫茫的、风雨肆虐的旷野上。

就在这时,我看见了你,一间在狂风中呼呼作响的茅棚。你是那么简陋,却又那么坚定。你是在狂风中等待我的吗?我惊喜地跑向你,像一个在噩梦中奔跑的孩子,流着泪紧紧地依偎在你的怀抱里,瑟缩在你的华盖之下。

是的,我用我的全身紧紧地依靠着你,仿佛依靠着一个巨人,仿佛依偎在母亲身边。我全身战栗着,倾听着外面翻江倒海似的倾盆大雨。四野茫茫,一片汪洋。你成了我幼小而惶恐的心灵的一座安全的孤岛。

不知过了多久,暴风雨终于停息,乌云的缝隙里奇迹般透出一缕缕绚丽而强烈的霞光,雨后的天地间一片澄净,包括我的一颗少年的心,仿佛也刚刚被洗礼过一样。

我看见,在我的四周,秸叶上滴着透明的水珠。它们比任何时候都使我感到明亮、亲切和难忘。我们都像是胜利者一样,含笑站立在霞光喷射的旷野上。

啊,茅草棚,和我风雨共济的茅草棚啊。从那以后,我再也忘不了你了。我常常想,是哪一位年老的农人默默搭起来的茅草棚呢?他是怀着一种怎样的心思呢?只要几捆秋后的高粱秸,或者数捆干枯的白荻和芦竹草就够了。在秋后的旷野上,在任何一条道路边,你都胜过世界上任何的华屋、旅馆与驿站。它们也许不会属于贫穷无助的人,而你温暖而朴素的门扉,却向任何一位过路人敞开,一如那温暖和宽厚的农人的心。你用最简单的温情,温暖和庇护着每一位经过你身边的疲惫的农人、牧童、收获后回村的妇女、从远方归来的游子,甚至那些沉默的、劳作了一天的牲口,而无需半点回报与酬劳。保护你和支撑你屹立不倒的,也不是任何别的东西,只有人们的感激与敬意。

茅草棚，暴风雨中的茅草棚啊！多少年来，我远离了旷野和乡村，奔走在世态纷纭的城市里。我住过大大小小的旅店和宾馆，我的双脚也踩过形形色色华贵的地毯与瓷砖，可我再也没有了躲进旷野之上暴风雨中的茅草棚里那种心动的感觉。茅草棚，我的娘亲一样的怀抱，我在无数个长梦中怀念过你。

老托尔斯泰说，他自己就是一个温暖的大自然。而我觉得，在大自然的怀抱里，在旷野上的暴风雨中，我们都像是一个居无定所的旅人和牧童。面对生活中的风风雨雨，谁不曾有过茫然无助的时候？而让我感到自豪，也时常让我心驰神往、满怀柔情地怀念着的，就是一座简易而朴素的茅草棚。

——它屹立在我的心中，无论多大的风雨，它都会为我遮挡出一小片晴朗的、温暖的天空。

作物

我怎能不歌唱我所熟悉的那些作物？它们像我亲爱的兄弟一样，年年在我熟知的乡土上顽强地生长。它们是我们的面包、酒、盐和四季的衣裳，它们是我们的汗水、忧愁、欢笑和信念，是我们的富庶、收获和最真实的期盼与希望。

你们，金灿灿的玉米林，我童年时的伊甸园，我青少年时代流过最多汗水，又吮咂过最多甘甜的地方；你们，饱满诚实的沙土之下的落花生，我最早的人生哲理的象征，我永难忘怀的收获的梦想；你们，芬芳的大豆、豌豆和玉蜀黍，你们饱满的绿色，年年装点着我艰辛的乡土，召唤鼓舞着我们生生息息的力量——收获的季节到了，你们都沉默不语。但我明白，你们也是快乐的，赤诚的奉献是你们共同的信仰。

还有你们，多淀粉的地瓜和马铃薯，层层的稻子、小麦和燕麦，我熟悉你们返青、拔节、扬花、抽穗、灌浆，直至成熟的日日夜夜，熟悉你们喂我以青粒、刺我以针芒，拥我抱我在收获之后的路边和谷场。七月闪烁着幻想的夜呀，在高高的麦垛上，故乡的新月，多少次向我洒来温柔的光芒……

还有你们，生长在半山腰的临冬的荞麦、垄边的蓖麻和刚正不阿、如火如剑的红高粱。你们都不能够从我的视线里消失，不能够从我的乡土记忆和我的生命里消失，不会的。我景仰你们，怀念你们，描绘你们，如同怀念我艰辛和美丽的乡土捧出的那些最赤诚的心。

啊，我是这样的怀念和歌唱，我所熟悉的那些田野、河流、树林、池塘与村庄，还有四季里的那些农作物，祖祖辈辈、风风雨雨，我们一同在这片土地上生长。只有你们，能使我的父老乡亲们开怀大笑，能使一代代乡村的孩子健壮地成长。

我调和出我心中最美丽的色彩来描绘你们、赞美你们。我相信，离开了这样的土地，我不会有更好的命运，我用我的笔，饱蘸着来自这广袤的大地上的全部汗水、热血、眼泪、雨露和阳光。

而在众多的生命中，我还特别景仰你——深深地植根在土地中，却为我们捧出饱满籽粒的葵花。你那么平凡，又那么高贵。你是旷野上忠诚的守望者，太阳的永远的爱人。燃烧的心，希望与爱恋，使你短短的生涯里闪耀艰辛和苦难的光辉。

在这个寒冷的世界上，你传递着来自大地与天空双重的温情与甘美。你不是轻佻和媚俗的花，你是农家孩子的食物和福报，你是艰辛而质朴的耕耘者和收获者的兄弟姐妹。你也是点燃在旷野和道路的金色的火炬，导引一代代大地之子走向你，经历艰辛却无怨无悔。

看吧，在大路的尽头，一切成熟的花朵都低垂着。它们是无言的岁月，是古老的家园，像祖先们的灵魂一样为我们引路，引领我们沿着黄昏的村路回到生命的依皈。

穿过异乡道路上的层层风沙，我也背着生命的行囊向你复归。远远地看见昔日的田土、晴空和村庄，看见大地和山坡上你低垂的花朵、无声的身影，我的心就开始燃烧，我的眼里也涌出热泪。

蒋蓝 | 鱼隐之刃

怒有万人之气,其妻一呼即还

梁启超将《史记·刺客列传》所述五大刺客分为"为国事""报恩仇""助篡逆"三类,批评"助篡逆"的专诸乃"私人野心之奴隶""无意识之义侠"。在《中国之武士道》里,他评析了豫让的壮烈之举后,特意以"新史氏又曰"补充说,他并不认为专诸具有真正的尚武精神,专诸只是狭义上的忠君,实际上是为傀儡君主而死,于是将专诸排除在侠客门墙之外。

专诸,是《史记·刺客列传》中第二个出场的人物。作为暗杀者,他是被后代贴上"最富有政治色彩"标签的杀手,人们鹦鹉学舌,往往说专诸是公子光、伍子胥以及吴王僚之间权力斗争的牺牲品。可惜的是,历史并不因为标签的存在而被迫改变它本来的色泽。

专诸(? —前515年),春秋时代棠邑(今江苏省南京市六合区)人,长得高额凹眼,虎背熊腰,异于常人。异人自有异相,异相必有异能,这一点,古人是深信不疑的。东汉赵晔的《吴越春秋》里有一段记载我非常喜欢:"专诸方与人斗,将就敌,其怒有万人之气,甚不可当,其妻一呼即还。"映入人们眼前的"畏妻"者,古书里只有八个字:"雄貌,深目,侈口,熊背。"这个细节刻画丝丝入扣,精妙无比,这暗示专诸有胡人血统。事后伍子胥问他为什么不打架了,专诸说:"夫屈一人之下,必申万人之上。"这非常能说明专诸的性情就像质地优良的剑,可柔亦可刚。

从字义上说,专诸古书写作"鱄诸",鱄固然为一种姓氏,但也指一种淡水鱼,即古书上说的:"鱼之美者,洞庭之鱄。"移之于专诸,尤其是联系到后来裂鱼腹而出的鱼肠之剑,我总以为,他的姓氏似乎暗示了他与危机的某种难以割裂的联系。鱼,成为这一切凶相的和谐征兆。

伍子胥（棠邑大夫伍尚之弟）长得"身长一丈，腰十围，眉间一尺"，堪称伟岸的男子汉，因父亲伍奢、兄长伍尚皆被楚平王冤杀，他身负血仇逃离楚地来到吴国，一见专诸，且得知专诸有"内志"之时，真是与之惺惺相惜，电光石火间，明白这是不可多得的勇士，遂与之结交。

伍子胥觐见吴王僚，用攻打楚国的好处予以游说。对此，公子光私下自有一番评论："那个伍员，父亲、哥哥都是被楚国杀死，所以才鼓吹攻打楚国，他不过是为报私仇，并非替吴国打算。"吴王一听，就不再议伐楚的事。伍子胥私下得知公子光打算除掉吴王僚，就乘机进言："公子光有夺取王位的企图，现在还不宜劝说他向国外出兵。"在稳住局势之际，他立即把专诸推荐给公子光。

公子光的父亲是吴王诸樊。诸樊有三个弟弟，按兄弟次序排，大弟弟叫余祭，二弟弟叫夷眜，最小的弟弟叫季札。诸樊知道季札贤明，就不立太子，希望依照兄弟的次序把王位传下去，最后把国君之位传给季札。季札的确贤明，千方百计逃避君位。于是立下规矩，王位不再传子，而按兄弟顺序传。诸樊认为，王位早晚还是季札的。于是，诸樊死了，轮二弟；二弟死了轮三弟；三弟终于死了，这回可算轮到季札了，季札却在人们的期盼中失踪了。毕竟国不可一日无君，老三的儿子遂继承了王位。这就是吴王僚。这样老大的儿子能服气吗？这就是公子光顿起杀机的原因。

公子光说："如果按兄弟的次序，季子当立；如果一定要传给儿子的话，那么我才是真正的嫡子，应当立我为君。"他是有准备的，秘密供养一些有智谋的人，指望他们助自己夺位。

公子光一见专诸，待若上宾。吴王僚九年（前514），楚平王死。这年春，吴王僚想趁着楚国办丧事之际，派他的两个弟弟公子盖余、属庸率领军队包围楚国的潜城，派延陵季子到晋国，用以观察各诸侯国的动静。楚国出动军队，断绝了吴将盖余、属庸的后路，吴国军队不能归还。一直注视着局势变化的公子光觉得差不多了，对专诸说："这个机会不能失掉，不去争取，哪会获得！况且我是真正的王位继承人。季子即使回来，也不会废掉我。"屠夫出身的专诸并不只懂得白刀子进红刀子出，他是懂得刀路的："僚是可以杀掉的。母老子弱，两个弟弟带着军队攻打楚国，楚国军队断绝了他们的后路。当前吴军在外被楚国围困，而国内没有正直敢言者，这样，僚还能把我们怎么样呢！"这句话火一样把公子光点燃了，他心神大动，起身叩头："我公子光的身体，也就是您的身体，您的事，我会负责到底！"至此，历史的演绎像一个魔咒,立即掀动了历史的水盆,是那样覆水难收。这句"光之身,子之身也"的豪言,就是最大的应许,专诸履行了承诺,公子光也兑现了自己的豪言,两不相欠。

烧一条美味的剑鱼

但吴王僚是机警的,他的弱点在哪里?

公子光在与之觥筹交错、换盏推杯的记忆中,恍惚记得吴王僚喜吃鱼。烤鱼的香味总会让人忽略一些细节。这个回忆让公子光很是兴奋。《风土记》载:"吴王阖闾女,骄恣,尝与王争鱼炙,怨恚而死。"为争吃烧鱼,竟郁怨而死。《姑苏志》记有"吴地产鱼,吴人善治食品,其来久矣"的风俗。可见,在普通的一条鱼上,可以寄托更多的非凡之思。专诸立即去太湖,师从烹制鱼菜的高手太和公学习"炙鱼",三月而精此技。

专诸准备施展一次前无古人的阴鸷智慧——烧一条美味的藏剑之鱼,这的确是春秋手法,名字就叫"鱼藏剑"。

鱼隐,利刃像一条鱼那样回到水中。杀气就像鱼香那样,蛰伏于味蕾打开时的磅礴口水里。

鱼隐,比起后起的作为看破红尘之举代表的"渔隐",深刻体现出古汉语的锋刃,以及倒刺。

这年四月的丙子日,公子光趁王僚派兵远征被困楚国之际,决定请王僚赴宴。公子光对王僚说:有庖人从太湖来,善炙鱼,味甚鲜美,请王尝鱼炙。地下室埋伏身穿铠甲的武士,又命伍员暗约死士百人,在外接应。吴王僚肯定已猜测到公子光的宴请不是出于友情和敬意,但他过于自信,低估了公子光的谋略和决心。赴宴时,他身穿铁甲,沿途布兵,席间卫士随身不离。然而他没有料到,最大的危机,却是埋伏在诱人的鱼香当中。

宴席终于开始。酒到畅快处,公子光诡称脚痛,退到地下室。就像导火索被悄悄点燃,一个预谋周密的计划纹丝不乱,依次铺排:专诸把匕首藏到烤鱼的腹内,乔装膳者,端着鱼上去了。

走到吴王僚眼皮下,专诸的动作很缓慢,在放下鱼盘的一瞬,比鱼刺更锋利的手指插进鱼腹,掰开,拿刀,发力,出击,行云流水,直插吴王僚的胸部。细而窄的匕首面对"铁之甲三重"是一种角力,卫士的长剑——"铍",像树枝一样环卫在吴王僚左右,剑身抵住了进食者的身体——可见局势已到了一触即发的地步。但"倚专诸胸,胸断臆天,匕首如故,以刺王僚,贯甲达背"的记载中,这"贯甲达背"四字——即鱼肠剑刺入吴王僚的身体,与卫士的长剑刺入专诸的身体成正比——凸显了匕首的锋利,以及专诸更为果决的杀气。

这细弱的匕首,在从空中划过的过程中,带动了一个巨大的阵势,直到匕首彻底停止运动,它所牵动的气场才滚滚而起。唐雎赞之为"彗星袭月",言其犹如彗星扫过月亮,按古人说法这是重大灾难的征兆。如此修辞,使赞美者在高扬专诸杀气的同时,又让某种不轨于正义的道德指责蛰伏其中。

没有任何反常,吴王僚当场毙命。猛醒过来的侍卫扑上来,乱剑戮杀专诸,场面混乱不堪。公子光觉得大局已定,放出埋伏的武士发起攻击,一举消灭了吴王僚部下。他遂自立为君,这就是吴王阖闾。他没有忘记自己的承诺,封专诸的儿子为上卿。

远在楚国作战的吴王僚的弟弟盖余、属庸听到公子光弑君自立的消息,知道大势已去,弃军逃走。后来兄弟俩又投奔楚国,楚把养邑(今河南沈丘一带)分封给他们。从此,吴王的后裔就在河南沈丘一带繁衍,后代分别以两公子的名字盖余、属庸为氏,成为姬吴的两大分支。

季札回国后,不愿看到吴国再起内乱,只好承认阖闾为君的合法性。《史记》记季札说:

> 苟先君无废祀,民人无废主,社稷有奉,乃吾君也。吾敢谁怨乎?哀死事生,以待天命。非我生乱,立者从之,先人之道也。

太山一掷轻鸿毛

根据专诸生前一定要死后葬于泰伯坟旁的遗愿,吴王从优安葬专诸,在当时的王宫(位于现在的崇宁路和小娄巷一带)一侧修建了专诸的优礼冢,名为专诸塔。塔直到"文革"前夕,都一直矗立在无锡城的大娄巷。因专诸在太湖边学烧鱼之术,后人把他奉为厨师之祖。

专诸塔是一座喇叭形的小塔,塔在一间房子里,1966年被拆除。邑人秦颂硕曾写《专诸塔》一诗:

一剑酬恩拓霸图,可怜花草故宫芜。

瓣香侠骨留残塔,片土居然尚属吴。

这很能说明,专诸的血虽没有能感化儒生们的学理,但在故土,仍催生出了一蓬红如火焰的曼陀罗花。

明代大儒陈懿典称:"专诸助篡,聂政借躯,报一人之仇,皆不轨于正义。"(《读史漫笔·刺客传》)这是历史的老调了。章太炎先生在《徐锡麟等哀辞》里说:"专诸、聂政死二千年,刺客之传,郁埋弗宣。"这是有感于同盟会刺杀清廷官员的革命性,认为他们再现了凌厉的古风。正如太炎先生分析的那样:"天下乱也,义士则狙击人主,其他藉交报仇,为国民发愤,有为鸥枭于百姓者,则利剑刺之,可以得志。"这正是侠的品格。

1907年,黄季刚先生撰写了《释侠》一文。文章称:"侠之名,在昔恒与儒拟。儒行所言,固侠之模略。"这种侠、儒并举的模式,章太炎的《訄书·儒侠》早已有言在先。但在曹刿那样兵不血刃的"儒侠"少之又少时,渴望"儒侠"来匡扶正义,就成了文人的叶公之好。

有意思的是,黄季刚在《释侠》中对暗杀却予以大力鼓吹:

> 侠者,其途径狭隘者也。救民之道,亦云众矣,独取诸暗杀,道不亦狭隘乎?夫孤身赴敌,则逸于群众之揭竿;忽得渠魁,则速于军旅之战伐。术不必受自他人,而谋不必咨之朋友。专心壹志,所谋者一事;左右伺候,所欲得者一人。其狭隘固矣,而其效或致震动天下,则何狭隘之足恤乎?

在这样的认识下,逐渐廓清了一个事实:那些摇唇鼓舌的人,一当面对鲜血和死亡,就立即露出了他们的软与小。历史不因车载斗量的事后评说而有丝毫改变,就犹如刺出去的锋刃,不会软成纸刀。

"以理杀人",其实在宋代之前就是存在的。

王元化在《思辨随笔》里认为,韩非反反复复地说:"喜利畏罪,人莫不然。"(《难二》)"夫安利者就之,危害者去之,此人之情也。"墨子主张利人,韩非则主张利己。

《外储说·左上》说:"(人)皆挟自为心。"这是说人人都只知道爱自己,为自己,全都是自私自利贪生怕死之徒。韩非子还举例说明:

> 鳝似蛇,蚕似蠋。人见蛇则惊骇,见则毛起。渔者持鳝,妇人拾蚕,利之所在,皆为贲、诸。

（《说林》）

所谓"贲",是孟贲,"诸"是专诸。韩非很喜欢这个故事,把它写在《内储说·上》里,以说明人是如何见利而趋。但是,韩非也知道世上毕竟还有"不畏重诛,不利重赏,不可以罚禁,不可以赏使"的硬汉子。对这类人怎么办呢?韩非子在《外储说·右上》说:"势不足以化则除之。赏之誉之不劝,罚之毁之不畏,四者加焉不变,则其除之。"那么,像专诸这样的人,韩非子认为不过是被利益冲昏头脑之辈,他不但忽视了专诸的智慧,而且忽略了专诸置生死于度外的血性。其实,他是渴望"专政"掉这样的血勇之人的。看来,所谓学理,其残酷更胜于刀。

反过来看,李白是歌颂豪侠最力的诗人,他写过多首同类磅礴诗作,但我最喜欢这首《结袜子》,可以看作是李白读《刺客列传》后的咏史之作,也可以看作李白顿悟生命价值即兴抒发的漫天豪情:

> 燕南壮士吴门豪,筑中置铅鱼隐刀。
> 感君恩重许君命,太山一掷轻鸿毛。

吴地尚武之风由来已久,吴人尚武,最突出的表现形式是好剑轻死。在专诸飞鹰一般的影响背后,还有一件著名的利器,那就是鱼肠剑。剑因人而雪亮,人因剑而影响深远,剑与人互相彰显。鱼肠剑名字的来历有两个说法:一是出自《史记》因剑出鱼腹一说,但司马迁并未直言这把利刃之名,仅以"匕"称之;后来《越绝书》明确指称此剑名为"鱼肠剑"。还有就是沈括《梦溪笔谈》里的说法。鱼肠以团钢铸就,剑成则现纹路,因类鱼肠,故得名,暗示鱼肠剑为钢制。

存世最早的方志史书《越绝书》卷十三《外传·记宝剑》记载:

昔者,越王勾践有宝剑五……当造此剑之时,赤堇之山破而出锡,若耶之溪涸而出铜,雨师扫洒,雷公击橐,蛟龙捧炉,天帝装炭,太乙下观,天精下之。欧冶乃因天之精神,悉其伎巧,造为大刑三、小刑二。一曰湛庐,二曰纯钧,三曰胜邪,四曰鱼肠,五曰巨阙……吴王阖闾之时得其胜邪、鱼肠、湛庐……时阖闾又以鱼肠之剑刺吴王僚。使披肠夷之甲三事。阖闾使专诸为秦炙鱼者,引剑而刺之,遂弑王僚。此其小试于敌邦,未见其大用于天下也。今赤堇之山已合,若耶溪,深而不测,群神不下,欧冶子即死,虽覆倾城量金珠玉竭河,犹不能得此一物。

这就明确指出,吴越名剑都是青铜剑。青铜剑是否能够洞穿三层铠甲?这一直引起人们的热烈追问。

鱼肠剑据传是铸剑大师欧冶子为越王所制,他使用了赤堇山之锡、若耶溪之铜,经雨洒雷击,得天地精华,制成了包括鱼肠在内的五口剑。

鱼肠剑既成,善于相剑的薛烛被请来为剑"把脉",薛烛的眼睛很毒,他感受到了鱼肠剑中蕴藏的乱理和杀意,认为它"逆理不顺,不可服也,臣以杀君,子以杀父"。后来,鱼肠剑被越国作为宝物进献给吴国。

湖泊的四季·冬春 | 陈元武

冬之湖境

秋后的山林，已经不见一片红叶，该落的都已经落下，连山柿子也落尽最后一枚果子。早晨，地上铺着厚厚的霜华。喜鹊和红嘴松鸦最早出现，红腹鹮和秋沙鸭在晨雾散去后，成群结队地飞掠过湖面。湖面灰蓝色，冒着腾腾雾气，对岸的山在厚厚的霜华中凝成淡紫的一抹定色。一阵冷空气过境后，一切都改变了。云舍里已经凝寒难耐了，需要燃火助暖，暄熹从炭炉里徐徐传遍周室。门紧紧掩着，风的呼啸让门一阵阵地抖动。感觉那股刺骨的寒气还是从某处钻了进来，不时被冷得一哆嗦。炭炉架上烧着热水，不时用来点茶。茶是普洱，放在一大器中，等待沸水浇沃。茶泅开后，满室的茶香，微苦，也微甜。茶汤醅如酱色，有人说是红酒的颜色，其实不对。隔着玻璃杯能够看到茶水的颜色，微红微紫，但总是深褐色的，在素瓷杯里，则浮着一层氤氲。

正午在外面的平台上晒会儿太阳。此时雾气大散，远远地望着湖面，水波激滟，秋沙鸭在欢快地嬉逐，划破湖面的宁静，惊起一串串水花。呷——呷——尾音是尖而收紧的。风依旧带着砭骨的寒意，只是被阳光抿去了不少的清寒。隔壁的一对年轻人在露台上烧烤，烟气缭绕，那种刺鼻的烧烤烟在空气中飘得很远，不时撩拨一下我的神经。他们放着大声的音乐，似乎是流行歌曲。在酒精的刺激下，小伙子竟然脱去外套，只穿着健身衣，在露台上且歌且舞。我便又回到屋里，我实在不喜欢这样的喧嚣。也许我的精神境界太过严肃和宁静了，古板的神经容不得这样激扬的乐曲。于是我又到湖畔走了一段，直到那小木屋逐渐消失在山后，我坐在一片枯苇芒地上。四周没有一丝绿意，远山有一些松树，但那绿色也大打折扣了。

榛树和白蜡木，漆树或者是黄栌、壳斗科的树是常绿乔木。一半稀疏一半浓密的山林,让冬天的感觉变得错综复杂。榛树和白蜡木的枝梢光秃秃的,疏简成线描画。树在眼底下隐隐有些绿意,芽苞也在日渐圆满中,突起在枝梢,成为生命的特征之一。但很快,一场大雪不经意就来了。漆树是不耐冻的,冻过,枝梢就枯死了,芽苞也随着枯枝凋殒。不久,冻死的树枝脆断,一阵风过,断枝纷纷落下。夜里在云舍中听雪落的声音,唯美而动人。雪夜前,天阴郁了终日。灰黑色的天空里,看不出丝毫下雪的迹象,但雪还是在后半夜下了。起初窸窸窣窣的,越来越大地敲在铁皮瓦的车棚顶上,发出明显的声音。外边渐渐变亮了,向窗外望去,天地间一片灰茫茫,看不清天在哪儿地在哪儿山在哪儿湖在哪儿,只有混沌的一片,让人感觉,这才是冬天最美好的样子。想起过去玩雪的夜晚,在竹林里追逐着雪霰,漫天飞舞的雪似乎在跟人默契地互动。一片片鹅毛大雪,轻舞飞扬,但在撞向大地的瞬间,忽然就刹住了脚步,最后一瞬竟然是轻轻着地。雪夜里,孤独是最好的体验,比如一千多年前那个夜晚,王子猷雪夜乘舟往访戴逵的雅事:

> 王子猷居山阴,夜大雪,眠觉,开室,命酌酒,四望皎然。因起彷徨,咏左思《招隐》诗,忽忆戴安道。时戴在剡,即便夜乘小舟就之。经宿方至,造门不前而返。人问其故,王曰:"吾本乘兴而行,兴尽而返,何必见戴?"

绍兴到嵊州距离并不短。乘夜舟赏雪酌酒,本兴已尽矣,故折返可也。想起古人的雅兴,率性天真,实可羡慕。而我却不需要在雪夜去访谁,我和故我同在,一室之内,是天地往来的自由,是天马行空的奔放。雪自在彼,我自在此,互不相干。我饮酒、品茶,拥炉而读诗,观雪而静思,我在我思,我思也因我在。想起有个禅宗公案。洪州新兴齐禅师曾与众人一起赏雪,说道:"诸上坐还见雪么?见即有眼,不见无眼。有眼即常,无眼即断。怎么会得,佛身充满。"牛头法融禅师在讲《法华经》时,素雪满阶,法流不觉。庞蕴居士则说:"好雪片片,不落别处。"在禅师们眼里,有雪与无雪是一样。有雪,则见明,无雪,则见空,这本是境外的心,与禅不禅的并无关系。仍然还在于一个心动。心动则喜,生分别心,喜好憎恶,这就不对了。所以,对于雪的态度,只是冷眼观之,浑茫无处,有雪即无雪,无雪方有雪。因暗而显明,因白而显黑。像雪中竹,无不黑白分明,而竹子明明不是白也不是黑,这就是所谓的错觉。观察与体验,是不相同的,体验是反思观察的现象,观察则看到表面的迹象。所以才说有有眼与无眼之别,无眼用心,也能体验雪的乐趣,察幽微于毫末,明棕绳于乱麻。一根线头抽剥到底,水落石出了。

所以说,"练得身形似鹤形,千株松下两函经。我来问道无余说,云在青天水在瓶"(李翱《赠药山高僧惟严二首》)。两不相干的事,无内在的关联。心是心,物是物。形不为心役,则心必旷达而圆满。形也得到解放,身与心俱欣欣然。于是再视,炉非炉,火非火,茶非茶,我非我,雪非雪,山非山。大地天然,无一觅处,天地之间本是一体,湖非湖,何处觅得胜景?原来处处在心。迤逦的远山,近处的山林、竹篁、草径、草舍和云台,俱一时不见,唯见心内湛明,如明月悬,彼此阒寂无闻,雪自下它雪,竹还是我竹,两不相干。想想,再想想,世上万物,可不就是这般道理吗?何有湖泊,何见其四季?是夜不复眠,静坐茫然,顾四壁皆空。

春天花瓣里的湖水

不知道从何时起,这个湖泊就存在了,但偶尔也消失一阵子。在秋冬干旱的季节,湖面缩成一痕细瘦的蓝,像镶嵌在大地上的一弯金属。不,微微带着点绿,但肯定不是块宝石。船横七竖八地躺在干涸的湖岸边,船桅折断,船帮被风吹得龟裂,油漆斑驳脱落。船底下长出稀疏的野草,因为有船压着,或者有一些湿润的气息,而风没有将那抹绿色带走。我决定在湖边小住数月,但后来竟然延宕到年底,也就有了一年多的时光。我决定将湖泊的日常写成日记,并记录下其随四季的变化。于是我留心起周边的一切。这个村已经空无一人,一些年轻人在这里搞了民宿,往东数公里就是石峁村,骅坪村在更西的罗公岭后。这湖是石峁村的地界,民宿的房子自然也是这个村的,山间的村多如此松散拖沓,像山上的石头似的散布着。湖泊边是一围矮山丘陵,再往远处就是连绵的群山,湖泊夹在山间,在低洼处汇集了山间的溪水。四五条溪各自沿着山的缝隙游走而去,像血脉或者根系一样扎向群山。夕阳西下或者朝旭初现时,站在高处看远处的山,那些仿佛皮肤褶皱般的细节让我相信,湖泊是长在大地胸膛里的一颗躁动的心脏。随着连绵起伏的群山看到湖泊之上的世界,竟然和湖泊倒影里的天空错乱重叠,而太阳,就像启动这个伟岸身躯的马达一般。当清晨的光斜照进湖岸的森林,雾岚隐隐约约地浮起,似乎注定要成为湖岸清晨的一景。梭罗在瓦尔登湖畔生活了数年,详细记录下每一天的湖岸生活。我想,世界上优美的风景都如此相似,因此,感受湖畔生活的文字也应有相似之处。美,是由心生出的感觉，心则随着身，体验那种美和宁静。生命也有相似之处，就像树叶和草叶，或者昆虫以及树底下的菌类，从微处来，到著处尽。美是无形的，而风景是有形的，具体到每一片树叶、每一棵树、每一块石头。风中抖动的蛛丝，沾着夜露的晶莹，偶尔碰到一只早起的松鼠，会很高兴地问候它，而松鼠蹦跳在树间，并不太在意我的好奇。早起的雀子很多，蓝鸦雀和红嘴鸫、白头鹎和红腹雀鹛、幻彩蓝鹟、鹩鸪、斑鸠和松鸦。叫声混杂成一片，在雾里构成静中的一动。大地有脉动而无形，这鸟声就算是大地脉动的一种。松树间跳跃着松鼠和花栗鼠，红腹小松鼠和巨尾褐松鼠并不能相安无事，彼此追逐厮打，抢夺领地和果实。立冬后，松塔开始绽开鳞甲，一枚枚油褐色的松子半露出来，在空气中散发馥郁的香气。松塔无一例外都被松鼠收入囊中。巨松鼠通常将窝做在岩石缝里，但这样同样存在风险，就是容易遇到黄喉貂或者猪獾，也同样容易被山上的金钱猫发现。但巨松鼠并不惧怕它们，它的秘密武器是它巨大的尾巴和独特的腺臭。它尾巴的顶端，有一个开放的腺口，平常只分泌些油脂用来润滑毛皮，遇到危险时，就喷出难闻的腺臭，将天敌击败，连最不讲究的猪獾也不得不放弃这样的猎物。然而巨松鼠却从不对另一只松鼠使用这样的化学武器，红腹小松鼠因此能够平静地与其分享果实和领地。红腹小松鼠的巢穴通常在树洞里，离地十数米高。松树的节疤通常会演变成一个合适的树洞，或者是由松鼠掏出来，或者是野鸭遗弃的旧巢。松针是天然的床垫和保暖物。当然，它也会扯下许多身上的毛发来做一个温暖而舒适的窝。通常，这样的窝很多，到处都有，它也在其中随便堆放着松子或者其他的坚果。榛子是不错的坚果，橡子也是。更美味的是板栗和锥栗，壳斗科的锥栗多半是野生的，分布于山间土壤和腐叶堆积的地方。山间缓坡地，临近湖岸的山坡间，还有一种落叶木质藤蔓——三叶木通，俗称"八月炸""狗腰藤"，往往攀附在高大的乔木和低矮的榛树和白蜡木之上，搭出一片藤蔓架。

春天是从何时开始的？大约是春分后。山里的冬天往往一直反复，比平原的冬天更加漫长些。立春前后，往往还出现大雪纷飞的天气。只是这雪已经显得不那么执着，只是一转瞬的工夫，就化得无影无踪。春分前后，雪就变成了淅沥的雨，一下就是十天半月，整个湖区就陷入了令人绝望的潮湿之中。雨后起雾，是山区春天最显著的特征之一，这种现象一直延续到深秋。白蜡木的嫩芽很迟才出现，而三叶木通的叶子更早就长成了。榛树的叶子和三叶木通的叶子纠缠在一起，大小相似，彼此难以辨别。直到花开各表，落花成果，彼此才分别出来。春分后第十五日，桦树花开，同时开放的还有山桃。木姜子花早一些开放，现在已经累实满枝。此时的湖边，泥土松软潮湿，脚步越来越容易深陷入泥泞，因此此时并不太适合在湖边散步。湖岸边的山桃花，粉红微白，大花瓣，绿萼蒂，枝节粗硕，有一层紫红色的树皮，花骨朵儿并不在同一时间开放，而更迟些的山奈花则与李花一样，白得让人浮想联翩。花朵白瓣绿萼簇集成密集的一大团，往往看不到树枝。李花开的时候，离清明就近了，山里人喜欢李花饼，蒸成花馍，或者包成花馅饼，面团上贴李花，蒸过后，花呈半透明状，紧贴着馍皮，或者深陷馍中。团成花饼就简单了，和面时下了李花碎瓣，揉成面团，或者剁成碎馅，加上桂花干、砂糖、橘皮细条，那饼可以炸也可煎。怀揣几只李花饼在湖岸走，不时撞见低飞的鹭鸟，远处的岙山角，浓雾笼罩，看不清山的形状。雾气在树叶上凝结成露水，沉潆在地上铺成水泽。草叶湿漉漉的，树枝湿漉漉的，擦着身体，濡湿了衣袖，在前胸后背渍出一种莫名的情绪。此时的湖水有一股树叶的清香味，捎带还有些苔藓的微腥气。春天的湖水时常变化颜色，多半时候是灰绿的，明媚的波光，激滟一片，特别是惠风和畅的晴日上午。湖面上有出渔的渔排，这里的人还沿用着中世纪的捕鱼方法：撒网和放带钩钓鱼。带钩也叫排钩，几百米上千米的长线上串了许多鱼钩，放上饵，浮一叶轻舟，趁着天未大亮，就将带钩放下去，到午后来收线。带钩两头系一浮标，远远就看见了。收线时，大大小小的各种鱼也随线收上来，这种捕鱼法简单，收获却颇丰厚。撒网捕鱼，则要一个高手，将罩网撒成一圆荷叶，袅袅地铺展开，缓缓落水，须臾收网，大大小小的鱼随网收上来，在轻舟的浅舱内蹦跶，那叫一个热闹。白鹭在水面上低回，伺机偷渔船上的鱼。

白云生处，是山村。山岙间，浓密的树林几乎将湖边遮个严实。风景往往是死的、固定的，但湖光倒影不是，天上的白云更不是，它们是动的，是游走着的风景。白云随着太阳升起，从雾岚状态升华，袅袅飞举。在半空中集聚，变成大的云团，或者被风吹散，倏忽无踪。古人诗中的白云，是浪漫主义的坐骑。人间的苦，未必人人可见，但人间的美，却处处可遇，有时发现它的是眼睛，有时候则要靠心去知觉。人是苦难的集合体，同时也是孤独的化身。人的许多心事是不可让人知晓的，也有许多小欢喜在内心深处销魂蚀骨，仿佛大渊里的雾，看似浓郁，但走到跟前却一无所有。人的心事是多变而复杂的，所以人才会有智的需求，也有倾诉的愿望。大造化境里，有悲喜欢怵，如天地有阴晴雨雪。文偃问禅于睦州，州才见来，便闭却门，师乃叩门，问："谁？"师曰："某甲。"州问："作甚么？"师曰："己事未明，乞师指示。"州开门一见便闭却。师于是连三日叩门，至第三日，州开门，师乃拶入。州便擒住曰："道！道！"师拟议，州便推出曰："秦时车度轹钻。"遂掩门，损师一足。师从此悟入。(《五灯会元》）。这睦州，也是个惜语如金的人。两个"道"字，一前一后，一有一无，前者道为有，后者复道为无。其实哪有什么禅机啊，就是寻常的道理，像开门和掩门。急掩门则伤足，过犹不及。常开门则多余，一身侧入，门何须常开？遂创"云门宗"，所谓"函盖乾坤，截断众流，随波逐浪"。万物具细纤微，作纷绘相，但总是只有一相，那就是无定形、无定势、无定性。天地万物如此，仅睹其一细节，那就是"有明"，无明与有明是相对的，理解上也各人有各人的看法。像镜子的正反面一样，人在镜前，影在镜后，一虚一实，但从镜子角度，其实是既没有影，也没有实，镜子在那里，并没有沾惹半点人影。看到影的还是人自己，而内心是决定的因素。影子有与无，对于镜子是没有明确答案的，但对于观镜的人还是有有影和无影的区别的，这区别的原因还是内心，心生菩提，就是这个道理。

湖水无所谓春夏秋冬，变化的只是水线高低，周边山林的变化是外在的，对于湖水本身，并无多大意义。鱼在湖中，是四季的参与者，也是表演者之一。轻舟、渔网、排钩、鹭鸶、天光云影、流岚回风，一切都不过是转瞬须臾的事情。梭罗说的那种密宗式的生活状态，大概指的就是生活本身并无波澜，却处处让人隐忧和思考。湖水究竟何味？我想，这也是没有答案的。湖水本无味，闻到味道的只是内心罢了，春光春花缤纷浪漫，毕竟只是一湖春水。拈一花对湖，湖便是内心，缤纷浪漫的是外在的世界，内心里仍然是死水枯潭般，并不泛起任何波澜。花在眼前，香在心间，湖在那里，心在湖中，并无花亦无春天。也许，我也并未曾感觉到花和春天，但确实已经内心湿漉漉的。

诗人自远方来 | 韩浩月

一

　　一个诗人在二十世纪九十年代中期的某个秋天，从他的县城奔赴我的县城，不知道他是坐什么交通工具来的，那时候两个县城之间还没有通公交车，我也不记得他是不是骑着自行车来的。那个时候没有传呼机、手机，家里更没有家庭电话，可能是写信约好了某一天见面，信中我留下了住址，××县××镇××街道××××号。但我们碰面的地点却是稻田，我正在埋头收割金黄的稻子，他踉跄无声地站在了地头，我舒展腰身的时候，看见他正在向我走来，临近正午的阳光照射在他身上，留下一道长长的身影。

　　那个年代，我们都刚刚是从少年跨入青年，在街上行走的时候，还带有少年的睥睨。在田地里劳动的时候，弯下的腰已经有了父辈的劳累痕迹。因为不停弯腰直腰，身体的疲乏会让内心深处发出悲伤的叹息，但在这声叹息即将吐露出口时，又会本能地选择咽下。诗人默默地走过田垄走进稻田，他右手持镰左手挽稻向前开始了收割，两个第一次见面的朋友，以田间劳动的形式，完成了初次见面的礼仪。

　　为了迎接诗人朋友的到来，我进行了颇为隆重的准备，其中一个很重要的内容就是收集放在口袋里、箱子中、书页内的零钱，记得凑在一块儿差不多有一百多元人民币，在当年足够招待一位朋友在县城两三天的消费。收割完稻子的当晚，我请他在县工商局旁边的大排档喝酒，一瓶简装的大曲将我们喝得天旋地转。等到两个人抱着电线杆子呕吐的时候，才知道是喝了假酒。年轻时经常喝到假酒，身体消化与处理假酒的能力也强大，一般呕吐完几个小时之后就能清醒过来。

　　时间久远，每当想起诗人朋友，总是第一个想到那一瓶假酒。我们还曾有过另外一次酒局，那或是其后的第二个晚上，喝酒的地点转移到了电影院北边的大排档。这个大排档高级了一些，不再是地摊，而有了简陋的四方桌和凳子。大排档再向北是一个有红绿灯的十字路口，路北端是县委县政府，之所以对这个方向有点印象，是因为他在喝酒的时候，时不时地会往那个方向看。

在夜色即将接管暮色的那个瞬间，从红绿灯那里走来一个女子。和我们这些晃荡在社会上的无业青年不一样，女子穿着一身职业装，上下身颜色一致，整整齐齐的那种。她行色匆匆，神情中带有一些焦虑，在犹豫要不要在凳子上坐下来，最终还是以随时走开的姿势坐了半张凳子。诗人没有向我介绍她是谁，但我猜得出来。那是他的女朋友——没有见过面的、信中的女朋友，我猜得出来，他们有过密集的信件往来，在文字的暗语中，有过亲密的交流。我猜得出来，他来到我们的县城，有一半的原因是要见这个女子一面。

我感觉到有一把无形的刀子，在锋利地切割着身边的空气，那些绵软如面包的空气在被切割之后，变成一块块巨大的长方体空心砖，一块接一块地把我们三个人分别砌在三个房间里。一时间，我分不清谁是不速之客。他，她，还是我？我清晰地感知到，有某种东西被打破了——不是现实介入了虚拟，就是虚拟介入了现实，不是热情冲刷了冷漠，就是冷漠淹没了热情。我对朋友的悲伤无动于衷，他带着醉意喊着她的名字。"崔艳艳，艳艳，哦，艳艳"，他并不看着她的脸，也不与她的眼睛相互注视，他盯着自己的酒杯仿佛在向杯底的人呼唤。那一刻我看见时光的漩涡，看见了平行的时空，看见了后来才听说的量子纠缠，然后一切消失。我想我永远不会这么呢喃一个女人的名字，哪怕爱她恨她，也要咬紧牙关。

二

时间久远，一个人不可能那么清楚地记得只有一面之缘的人的名字，所以那个女子的"崔艳艳"的名字，是我瞎编的。她是不是叫"李红红"或者"张翠翠"？其实都差不多。但在我的诗人朋友眼里，是不一样的，那是刻在他心头上的三个字，哪怕后来他的心坚如磐石，那三个字也磨灭不掉。对像我这样随意更改他生命中一个特别重要的人的名字的行为，他一定会非常不愉快。

管他愉快不愉快，反正刚和他认识的时候，我就表现出了自己残忍的一面。我毫不留情地戳穿了真相：那个艳艳，身上穿的是职业装，是制服。忘记了她穿的是邮电局的衣服，还是供电局的衣服，但在那个时代，有这么一身衣服穿在身上，就与无业青年有了无法逾越的壁垒，爱情也没法打破它，诗歌就更不行啦。或许时间再早一些还有可能，但那个时候诗歌已经开始不值钱了，诗人显得更加潦倒，一个年轻的诗人，除了在喝完酒后尽情挥洒自己的痛苦之外，还有什么是他所富有的呢？

把诗人朋友送走之后，我坐在镇政府的办公室里，突然想要送他一份礼物。那会儿我在镇政府有一份临时工的工作，认识了同样年轻的一帮人。办公室旁边的打印室里有一位姓房的女孩，她敲起四通打字机来，手速非常快，因此领导交代的任务她总是能很快地完成。剩下的时间无所事事，她便会对我们说，你们有什么东西，让我打印一下吧。于是我把诗人朋友随信寄来的诗，整理了三十来首，请她帮忙打印十份。小房接过诗稿的时候眼睛发光，估计是每天输入领导发言稿太多的缘故，她对这种完全是另外一种形式的汉语，表现出十足的新鲜感和兴趣。

最初始的打印机，打印出的分行文字，还带有些铅字印刷的痕迹。略显粗糙的打印针，用均等的力量，把一行行诗句，戳在顶端带有圆孔的打印纸上，打印机吱吱啦啦地发出工作的声音。等待一卷纸打印完毕，一页页地整整齐齐地撕下来，双手握着一沓纸的两边，在桌面上顺齐，然后用订书机装订好。把同样打印出来的封面，用胶水糊在前面，一本诗集就这样打印出来了。我给诗人朋友寄了八本，剩下的两本，我一本，小房一本。

有天我在办公室整理邮递员刚送来的报纸与信件，发现有写着我的名字的一封信，打开来看，是艳艳寄来的。不晓得她是如何知道我的工作单位的，也不明白她为何要写这封信来。信的具体内容忘记了，很简单的一页纸，我没读完，就像烫了手一样地丢掉了它。我并没有把这封信寄给诗人朋友，只是在一次通信中，轻描淡写地说了这件事，诗人的敏感，使得他很快明白了我这么做的意思。

许多年后，我偶然知道，诗人朋友在过去一二十年间，曾数次来过我的县城，当然那时候我已经离开了，和他一样在某个大城市过活。他从未说过为何来这个县城，但我知道他是为谁而来。早期的时候，艳艳拒绝见他，但这并不影响他在县城独自待上一个下午，到傍晚的时候，再回到他自己的县城。有时候时间太晚，他会在宾馆住上一晚。后来的时候他开着最新款的宝马来了，也如愿地见到了艳艳，那会儿他已经是自己创办的公司的老总。但这又能改变什么呢？什么也改变不了，曾经年轻的诗人，曾经同样年轻的县城女孩，那时都已经两鬓见白，无论是谈论过去、现在、将来，都没多少可谈的。沉默必然带来尴尬，尴尬的次数多了，也就人远天涯近了。

三

　　诗人有钱了也不会快乐。我的诗人朋友,在一线城市奋斗了十多年后终于出人头地,以前匮乏和缺少的东西,陆陆续续地以倍数的量级弥补了回来。

　　但他依然会唉声叹气,常常会在三杯酒后,从肺腑的深处,深深地呼出一口气来。那口气经过喉咙的时候,被咽下去三分之二,但剩余的部分,仍然会转化成一声叹息。这样的叹息,在当年他帮我收割稻子的时候听到过,虽然声音一样,但包含的情感内容已经不一样。如果说那时的叹息,是一个年轻人在表达与命运抗争的无力的话,那么现在的,则是说不清道不明的迷茫,或者说是一种勘破红尘的感慨。

　　我比较烦这一点,有时候会忍不住粗鲁地劝阻:要叹气出门左转,到巷子里叹去,你还有什么可叹气的?他不像是装无辜的样子,辩解道:我叹气了吗?没有啊?你哪只耳朵听到我叹气啦?

　　有些叹息,自己是听不到的。这些叹息,很多并非与我们的出身、成长或经历有关,它是一种精神的遗传。它来自土地、天气、命运,是上述综合体混合之后形成的锤子,在人们的心里捣来捣去的结果。我们的父辈们习惯在出门劳作前先叹一口气,哪怕那一天晴空万里,是足以让人欢欣的好天气,但不叹一口气的话,要怎么开始这一整天呢?

　　诗人的叹气,在开始时还是有意控制、小心翼翼的,酒再喝多一些后,就长吁短叹起来,酒再多,叹息便成了落泪、哭泣。在被我讽刺打击久了之后,流泪的现象消失了,取而代之的,是愣成一尊雕像,任凭烟灰烧到手指,也不觉得疼的那种。这种发愣让人觉得心慌:一个活生生的人,为什么会在偶尔的一个片刻,活成雕像的姿态呢?我揣摩着这种状态,结果发现,自己也有变成雕像的嫌疑,于是赶紧放弃,换上一种天下无大事、太阳明天照常升起的淡然样子。

　　我的诗人朋友经常在过节或放假的时候,驱车独自一人前往我的县城。当然,他从来没有知会过我,要是我知道的话,肯定会告诉老家的朋友,招待他吃一顿饭。我猜他会开着车,在我们曾经喝酒的街头,一遍一遍地闲逛。县城里的大排档早已没有了,他去哪儿一醉方休?去哪买一瓶假酒,去喝出青春的味道?有没有一个女子,在红绿灯的远处犹豫着要不要走过来?

　　在诗人酒醉后断断续续的叙述中,隐约可以描摹出他在那个县城的样子:起初的时候,艳艳勉勉强强地来见他,遮遮掩掩地来见他,他们不是恋人,不是情人,不是同学,不是好友。这是一种特别奇怪的关系,没法再走近一步,理不顺,也斩不断。在尚且还算年轻的时候,他依然会念叨那个名字,"艳艳,哦,艳艳",像是诗人在写诗之前的酝酿。但没有一次例外,他接不出后边的词来。我想,艳艳除了沉默不语,能够对他说的最多的话就是:"你走吧。"但这于事无补,他终归要离开,但是还会再来。唯有时间这把剪刀,在他们中间裁裁剪剪。

诗人的精神,部分活在兵荒马乱的时代:匪徒袭来,满目疮痍,满城老幼,携手出逃,那个时候,她藏在地窖中,他从远方赶来,要把她带走……在这样一个想象出来的情境里,寻找是情,乱是诗,逃离是浪漫,但包括诗人在内,恐怕没有人再能被这样的乱世情结纠缠了。因为不必等到这样的情景复现,人的心境就已然遭遇了过多的兵荒马乱,早已厌恶了虚假的想象与空无的浪漫。

四

现在,我与诗人好像在价值观方面产生了严重的冲突。我们在少年时代互相写信、寄诗、每年相聚一两次所积累下来的友情,逐渐地产生了裂痕。中年之后,我们常在喝酒的时候吵起来,因为一些细小或宏大的事。当然,更多时候,我用一个"评论家"的逻辑与言辞,把他驳得体无完肤,诗人是无法参与辩论的,但诗人总是倔强而固执,永远无法被说服。

这种冲突的根源,我后来想清楚了:与我一再告诉他的那样,人需要向前看,要遗忘,要从困扰的旋涡里走出来,别停在某处,把体会痛苦当成一个乐子,做人没必要需要通过体验痛苦来证实自己的存在。而他像村头古老的槐树一样,虽然也开花、落叶,但除此之外,姿态古老又迂腐。他不管这个世界变了没有,变化多大,都依然坚持着以前的那套理论。在讽刺他的时候,有时候我难免也会想,也许他是对的,可能是我不对。

今年夏天的时候,在故乡,他知道我回乡之后,非常委婉地告诉我,他也在他老家的村庄。有关故乡,我们也曾有过很多讨论。在他的父亲过世之后,有长达四五年的时间他不曾踏上故土,并且觉得自己永远不会回去。而我恰恰相反,不但每个季节都会返乡,而且回归之意比过去任何一个阶段都更强烈。这导致了一个局面:经常在联系我的时候,他在一线城市,而我在故乡县城,上千里的距离,使见面的机会变得少之又少。

　　一切像流水一样缓缓而去，当我们意识到友情需要来特意维护的时候，我选择了沉默。今年夏天，本来我们有可能在故乡见面，但我们不约而同地选择了回避。人在孤独的时候会寻找亲人、朋友、故土，我想，要不是孤独到了极致，他应该是不愿意再次踏上他誓言不会再回的故乡的。那里曾给他留下太多不好的回忆，但人在到了某个年龄段的时候，除了故乡，竟然找不到更合适的地方安放自己。

　　这个诗人许久没有把他写的诗发过来了。他那些用苦心写出来的诗，我读过之后，有时候会回复几个字，有时候就不回复了。诗人坚持认为诗是不需要太多读者的，有几个人看过，无论喜不喜欢，就都值得了。

　　又一年就要过去了，他还是一个诗人。

亲爱的乔乔 | 彭程

告别之地

当寻找过去的记忆时，有很多次，散漫飘忽的思绪经过一番游移，逐渐聚拢到一个场所，仿佛照相机镜头聚焦于一点，原本模糊的景色变得清晰。

这个地方，就是北京首都机场三号航站楼。

从你十六岁出国留学算起，你的生命中将近一半的时间，频繁地与它发生关联。十多年来，每年的暑假、圣诞节假期，个别时候还有春假，往返来回，接送你都是在这个地方。区别只是在于，接机是在二层进港大厅，送机是在一层出港大厅。

接机时总是充满期盼，仿佛迎接一个节日。我们提前几天就开始准备，把你的房间收拾整齐，床单被罩枕巾都洗干净换上。到了那一天，总是在航班到达前很早就出发了。我们的理由是怕路上堵车耽误，但内心清楚，其实是急于将心情调换到快乐档位。

国际航班通关要验证身份，加上等行李的时间，因此过程较长，在国际出口处等待时，通常要站上一个多小时。但这对我们来说也算不了什么，想着一会儿就会看到你，等待也成了享受。有几次时间更长，延期兑付的愿望，让期待的滋味更加浓郁，直到终于看到你推着行李车出现在出口。

你的目光在护栏外接站的人群中搜寻，看到我们时，通常是眉毛一挑，咧嘴微笑，挥一挥手，然后又抿上嘴唇，扭过头去，腰板挺得直直的，仿佛很平常的样子，跟着人流走向出站口，从来不像有些女孩那样高声喊叫，喜笑颜开。我们微笑着，欣赏着你的小把戏，清楚这其实只是一种故作的矜持，因为意识到正被众多接站人的目光注视着。你这个年龄的青年男女，自我意识最强，很在乎自己在别人眼中的形象。

我从你手里接过行李车，你挽着妈妈的胳膊，三人一同走向地下停车场。从此刻开始直到到家，一路上的一个多小时，是我们最为快乐的时光。妈妈像以往许多次一样，不厌其烦地问你，在飞机上坐在什么位置，邻座是什么人，吃了几顿饭，睡觉没有，难受不难受。你总是敷衍地回答，然后急切地问一些你关心的事情，比如你喜欢的那只猫掸子怎么样了。你也会在说起学校里近期的趣闻时放声大笑。这一刻，你也成了一个再本色不过的女孩子。

接下来就是长短不一的假期，长到两个多月，短到只有十多天。这段时光，从机场开始，最后又要在机场结束。

送机时的心情显然又不同于接机时。几十天的相伴，思念你的心愿满足了，此刻离别在即，更多的是对你下一段生活的嘱咐。信息联络的方便与多年间的数次往返，让这样的聚散变得习以为常，早已没有旧时送别的浓郁伤感，最多只是一种轻微的怅惘。

在值机柜台办完行李托运，如果时间还宽裕，我们会到境外出发通道入口旁边的那家星巴克喝上一杯咖啡。更多时候，是直接把你送进去。但无论是哪种情况，在走进海关通道栏杆前，一个固定的项目是要拍照合影。地点和背景也是十几年一直不变的，都是在值机大厅中，那一座模拟古代浑天仪造型的"紫微辰恒"黑色金属雕塑前。我先给你和妈妈拍，然后妈妈再拍我与你的合影，最后是三人站在一起，请旁边经过的人给我们拍照。

拍完照片后，我们转身走到十几米外的通道入口，与你告别。你拉着小行李箱，有时只是背着双肩背包，迈着轻松潇洒的步子走入海关旅检通道，然后停住脚步，转过身向我们招手，依然和回来时一样，表情中带着几分漫不经心。在这个地方不需要面对众多目光，因而此刻你的动作表情中没有什么造作的成分，正是内心真实的投射。至少有一点，可以解释你的这种漫不经心，今后还会有无数次的相逢相聚。你和我们，都是这样想的。

招手告别后，你转身前行。我们看着你走进海关安检门，配合着做出举臂和转身等动作，身影很快走出视野。那一道门的背后，是你未来的生活。在那一时刻，不论是你还是我们，都确信它一定是非常美好的。那些不确定，反而为之增添了一种诱惑、一份魅力。

十多年来，在这个地方拍摄的照片已经有几十张。我为此专门建了一个文件夹，将照片精心挑选出来，按时间顺序存放在里面。

你十多年的人生历程，均匀地展现在这些照片中，和生命的成长节律恰好吻合。第一次送走你时，你还是一副幼稚青涩的中学生模样。不久后进入明显的青春发育期，身体丰满了不少，脸蛋也添了几分婴儿肥。然后到了大学时光，节食减肥让你的身材高挑起来，你的发型不断变化，衣着打扮也开始讲究，随意而又时尚。

照片上的表情也有明显区别。最初的几张，眉眼间还有一些懵懂、几分迷惘，那该是混合了离开亲人的不舍，对即将迎来的陌生生活的忧虑。随着时间推移，你的表情变得越来越轻松自如、开朗欢快。笑容最为灿烂的一组，要算是在高中毕业后的秋季开学日，那年你考取了心仪的大学，这次离京返美后，你又将走入一个崭新的天地。

看到这一组照片，我想到了四十年前的那个秋日。在老家县城东边的长途汽车站，你的爷爷带着我等待一辆班车，要送我到几十公里外的一个城市换乘火车，去北京读大学。候车室里简陋破旧，拥挤嘈杂，劣质烟草的味道呛人，但我心中完全被快乐填满，眼前一切都是那么美好。你我身处的两种环境有天壤之别，但我相信你和我当年的心情并没有多大不同。

在我们看来，这样的一幕，将来会不断地重复，这样的合影，也将无休无止地延续下去。那时自然谁也不会想到，那年从海南旅游回京后不久，送你经由重庆飞回美国，会成为最后的一次分别。

从此以后，这个地方对于我们来说，不再有未来，只有过去；不再有展望，只有回忆。

机场，与古代的驿站一样，都是人流聚散离合之所，最容易让人产生漂泊之感，洞悉人生如寄的本质。"天地者万物之逆旅，光阴者百代之过客。"你匆匆地走了，过早地结束了人生之旅，离开了这座旅舍，不情愿，却又无可奈何。而我和你妈妈，还要在这个世界上滞留或长或短的一些时日，直到某一天，重新与你会合。

今后，因为出差、旅行等各种缘由，我还会多次去机场，而那个留下许多合影的地方，是必经之地。它不应该有明显改变，它永远会是那么热闹喧哗。走过那里时，我会想起许多次送别的情景，想起你的身影和模样。

只是，我不再会满怀憧憬地想到未来，不再会有与你相关的种种向往，不再因为这种期待而萌生出幸福的感觉。我反复体验到的，将是幻灭，是无常，是世事的难以逆料，是人生的无从把握。

一种沉甸甸的虚无感，过早地袭击了我们，如同一场不按时令节气降临的大雪。

永远

乔乔，亲爱的女儿，你回到这间屋子里，不知不觉已经几个月了。

你离世后不久，有几位朋友来家里看望我们时，小心翼翼地问起你的墓地是否选好。我回答先不着急，过些日子再说。但我心里十分清楚，这间屋子，不是你的骨灰暂时存放之地，而是你灵魂的长久居所。

也有亲友建议，为了避免睹物伤情，可以考虑把房子卖掉，搬到别的地方居住。新的环境中，没有勾起回忆的熟悉事物，有助于早些从哀痛中走出来。我同样含糊作答。

他们当然都是好心，但事情并非这样简单。想象哀痛与亲历哀痛，大为不同。只要你在我们心里，就没有任何办法能够让我们忘记你。那么，靠变换居所驱散记忆，也就只是一厢情愿。或者说，如果真能够成功地将你忘记，那么不论住在哪里，其实也都一样。

但我们为什么要把你忘记呢？

自从你出生那一天起，我和你妈妈就不再是原来的自己了。不仅仅是两人世界变为三人，更重要的是，我们的生命质地从此也不同了，仿佛嵌入了一种重要元素，发生了一场化学反应，诞生了一个全新的精神天地。而人之为人，最核心的特质，不正是作为精神性的存在吗？你的离去，已经让这个生命共同体变得残缺破碎，如果再忘记，你，仿佛此前并不曾存在过这样一种构造、一张版图，这样的态度，不是我们能够想象的，隐约中它有着某种背叛的味道。

且不说遗忘无法做到，即使可以做到，它的目的又是什么呢？许多人都会说，是为了避开悲伤痛苦。但悲伤和痛苦，作为最真切也最强烈最深刻的情感体验，正是生命存在的见证，正是一个人活着并鲜明地感知到这一点的表征。因此，如果说随回忆而来的痛楚，是让你得以在我们灵魂中永驻的残忍代价，我们也认了。

所以，我们宁愿每天看着你的遗像，不断地回忆关于你的一切。厄运夺去了你的生命，却无法剥夺我们的回忆。你被记忆，那么你的生命就仍然在以另一种形式存在。每个生命都存在两次：第一次是肉体的存在，活在现实世界中；第二次是灵性的存在,活在挚爱亲人的内心里。

我想到了你的爷爷长眠的那一座墓园。爷爷墓穴的右边,埋葬着一个不幸早夭的六岁小姑娘。在墓碑上的照片里,她天真可爱,笑容甜美。每次去给爷爷扫墓,总能看到小姑娘墓穴的盖板光亮洁净,上面堆着簇新的玩具和新鲜的花卉,像是刚刚放上去的。每次看到这些,我们都有一种感觉,仿佛孩子刚刚离去不久。

记不得是从哪里看到过这样一句话,但此后就牢牢地记住了:这个世界上最深的痛苦,是你一直在我心中,但我到处都找不到你。

从你化为一缕青烟、几块碎骨那一刻起,我们知道,余生与圆满幸福再也无缘,苦难会给今后所有的日子,打上一层浓重的底色。每一个昼夜,我们都将被对你的思念裹挟,它们像从四面八方吹来的风,像从脚底下汩汩涌出的水流,让我们无所逃遁。

但是,我们也知道,那种诀别之际的悲恸欲绝,不会是永远的。

几十年人生的耳闻目睹间,我们知道了什么是生命的自卫机制。一个人从苦难的深渊中挣脱出来,靠的是本能。《论语》里也称,"上天有好生之德"。"子不语怪力乱神"的孔子是现实主义者,这里的上天,指的是一种冥冥中的力量。我们愿意相信这一点,期待有一双手将我们救出苦海。因此,我们相信,随着时光的流逝,将来想起你时,不会再总是摧肝裂胆,而会逐渐弱化,被隐隐的疼痛替代。

它仍然是痛苦,但是可以忍受。

可以忍受,就是继续活下去的理由。

你将在这里永远住下去,不必考虑再换个地方。

此前十几年,我们与你聚少离多,此后若干年,我们将和你在一起,相守相望,为每一个日子创造出质量和密度,用尽此生的时间。你的肉体消失了,不再有具体可感的形态,我们今后只能在想象中抱紧你,直到有一天丧失想象的能力。

现在,在你回到家里几个月后,钢琴台面上,又换成了几张别的照片——

你站在上海东方明珠电视塔下面的台阶上,双手交叉,姿势乖巧。短头发上别着三只纽扣式的小饰物,鼓鼓的脸蛋上露出微笑。你穿的是一件黑色的圆领半袖衫,胸前印着一幅卡通动物图案;

你穿着宽大的白色睡袍,抱着你最喜爱的掸子,从阳台上走过来。掸子在你臂间蜷缩成一团,眯缝着眼睛,一副逆来顺受的慵懒表情,一只眼角上挂着一点眼屎;

你背后是一面漆成雾霾蓝颜色的墙壁,墙根下的长方形花坛里,几丛月季摇曳着粉红色的花朵。你戴着墨镜,身着深蓝色圆领长袖衫和一条泛白的牛仔裤,腰杆挺直地站着,阳光在裸露的左脖颈和肩胛处投下一片阴影,映衬得右半边脖子格外白皙。微微斜仰的脸庞上,是一种带着几分傲气的神情。那是你读研究生第一年的夏天,你正要去旧金山的一家医院实习……

这些照片,还有数量更多的留下你的印迹的各种物件,是你的生命曾经存在的见证,同时,也成为一道拦阻吞噬我们记忆的忘川之水的堤坝。

平时,我会定期清理手机里的照片,将打算保留下来的那些分门别类地建成文件夹,存入移动硬盘后,再从手机里删除。但这一年多你患病期间的照片,不论是我拍照的,还是别人发来后下载的,我都留在手机里,随时可以点开看。它能够让我感觉到,白天黑夜,行走止息,我须臾都没有离开你。

这样的时刻,我总是愿意想象灵魂的存在。

你飘浮在虚空中的目光,就会看到我们每天走进屋子,擦拭干净钢琴的盖板,栗色的漆面永远闪光铮亮。每隔几天,你会看到我们在一只餐盘中放几只新鲜水果,摆到骨灰盒前面;你会看到我们向一个高筒玻璃花瓶里插上几枝时令鲜花;旁边还有一个欧式花瓶,里面插着一束紫色干花。你会看到我们将三支檀香插到小香炉里的小米堆中,点燃,馥郁的香味随着青烟袅袅升腾。你听到我们在祷告,祝愿你安宁喜乐。

你在某一个遥远的地方望着这一切。我想象不出,那会是一种什么样的视角,视野中又会呈现为几维的景象?你不说话,你说不出话,但你应该能够感受到我们对你的爱。

即便阴阳原本隔绝,天国只是幻影,即便一切都是虚空,你更是虚空之上的虚无,又有什么关系呢?只要你在我们心中,你就仍然还活着;只要你在我们的记忆中,你的生命就没有真正消失。

而做到这一点并不困难,眼前的几张照片、脑海里的数个画面,更有将近三十个春秋中的故事和场景、细节与片段,都为思念提供了丰富的薪柴,足以让回忆的火苗幽微而持久地闪烁。

我担心的只是,将来某一天,衰老和疾病导致我们神智昏昧,不再能记起你,那样,你就是真正地消失了。为此,我们祷告上苍,让我们能够避开这样的灾祸,始终保持一种清明的理性。

　　如果一切正常，没有意外发生，能够依循自然的生命流程，再过十几年、二十年，我们也将离开这个世界，走进你所在的那一片广袤虚空。

　　那时，生与死的界限亦将消泯，我们与你又相聚在一起。主体与客体、回忆与期待、呼唤与应答、真实与想象，所有的一切，也都将融为一体，浑然无间。

　　也不再会有任何力量，能将我们分开。

女真 | 园中岁月

园子不大，足够我敬畏。

花草、蔬菜、昆虫，还有肉眼看不见、说不清特征的病毒、细菌，以各自的生命节奏、内在规律蓬勃生长或衰亡、潜藏。轮回的四季是它们共同遵从的律令。我在园子里种植、采摘，默念祖先总结出来的农谚，记住头伏萝卜二伏菜，白露时节播撒小葱和菠菜种子。尝试过不按先人教诲种植，几乎全部以失败告终。

清明前后，告别严寒的东北大地渐渐复苏。韭菜发芽，去年白露时节播种的小葱和菠菜返青。叶子绿了，花朵绽放，蜜蜂成队或者独自嗡嗡嗡飞来舞蹈，影响作物生长的病毒、细菌、害虫也开始跃跃欲试。我叫不上来名字的一种肥嘟嘟的绿色肉虫喜欢白菜嫩叶；蜗牛喜欢叮咬叶菜；蚜虫、蓟马祸害豇豆秧苗；人眼不易识别的某种病害，特别喜欢攻击黄瓜、南瓜的秧子、叶片，茄子和辣椒叶上也常见细菌或病毒侵扰的痕迹。被侵害的叶片光合能力受损，种植者想出各种办法救治，但不管用什么方法，病兆前脚好了后脚可能还来，至少明年一定会重来。绿叶被看得见的虫子或看不见的细菌、病毒不断吞噬，渐渐千疮百孔。我打掉被损害的老叶，新发出的嫩叶，也可能很快重蹈覆辙。年复一年，我用了很多招法，都没有明显收效。比起已经从地球上消失、留下化石让人类想象的恐龙等高大动物，肉眼难以辨识的细菌、病毒生命力更强，只怕是更难对付。

在园子里徜徉，想起那年去西藏旅行，一位同车人坚持"裸游"——不吃高反药，不抹防晒霜，不穿防晒衣。在米拉山口，他高喊："老天爷，我不怕你……"那时我明显缺氧，没精神头跟他争论。多年以后，因为疫情被封在家中，面对园子里蓬勃生长的植物，我忽然想起他当年的呼喊。在氧气含量让人气短的高海拔山口前，我们那一车人无疑都是瞬间过客，而十几年过去，高原和山口还在那里，老天爷却在发威,在让人"怕"——受病毒威胁,人类快节奏的生活不得不慢下来,现在想再去高原、山口旅游观光或者喊一嗓子,已非易事。德尔塔抬脚未去,奥密克戎后脚紧随,人不得不想尽各种办法提防、抗争。病毒来袭,作为渺小的个体,我能做的只是减少出行,提高自身免疫力。园子里的植物告诉我,黄瓜和南瓜叶子被细菌或病毒侵蚀,产量受损,但这株不行总还有另外一株,总会有果实成熟,总会有种子传递到下一个生长季节。叶片光合能力受损,也是大自然对某种植物的抑制。植物与细菌、病毒之间,彼此消长,共同维系着生态的周始、循环。

园子里的杂草也让我敬佩——我们把非自己种植但能食用的植物称为野菜,比如苣荬菜、马齿苋、灰菜、蒲公英;把非主动种植又貌似不能食用的植物称为杂草,花费人力、物力、手工或者利用机械、药物加以去除。但杂草生命力极强,想除根并不容易。东北冬季漫长,冻土层深厚,最低温度可达零下三四十摄氏度,这种低温冻不死杂草的根和种子。杂草的种子有极强的自我保护能力,食入者不易消化。鸟没消化的草籽随鸟粪播落到别处。牛羊粪中也有未消化的杂草种子,在园中播撒牛羊粪的同时,我也在播种杂草。酢浆草以迸射的方式自行向周围播撒种子,一株酢浆草很快就能繁衍成一大片。以不同方式落地的草籽,假以阳光和雨水,经过时间之手的催促,很快拓展成片。拔得稍不及时,野草可能就已经传播后代。有的植物甚至不以种子的方式繁殖。园子里的紫苏曾被黄色丝状物缠绕,黄丝无根,神兵天降一般,我认不出是什么。因为无根,看上去细弱且娇嫩,我放松了警惕。几天后再留意时,黄丝已把紫苏紧紧缠住,再不干预,紫苏很可能被绞杀。问遍周围的人,都不知此为何物。偶然看一本跟植物有关的书,才知道名为菟丝子,是中药材。杜甫在《新婚别》开篇说:"兔丝附蓬麻,引蔓故不长。"证明唐代人对这种寄生植物已经有所了解。后来闲翻《神农本草经》,又发现这本成于东汉、被称为中国现存最早医学专著的书中,对菟丝子已有记载:菟丝子,味辛,平。主绪绝伤;补不足,益气力,肥健人……著《本草纲目》的李时珍对菟丝子也多有论述。园子中另外一些不断生长出来的杂草也可能是中药材,比如龙葵、车前草、牛筋草。龙葵,也叫天天、甜甜,成熟的紫色浆果可食;车前草,又叫车轱辘菜,东北乡间道边常见,具有清热、利尿、祛痰、凉血、解毒的药效;牛筋草顽强生长,是让种田人头疼的野草,按中医的说法,具有清热解毒、祛风除湿、散瘀止血等多种功用——世间万物,总归有自己的用处,有存在的理由。

与杂草同样顽强的，还有昆虫。需要外物帮忙授粉的植物绽放花朵、吐露甜蜜引蜜蜂翩翩起舞，文艺作品中常常被人定义为美好事物的蜻蜓、蝴蝶，继蜜蜂之后也加入舞蹈的队伍，包括一些蝇、蛾，也来凑热闹，在植物叶子和花朵之间嘤嘤嘤嘤、杂沓舞蹈。昆虫帮植物授粉，自己也有了活下去的滋养，在人类不经意间悄悄产卵繁殖，不久的将来，一代昆虫老去，新一代昆虫还会在园子上空翻飞。

园子里出现的昆虫，我识得蜜蜂、蜻蜓、蝇、蛾、螳螂、蜗牛、瓢虫、蜘蛛、蚊子、蚂蚁、蟋蟀、鼠妇、蜈蚣、蚯蚓、蚰蜒。法国作家法布尔——那个写过大部头《昆虫记》的法布尔，第一次读他对各种昆虫的详细描述时，我竟以为他是天人。向他学习，我在园子里尝试种植并细心观察园子里的点点滴滴，包括昆虫的存在与变化，甚至专门买了放大镜。当然，想要达到法布尔的高度，需要去植物更多样化、面积更大些的园地，需要更多的专心、坚持，更需要拥有扎实的植物学、昆虫学基本功，有对世间万事万物的总体看法或者叫世界观——要有万物平等的悲悯情怀，有超强的文字描写功夫，而我不得不遗憾地承认，自己在这些方面的素养和能力都还远远不够。

园子在天空的俯瞰之下。园子上空，经常掠过的鸟有两种：麻雀和喜鹊，都是留鸟。两只喜鹊把窝筑在西边一棵高大的栎树上，曾经落到园子里衔枝，夏天的早晨天天哑着嗓子嘎嘎嘎鸣叫，把我从晨梦中吵醒。麻雀的家安在哪里没看到，只见麻雀结队成群起起落落，有时在树梢，落到园子地面啄食或者并没吃什么，聚一起吱吱喳喳，像开群众大会，七嘴八舌，意见总不统一，聒噪得很。后来我发现园子里的麻雀越来越少，喜鹊不再飞落地面而是偶尔栖落墙头向园子里小心张望。我想了一阵子原因，有一天终于开悟：是因为园子里开始有猫频繁出入。

冬天我没在这里住，春节后过来，发现园子里有猫。猫看见我，迅速跑掉，但显然不甘心放弃自己选中的地盘，很快又小心试探着回来看看，有太阳的日子，把一只柳条筐当成安乐窝。猫发现我不对它们构成伤害，开始试图常驻这里，使我有机会发挥自己有限的数学才能，算清到底有几只猫出没。长着虎皮斑纹的猫妈，抚养着三只小狸猫，跟我保持着安全距离，目光高深莫测，满是提防，只要我动作稍微大些，就会带着小猫迅速跑开。经过多次试探，猫妈开始大摇大摆出入园子，开始喵喵示好、乞食，猫妈知道怎么讨好人——跟你走路，蹭你脚面，躺你前面不离开，翻滚，撒娇，直到你的心彻底软下来。

猫出入，麻雀就很少来了。猫捕捉麻雀，麻雀知道，喜鹊也知道。傍晚时分，大喜鹊有时会俯冲落向草坪,捉弄在绿化带上玩耍的猫。喜鹊看见野猫逃窜,非常开心,嘎嘎叫。鸟在高处飞翔,比人更容易俯瞰园子里的动静。我看见猫在园子里摆弄捕获的麻雀,一只以身饲猫的小麻雀以自己的遇难换来麻雀群的警醒。目睹猫成功捕捉小麻雀,我恍然大喜鹊冲猫嘎嘎叫是在表达愤怒。

园中野猫来自何处?长着虎皮斑纹的猫妈民间称三花猫,三只小猫则是带条纹的狸猫。中国古代有"狸猫换太子"传说,说的是不是这种狸猫?这一带原本是村庄,民国六年(1917)出版的《沈阳县志》地图上,标注为"尚小村"。沈阳城扩张到蒲河一带是近些年的事情。园子里的狸猫是农民家搬迁时没带走的家猫慢慢野生的,还是多年来一直在野外代代繁衍的?猫不会人语,我不懂猫言,无法问个清楚。我有皮毛恐惧症,不敢触碰带毛动物,从没想过养猫,但绝不忍心对猫施加暴力。我想请猫另选吉宅,在栅栏上加了拦网,没想到猫有更大的本事——猫会翻墙。猫从原地不经过任何助跑"嗖"地一下跳上高墙,站在墙头向下观察,选择安全的落脚地稳妥跳到地面。这个春天,三只小狸猫中的一只,从猫少女升级成猫妈,在一个堆着废旧物品的院子生了五只小猫,成活下来头顶黑毛的三只小白猫。我后来才知道,长成这样的小白猫古已有之,古人雅称"将军挂印"。三只没睁开眼睛、尚在蠕动的"将军挂印"突然出现在我客厅的落地窗下,把我吓得不轻。我不知道猫妈是什么时候、如何把小猫带进来的。难道是一只只叼着跳墙进来的?为什么非要来我家呢?

猫奸、狗忠,这是人给猫狗戴的伦理帽子。猫狗摸透人的习性,让人甘心豢养,为其搭窝、投食,不是一般聪明。离开人,狗和猫在自然环境中也可以生存,但部分狗和猫选择与人相伴,学会了示弱、谄媚、讨好。主人准备饮食,准备玩具,还要去打狂犬疫苗预防猫狗突然反抗、反水,保护自己不被感染。猫狗与人在屋檐下共生,环绕人之膝下,给寂寞、孤独的人带去心灵抚慰。我不止一次看到猫狗豢养者讲到家中宠物时喜不自胜的样子——家里的毛孩子、毛主子让人治愈,他们心甘情愿做铲屎官。

猫和狗的生存策略很成功。

与猫隔窗相望,我在野猫身上看到了狡黠,或者叫提防。邻居在院子里准备了猫舍,经常摆放吃食。三花猫和狸猫经常去那家院子进食,有时候也在那里过夜,但狸猫准备生产时,把家安在另外一个没有人居住的院里,生产后几天,她先把五只小猫叼到那户有猫舍的人家,几天后又把活下来的三只小白猫叼到我这儿。狸猫为什么要倒腾？想出两条理由：一是认为我家园子里更有安全感，二是有松软的土地方便它们排泄后掩埋。南面那户人家的院子很宽敞，大部分地面做了硬化，墙边种了爬藤欧月，红色的欧月花朵绽放一大片，看上去非常漂亮，但对野猫而言就太一览无余，缺乏复杂的藏身之处；而我家园子里地面基本是土地，高高低低的植物蓬勃生长，卧室窗下的柜与墙和地面之间有缝隙，藏匿小猫非常合适。狸猫有本事把小奶猫塞进柜子底下。人的手臂难以伸进柜底深处，想偷也难，小奶猫却可以在柜子下面从容穿行。柜下还是绝好的避风雨处。猫妈把小白猫藏到柜下，隔一两天还要在园子里再次挪动。

小白猫搬来不到一周，邻居开始装修。电钻嗡嗡响，工人干活时说话的声音很大。猫妈把小白猫叼走了。一个月后装修结束，大猫、小猫都回来了。猫在苋菜、木耳菜、白菜之间跳跃，把豆角、西红柿、苦瓜、黄瓜的架子当成了爬高练习场。狸猫妈妈趴在一边睡觉，偶尔睁眼看看上蹿下跳的小白猫。对它们而言，这就是岁月静好吧？

野猫靠捕捉老鼠生存，但在小区里我没见过老鼠，只见过人给猫投食、备水。饮食不缺，这大概就是野猫越来越多的原因？三只小白猫的父亲应该是经常在小区西门出没的大白猫，但除了求偶期来过园子附近，我并没见它亲近过小猫。

园子里的猫让我想到自己的成长经历。我生长在物质匮乏的年代，家里养过鸡和兔作为肉食补充，长大后每次看到活的鸡和兔，首先想到的总是可以果腹的蛋、肉，而不是什么宠物。这种成长经历让我对小动物虽有基本的同情却缺少了爱。与我相比，那些在乡村长大、有机会与各种小动物亲密接触的人，会不会对小动物有更多的同情呢？

上学时读鲁迅先生的《从百草园到三味书屋》，那时是当课文读，以为鲁迅只是在回忆童年。现在想，鲁迅能够成为鲁迅，除了他读过很多书、学过医学，对脚下的这块土地有深刻的认识和挚爱之外，百草园的经历也非常重要——百草园中有自然。沙滩上起不了高楼，人对社会的判断应该源于自然、天道。从鲁迅的百草园，我想到北京郊区挂甲屯的吴家花园。庐山会议后，彭德怀入住吴家花园，开始六年乡居生活，他在那里读书、反思，同时种地劳动，开了两分地专门种麦子做实验，秋天的收获让他确认了一亩地确实只产七百斤——土地不会说谎，怎么可能吹嘘自己呢。

疫情期间滞留园中,我读了一遍《物种起源》。达尔文的这本巨著是我多年前买的,一直在书架上挂灰。读了将近六百页的《昆虫记》——一虫一世界,这本人类学家的跨物种民族志,记录和描述观看昆虫的二十六种方式,对我这个虫盲无疑是一种启蒙。

　　我在园中读书,观风起花落,看草长虫飞。

毕星星｜告别秦椒

辣椒,我们那里都叫秦椒。秦椒,我也是捕捉着话音写的,到底是不是这两个字,说不准。

我村里爱种白菜萝卜,还有秦椒。村子靠着一条小河,是远近闻名的出菜的地方。当地有民谚说:"高头南岳,胡萝卜葱多,想吃好枣,跑到乔阳。""阳"发音像是"岳",也就押韵。枣树耐旱,那就是另一块地段了。

高头村的秦椒呢,有那么点小名气。你到集镇上去,有卖秦椒的,问哪里的,高头的,于是放了心。

高头村的秦椒为啥有名? 当然啦,因为好吃,好看。

辣椒都是一股子辣味,还有好吃的不好吃的? 当然有。辣椒有微辣、中辣、强辣。那种强辣,比如湖南的朝天椒,一入口就辣得直跳,咬一口几天舌头打战。北方人接受不了这个。高头村的秦椒,大致在微辣到中辣之间。入口不烧嘴,下肚子不烧心。更有人不好意思说,排出时还不辣出口。太辣了,一口遮住了菜蔬的所有味道,什么也感觉不到,只有辣,不好。辣味也是一味,不可以太霸气,炸辣,就过了。高头村的秦椒不靠辣赢人,靠一种醇厚的辣椒香提味。其实在辣椒角儿里,辣椒肉辣椒籽的油香,也是一味。由辣入口,仔细品味那一种醇厚,高头村的辣椒,没有那么性子暴,更像一场苦口婆心句句刺痛又回味绵长的对话。

什么叫好看? 说的是它红得鲜,红得醒目。调菜上色,撒一把,鲜红立刻覆盖了菜尖,点缀了场面。辣椒不都是红的吗? 那是你没有比较过。那些品红的、灰红的、黄红的,逊色多了。还有令人叫绝的,高头村的秦椒漂锅,不会下沉。这一带喜欢做羊汤,一口大锅煮着老汤,撒一把高头村的秦椒面,唰啦啦似军团散开单兵布阵立刻铺满了汤面,整个锅面洇成一片鲜红。喝汤了,一把大铜勺,勺背轻轻推一下,那红色知趣地后撤,露出一块白汤。黄铜勺子舀了,四围的红色立刻铺过来闭合。要吃辣椒吗?小心地撇上一个勺底,加上。看那些红色的精灵散开又围拢,你会觉得它们在望着你,和你叽叽喳喳对话呢。

什么样的土地,才能滋养出这样特异的至味?

秦椒喜高温,喜水,三伏天,正是开花结果长身子的时候。集体化时代,农业社的菜地就靠着涞水河,两行洋柿子(西红柿),三行秦椒,隔着种。河水漫灌过来,干裂的土地吃水,屹嚓嚓乱响,水头子像蛇行吱溜溜铺过地面。河边蔓草丛生,架起的洋柿子挡住了芦苇入侵,河湾里一片墨绿,靠河的菜地,是生产队的一个聚宝盆。

集体化时也有自留地。高头村,种秦椒的家户还是多。一家只有几分地,种一片秦椒。伏天火热,父亲和我去扳轱辘,靠柳罐提水。浇一阵,等着井水上来,歇一阵。于是我们坐在地边谝闲话,望着天上的青石银钉,听玉米噌噌拔节,听豆角瓣里啪啦炸角,身边的秦椒默不做声,就在腿边依偎。伸手摸一摸叶蔓,那是我最惬意的时候。

秦椒能卖青菜,不过作为调味,一般的还是卖干货多,或者干角,或者粉碎了卖秦椒面。

制作秦椒面,可是一件苦活。那时的家户哪里有粉碎机呀。做秦椒面,都是自家动手。

父亲借来一个碾槽,生铁的,两头尖,朝上翘起,中间肚子大,有厚厚的底座。还有个铁轱辘,中间插着木头把。干辣椒碾碎,味道呛人。父亲要坐在高凳子上,用毛巾捂住口鼻,用脚蹬,铁轱辘铁碾槽,来回进退,辣椒角渐渐成了片,又成了面。不知道父亲忍受了多少呛,有一年,我们家的辣椒面,竟然积满了一个小水缸。

父亲把这些辣椒面一把一把、一勺子一勺子装进小瓮,转一会儿,他会薄薄垫一层盐。

我问,为啥要撒一层盐呢?

父亲说,秦椒面爱生虫,有盐腌着,就不生虫。

我还是后来才知道,这里家户卖秦椒面都掺盐面。秦椒面一块四一斤,盐面一毛四一斤,谁不知道,掺进去,一斤盐就是一斤秦椒面啊?

再老实的庄稼人,这点小机心还是会耍的。

据说有一家卖秦椒面，买主尝了一口，咸的，立刻呸呸，眼瞪着卖主，那是盐掺得太多了。卖家心虚，连忙说软话：失手啦！失手啦！

高头村的秦椒名声在外，每年秋冬，也就有菜贩子在村里收购。一听到信儿，四里五乡的亲戚朋友就把自家的秦椒送到高头来。因为能卖个好价钱，这时的"高头秦椒"就掺了水，好在毕竟还是高头的秦椒是主家，掺一点别的，大家也都当笑谈说说算了。都要活哩，不要太和人过不去。也有当地的菜贩子自己支起摊子，走街串巷收购秦椒。这些菜贩子多走西北一路，西安啦，兰州啦，说来还是民国时代的商路。

二十世纪八十年代初分地以后，高头村的农户又开始种菜，务秦椒。有了点规模，大一点的菜贩子也会在高头村设一个点。大队原来旧址都废了，他们就在老大队的地方，收拾几间旧房子当仓库，安起一台粉碎机，他们还是要制作秦椒面，批到他们的商路去。

几个秦椒贩子住下以后，三碟子四碗，每天倒也自在。

一天父亲到那个收购点去看了看。回家依然憋不住笑，对我说那几个人，进了几大车柿子皮。

父亲一边说一边摇头：还没有收秦椒呢，先拉了几车柿子皮。

柿子皮，是我们这里做柿饼的下脚料。一个整柿子要晒成柿饼，先得脱皮。然后几经翻倒，晒，装缸捂，等到发出一层白霜，柿饼就做成了。这个时候，先期旋掉的柿子皮也晾干了。可以和柿饼一起卖，不过，柿子肉和柿子皮，行市就差多了。柿子皮耐嚼，更多的是逗小孩玩。

贩子看中了柿子皮。柿子皮，颜色、咬嚼和秦椒面很像，混搭在一起，好蒙人。

秦椒面一块四一斤，柿子皮七分钱一斤。

也不知有多少柿子皮打成面面，掺进了整装的打包秦椒。这一年，高头村的秦椒收购轰轰烈烈，粗枝大叶。八十年代初，我的乡亲们就知道有人掺假，但谁也不说破。在他们看来，这个世界，也许本该如此。

那时人们有着耗不尽的热情，说不尽的向往。对于前景，中国农民有一千种设想、一千种奔头。他们笑嘻嘻地看待商品运行过程中的种种瑕疵。秦椒掺柿子皮这种疥癣小疾算得了什么，人家也要挣钱嘛。他们大度地谅解了这种小手段。也确实是没什么，再往后，秦椒面就不是掺柿子皮，开始掺细石子、掺红土了，那才叫黑了心呢。

八十年代的红火没有能持续多久。十多年后，高头村的乡亲就面临一场严峻抉择。南方那些爆辣的辣椒一路北伐，攻城略地，很快挤占了每一个犄角旮旯。是啊，它那么辣，以一当十，谁还需要这些微辣中辣的同类呢？一角放下去，一锅子全辣得吸溜吸溜，谁还有心思慢慢品味高头村秦椒留在唇齿间的香呢？

这一场产业调整的大洗牌波及每一个村庄，高头村最后选择了栽种苹果梨，这个产菜历史悠久的村子，从此成了果业村。

我最后一次看到高头村的秦椒，是在永孩叔的承包地。

前年我回村里，想打听哪家还种秦椒，带一点回城里自家吃。问村里人，都说没人种了，要不到永孩的地里去看看。

永孩叔老两口正在地里。土地承包，分下的地块都很小，一绺一绺的，永孩叔的秦椒地也就四五尺宽，种三行秦椒。

老两口正在秦椒行里，像是在除虫。他说，要不这秦椒没人种了呢，光是这打药杀虫，就下不完的工夫。

还是那老牌的垆土地，还是那一二尺高的蔓苗，青绿的枝叶，枝干上的脉条渐渐老粗了。秦椒角垂下来，大多已经红透，还有绛红，颜色没有转全，有晚绿的，不多了。黄下来的，已经蔫了，那是虫伤角。他们一律老老实实下垂，一苗秦椒，一束一束的果实，眼看到了收获的季节。

永孩叔说，自家地里，只管摘。我张开一个塑料袋，撮一把收了，撮一把收了。很快看到永孩家婶子拿眼睛朝这边瞟。我一把，她一瞟。我咋能这么放手呢，毕竟他们也只有这三行地。村里，拢共也就这三行。

第二年我再回去。永孩叔也不种秦椒了。村里人说，你到前巷去看看，下坪那边还有一家。

到了地头看见一片秦椒地，仿佛看到了久别重逢的亲人，好想一把扑到他的怀里。定睛再看，那是一片朝天椒。

火红的尖角，是辣椒群里的矮个子。短短的，一把一把丛生，向着晴天，向着阳光撒泼。朝天椒不需要枝叶遮掩，它冲开枝叶，露出赤裸的肉身。和我们的秦椒相比，它大概不喜欢遮蔽，很开放。

朝天椒向天矗立，对我耀武扬威：来吧，你别无选择，走到哪里，都是我。

从南到北,它一路掩杀过来,无微不至,攻无不克。

家里二姐提起高头村的辣椒,更是无比的亲切和怀念。啊呀,你不知道咱村的秦椒好。好到哪样呢?前些年外甥上了大学又读研,二姐单位烂了,职工下岗,日子就有些紧。他们两口子商量,找个摊位去卖肉夹馍。照二姐说,倒也简单,做了米粉肉,回高头村买了一袋子秦椒面,热油烹了。联系一家馍铺子送馍,掰开加上肉馅辣椒油调味,来人裹了边走边吃。在关中,在晋南,这是当地一种大众化的快餐。

开张一阵子,二姐的摊子明显地盖过了相邻的,人们来这里排队。二姐说忙的时候啊,一整天也顾不上抬头,只顾掰馍夹肉,递馍收钱。

二姐以为自己选对了行道,直到有一天,有一位买主提出要求——

我不要你那个肉蓉,你光给我夹油秦椒就行。

二姐顿时笑了:肉夹多少都行,秦椒我可舍不得。

这个世间的吃食调味,有大路货,比方说北方面食、南方米饭;有通行南北畅通无阻的,到哪里都受用;也有某一种吃法,只在一县一乡,或者某一个狭小的地理区域流行,我们权且叫它小口味吧。老家常说,不信猫儿不吃生姜。芥末蘸糖,就好这一口。在老家,这种饭食很多。比如荣河蒸菜,白菜芹菜叶子拌面蒸了,菜面上摆上红烧的肥肉片子。说他光景不好,菜里摆着肥肉;说他光景好,肉片下面就是野菜。这大约也就是穷家偶尔吃肉留下的习惯做法吧。还有凉粉饸饹。一碗面,碗底一份饸饹面,上面盖上漏条凉粉,米醋芥末。大概也就是所谓的混搭,日久习积。高头村的秦椒,大约也是这一带的一种小口味。他们喜欢微辣中辣,醇厚酽香,带一股子泥土滋养的本地的辣。这滋味,和他们的舌尖一拍即合。即使走出去,它也是靠着这一点独特。

可惜这些年,口味也开始大一统。商家笃信赢家通吃,口味也出现了某种强势口味,要占领市场,一统天下。一些小口味,越来越遭到碾压埋没。你就说西瓜吧,我小的时候,有淡绿皮的枣花瓜,突出道道的黑崩筋,有白皮白瓤白籽的三白瓜,有小个红籽的小籽瓜。现在呢?都是那种篮球一样圆,黑一道绿一道的花绿皮子,走遍全国,哪里都是它。统一,就是单调。应该保持口味的多样性,哪怕它有些刁,有些怪,有些挑拣。高头秦椒不该绝,应该给那一块地域乡亲留下一点小口味。

我于是在心底暗暗地责骂了一句:去你的吧,辣椒也有殖民主义!

晋西南近秦，人们多以为这里的秦椒，就是陕西的辣椒。

在我小的时候不是这样。这里的乡亲，固执地要把本地的秦椒和陕西的秦椒区别开来。

父亲念过几年私塾，他在砖墙面上记录种秦椒收秦椒，先是写下"秦椒"，后来问了村里民国时代的教书先生，郑重地改写成"蓁椒"。

我很喜欢这个"蓁椒"，庄稼人都念作 qín，它带了草字头，更像一种草木。在北方，秦椒也就是一种一年生的草本茄科线椒。

蓁蓁，草木繁茂的样子。说秦椒，真好。

我那时还不知道这个"蓁"，并不读作 qín。

《本草纲目》有涉秦椒的条目——

> 辣虎，良由胸膈积水变为冷痰，得辛以散之，故如汤沃雪耳。又名秦椒。李成裕辽载：秦椒，一名番椒，形如马乳，色似珊瑚，非本草秦地之花椒，即中土辣茄也。

这么说，秦椒出现在我们的口味里，已经很有些历史了。

无论它是陕西秦椒的一个异数，还是一种古老的辣味，都躲过千年灾荒繁衍到现在，都不容易。但现在它消失了，一个品种从此不见，我心里蓦地疼了一下。

它只能算个小品种，如此小，告别，也就如此无声无息。

表达 你的 发现

○ 卷贰

散文 2023 精选集

学群 | 那些曾经担起生活的

扁担

　　一根扁担架在肩上，跟把东西背在身上扛在肩上顶在头上不一样。背着扛着顶着，都是负重于身。只有人才会把事物分作两处，用一根扁担挑起来。扁担往肩上一架，就有了空间有了场，有了冲突与平衡，有了技巧有了权衡。一个人用一条扁担挑着两件物事往前走，是一幅多么富于动感多么和谐的画面。脚在下面走，地面的起伏转折，物候与风，身体的摆动回荡与调节，意志与力，人自身跟外界的阻隔与融通都会来到扁担上。人是竖写的"1"字，扁担是横在人身上的"一"字。人在动，悬在两端的物件在晃，一股韵律在扁担之间游走，扁担沿着一段年轮唱着吱吱呀呀的歌。世界好像在朝一根扁担涌来，又从它的两端生发出去。

　　挑担子的人在路上走，田间的路到时候会拐上一个弯，会在拐弯处安上崎岖安上一些石头和砖块。人从那里过，扁担会往一头翘或者往一边横，水会从桶里往外跳，谷粒会从箩筐里往外跑。扁担是骨质的，挑担子的人可是肉做的，人身上有骨骼没错，可是骨与骨之间有关节有筋脉，可以减震可以把一些事情消解掉。脚踏过去手牵引过来，世界绕着担子转上半个圈，惊起的水落回去，绕着桶边转起来，沿着一个方向转。箩筐里的稻子不会像水那么转，箩筐会把稻子的涌动筛下去，你挤着我我塞住你，里面的稻子会更密实，转弯抹角颠簸起伏。箩筐外面的事不用稻子管，稻米只管住在谷壳里，谷壳只管装在箩筐里。稻草和茅柴捆算是最招摇的了，风喜欢追着柴草跑，路两边的灌木蒿草全是表亲，喜欢拉拉扯扯跟它们说上一阵子。扁担知道叫它们避让，知道因形就势什么时候偏着身子走，知道走过的路就像溪沟里的水，知道路上的那些事无非是人和扁担闪几闪。

如今很难看到扁担了，人们好像不再用扁担去挑起什么了。看到的全是轮子，一个又一个轮子在地上打着滚。是的，也有在天上飞的，可它们上天落地都少不了轮子，它们的里面也是轮子。轮子，也许还有链条，世界呈现出完全不同的样式。我开着车从一个地方移到另一个地方，用的也是轮子。

我也曾经把自己放在两个物件中间，放在路上，人和物件之间用一条扁担连着。扁担一上肩，两头的重量就往中间跑，担子有多沉，扁担不会说假话。第一次把扁担搁到肩上，肩跟扁担是那样陌生，我感到的是生硬，还有铁一样的冷。真奇怪，怎么会把这样生硬的东西叫作"扁担条"？它跟我从挑担子的人那里看来的是多么不同啊！在他们那里，扁担很柔软，人身子在动在晃，扁担应着人闪闪悠悠，好像有一股音乐踮起脚跑到了扁担上，扁担变得像蝴蝶的翅膀甚至像绸带，挂在扁担两头的东西像是在跳舞，它们好像都很开心很舒服。扁担一到我这里就变硬变僵了，一动不动只会硌人，悬在扁担两头的那两件东西愣头愣脑，不是撞在牛身上就是撞在电线杆上。人跟物件在闹别扭在打架，扁担不闻不问只管把重量压到肩膀上。扁担不依不饶跟你较着劲，它已经跟两头的重物串通好，原本松软的麻绳也收紧身子绷直了。扁担是一块铁，铁慢慢烧红了，烧红了还是那样硬，它之所以烧红只是要烧伤你的皮肉灼痛你的肩，让你腰也酸背也痛，让你吸进去的空气也灼人。

爷爷说：你刚开始挑东西，还是拿一根楠竹扁担吧，木家伙太硬太灼人。我不服气，觉得自己足够大，木扁担粗木扁担结实，挑得动乾坤挑得动山，愚公移山用的肯定也是木扁担。爷爷摇了摇头：那你先用木扁担，什么时候想换再试一下竹扁担。木扁担烙坏了我，它到哪里哪里都在痛，它走了那地方还在痛。换上楠竹扁担，竹扁担宽，不像木扁担镶在痛处不动，它一抖动，腰身和扁担两头也跟着活起来，活络起来的世界走起来不会那么难。后来，我的肩膀也像树身子一样包了一层皮结了痂，木扁担到了我手上身上也活络起来，木扁担也在我的肩头吱吱呀呀打着闪。爷爷说：你已经大了，你大了爷爷也老了。爷爷成了一根没有油性的旧扁担。

做扁担的木料太松太软不行太结实太硬扎也不行，太新太嫩不行太过老旧也不行。绵密紧匝的年轮中见出挺拔与筋道，虬劲而又不失柔软，桑树算是一种，榆木或近于上乘。椤木石楠，我们老家那一带唤作油凿树，做成扁担过于刚劲硬实，搁在肩上身子沉沉的鲜有弹力。杨树失之于脆，负不了多重就会断开。柳树更像是拧紧之后捆扎到一起的纤维,韧劲似乎是有了,刚性却不足,稍一负重就会从中间耷拉下来,藕已断丝丝缕缕还连着。槐树好像是胜任做一条扁担的,杉木更适合当板材,用作条块似乎不是它的强项。棕树是个烧火都不起焰的家伙,甚至不能拿来当棍棒用,苦楝树像一条蛇一样很容易剐掉外面那层皮,去皮之后光溜溜的身子鲜亮光洁,多少有些油滑,里面的木芯是红色,虽则好看却过于松脆。百木百性,正如百人百性,在风中晃来晃去的树,和在地上走来走去的人其实是一样的。每一棵朝向上头的树,都有一粒与它对应的星。

事实上,楠竹也是常常被剖开用作扁担的。楠竹扁担不会用于那些很沉的担子,而是多半跟箢箕配套连用,扁担两头配上麻绳铁钩,铁钩挂住箢箕两边的竹襻或铁丝,挑到目的地取下铁钩挂住箢箕尾部的襻襻一提,装在里面的东西倾箕而出。这期间扁担一直不曾离肩,这也只有轻便的竹扁担才能做到。用竹扁担图的是便捷。还有一层,竹扁担宽,息工的时候翻过来往地上一搁,坐在上面比木扁担舒服。当然,剖开的竹扁担的寿命也比木扁担要短得多。

扁担正如其名,确实是扁扁的,两端呈椭圆形,往中间走,扁担的身子慢慢放宽而益扁,搁到肩上受力面积也就变大了。一根木要变成扁担,年岁太大不行年岁小了也不行,身子太粗太肥不行太弱小也不行。它得正当盛年,得长在当阳的地方;它不能有木结,不能有虫蛀;它不能是弯的;它要足够长,它不能一头大一头小。它不是什么了不起的大树,可它身上不光有地理有天文,还有着命运和缘分。说到这方面,我的爷爷会跟你说起他跟那棵油凿树相遇的事情。那天晚上他在林子里走,透过树木的空隙往上看,每一颗星都像掘得很深的井。从星星那里看下来,一根挺拔的树让他心里一动。第二天他找到了那棵树,不管从哪个方面看都适合做一条扁担,只可惜是一棵油凿树。那时候他血气正刚,油凿树再沉压他的两边肩膀也乐意承受,他愿意相信头天晚上的相遇是缘。很多年后,看到这根扁担的第一眼我就喜欢上了它。其他扁担不是发黄就是橙色,只有它带着绛红呈现出金属一般的质感,那种饱满光滑的触感让人摸过还想接着摸。有一段时间,它甚至成了我们几兄弟顶喜欢的一件玩具,要交上一张竹叶做的钞票才能摸一下,三张竹叶钞,可以扛上它走一回亲戚。

油凿树做的扁担确实比其他扁担要重许多,尤其是挑上担子之后它僵着身子不会像其他扁担那样闪悠。扁担不闪悠就像人走路不能甩手一样,移动起来就要费劲得多。它的高光时刻是那次打架抢湖滩，爷爷的油凿树砸下去，那些桑树榆树槐树仰的仰翻的翻，楠竹片就更不用说了。这样一根油凿树扁担最后还是断了，甚至比那根枣木扁担断得还要早。断了的扁担锯下一段给奶奶去捣衣，奶奶嫌它笨，剩下的就只能当柴烧，烧出来的火炭又红又艳在火塘里亮了半宿，最后暗淡下去成了灰。仿佛想起了多年以前在林子里同它相遇的那个晚上，爷爷叹了一口气：最后免不了都是这条路。

锄头和耙头

锄头是带铁的，在铁上头装上木或竹，把带着生命温情的那一端拿在手上，把自己的想法自己的欲求通过钢铁揳入土地（揳入土地的那一端叫作锄口，装柄的地方叫作锄脑）。把走向土地的铁质部分叫作锄头，这意味着对于一把锄头和握锄的人来说，土地就是他们的天。不管阳光雨水季节还是风，天上来的事情最后都到了地上，求取吃食的人需要到那里去挖掘去刨取。吃草的牛羊把头一次次俯向土地，人和他的锄头也一样。那个弯了腰叉开两条腿挥动锄头的人，手中的锄头和土地之间早就有了一份默契。一年中有好多次，锄头要走进泥土，或是雨后的湿润黏稠，或是太阳晒过的板结里。在一次次进入泥土之后，锄头变得容光焕发，闪动着快活的银光，泥土也因此变得松软而易于生长，花和枝叶在其上招摇着根的快乐。

扛一把锄头在路上走，看到一坨狗粪可以用锄角钩进田里去，不管谁家的田肥到的庄稼都一样。看到田埂上的缺口漏水可以挖一坨泥巴塞上去，要是下雨水太满也可以扒出一道口子给水一条路。有一把锄头在手，遇上争执是势也是胆，说起话来声音也要粗壮许多。一个人走夜路，一把锄头就是一个伴，遇上野兽或者蛇，就有了防身的东西。扛一把锄头挽起袖子卷起裤脚在地上走，多少就有了老虎巡山的意思，人家一看就知道你是在自己的田地上走。要是出门在外，可不作兴这样扛着锄头。你只是一个过路客，过路的可以挑上担子，路本来是挑担子用的，锄头可以竖在筬箕箩筐里。一把锄头，就像一颗找吃食的牙，在人家的田土上不好一直张着嘴。

一个人在田土上转，他扛的多半是擦锄。我们老家那一带管较小的那一类锄头叫擦锄，往上，还有大锄、鹰嘴锄。一把鹰嘴锄的柄必须是一根木头，大小重量正好与锄头相称。大锄柄多半是竹，也有是木头的。擦锄柄只能是竹竿，轻巧的擦锄，柄不能太沉。擦锄和大锄都有两只角,钢主要用在锄角上,中间凹进去的地方大多是铁。大锄用来挖土用来抽沟用来开荒,擦锄主要用来锄草,用来锄破雨后板结的土。大锄一下一下砸进土里去,一点也不含糊。擦锄有时会歪起一只角刮掉庄稼旁边的一株草,有时划破地皮拖着在土里一阵跑。擦锄的动作忽快忽慢有时飘闪有时紧匝,擦锄到了一双使惯了的手里,会跳舞。

一把锄头在地上所做的,全都来自上头的柄,人的想法和使出的力气都要通过锄柄来到锄头上,从锄角锄口进到泥土里。锄头在土里遭遇到的,也会通过锄柄告诉手。我曾经跟着爷爷到屋后的竹林子里挑选竹竿做锄把。虫蛀过的当然不行。土太肥竹子也会跟着肥。爷爷说,当锄把不是演戏坐衙门。太瘦也不行,锄把不是叫花子。太嫩不行,太老过了气也不行。当阳的缓坡上有一根,用手握了握太小正好,看长势就像生在一把锄头上。取竹时得刨一刨四周的土,土里的那一段竹节密实紧匝,去掉旁须正好装进锄脑。没有挨着土层的那一段,再好也当不了锄头柄。

一把锄头到了爷爷手上,从手到锄把到锄口锄角都一气贯通。人往哪里想锄头就会往哪里去。锄头是活的,你只要看看锄口那道白光翘向两角蓝幽幽地一闪一闪,就知道锄头是有灵的,会看人。给棉花油菜间苗的时候,锄头跐起一角知道会往病弱的秧苗上去,锄角长着眼,眼光很犀利。锄草的时候,一些草傍着棉花长,风一吹跟棉花苗勾勾搭搭一起摇,但要是以为这样就可以把锄头弄花眼它可就错了。锄头打棉花身边过,草被锄角带走,只剩下棉花在风中摇。被锄角刮掉的草或多或少会带走一些土,站在那里的棉花苗根脚就有些虚,锄头带着劲从棉花的行距中间过,一块土皮被拱起来在锄头前面一阵跑,散出来的碎粒刚好盖上去。或者就着一个土坷垃,锄头回身一捣,碎开的土屑刚好填补上。锄头擦着土皮擦着庄稼身边过,难怪叫擦锄。

再说说鹰嘴锄。鹰嘴锄重,锄头齐口收缩得又窄又厚,整整镶了一块钢,主要用来挖树根用来啃那些难啃的木块。一些纹理扭曲的木头还有一些结木,斧头劈起来有些难。一头砸下去的鹰嘴,顶着锄把一撬连撕带扯就啃下来一大块,这时候就会明白居家为什么还要有一把鹰嘴锄。

我使过擦锄,使过大锄,但好长一段时间爷爷都不让我使那把鹰嘴锄。第一次使它去挖一只灌木根,第一下破开土层,第二下挖断正根,锄口最后落在左边的脚背上。它是我用身体记下的唯一一把锄,铁匠把那条烧红的钢镶到锄口好像也镶到了我的脚背上。流过火一样灼烫的血，愈合的伤口闪着一道白白的光。如今想起来，那大小两把铁锤敲打在铁块上的声音，也像是从这道疤口进到我的身体里，使我的记忆一直在叮叮当当作响。

擦锄大锄鹰嘴锄三兄弟，耙头就像他们的表亲。耙头一般都是五个齿，像是人的五个手指头。耙头用来搭田塍用来翻耕锄头开过的荒地，用来抓起烂泥抓起带稻草的牛栏粪。

我曾从根部到齿尖抚摸那些耙齿，靠近齿根的地方稍显粗糙且稍稍呈方形，颜色也是哑的，往下渐次明亮，直到变成明晃晃的银白，手感圆中带鼓越往下越光滑，到齿尖收尾处却不是那种毕露的锋芒，甚至像毛笔写完一竖又回锋收了收。我喜欢握着耙齿往下摸出来的那种感觉，尤其是伸出一根手指轻轻触摸耙齿尖，那是一种站在峰尖上的光滑圆润，甚至可以说是饱满，就像舞者踮起的脚尖。它是阳刚的，阳刚中像是带着温润，是一种饱满的锋利，成熟了的坚硬。

一把刚从铁匠铺出来的耙头不是这样，它是生硬的、粗粝的，齿尖就是齿尖，锋利的尖牙似乎在渴着血。新出炉的耙齿身上好像还带着烧灼它的火，还带着年轻的锐利与鲁莽。光滑和圆润，还有那种饱满，是在一次次扎入泥土，在砖头瓦片的打磨中，在草茎草根的纠缠中达成的。锄口和锄角也是，铁与火，加上岁月和泥土，那种银亮亮的锋利已不复寒气逼人。由此想到农事，锄头耙头们所参与的并不是一场征伐，间苗和锄草也不同于砍杀，只要看一看锄口，看一看那些耙齿就知道，农事只是农事。几千年的农事，不管锄头还是耙头，都是在地里生长出来的。

一个星期六的下午，我从学校往家里走，县城搬迁到荣家湾，一路上都是挖土机掀起来的土。以前的路已经不存在了，我只能依着挖掘出来的街道雏形往前走。我不知道这时候爷爷正从家里往新建的县城这边走。他是被这边的隆隆声嗡嗡声哐当哐当的击打声引过来的。他的一生中没少经历过事情，打铁捣衣这些就不说了，打炮打雷在村子上头也只是响过一阵就不响了。柴油机抽水他见识过，离得近听着很响，远一点声音就变小了，翻过一座冈子就等于没有了。贺耕九的地足够大，装得下一台柴油机的吵闹。不管怎样，只要地还在那里就让人安心。然而这一次有些不一样，从东北面涌过来的声音好像比地要大，荣家湾街赵孙坞加上刘仲七贺耕九也装不下它，它像是要把地秒一个底朝天。

夜深人静时，他曾听过火车从新墙河的铁路桥上开过，也看过火车知道那个大家伙喷着汽，发出的巨大的轰响一下就把周围全部吞没了，可那是外面的事情，与贺耕九与刘仲七无关。眼下的动静来得有些不一样，他在家里坐不住了。他走到刘仲七，刘仲七还在。走到孙坞，孙坞只剩下一半。再往前，街赵已经不见了，房子田亩山冈和以前走过的路，统统没有了。以前造梯田，山上的林子没了，山还在。山怎么会没有了呢？可是山确实一下就没有了，只剩下一堆堆土和一些挖出来的沟。他看到挖土机和推土机，看到山包包一样的土堆被运走，看到河流和水塘被填平。他惘然若失，这是一个完全陌生的世界，他呆站在那里，搓着手不知如何是好。

我从那些土堆中看到了爷爷，爷爷没有看到我，我叫了他一声，他看向我眼睛里只有一片茫然。他像是迷失了，再叫一声才回过神来认出我。认出是我，他伸过手来一把抓住我的手，像是从满地波浪中抓到了岸。

他担心县城会修到贺耕九——像这样往前挖，要不了几天就要挖到了。

那时的我不理解他，我巴不得县城修过来，这样就不用弓着背在学校里写作业我们就成了城里人，手里不用捏锄把肩上不用搁扁担，吃的穿的全从本本上来。我试图用美好的未来安慰他开导他感召他。我说出了不少新词语，我说的时候他会点头朝我笑。他不会反对我，可我能感觉到他的保留，他的心中自有一个坚硬的核，那个地方拒绝融化，那个地方只属于他，也许还有他使过的锄头和耙头。如今，我的年纪已适合去理解那时的他了：最后的一段日子，他已经走不稳了，依旧撑持着到棉花地里去锄地，除了挣扎着想活得更久再看一些事情以外，他还需要一把锄头到地上去寻求安慰，需要相信这个世界上还有比人的一生更长久更稳固的东西。

白面，白面 | 九歌

一

白面之白，不单指颜色而言，有一层稀缺的意思隐隐暗含着。打完家具再没余钱买漆料上涂，晾着使；做件皮袄手里空了没有布料挂上袄面，光板穿，都叫"白茬儿"——言其窘迫。

白面之白，一定还有"白瞅着"的一层含义在——瞅不见，眼馋；瞅见了，心馋。

傍年靠节，队长捂着从粮库求告回来的白面不撒手，年根上，才冲手下人憋出一句：分面。候着号令的人跑去敲钟喊喇叭，全屯子轰动。

动静大，一口人只分二三两。盆装碗盛，各户领那么一抠耳勺，抱着回家，蹾里屋的柜面上，苦等三十晚上包顿饺子。

白面一旦进户，便将大人孩子的心神吸住。谁想起来便会瞅一眼——瞅瞅也不会少，额外多得一点满足。

东北农作物生长期短，种不成两季庄稼。紧挨着黑吉辽三省的老家多丘陵山地，不宜种麦，坡上年复一年任由成片成片的玉米高粱戳墙列帐，还有头顶个茶盘似的、开也开不败的向日葵。黑土肥得出油，独独认不下小麦，年年种，年年扔。

也不是没想过法子，淘换麦种，搬请高人，均以失败告终。队里没有河滩地，山地板结浇不上水，遇上伏里旱，眼见着麦秧一片片死掉。村东河滩，牛马犁杖下不到水甸子里去，发动社员镐刨锹掘垦块地，扛不住涝——一场大雨，山洪一走一过淹个响透，死秧烂苗白搭工夫。

队长气得暗暗咬牙，谁提麦子面他跟谁急——土包子，就是吃黑饽饽的命！

黑饽饽是荞麦面做的。荞麦不像小麦那样挑地，喜阴凉。山坡岗地扬上种子，没腰，密密匝匝，生长期不拖，早霜也奈何不得，跟六十天还家的黄豆似的，下种早点晚点不碍事。荞麦苗起身快,花期长,开起花来不管不顾,风一刮,一目白色。荞麦结出的三棱籽实,半个玉米粒大小,黑皮白仁。上磨推碾成面,白是玉白,灰是银灰。荞面脆硬,麦子面软糯,两掺,擀面条包饺子,口口得宜口口得意。

荞麦茎秆中空,吃水赖田,透支地力。种一年荞麦,三年长不好庄稼。

二

"东屯孙大裤裆家的小子考上红本粮了,给他爹扛回敦实实一面袋子白面。"山上放马回来,锅台前捞饭的母亲抬脸跟我说,饭汽托着母亲的脸,全是羡慕。

土地承包到户那年,我十三岁。

二哥一人蒔弄几十亩地,顾了家里顾不了外头。甩了书包放马,我想逞一逞男儿的豪气帮二哥,天天糗山上野游野荡。草好,坡凹的草能抢钐刀,沟里的没腰,马往山上一撒,半大小子满山满岭疯耍。瓜园偷瓜,稆生的柿子黄豆地谷子地一寻一个准儿,糜子地里打乌米,都为嘴忙。抓蝈蝈,扣蚂蚱,逮雀崽子,躺山上看天,蓄足了力气,光脚丫子满山撵日头影。秋末,大土豆拱破垄背。抠土豆烧,渴了喝背出来的井水,酒包没涮干净,喝一口,吧嗒吧嗒,一股酒味。

马吃饱了,牵过来在山上比赛。我家黑骟是匹走马——龟腚走,快还稳。光板骟骑,担心骟屁股,垫一条麻袋,帆布口袋也成。骑上马背,人蹿起一大截,高大威风。

赢了,借着赢劲催马跑上西山,勒马迎风,远远望着西山麓下道上跑着的班车带起一条浅浅的尘条,风一吹,散了。

一条通往山外的路。

一天进家,母亲脸冷,问话也不搭。凑跟前没话找话:"妈,咱家骟马挂驹了,来年能添个头。"

母亲抬了抬眼,脑袋身子摩挲我一把:"他说你命在书,端公家碗。"

"谁?"

"头年门口那个找饭的。"

有过这么一回事。

一个过路的河南人挨到门口,扶着门桩问抱柴的母亲:"大嫂子,剩饭给口,没有,给口水也中。"

母亲把那人让进屋,饭盆里挖碗小米饭。

过路的闷头端着饭碗，盘腿坐在炕边，扒饭填嘴，猛了，噎得抻直了脖子。饭碗歪炕沿上，捋脖子挂腿，大巴掌捂严了膝盖。我拎着书舀瓢水递他手里，他接了瓢，咕咚咕咚一滴没剩。

我把空瓢扣回缸盖上，回身接着看我的书。

过路的临走，一脚门里一脚门外，摸我脑袋，拍了两下，出大门的时候，和母亲说了几句话。

咋想起这桩了？挠着后脑勺，歪头看母亲。母亲在锅里捞饭，说："老孙家小子没妈，身下还有个妹子，他爹把他俩扯巴大的，争气，老孙家日子有盼头，有盼头啦。"

接下来几日，独自岗顶石头堆歪着的时候，我心里老想着母亲说的"盼头"，抄起鞭子，摔向石堆。

鞭杆断了三截。

我自己给自己新取了个名字——群石——一堆石头。我要给我母亲一个盼头，不能让她总羡慕旁人家孩子。

三

两年后，我考进了孙家儿子读书的那所学校。

进了学校，感觉一下子掉进了福窝——天天能吃上白面馉馉——包子六分一个，馒头五分俩。

一分也是钱，没钱一个也拿不来。我省细着花，一顿俩馒头一勺咸菜。

好好地得了一场眼病，蒙着双眼住了七天院，一个姓刘的同学陪着，全班同学都来看我。

越瘸越拿棍点，住院那几天，得了土名叫攻心番的克山病。家住学校附近的一个同学的哥哥懂这个，来医院拿针帮我挑了。挑完，顺手从床柜上摸个空罐头瓶子，划根火柴扔进去，摇晃几下，"嗙"的一声，扣到了屁股上。拔出半罐子黑血，打那以后祛了病根儿。

第二年暑期，去龙江县四姐家借学费，扑了个空。回来路过景星街砖窑，大门旁贴着招工广告。小褂一脱我打起了短工。干满一月，揣工钱往家走。半道进饭馆点一碗素面，几根菜叶绿担面条上，小米珠似的油星，汤上浮着。

窑上的活儿没黑没白，一天睡五六个小时，弓身顶着推水坯砖，手不离车辕。一月干满,两条胳膊伸不直。我是架着两个膀子回的学校。没几天,手脸都黄了,眼珠子也黄了,尿出来的黄汤子,打鼻子腥。

住进传染病房以后,同学听说是肝病都不敢来。一个姓杨的同学,在第七天头来一趟医院,隔着窗户把我喊出去,进馆子点一盘豆芽,陪我吃顿饭,缩着筷头在自己这边撵了几口。

住到第九天,没药了,连着往家里打六封电报,没回音。指不上,我跑去找班主任,隔着他家半开的里屋门说情况。班主任跷二郎腿横躺炕沿,让我先回医院,之后一直没露影,或许亦有他的难。

对床躺着一个姓杨的大叔,肚子抬鼓似的,常年住院。医生护士催我缴费,当晚是最后期限,钱不到,第二天让我走人。当天停药了。杨大叔中午饿,往起拱身想去打饭。我见他费劲,主动下楼帮他去买。走到楼下,看羊肉挺新鲜,割了一刀,回病房酒精炉上炖炖,分着吃了。他给钱,我说啥没要。给急了,逼我说出了要走的话:"酒精锅也留给您吧,我明儿个出院。"

杨大叔知道没药了,挪下地吃力地从床下拽出一个纸壳箱,掏出七瓶甘露醇推给了我。他说他打够了,胳膊扎得全是针眼,让给我了。挺过了五六天,我们班的生活委员也把学校救济的二百元钱送了过来。我接上针,打到十九天头上。

当晚,我把东西装进帆布提包,担在脚底睡着了,迷迷糊糊觉着有人扳我腿,睁眼一瞧,8床那个外号叫"汽灯"的女人正拽我提包。她没想我留了后手,绳子一头系着提包,一头拴了脚脖。扯拽惊醒了我,我照她手狠踹两脚。她撒了手,回床上躺着去了,没事人似的。

我再也睡不着,一会儿想想砖厂那个有事没事找我唠嗑的马娟,一会儿想想同学和老师,一会儿想杨大叔和平日里和和气气倒腾汽灯的女人。

1989年,我师范毕业分配回家乡教书。红本粮一月供应五斤白面、二两豆油。攒了一年,揣着粮本到粮库领回一袋白面、一瓶豆油。捎面提油回家,临近家门的时候,故意慢了几步,隔着院墙远远地喊我母亲。

四

分田单干以后,分到河滩地的人家种起了小麦。

毕业那年雨水勤,得麦子。

那年的麦子长疯了。

硬着头皮去三姐家麦地帮忙薅大草。身子虚，哈不下腰，拔一阵出一茬虚汗。这几年三姐没少帮衬，接长不短汇钱，撑着我把书勉勉强强念完。

去三姐家正赶上一个热天。

午后哪儿都热，到处白花花，房山阴里站着不舒服，蹲着不舒服，靠着不舒服。门前河滩上那片麦正扯天扯地往老黄里钻，眼见着从地里拱上来一荡子一荡子的气浪，噗噗顺着麦秆往上翻着顶麦穗。一丝风没有，气浪就在麦子头顶悬着。

"这天儿下地，爆熟人！"跟在三姐夫他们身后往地里磨蹭，我在心里想。没到一顿饭工夫，找来薅地的人散散落落站到了齐腰的麦子地头。十几个人齐刷刷上垄。刚开始薅得并不快，我感觉加把力可以撵到他们前面去。薅着薅着，眼见着他们小跑似的往前蹚。我却越薅腰越疼，越疼越哈不下去，就势蹲下来薅，再后来坐地上挪蹭。

河滩上的麦子像一堵挨一堵穿挤不透的墙。

我在麦地里闷了三天。

薅完麦子，两腿发软站不住了。躺在炕上昏沉沉，老觉着身子还在地里晃悠，闭上眼睛就瞧见河滩上那片黄乎乎的麦子悬天悬地往我身上盖往我躺的炕上帆。

三姐从东屯找来一个姓刘的大夫。号过脉，说是风湿，开了方子。抓回药，三姐接母亲来家熬药。

和中药伙着吃的，还有刘大夫自己调配的面子药——追风透骨散。药霸道，三包吃过，觉得被药拿得浑身发软，汗一茬一茬往外冒，大白天睁着眼睛说胡话，一吃十几包，腿面条似的，撑不住整个身子。

扳着门框，贴墙根挪到外面。姐夫的自行车支在窗台下。我扑了上去，撑住车把，悬空着悠腿，屁股找到了车座。姐姐家的院子上岗下坡，院脖子挺长，车子借坡势轱辘起来，在院门口的平道上停住。我压着自行车，自行车压着我，摔倒在地。

那一刻，我没叫也没哭，躺地上大睁着双眼望天，张大了嘴巴笑，失控放了声地那样地笑，笑得姐姐姐夫和母亲发毛，围在我身边手足无措。

他们认为我疯了。

被抬回炕上，一句话都不想说。倚着被垛一天一天坐着，担心一躺下去再也起不来。我家里的生活条件差，姐姐姐夫的工资也低，挤不出钱给我治病。在姐家忍了一个月，要开学了，有些急，我委婉地和姐要钱治病。姐没说啥，晚上出去借三百块塞我手里。

五

从姐姐家到卫生院十几里的路，不到半个小时，车停在了医院门前。三姐夫架我进了屋。我坐条凳，对面一位面相富态的老先生正给病人开方。开完药方，拽过一个诊包，示意我把手放上去。手指搭脉，压几压沉几沉，笑眯眯地看着我。我心里不觉安静下来。他告诉我："病跟粮库老赵一样，他看晚了，瘫了几十年，你来得还算早，兴许能扳过来。"听他一说，刚放下的心又悬了起来。"药用反了，你之前得的是冷风湿，这回是热风湿，风进血了，没入骨髓，有的治。"老先生一口气讲了那么多话，听得我脊梁冷汗直冒。

老先生给开了药，护士抱两个瓶子过来，往小药瓶里兑水，给我点上药。维 C 和地塞米松。奇迹在半小时之后发生了——打了半瓶，浑身通畅，双腿动动，有力量了，试着往起站，站了起来。迈动步了！我觉得自己小腹有些不舒服，要上厕所，护士想搀，我固执地摇摇头，举着药瓶，竟然从病房走到了厕所。上完厕所，又从厕所走回病房。打那以后，我掂出了"对症下药"这几个字的分量。

前几年去了卫生院一趟，想看看老先生，一打听，已在几年前过世了。

心里空落落的。回到二哥家，二嫂炒了俩菜，二哥上桌陪我喝酒。我问二哥："队上种过小麦吗？"二哥点点头，又摇摇脑袋，记不准了。

吃过饭，我背着手往前街溜达。前街七叔是老庄稼人，告诉我："麦子种在冰里收在火里——入冬，刚蹿出来的麦苗，还没长高冻在地里，来年开春才还阳——五黄六月三伏天，天上下火麦开镰。"

哦，那片麦子，悬一悬把我吞在它田里，幸好遇上了那位老先生。

出院那天，哥哥赶马车来接我。二哥牵着马，大哥车后跟着，我在车笸箩里坐着。路过河滩地，青天白日，麦子头上罩盖一层虚青，烟似的。我喊二哥停车，跳下车，凑近瞧看。哦，麦子开花，是麦子开花，齐刷刷，一穗一穗，黄绿白，一碰，花粉从虚虚纤纤的花筒冒着烟"噗噗"往四下喷，喷得那么理直气壮恣肆盎然。

六

病好以后,二十三四,年龄过了墙,婚姻大事摆上桌面。

媒人踩破门槛,一时间我成了香饽饽。当年,哪家姑娘不想找一个吃红本粮的?能吃到白面,面子好看,生活安顿,嫁一个端公家碗的,亲友都觉得跟着沾了光。

来者不拒,有介绍的就相看。一来二去,三年光景,整个人埋在了相亲的烦恼里。

当时全乡和我年龄相当的女孩子都没有正式工作,想找个投心对意有高中文化的民办教师或者店员都不好遇。给我介绍的一众女孩中有一位粮库的临时工,同龄,高中文化,长相也过得去。我对这个看好,家属在粮库上班,吃白面自然方便。一聊,女孩说了实话,高中念不到半年,退学上的班。

和她分手以后,我有一段时间不再考虑个人问题。

去邻乡访同学,集市上碰见一个摆地摊的热心肠老乡,摊前聊了几句,听说还没对象,主动帮我介绍一个——粮库家属,教师,中师毕业。当晚相看成了,三个月后结了婚,婚后我调转工作到了她的家乡。原因很简单,我对粮库一直暗暗运劲。岳父是从粮库退下来的老工长,大舅哥是拎探子验粮的。把我调进粮库,迟早的事。等到1994年春上,粮库缺人,粮库主任想把我调进去,赶上没编。再等。左等不来,右等不来,一等等到老秋,等来了粮库转制的消息。粮库,买断了。打那以后,凡事稳稳当当不急不火。和妻子一个单位的老高太太住我家后街,上下班路过我家门口,常看见我进出。老高太太碰上我妻子就说,您家徐老师那四平八稳劲可真难拿,眼瞧着眉毛着火,抬胳膊都慢半拍。

1995年初夏,我顺利调进了旗委报社,当上了编辑记者,转过年,迁户进城,我和妻女,一家三口非农户。

彼时,红本粮已于一年之前废止。

吴景娅｜1982，上天入地的爱

　　1982 年的重庆和中国大多数二线城市一样，外面有什么风吹草动，便可以在本土形成巨澜。譬如，那时流行着的喇叭裤和蝙蝠衫，差不多就被重庆三十五岁以下的青年穿成了像厂服、校服之类具有集体属性的东西。差别仅在于，胆大些的人会穿"大喇叭""大蝙蝠"，含蓄一点的会穿"微喇"和"微蝠"。重庆几乎不刮风，偶尔刮风却是地覆天翻的暴烈，仿佛要把这座城掀个底朝天。而恰恰是这种时候，你会突然发现某个山坡顶，或通车不久的石板坡长江大桥上，出现了一群群"大喇"和"大蝙"……他们迎风招展，竟在那些打卡点拗造型，海鸥 135 相机将他们变成了高尔基的"海燕"。他们如同黑色的闪电般穿梭于这个城市随时可能会发生的危险与次生灾害中。

一

　　1982 年前后，这座城其实发生了许多大事——

　　譬如前一年即 1981 年，长江中游第一座桥——长江大桥的通车，这对重庆的重要意义完全可用"喜大普奔"这个几十年后才诞生的网络词语去形容。重庆渝中区和南岸间尽可以轻易地你来我往，再不会发生因起大雾刮大风轮渡停摆，渝中的人无法去南岸上班，南岸的人无法来渝中赶火车、乘飞机的窘事了。当然，对于热恋的人们来说，这桥简直堪比天上仁慈的鹊桥。

　　我堂姐夫那些年正在拼命追求堂姐，他俩渝中、南岸天各一方。有时堂姐夫挨不到星期天了，厂里的下班钟一敲响，整个人就箭一般地射出去，用五项全能运动员的状态，奔跑在重庆的下半城中——南纪门、储奇门、望龙门，上坡下坎，跳上轮渡。然而，时间还是太吝啬。他总觉得刚刚才见到日思夜想的人，收班轮渡的汽笛声就像催命鬼似的在山下响起。怎么办？他索性待得更晚，甚至直到夜半三更。他从堂姐山上工厂的后门，一溜烟跑下山，脱去鞋袜，赤脚跑过鹅卵石挤挤匝匝的河滩，来到江边，又褪去浑身上下的衣衫，单留一内裤，走进江中，泅回渝中区。这样的事，春夏秋三季，他都干过。

2021年，他七十岁大寿的生日宴，亲朋起哄让他和堂姐喝交杯酒。他说，交杯可以，我喝，她不喝！她胃不好！说完果真一口气把两杯酒干了，毫不拖泥带水。他说有几个重庆男人能像他那样晓得长江水的厉害："那完全是恶爆爆的，七八月暑天的夜晚照样冷得你瑟瑟发抖。有些河段，水是带了钩子的，把你往漩涡里拉扯……"他脸膛通红，像举奖杯一样举起酒杯："我啊，要个朋友都要得个九死一生！"那一瞬，我不知怎么就想起作家陈年喜的一句诗：人一辈子有了一回爱情/就不穷了。

1982年还有一件大事是嘉陵江索道开通，从渝中区的沧白路到江北城，一飞可至！

索道是一种非常态的交通工具，往往出现在工矿区、高山峡谷之类的旅游景点。而二十世纪八十年代的重庆城市打造者，竟在嘉陵江和长江上各挂一条索道，把两江三岸连接在一起，真是想得出来啊——是什么激发了他们的灵感，让梦幻般的想象力和创造力这般飞流直下？

其实，当第一条嘉陵江索道出现在渝中城旁的嘉陵江上时，重庆人并未太过惊愕，只是觉得城市的手臂刹那间变长了而已。伸个七百四十米长的懒腰，指头便可以触摸到江北城的城墙根。那些地方，在没有索道前，是些遥不可及的神秘所在，神秘得我们都以为它们不叫重庆。

现在才知，我们真是低估了这条索道，当时，我们并不知道它是中国的第一条城市跨江客运索道，第一条中国自行研制的大型双线往复式过江载人索道，更不知看上去身体玲珑的车厢，最高峰每天运载量竟达到两万五千四百人次。

人们对事物的科技含量往往缺乏敏感与感激，却会因豆粒大小一桩与之有关的人的故事，去追溯或缅怀它的过往。我对嘉陵江索道之所以还清晰地记得，主要还是因为一个似乎与爱情相关的民间传说——

那一年，一首歌搞得我们心烦意乱——《绿岛小夜曲》。它比邓丽君还邓丽君，它娓娓道来、柔弱无力的抒情，让人想象出了与世隔绝的眼睛和泪水。忧伤变得那样的劈头盖脸,对于情感表达一直有些雄赳赳气昂昂的我们,实在是新奇又困惑的另类经验。"这绿岛的夜已经这样沉静,姑娘哟(情郎哟),你为什么还是默默无语。"这完全就是看上去度数低但后劲特别大的红葡萄酒,把人灌醉,它却是没有任何的犯罪感。

那个故事就是在这样的背景下令我刻骨铭心——

他们说,在嘉陵江索道沧白路的站台口,出现了一个长相相当俊美、捧着一束红玫瑰的男子。他好像在等人,但一等就从下午两三点直等到索道收班。显然,他要等的人没有出现。

他们说,他长得非常好看,完全就是电影《羊城暗哨》里我党卧底英雄王练扮演者冯喆的同款,清秀又儒雅。好些年,重庆城都没出现过这样干净标致的美男子了……

他们说,几天后的下午,他又出现在索道站的站口,这次手里捧了一大束白色的马蹄莲。那些花,欲放未放,一看就是上午才在南山农家剪下来的……

他们说,他穿着蓝白相间的花格子衫衣和白色喇叭裤。如果是别人这样穿,不知是怎样讨人嫌的流里流气。可,他,天啊,他竟把大喇叭裤穿出了正派的样子,穿出了这种裤子该有的潇洒飘逸。而那些矮矬矬的街娃却只是将其穿成了扫帚。

他们说,他笑起来更好看,下巴底有一条若隐若现的美人沟。他朝所有注视他的人微笑,仿佛这些人都是他的熟人。有个叼着烟的男人走到他的跟前,拿一对快撞上那一蓬洁白马蹄莲的眼睛狠狠地打量他,他也仍是笑眯眯的,眉目含情地回看人家,仿佛人家也是他要等的人……结果,他又从下午等到了索道收班。他一个人孤零零站在那里,甚至都不曾挪动挪动,把自己站成了谜……

他们说,到了1983年,他仍不时在那里出现,手上捧着的花也在不断变化,4月的杜鹃,6月的栀子花,12月间还见他举了两三枝蜡梅过来。

…………

他们说,1983年的最后一天,他又来了,这一次捧的是一大捧白玫瑰。上上下下的人都在指指戳戳:看看,这不就是那个精神病? 快过节了,捧着个白花,悼念谁呀? 天擦黑,一位扎着马尾辫、穿着粉色对襟短袄的女子挽着一个戴着"蛤蟆镜"的男子过来。粉袄女子看着白玫瑰,如同被什么慑住,像是在叹息:还真有白色的玫瑰花啊,我还以为它们只在电影和小说里。"蛤蟆镜"跨了一步上去,指着白玫瑰问:这花多少钱？那美男子双目如夜空中的弦月，嘴唇亦是，下巴底的美人沟微微颤抖着，像花蕾在慢慢打开自己的身体。他把白玫瑰递到粉袄女面前："送给你，它和你很配！"又转过头对惊愕而愠怒的"蛤蟆镜"说："别误会！送花给你朋友是因为她是个美丽的姑娘。祝福你们！"——对，他说的是"姑娘"，而不是"女孩"，更不是"妹崽"之类的。他的声音悦耳动听，浑厚又充满磁性；他说话逻辑清晰，分寸恰当，不可能是个精神病人。粉袄女脸红得像她的小粉袄，显然，她还从来没有被一位陌生男人赞美过容貌。

这样的事如果放在一两年前，她完全可能举手扇他一记耳光：流氓！然而，这毕竟已是 1983 年了！"蛤蟆镜"看她扭捏，连忙催促：拿着，不要白不要，我还不相信他能把你吃了！那个美男子把花送给了姑娘，退了一步，用左手搓了搓冻僵的右手，仍是眉眼含笑："谢谢你们。那么，再见！"他轻盈地几步便跳下索道站的梯坎，仿佛千斤重担终于放下来了……他们说，坐那一趟索道车的人，眼光不由得聚焦在那束白玫瑰和捧花的粉袄女身上，总觉得车厢里多了些什么让他们不可思议的东西。奇怪的是，捧着白玫瑰的粉袄女也同样令人不可思议，她神情庄重，坐在车厢的某个角落，傻了一样，几乎不吭声。

他们说，后来他似乎再没出现过。好些渝中区自以为有几分姿色的妹崽听说这个故事后，都喜欢去嘉陵江索道沧白路站口晃一晃，期望也能遇见这位手捧鲜花赞美她们美丽的男子，哪怕他有着精神病的嫌疑。

但他的确再也没有出现。

其实，无论他们怎么说，我都从未相信过这件事曾真的发生过。它实在太像一部破绽百出的拙劣小说了。

二

而我却不得不承认，在交通工具或与之类似的环境中，的确容易发生爱情这样的艳丽之事。熙熙攘攘、来来往往，人人看似毫无关联，却往往总有一双无形之手把人们放在了一种微妙的共同时空里，不早一步，也不晚一步。而这种极度受限的时空，仿佛也更容易让人们仔细观察他人，于是产生好奇的感觉。重庆历史与现实中的那些特别的交通工具，生在大山大水中，几乎就像山水的手臂或腿脚，或是某种心思。

也是在二十世纪八十年代，还有一种交通工具很受重庆年轻人喜欢——缆车，重庆人爱把它叫成"懒车"。它像神一般，叮叮当当一阵风起，便可把人从山下吹到山上，省去爬山的艰辛。

抗战时期，重庆便组建了重庆缆车特种股份公司。1945年，首先在长江水域的望龙门码头修建起客运缆车，由著名的桥梁专家茅以升等人设计。一张当时市民坐缆车的老照片曾令我百感交集：大热天，缆车里人满为患，车门车窗都爆出好多人头来。其中便有位穿白短袖的男子，双腿倾斜抵在车门口，一手抓住缆车栏杆，像要杂技一样几乎把半个身子悬在空中。而车厢内的一个旗袍女人自己都被挤得脸变形了，仍伸出手去紧紧攥住男人的衣衫，仿佛是在充当保险绳……

二十世纪五六十年代，重庆又修建了三座大型缆车：两路口缆车、朝天门缆车和长寿县的缆车。

那时来重庆，一出菜园坝火车站或朝天门码头，举目便可望见一溜大长坡上有两个甲壳虫一样的小东西一上一下爬行。叮叮当当，叮叮当当，它们发出简单又清脆的童谣般的声响，欢快、任劳任怨地爬上爬下。菜园坝缆车是当时联系下半城到上半城重要得不得了的交通工具，价格却低廉：上行两分钱，下行一分钱。而我小时候每次坐缆车都会被吓得哇哇大哭，最怕它箭一样射出去的一刹那，像遭遇一次地震。然而，待我们长大，望龙门、菜园坝、朝天门的缆车已全部消失了，唯余建于1964年的长寿缆车。它也采用了茅以升设计的鱼腹式轨道，全长二百八十二米，垂直高度一百一十米，是国内目前轨道最长、坡度最陡、运行最久的地面客运缆车。

一个风和日丽的好天，我跑到长寿专门去坐了一趟这个年纪快满一甲子的缆车，感叹它粉色的车身宛如冻龄少女，一路妖妖娆娆爬过绿芭蕉、香樟、灌木丛生的危危高坡。我仍没有摆脱小时候的那种恐惧，感觉自己既无法踩在土地上，又不能融入云雾中，直到看到长江两岸的桃红李白，才确信仍是在家常的春天里。我心里忽然涌出某种感伤：四十年前那些毫无算计、羞涩又决绝的爱。仿佛一只小冰激凌球，已被岁月一点一点舔食干净，只留下从不曾被我咬上一口的枯槁威化杯托……

三

一年多前，朋友的饭局上，众人兴致勃勃说起政府要恢复嘉陵江索道了，正在选址。现在长江索道已成顶流网红,一到节假日,大梁子的新华路都快被外地客排起的长龙压断了。我说,给你们讲个段子吧,几十年前的,从别人嘴里听来的,发生在嘉陵江索道站口的传闻,相当好耍……

我绘声绘色地讲,各种添油加醋:美男子、鲜花、粉袄女和"蛤蟆镜"……

众人果真哄笑:你编吧,编吧!

我说:我,编不下去了。

散局,一位才认识的男人递过手机来:"加个微信吧。"灯光下,我见到这位被朋友称为"苏教授"的男人有一双玉琢般修长、年轻的手,与他六十多岁的年龄特别不相称。回到家,看到他发给我的一串微信:

> 打扰您了。我只是想告诉你,你讲的那个事,的确像个笑话。但当年它就那样发生了。我就是那个等人的男人……其实我后来仍在那里等人,只是那些年天天都有新鲜神奇的事发生,人们的注意力早就转移了。幸运的是,我终于在那里等来了曾经擦肩而过的人。我们 1984 年结了婚,1985 年有了女儿。她 2020 年 6 月走了,腺性肺癌,离 1982 年 6 月她穿着一身蓝色扎染花布裙出现在那里,三十八年……

四

很多人都认为长江索道因电影《疯狂的石头》一炮而红,就像人们总觉得重庆人嘛,天生就有搞笑、幽默的基因。然而,直到坐索道飞渡长江,看到比碗口更粗的缆绳一头挂在重庆母城的山脊大梁子上,一头挂在彼岸的南山脚下,把所有悬于一线的人命都交付给沉默而可靠的山崖时,你才会发现这座城的庄严,即使身处浪漫的时候,这座城的人也得左右环视,小心脚下的坡坡坎坎,他们,活得实在、艰辛而坚忍!

然而,爱也正需要"刺激"这样的维生素。在大山大水间谈情说爱,与关在黑漆漆狭窄空间里窃窃私语,质感是截然不同的——

来吧,腾空,擦过湖广会馆蜜柚色的灯火,便可见蓝色波光与星子的投影已混为一体,南山,像壮硕的男人一般扑过来,厚实的肩背在黑暗中显得愈发宽阔……

冯杰 | 北中原往事

黄河草木说

疙疤草或葛巴草

疙疤草不好看，在做的游戏里不用作斗草使用，斗草多用蓑衣草。蓑衣草能撕开成几何习题，形状好看。

疙疤草生长一截会停下来扎下根须，巩固自己。它在大堤上蔓延，细雨无声，这草像发动群众革命。燎原之后，大堤两旁皆疙疤草，它成为保护大堤不致水土流失最执着者。疙疤草适应的范围广，耐盐碱，耐践踏，不怕驴马过，不怕牛羊啃。拖拉机碾过，照样吐绿。

长垣开展首届黄河湿地山地自行车比赛，我去为"张天师团队"助兴，蹬不动车了，腿肚转筋，立在路边喝水，又见到路边爬满疙疤草，看它亲切，还是旧日模样。

想起当年割草都不割它，驴嫌弃，人也嫌弃。

前年大领导号召全民开展足球运动，报纸上还有一张亲自开球的照片。河南拉丁电器公司开始烧钱，在郑州成立环球足球俱乐部，邀我剪彩。我说实在不懂足球，要是这笔钱赞助到文学事业成就会更大。总裁说，不能这样比较，中国文学争气吗？中国哪有懂足球的？就是请你们这些不懂球的来吃喝嘛。

许多年前，一个大人物视察黄河，站在东坝头，问过当地农民：这是什么草？

环球足球草坪大于乡村麦场，绿草茵茵，我试试脚之后，看那绿色整齐而熟稔，我问吴教练：这不是大堤上的疙疤草吗？吴教练见识广，显得有点不高兴，说：咋能是大堤上的疙疤草？那草只是为防汛，我这草是马尼拉草，进口的专业草，五千块一坪呢。

车前子在倾听

车前草预示着植物命运：是草，在世间也要行走。

在黄河两岸，它生长在自己的车辙里。

那里有牛蹄、羊印，有雨水，有落花。

在深浅不一的车辙里，它听到外面来临的车声，就知道远道而来的车主人，是男还是女。

沙打旺

沙打旺是最会抗争、最会讲道理的植物。割草时，在大堤上到处可见它的身影。黄沙越打它越旺盛，是一种敢较劲的草。

它们自己有整齐的呼吸。

在黄河大堤，父亲领着我走在去溢洪堰看电影的路上，我问过父亲，他说，沙打旺防风固沙能力强，在黄河两岸风沙严重地区，种植沙打旺可减少风沙危害，保护大堤，防止水土流失和改良土壤。

他说，这些知识课本里都没有，是修防段老杨教授讲的。

后来知道父亲说的这位老杨是一位考察黄河者，那一年父亲路过孟岗修防段，老杨是一路背着他父亲骨殖徒步行走的。父亲也不知道他叫啥名字。

老杨背后肯定有故事。

在去看电影的黄河大堤上，我们蹚着路边疯狂生长的沙打旺。

田菁的惊险

每当秋天来临，在大堤两岸，附近村民拉着一车一车的田菁秆走过。田菁蓬松，车子像一只巨大的绿色刺猬。有时夜半，街上还响着车轮声。

田菁是我见过的最高的作物，高达三四米。茎绿色，有时带褐色、红色，上面有不明显淡绿色线纹。折断的田菁会流出白色黏液，一路弥漫着清气。

我有许多知识得益于父亲的那本厚厚的《新词典》，知道田菁为豆科田菁属植物，一年生或多年生，多为草本、灌木，少有小乔木，又叫作碱菁、涝豆，原产东半球热带地区，中国以福建、台湾、广东种植最早，逐渐北移至江淮流域，现北方各地也有栽培。

可它究竟是哪一年蔓延到北中原黄河段的？

父亲带我到黄河边马寨码头拉煤时，我看到过漫无边际的田菁。因为东南风的缘故，黄河滩的田菁丛里，经常落有台湾飘过来的宣传物品。田振河当年跟他爸割田菁就捡到一张。"蒋委员长"经常在开满的田菁花上高悬。

这些年黄河两岸一直在学习焦裕禄精神，我由泡桐联想到田菁。田菁喜温暖气候，抗旱、抗病虫能力强，有很强耐盐、耐涝、耐瘠能力，是改良盐碱地的先锋作物。这让人自然地想到对岸的焦裕禄栽的泡桐。

只是田菁属草本，多是压青用作绿肥，配合其他饲料喂牛、羊或打浆喂猪。

提起田菁，还要说到一个叫张连友的民兵。1977年5月的一天，黄河滩区突然乌云密布，电闪雷鸣，狂风大作。西北风刮得天昏地暗，漫天冰雹瞬间倾泻而下。气温急剧下降，本来闷热的初夏天气，霎时变得寒气逼人，三十多摄氏度高温竟然降到零摄氏度下，热冷相击。

长垣段黄河滩最宽，是典型的"豆腐腰"，南北长二十公里，东西宽十公里，荒无人烟。正在这里割田菁的一百多人被突如其来的冰雹砸蒙了。人们穿单衣，有的还光着膀子，冻得发抖的人踏着泥泞拼命向滩外拉车转移，机灵者则弃车而逃。

复员到家乡芦岗的张连友也在滩上割田菁，拉着他侄女外甥一步一滑向前挪动。迎面横着一条水沟，他把两个孩子送过沟："你们快往坝上去，滩里还有好多人，我得拉他们一把。"

他顶着暴风雨返回滩里，遇见父女俩推车过沟，怎么用力也推不过，张连友扛着车帮他们过沟，又向滩内去，帮助运走四五个人。

张连友最后消失在暴风雨中，下午公社人员赶到河滩抢救遇险群众时，才发现张连友卧在河滩水沟边，两侧卧着被他抢救的两个孩子，三人紧挨，身体已冻僵。

1982年我到芦岗营业所当信贷员，在乡文化站里，看到有一间以张连友命名的图书馆，省军区赠送两柜子书，我翻看，多数是大人物的选集。

在县城中药店见到决明子，我说咋是田菁籽，我太太说有人常把田菁籽当成决明子，冒充中药。决明、田菁，两种植物种子相似，容易混淆，决明子降血压，田菁籽本身无药用价值，黄河滩上的驴子喜欢。

这才知道我吃的中药有时也是假的，只是后来病也一样好啦。

小香蒲坚持的标准

村里到秋后采收香蒲叶子，制作蒲席、蒲墩。蒲墩在村里叫"飘"，像要飞走。

香蒲还有其他历史故事。

我姥爷对我讲过，古代官员用生牛皮或熟牛皮制成皮鞭，惩戒过失之人。东汉刘宽为人有德量，理政时温仁多恕，属下官吏有过失，只取香蒲叶制作的蒲鞭示罚，告诫而已。人们便以"蒲鞭示辱"比喻以德从政。李白的"蒲鞭挂檐枝，示耻无扑挞"，苏东坡的"顾我迂愚分竹使，与君谈笑用蒲鞭"，都将蒲鞭典故写进诗中。只有王洛宾使的是牧羊鞭，"不断轻轻打在我的身上"。

以柔克刚，可见蒲是阴性的。

我姥爷继续讲，蒲和瓦岗寨的隋唐英雄李密有一段故事。李密儿时家贫，以帮人放牛维生。后来有机会读书，于是读书特别用心，他用蒲叶编成篮子挂在牛角上，将《汉书》装在篮内，骑上牛背可一面放牛一面读书。

我说，人一出名，读没读过书，考试及格不及格，都关系不大。

四十年后我参与民间环保，知道了蒲的重要性。

蒲，像一把绿尺。

在水塘中的一只白鹭对岸上一群官员大声说：生长香蒲的水源，环保质量才算过关。

柽柳，风中扯起来红纬

我在河南黄河两岸见到它，在兰州见到它，在白城见到它，在新疆见到它，在山西见到它。它一直跟着我走，又或我一直随着它行。

还能找到出处。李时珍全方位记载过柽柳：

《尔雅翼》云：天之将雨，柽先知之，起气以应，又负霜雪不凋，乃木之圣者也。故字从圣，又名雨师。或曰：得雨则垂垂如丝，当作雨丝。又《三辅故事》云：汉武帝苑中有柳，状如人，号曰人柳，一日三起三眠。则柽柳之圣，又不独知雨、负雪而已。今俗称长寿仙人柳，亦曰观音柳，谓观音用此洒水也。宗奭曰：今人谓之三春柳，以其一年三秀故名。

柽柳枝条细柔,姿态婆娑,开花如红蓼,颇为美观。细枝柔韧耐磨,用来编筐,坚实耐用;粗枝做农具柄把。从"面相"推断,柽柳似乎没有其他树种命好,生下来长在荒漠、河滩、盐碱地等恶劣环境,只能适应干旱沙漠和滨海盐土生存,防风固沙、改造盐碱、绿化周遭。民间所谓的红柳,实则与柳树不沾亲带故。称"柳",是因其果实成熟时飘出飞絮,与柳絮相似,"红"则是因枝茎带红褐色。柽柳在《诗经》中出现过,可谓"木中圣物"。

去年,我到盐城黄河故道参加诗人姜桦组织的"条子泥诗会",见到柽柳。当地渔民对我说它叫"观音柳",是观音洒水时的唯一指定工具。常看汪长青的画作观音像,一直以为观音洒水用的是垂杨柳,降雨量大,这次又增加了新知识。

下次见老汪时一定要问他:你知道观音如何洒水吗?用喷壶吗?

灯芯草之见

它治疗失眠,而它自己又先于星光瞌睡。

此节需要简写。免得见到黄河灯芯草时,它要点亮两岸旧时光,像草上的灯花,让我开始怀念你。

后石器年代

碌碡小名叫石磙

一种农具既遥远又亲近,它昨天从汉代滚来,滚过二十五史,滚到现在,两千年里,还是旧日面庞。从粗糙打磨到精细,它没啥变化,它以身作则,一直在轧谷碾豆。

村里人不叫碌碡,多叫石磙。

"石磙",这称呼让人看一眼就明白。宋人滚过来入画,张择端就搬来两个石磙压在《清明上河图》里,如作了镇纸的象征。

我小时候推过石磙,看它面庞亲切。一年冬天在郊区野外散步,看到一个闲置的石磙在雪里打盹,喊来几个孩子帮忙,把石磙推过几条马路,推到院子里立起来,当作了放水盆的墩子。它模样老实,洗脸时我波澜不惊。

碌碡主要功能是碾麦。牛和驴在前面拉着,和人一样艰辛劳作。石磙的声音具有象征意义,是征兆,如果哪一年石磙在麦场闲着,听不到它吱呀吱呀的叫声,可推测断定当年是荒年,一村人马上就要挨饿。

除了作专业农具之外，它还是一种"药方"。说起来奇特，小时候，夏天受凉肚疼，姥姥即拿出这一土方，让我贴在碌碡上。碌碡吸饱一天阳光，热量都在石头里循环着贮存着。那一刻，它把温度和心情都给予了你。果然，一个世界都不疼了。

碌碡还有一种救人功能。一位叫小四的同学夏天在天然文岩渠里凫水，冲走淹死了，找到后被几个大人抬在碌碡上。小四趴上面，往外开始自然吐水，二大爷说这叫"控水"。控出水的小四慢慢才睁眼，他妈忽然哭了。

小四没明白过来，问：我咋在石头上躺着？

众人头顶早是满天星光。

石碾都带有时代性。上初中时，石碾有一个传说：小镇上一个女知青因情投河，被抬上来，放在碌碡上，衣服整洁。

我只听到这一传说的开始，并不知道结尾，也没说女知青最后睁眼与否。我都毕业了，和小四还惦记着这事的结尾。

在北中原乡村里，石头还具有辟邪功能，孩子满月要找靠山，有的大人出门认亲，第一个见到什么就是什么，若碰到石碾，那石碾便是孩子的"干爹"。

少年时在石碾上读到一则石碾传。明人马愈《马氏日抄·奇盗》："夜已昏暗，众出庙门，坐石滚上，疑未决。"它成为故事的介入者和讲述者。一个村里最了解村史的不是族长，而是那一方沉默石碾。灵石无语，子夜时分，石碾有自己的事情要干，往往就在传说里随着月色飞翔起来，天亮才回到原处。

我姥爷说，你看，它忙了一夜，身上像还出着汗呢。

我从小就有诗人天分，当李白还有点屈才，我知道，那并不是乡村的晨露。

打硪歌

从黄河边村里收了两个石硪，放在我院子里，上半年觉得石硪面目不清，到下半年想探索究竟。看了半天才恍然：这不是当年的石硪吗？

石硪，是砸地基或打桩子时使用的一种工具，通常是一块圆形石头，周围系着几根绳子。石硪是听到涛声最多的石器工具，打硪歌近似乡村劳动号子，是农村挑台基、筑堤坝时唱的一种原创歌。北中原黄河打硪歌，声调高亢，节奏性强，一唱众和，边打边唱，在修堤筑坝时用以协调动作，缓解疲劳。

李白说，唱歌可减少疲劳。

鲁迅说,唱歌可减少疲劳。

领袖说,唱歌可减少疲劳。

我也说,唱歌可减少疲劳。

于是,有了打硪歌。

打硪歌句式一般七字、十字,也有用五字句的。建筑工地打硪时唱,与打夯号子近似。打硪又有"抬硪"与"飞硪"之分。打轻硪时将硪甩过头顶,称"飞硪",打的速度较快;打重硪则间歇时间较长。打硪用四人、八人、十人不等,领唱时不打,众唱时打下。

少年时逃学穿梭在黄河大堤,那时每年都要加固黄河大堤,我们叫"复堤""打堤"。打硪歌由一人领唱。我闻到打硪者弥漫在空中的汗腥气息——

> 一个鸡蛋两头光,
> 提着小挑游四方。
> 北京南京我都到过,
> 就是没到过王家庄。
> 王家庄有个王员外,
> 他有三个好姑娘。

领唱者每起一句,后面其他人接唱的都是"呀哟咿呀哟"。

我坐在大堤上听歌,尘土飞扬,坐到夕阳西下,单要听他们后面的"好姑娘"。

实际打硪时,唱词更多是随机应变。领唱者看到一位老者路过,唱词里就出现老头儿,天空飞过一只乌鸦,唱词里就出现一只老鸹。忽然看到一个女人路过,大家马上提了精神,编排出有关女人的唱词。那女人脸一红,笑着骂一句赶紧急急走过。

几十年过去了,黄河大堤一直升高,每年复堤须使用灌溉船来抽泥,不舍昼夜。那些石硪早已无用武之地,——消失在时间里。

我却好像未动,还一直坐在大堤上听歌。

有一天,在黄河打硪歌谣的缝隙里,我忽然遇到了王家庄的好姑娘。

煤土·接近煤的近亲

一

日常生活里打煤球或和煤浆时,必须加入一种胶泥,在小镇称呼里叫"煤土"。

煤土还是土,连上一个"煤"字,有煤意味,显得离温暖和火苗亲近一些。

生活里光烧煤不行,太奢侈,火焰一高兴风箱就不计成本,快速猛烈,太浪费煤炭,要减少成本,降低消耗。我爸说,全使用煤还会造成煤和煤之间不粘连,煤块容易开裂。

二

父亲最早带我到黄河边马寨渡口拉过煤,回来路上难得遇见一股龙卷风。这是我第一次见到一个冲天而上的庞然大物。多年后想起来,像苍龙吸水。

一年四季里,煤更多是父亲从小镇煤场上拉来,堆在院子里,盖一张塑料布。母亲赶紧借来一柄"打煤球机器"(这称呼有点夸张,实际是铁焊的一种简单工具,科技含量并不高)。靠一柄"打煤球机器",需要手按或脚蹬。全家人轮番上阵打煤球。

煤土需要少量时,我自己扛篮去寻找煤土。需要大量煤土时则靠父亲拉着架子车,穿过一道黄河大堤,到堤东河滩里去挖。一次用不完,堆在家里备下次用。

煤土是黏泥,好处是可蘸唾沫"摔胶泥"玩。

三

全镇一百户人家都在煤里加土,混合成煤土,家家存煤量都少,担心春节提前烧完,不敢尽情大烧。邻居小四他娘对我母亲说,俺家要是皇帝金灶台,就不用害怕了,敢天天烧煤。

村里烧柴火人家多,也有不加煤土纯粹烧煤者,比如王铁匠打铁铺那尊铁炉子,像一方黑脸膛张着红嘴,风箱呼嗒呼嗒响起,关键时刻添上一铲煤核,立马噼噼啪啪,尽情燃烧,红色火苗大胆表达成蓝色。

我姐那一年在鹤壁煤矿上当临时工,见过成车大块好煤,说公家的火炉烧煤大方。

对于一堆煤来说,有原色土的加入,火苗烧起来颜色才显得稳重,不像王铁匠炉子里的焰火,瞬间嚣张,但噼里啪啦一阵就算过完一生。

煤加土,才有韧性后劲。

有点类似某某人家不会过日子,我姥姥说"过今儿不说明儿",这类人家前半年里天天吃白米干饭红烧肉,后半年里喝刷锅水或内容待定。

四

节后去安阳串亲戚,无意里知道"煤土"还另有隐喻。几个老表谈话里有"卖煤土哎耶"的话题,一问,大家都笑,这是安阳人的幽默,人死了埋在土中,就是"卖煤土"。

一位老表说,百年后掘出来,说不定骨头上也刻着字呢。

赶马少年 | 南泽仁

　　傍晚,太阳拉长了万物的影子。我还没有跃过磨房沟,影子就成了一座小桥。走到花踏坪,我放长了单肩书包带子,很快,我就看到一个忽然长大的女孩,匆匆地穿过了一片开满白花的荞麦地。

　　一缕夕阳柔和地照着院角,那张厚实的长木凳上坐着一个穿黑皮衣的男子。他清癯消瘦,像一只鸳鸟刚刚收起翅膀歇落在此处一样。镀在他身上的光正在逐渐消失,男子用皮衣裹紧身子,想望一眼夕阳落下去的地方,抬头就望见我站在前方。他大而哀伤的眼神掠过我,望了望身后的篱笆墙,长睫毛像那些篱笆样围住了视线,使他不能看到更远。

　　我经过院坝,朝家门口走去。他在我身后喊了一声:"格玉。"那声音温和而宽弛,像细风从远处传来了一枝向阳生长的藏杏逐渐熟黄的消息。我转身去看他,他朝我微微地仰起头。我走到他面前,收缩起书包带子蹲下身。他顶着一头松软的大鬈发,脸上隐隐有一层青气,目光透着寒冷。他没有说话,我就用他那样轻柔的声音答应:"我是格玉。"他微微一笑,有说不出的喜悦之意,长眼毛在他的黑眸子上轻轻展开。

　　"我是秀君哥哥。"

　　说出这句话的时候,他同时把一只清瘦的手伸向我,像一枝藤蔓想要触摸光束一样。我把手放进他的手心,他发着低热,那热缓缓传进了我的身体里……

　　几年前的一个傍晚,黑岩子山顶升起了半个月亮,把村口的平石板照得银子样明亮。

　　阿爷盘坐在平石板上抽兰花烟,就好像平石板是专为他这样有手艺的牧人铺设的要处。抽得恣意的时候，烟管发出了唑唑啦啦的叫声，接着一缕白烟就从阿爷口中悠然而出，又飘散了。孩子们从阿爷吐出的烟纹找到了乐趣，他们爬上平石板去捕捉那烟纹。阿爷一声不响地从石板边扯下一把火麻草，再吐出一口烟的时候，同时举起火麻草在眼前摇晃一下。孩子们被火麻草张开的毛刺吓得哄然闪离。他们的快乐如此鲜明，像一群麦蚊一次次扑向阿爷那明明灭灭的烟斗，又被阿爷手中的火麻草摇动出各种古灵精怪的尖叫。直到一阵脆亮的马铃声响起，平石板才静寂了下来。阿爷和孩子们一齐去望铃铛声传来的方向，只见一老一少两个赶马人吆喝着几匹骡马，从几棵老花椒树下走来。接近平石板时，骡马在少年吹响的牧哨中停止了脚步，它们对着干燥的地面打着响鼻，仿佛孩子们奔跑过的这片土地在对它们悄声说着欢迎。

阿爷看清他们时，嗖一下从平石板上站起身来，他那样高大，熠熠闪光的村庄像飘动在他身后的毡毹披毡。阿爷把火麻草丢弃在坎下，嘴角随之扬起了笑。赶马人也对阿爷面带笑容，他们不说一句话地赶着骡马朝村中走去。

"阿爷——"

阿爷听到一声稚嫩的呼唤带着愤怒，他猛地回头来看，只见我站在那些孩子们当中，用并不响亮的脚底踏着脚下的土地，像一头遭遗弃的马驹。赶马少年也回头来看，之后朝我走来，月色中的身影洋溢着纯洁天真和少年的俊伟。快接近时，他躬下身，伸出手来牵走了我。

他的手心潮乎乎的，且发着热，这样的温暖力量使我瞬间联想到了核桃树上的鸟巢。接着，我又为那鸟巢想象了一阵风雨，我的心里依旧安稳。

那晚，他们围在我家的火塘边吃茶，说话。阿爷把牛羊皮缝制的褂子、袋子和烟兜子全部铺展在他们面前，比呷尔坝的半间皮革商铺还要繁华。不知什么时候，赶马人把那些皮革全部收进了他的蛇皮口袋里。阿爷看着高耸的口袋，嘴角再次扬起了笑，像提早收获了几张大钞票。阿爷在那样的笑中低头看了一眼我脚上快要磨破的布鞋，陷入了短暂的思索，我知道，他是在提早为我挑选一双红马靴。

我坐在少年身边，手一直放在他的手心里，他不曾松开手，我也没有收回来。后来，他握住我的右手食指，在他的掌心里画了几座大山，指头轻敲最高的那座山顶，那座山顶上就散发出了太阳升起时的光芒。接着又在山脚画下一条河。我的指头随他的节奏起伏，河水淌过了他的手心、手背，一直流向了手臂，我感到他皮肤下的脉络其实就是一条河。我们的手停止下来时，他还在轻声模拟河水流向远方的响声，时缓时急。我在那刻合拢一双手指头，又轻轻打开。他露出明媚的笑，是看到了河边有一朵朵小花在无声绽放。我在跳跃的火光中，不时仰头看他大而明亮的眼睛，他的神态那么美好，像一只停在花中的鹿子在等待另一只鹿子到来。

第二天早上醒来，我的手心里握着两颗红双喜的水果糖。我捧起它们展示给阿爷看，他在腿杆子上搓一条细皮绳，是又准备缝制新的皮革了。糖果鲜亮的颜色并没有吸引阿爷的眼睛，他只说是昨晚那个少年留给格玉的，他叫秀君，房背后那栋房子就是他们家的老宅。

此刻，我看着秀君的脸，还有眼睛，依然那么美好，只是他显得那样柔弱，像云片使一颗星子暗淡了下去。

后来几天放学，我都会见到他坐在我家院角的长凳上，有时低头看自己瘦削的双手，有时又微闭着双目。我从他面前经过，他也不能察觉，只沉浸在自己一个人的世界。微风拂过他的脸颊，他微蹙起眉头，像在一声不响地承受着痛苦。他的鬓发在额上舒展，有一缕盖住了他的眼睛，他也没察觉。我走到他面前，对着那缕头发轻吹气息，它就卷到了头顶，亮出了他清亮的额头。他睁开眼，眼窝深陷，一双像做着梦的眼睛看向我。他想轻唤我一声格玉，但他用舌头舔了舔干燥的嘴唇没有发出声。

我端出一碗茶水递给他，他就把嘴巴凑到碗沿抿了一口，然后睁大眼睛深深地看着我，像那一口茶水是治愈他的灵药一样。他轻拍了拍边上的长凳，让我坐在他身旁。我从书包里取出一本图书，一页页翻给他看，是我特别喜欢的页面就会停下片刻。我去看他的态度，他就展开睫毛表达同我一样喜欢。院门口经过了三五个人，两个小女孩走进院坝跳绳，叽叽喳喳地吵嚷。我像并没有看见他们一样，真的长大了一样，一心一意地为他翻动我喜欢的图书。翻到最后一页，我们都看到最高的山头上升起了太阳，一对鹿子踩着优雅的步子走进了一片白色的花地，再没有一丁点影子。我合上书，用看了白色花地的眼睛去看他，他的睫毛滑下了两颗泪水，像水晶一样透明。

我伸手为他擦拭眼睛，他就把我的手心贴在他冰凉的嘴唇上，我感到他在微微颤抖。倏然间，他有了力量似的，一起身撞进了夜色里。我目送他的背影，无所知的眼噙着热泪，我感到，一只鹿在向另一只鹿默然告别。

那天夜里,我梦见一阵风使那本图书里的画面活动了:漫天繁星的夜空下,两只鹿在白色花地里奔跑,戴在它们脖颈上的银铃奏出了悦耳的音乐,使天上的星子也跟着一起忽闪忽闪的。

　　我在黎明时分醒来,耳边还响着那银铃声,恍惚还伴有一阵悠长的诵经声。有些脚步在不远处急促地奔跑,有些声音在低声饮泣。我起身出门去看,房背后的老房子门口亮着昏暗的灯,许多人进进出出。秀萍蹲在门口看着那些人的脚步,像看着一片密林那样茫然。

　　我走向秀萍,她站起身来,把门口里的光指给我。我顺着她的手指看去,一盏酥油灯后放着秀君的半身相片,他在微笑,像被一抹温暖柔和的夕阳照着。

　　我使劲用手揉搓睡眼,希望梦里的风快停止下来。

神殿 | 江少宾

一

　　在程医生的电脑上,我看到了那颗生病的槽牙,尖尖的牙根呈倒立的"v"字形,和周遭的牙齿相比,它蒙着一层明显的阴影。正是这层阴影,让我度过了两个漫长的不眠之夜。

　　那颗槽牙是在毫无预兆的情况下突然痛起来的。俗话说,牙痛不是病,痛起来要人命。医学上,分娩之痛排名第一,三叉神经痛排名第二,随后依次是癌症、急性阑尾炎、偏头疼、牙痛、脑溢血、烧伤、骨折,等等。牙痛位居第六,那是一种虽不致命但又让人生无可恋的疼痛。相伴而来的,是烦躁,心绪不宁,昏昏欲睡,注意力无法集中。当天中午,我用左边的牙齿细嚼慢咽,但吃了几口就不想吃了,生瓜苦,木须肉也苦。儿子大惑不解:"不苦啊,估计是你嘴巴苦。"

　　味觉失灵了,我有些沮丧,这是从未有过的糟糕体验。四十多年了,无数个平凡的日子,我大口喝酒,大块吃肉,从未意识到"味觉"这个神奇的感受。试想,一个人如果失去味觉,那将是怎样一种寡淡如水的生活。味觉发达的人是有福的,他们浸染在人间百味里,酸甜苦辣咸,每一种滋味,都蕴含着人间冷暖、阴晴圆缺。有一年暮春,在秋浦河畔,我和犁民寻得一个小门小户的渔庄,门前熙熙攘攘,室内热气腾腾。犁民一下车就叫了起来:"哇!冬笋火腿……"我耸了耸鼻子,山野温润,空气里既没有冬笋,也没有火腿,只有一片清新。"你这是什么鼻子啊?"犁民咧着嘴,一头钻进厨房,嘻嘻哈哈地点菜。

　　犁民是马拉松爱好者。二十年间,他几乎跑遍了全中国,也吃遍了全中国,嗅觉灵敏,味觉之发达更异于常人。冬笋火腿盛上来,他吃了两口便喊来老板娘,不满地说:"你这是前年的火腿啊!晒的时候淋过雨,又码了一层盐……"老板娘的笑容僵住了,一脸惊骇,像遇到鬼。

"你怎么知道是前年的火腿,还淋过雨啊?"我问犁民,犁民笑而不语。我以为他故弄玄虚,于是刨根问底。他被我刨得无可奈何,最后一脸窘迫地说:"不知道为啥,真不知道为啥,我就是能吃得出来……"

我笑了,他的窘迫,我不止一次遇到过。"冬吃萝卜夏吃姜,不劳医生开药方",我是把生姜当零食吃的人。只要进菜市场,我总要逛逛生姜摊子,经年累月地逛下来,我能根据生姜的气味和色泽辨出生姜的产地和年份。很多摊主也做不到这一点,时常不收我的钱。有一个熟悉的摊主诚心诚意地向我请教,我搜肠刮肚,说了好半天,但她一头雾水,始终没听出一个所以然来。

是因为我的味觉功能比别人强大吗? 我不觉得。

我亦无他,唯手熟尔? 我也不这样认为。

其实,人生经验大抵如此,只可意会不可言传者居多,能说出来的往往都是常识,而非个体经验。

阿波罗神殿上有一句影响深广的名言:"人啊,认识你自己。"这简简单单的七个字点燃了希腊文明的火花,也成为一个普世的哲学命题。许多人穷其一生也不知道"我是谁",更不知道自己从何处来,往何处去。

2019 年梅雨季,我频繁腹泻,前后持续二十多天。肠炎排除了,食物中毒排除了,消化不良排除了……医生最后给出的诊断意见是"大肠菌群紊乱"。我于是第一次知道,单纯就数量而言,人体九成以上的比例都是细菌和病毒,一个正常人体内,有一百万亿数量的活跃细菌, 是人体细胞总数的三到十倍。一个体重五十公斤的人,消化系统里大约有两公斤重的细菌,如果一个个排列起来,足可以绕地球两周。除此之外,肠道内还活跃着超过十四万种病毒,其中一半以上,一直是未解之谜。

如果从细菌和病毒的数量来判断,人体是很"脏"的,但从细菌和病毒的危害性来看,人体又非常干净。因此,与其说细菌和病毒是我们的敌人,还不如说,我们是细菌和病毒在漫长的进化过程中最终寻得的上佳宿主。

漫长的下午是怎么熬过去的,我已经不记得了。黄昏之后,疼痛持续加剧,我估计是上火了,那段时间诸事繁杂,连轴转地加班。于是我让儿子下厨,指导他炖了一小碗梨子汤。梨子汤去火,这是我们很小就知道的方法。谁能想到,温热的汤汁刚一进口,痛感便潮水一样开始冲击腮帮。第一个无眠之夜在坐立不安中悄然降临。九点半我就上床了，翻来覆去睡不着；十二点左右开始低烧，三十七度六，迷迷糊糊中，能感觉到后背在慢慢冒汗；凌晨三点，大汗淋漓……

不能再拖了，得治。社区医院新开了牙科，一间简简单单的治疗室，连着一条狭长的走廊，一个六十多岁的女医生穿着白大褂，从走廊尽头幽灵一样闪出来，微笑着，不紧不慢地问我："看牙吗？"

简单沟通之后，我在治疗椅子上（还蒙着塑料薄膜）躺了下来。女医生戴上口罩，拧开治疗灯，又从一堆精致的器械里取出一把小镊子，嗒，嗒，嗒，依次敲打我右下边几颗牙齿，一边敲一边问："这里可痛？"

她看得非常认真，但我是一个讳疾忌医的人，漫长的诊疗过程让我的心理负担一点点加重。好半天之后，她才示意我坐起来，说："先拍个片子，看看牙齿能不能保住。"

"不用了吧？能不能先开点药？太痛了。"

"我们这里没有药。"她看着我说，"你这个啊，得根管治疗。吃药只能暂时缓解，以后还要犯。"

我有些犹豫。她看出来了，继续说："你担心什么呢？只要八百块钱。你知道现在种一颗牙要多少钱吗？"

我笑着说："不是钱的问题，我回去考虑一下。"

"你考虑一下，不能拖，还有一个月就过年了。"

一天过去了，牙痛依旧，我只好放弃硬扛的念头。测体温，刷健康码，挂专家号，漫长的候诊之后，我终于见到了程医生。他正对着电脑讲解，黑色的口罩遮住了他半张脸，也遮住了他的实际年龄。一高一矮两个女实习生站在他身后，低着头，在小本子上奋笔疾书。好几分钟之后他才转过身来，问我："哪里不好？"

我不想说话，索性张开嘴巴。

他戴上手套，左手一把口镜，右手一把镊子，长驱直入，双管齐下。两个女实习生双手抱着小本子，聚精会神地盯着我的口腔。

我很反感，但又毫无办法。

他用镊子刮蹭我的病牙，力度很大，时间也很长，仿佛和那颗牙齿有仇。直到我痛出眼泪，忍不住呻吟，他才直起身来，撂下工具，说："去拍个片子。"

片子很快就出来了，他指着电脑上的影像说："你这个炎症还是比较重的，要根管治疗。总共要来四次,大概两千五百块钱。"

"具体怎么治呢?"

"那是我的事!"

我被噎住了——我是患者,但我无权获悉具体的治疗方案。我有些犹豫:"吃消炎药行不行?"他毫不掩饰自己的不满,生硬地甩出三个字:"不知道!"

我站了起来,看了他一眼,捂着腮帮,转身离去。

社区医院和三甲医院都建议根管治疗,究竟怎样根管治疗呢?我查了一下百度百科:

> 根管治疗术又称牙髓治疗,是牙医学中治疗牙髓坏死和牙根感染的一种手术。该手术保留了牙齿,因而与拔牙术互补。手术烦琐。一般要二至四次就诊才能完成。随着技术和材料的发展,一次性的根管治疗被更多的医生和患者接受,无痛治疗在临床上也得到了广泛的应用,治疗不再痛苦。

"治疗不再痛苦"——多么诱惑!我有些后悔自己的草率,彼时右腮已经肿了,摸上去木木的,像一块温热的馒头。万般沮丧中,我只得向在珠海行医的老同学求助。他主攻类风湿、红斑狼疮,二十多年了,经验丰富。在详细询问了我的症状后,老同学说:"买一盒消炎药,一盒甲硝唑,先吃三天。要是还不行,你换家医院再看看。"

两盒药,总共二十七块四毛钱,我吃了三天,除了下嘴唇还隐隐有些发麻之外,其他症状都消失了。我有些不敢相信,自然也不放心,是否真像他们所说的那样,表面上的炎症暂时消失了,但"真凶"还蛰伏在牙根深处,伺机报复呢?

如今一年过去了,提心吊胆的报复并没有到来。我很困惑——对同一颗发炎的牙齿,三位医生给出两种路径,这究竟是人体原本就有一些看不见摸不着的奥秘,还是医护人员临床经验有别,因而给出了不同的治疗方案呢?

二

对两年前的那次求医经历,至今我仍心有余悸。那是武汉封城之后的一个凌晨,一阵突如其来的剧痛将我从睡眠深处拽出。那是一种难以形容的剧痛——腰似乎已经断了,痛到不能翻身,体液无法排出,小腹坠胀,紧绷绷沉甸甸的。

我一只手叉着腰，一只手揉着小腹，在客厅和卧室之间来回踱步。时间真是难熬啊！曙色终于爬上窗棂，我感觉自己就要撑不住了，疼痛持续加剧，腹胀如鼓。我咬紧牙关，换衣，穿鞋，叫了一辆网约车，然后叉着腰，硬着头皮去医院。

　　疫情笼罩，医院少了往日的喧嚣，患者都戴着口罩，步履匆匆，还有人戴着一次性手套。测过体温之后，分诊台让我直接上二楼，看泌尿外科。自动扶梯已经停了，二楼候诊室空荡荡的，这样的景象，往日即便是半夜也不曾有过。

　　泌尿外科的门虚掩着，坐诊的是一位年轻的医生，戴着口罩，穿着塑料雨衣一样的防护服。我叉着腰，艰难地坐下来，陈述自己的症状，他埋头敲击着键盘，好半天之后才抬头扫了我一眼，说："在家时间憋长了，喝酒了吧？不能喝酒的……前列腺炎……"我有些疑惑，这不应该是前列腺方面的问题啊！他推了推鼻梁上的眼镜，说："你来干吗的？给你看了你又不信！"我有些愤懑，正准备进一步解释，他已经开好了单子，不耐烦地说："你去做个B超吧，做完了再来找我！"

　　做B超要去另一幢楼，又量了一次体温。领完号我就傻眼了，B超室的情况和平时几乎没有区别，在我前面等候检查的，还有二十三个人，其中一半以上是孕妇。一对年轻的小夫妻坐在我前面，穿着同款的花花绿绿的厚睡衣，头挨着头，一人戴一只耳机，一面看视频，一面窃窃私语。真幸福啊，那个被禁足的长假，他们定然没有我们这样深长的焦虑——生命的孕育像一束希望之光，冲破了疫情的重重阻挡——我们之所以焦虑，是因为突然间成了困兽，生活方式变了，行为方式变了，没有了如鱼得水的交际和左右逢源的应酬……福柯说："我们时代的焦虑，本质上都与空间有关。这种关系，远甚于同时间的关系。"诚哉斯言！我们一生所求，无非就是进一步拓展自己的空间——更大的房子，更高的位置，更远的风景——但迟早有一天，我们会发现，我们终究会被困在一个狭窄的空间里，等待时间的无情流逝。

　　终于叫到我了，离下班还有半个小时。B超室里只有一个年轻人，浓眉，黝黑的脸，像一个刚出校门的高中生。

　　那张窄床，看上去太不卫生了，仿佛从来没有清洗过。我咬了咬牙，默默躺了下去。冰凉的器械蛇一样滑过我的腰部、腹部、膀胱、前列腺，片刻之后又抽了回来，再一次滑过腰部、腹部、膀胱、前列腺……真慢啊！好半天之后他才停了下来，吱吱吱，打印机里吐出一张纸："诊断意见：左侧输尿管下端结石。"

　　抱着坠胀的小腹和充盈的膀胱，我慢腾腾地走出门诊大楼。街灯已经亮了，路上空荡荡的，偶尔驶过几辆公交车和出租车，这座近千万人口的省会城市被疫情粗暴地摁下了暂停键。这是庚子年春节留给我的刻骨铭心的记忆。

我想，疫情和疾病一样，都是大自然赐予我们的镣铐，它迫使我们停下急匆匆的脚步，回望来时路，重新思考自己从何处来，往何处去。

三

当疾病突然袭来，我们该如何正视自己的身体呢？

"都别难过了，我又不怕死⋯⋯身体是我们借的。有借就有还，迟还，早还，反正都要还⋯⋯"这是母亲留给我们的最后一句话。母亲不识字，但她活得通透，罹患尿毒症之后，常有惊人之语。她和尿毒症抗争了三年多，最后抗不了了，内脏弥漫性出血，亟需手术治疗。主治医生有些犹豫，母亲年事已高，体质又弱，治愈的希望极其渺茫。前进一步或许是生，后退一步必定是死。母亲的生命突然成了赌注，我们谁也不敢贸然做主。最后，我们把决定权交给母亲自己，母亲没有犹豫，她当着全家所有人的面，清晰地吐出五个字："我要回牌楼。"

十二年过去，母亲声犹在耳，而我已早生华发，半生蹉跎。中年之后，确切地说是四十五岁之后，我感觉自己忽然就老了，身体大不如前——记忆力明显衰退，眼睛老花，高血压，经常消化不良，经常植物神经紊乱，周而复始的口腔溃疡⋯⋯这些四十五岁之前从未有过的隐疾，一次又一次提醒我，岁月最残酷的掠夺，不是青春，更不是财富，而是健康。每次身体不适，母亲便会来到我梦里，慈爱地笑，一言不发。我知道，她忧心我的身体。我成家后，她不再担心我无人照顾，反复叮嘱的总是同一句话："身体千万不能糟蹋，糟坏了，吃亏的总是你自己！"

母亲在时，我总嫌她唠叨，一出门，便将她的叮嘱丢在九霄云外。如今，每一次回想，总觉得对不起她。

中年之后，我渐渐与世无争，甘于淡泊，亦甘于平庸。我不再参与无谓的应酬，闲暇时间主要用来买菜、做饭、跑步、读书，偶尔写作。我很享受这样的状态——自在，清静，无为。每次去母亲墓前祭扫，我总要在心里对母亲默念：我很好，很健康。

这不是矫情，而是我的真心话——健康，是我中年之后最大的愿望。也只有步入中年，过尽千帆，我们才有可能醒悟。身体是我们的神殿，不管里面供奉的是什么，寄居其中的我们，都应该接受诸多不完美，并努力保持它的和谐与清洁。

课程报告 | 李琬

　　那是我在学校的最后一个学年了。我实在很需要实习，因为在此之前我几乎没有做过任何真正的实习，除了在某个杂志社短期工作以外。我快要毕业了，看书的爱好并没有办法变成工作。我去了一家出版社实习，工作包括基础的校对和编辑工作，需要反复核对校样。这些是博物学书，虽然我并不是相关专业的学生或爱好者，但工作的内容本身令人愉快，还学到一些肤浅的植物知识。想来，我并没有什么特殊的劳动技能，除了看书、写作、使用英文。除开和文字有关的工作，过去唯一的一些"社会化"尝试也不甚成功。好像有帷幕遮挡着，无论我怎样结交朋友，研读新闻，努力追求 GPA（平均学分绩点），也无法得到那种与外在和陌生人的联系。

　　比如刚入学不久时，参与了某个支教项目，和同学一起去郊区学校教书。那所学校对我们提出的要求是，我们需要讲一些课本之外的内容。我不明白可以带给别人什么，特别是课本之外的内容，为什么这些大半不会上高中的孩子需要听这些呢？在我绞尽脑汁到底该讲些什么并做好十分的准备以后，每次上课的四十五分钟里仍然会遇到四五次纪律完全失控的时刻，我不得不用本来不洪亮的嗓音努力维持安静——这种情况对于所有老师都是如此。课后班主任对我的讲课内容提出了建议，可我本以为他应该赞许我至少让他们坚持听到了最后。由于实在觉得没有什么非讲不可的话题，于是帷幕又渐渐落下来了，我后来便不再做这样的尝试。

　　我在最后的学年里选了一门有关《圣经》研究的课，由于不是专业课，心情比较容易轻松下来。老师福特先生是美国人，七十来岁，在中国待过多年。他像是从格兰特·伍德的画里走出来的，凹凹的眼窝，长长的鼻子和脸颊，戴着仿佛已成为他五官一部分的眼镜。他也像是那画里二十世纪三十年代的人，而非二十一世纪。他常穿颜色暗淡但整洁且有格调的条纹衬衫、素色西装裤，说话慢条斯理。衣服的颜色和材质,还有他苍白又带点暗赭石的肤色,让我联想起二十世纪的美国——虽然我并没有目睹过——想起所有那些小说里的枫树、橡树和冷杉。

那是少数让我感到平静的课程报告,或者说我们已开始常说的"pre"。(我不明白为什么很多已有中文常用词的表达,在日常谈及时需要用英文和英文简称。)绝大多数课程报告并不是针对某个特定文本的。即便是,也需要先弄清庞杂的前研究,但即使我读了所有的研究,也常常并不能产生某个观点。于是报告仿佛是一些介于论文和综述之间的东西,而我也非常清楚,在我谈论它们的时候,大多数听者并不知道这些研究,我只是在接受另一种单维的"考试",希望在面露疲倦的老师心中得到不太难看的得分。每次做完报告,我想"意义"还是存在的,但或许它并不属于我。我需要花费数月读完沈从文的书,然而并没有得出什么来,对于梁漱溟也一样。我还找来一手或二手的报告文学来看,在一个月内做了许多笔记,但依旧没有想到该怎样把它们加工成五万字以上篇幅的论文。这令我感到愧疚。

这门课却不是这样,至少我可以暂时忘记这些。课程要求是我们每周读指定的一到两章的《圣经》,福特先生请我们在不参考任何其他文献的情况下写出中文一千字或英文五六百字的作业,内容是讨论我们从选读章节读到的一个重要问题。我觉得,关于这种个人的解读,福特的确不可能有什么答案,他将采用的"标准",应当是评论家对于作家的标准,而非期刊对于学者的那种标准了。

每周我都选择用英文完成作业,这不是为了让任何人对我印象更好,只是我以为,这样向他说明问题会更方便些,不需要完成内心的翻译。我很喜欢修整句子使之更为流畅的过程,这是我强迫症嗜好的显现。我会保留一些色泽细微的词,删除大部分复杂、冗余而拗口的表达,在复合句中穿插简单句,并创造出不可更改的如数学论证般的语调。或许,钦定版《圣经》本身影响到了我。又或许,刚读完不久的《摹仿论》影响到了我,我试图在五六百个词里制造出同等的风格。(这显然是一种过高的梦想,但并不妨碍我体会到同等的创作乐趣。)

福特先生总是用淡灰绿色的眼睛,不带感情色彩地看着每一个人。他会用前半节课讲解相应的章节和不同研究者的看法,后半节课是学生做报告和他的点评。对我来说,这更像是一门英文写作课,且不算很有难度,也没有特定的要求和主题。我的头脑仿佛因此变得清晰起来。

每周有一天或两天的深夜,不同版本的《圣经》在我面前展开,我坐在狭小得不能更小的宿舍书桌前研究它们,而毕业论文暂时被搁在了一边。这些句子都很简单,却充满细微的变化和情感。"首领""判官""芦荻""苦情""外邦"。每一个比喻,每一声哀告和叹息,每个变成典故的故事,在近看时都有新鲜的意味。它们告诉我很多事,至少,我自以为是这样——这就是细读的功能。H师曾在理论课上展示过细读的方法,他读了施蛰存的《梅雨之夕》。我认为那之所以令我印象深刻,不只是因为他讲授精彩,也是因为施蛰存本身是一位充满魔力、眩晕感和暗示性的作者。

我明白,如果任何文章、诗和小说没有"中心",或读者无法把握那个中心,那么细读其实也并没有什么意义。我久久品尝着文字的质地与滋味,但并不能生产出什么自认为需要几十个以上读者读到的东西。

在这门课上,轮到我们做报告的时候,每位报告人时间不过五分钟,以使听众不会过于疲劳。但不论我上一周做作业时如何兴致勃勃,每次回忆并略略转换自己的英文文章却要花费一番工夫,于是在讲台上,我常常会把语速放得很慢。

我认识了艾芙,她开玩笑地说我讲得太慢。主动和我结交的朋友少而又少,她是其中之一。不知我迟钝的语词的间隙,是否反而令她注意到了我的衣着,课后她淡淡地说我的衣服好像有某种风格。艾芙的打扮似乎更为精致。她个子和我差不多,人很好看,我不由得注意起她来。后来我们有时会一起去吃饭,她总是那么温柔而强悍。

上完课回到宿舍,住在楼上的主修电影的元蕙来借打火机。她时不时会来,是我可以谈论电影的朋友之一。当然,在电影方面我谈不上有什么特别丰富的知识,但是至少我们会在意彼此所说的电影和故事……她说她把打火机扔到了楼下,为了戒烟。我很难想象这个画面,她和我会在阳台抽烟,楼下草地如脱毛的狗,我从没有看到任何泥土和稀疏青草之外的东西。想到她要戒烟,我不知道该不该把打火机借给她,这似乎是一对矛盾。但人们往往意识不到,或故意不去注意这些矛盾。实际上,我自己很少抽烟。或许我是在意识深处想到,因为她会来借而我不想让她失望,所以我自己也才继续抽烟的吧。

福特先生称赞了我的写作,而且后来在期末给了我超出预期的分数,不过对于这些文章提出的观点本身,他倒是没有提出什么明显的意见。回过头来想,他或许只是想让我们比较仔细地读这本书罢了。不管怎样，如果福特先生最开始也算是陌生人的话，那么是的，这也是一种超出机械流程之外的联系。

元蕙与艾芙，都是从陌生人转化而来的联系。我想象有人把个体的社会关系比喻为蛛网，但对于那时的我和很多人来说，大概也只是残缺到仅剩几根蛛丝的结构而已。

我想起更早些时候，在一门不得不修的英语课上，一位看起来亲切平易的老师给我们布置作文，题目之一是关于机器人的看法。我以略有些无奈而讽刺的口吻，表达了对机器人不受情绪干扰的羡慕，但这位英文老师为这一观点批判了我。我本以为英文课的作文是关于写作技巧和词汇本身的，而不是价值观。我并不愤懑，只感到困惑不解。于是，这就并不是一种联系，况且在那门课上，我和任何人都没有真正的联系。

学期过完了一大半。那天，在这门课的课间休息时，我走出教室，看到经过了无数次的走廊，看到它医院一般洁白的墙面和反光的地砖。我拿出手机打电话给某个熟悉的但即将变得陌生的人，然后半是发泄半是认真地对着电话说，我要退学，要去欧洲过上个一年半载。我知道，这自然不是真的。

回到教室，福特先生的声音继续像牧师一样响起，只不过比牧师更均匀而不受听众的干扰，内在而稳固，语速和中学听力训练里的录音一样。我忽然记起中学时代听力训练书 *Step by Step* 里的故事。我一度很喜欢这本听力练习册，即使是一本新书，它的纸页也带着米黄色，而且那是我父母时代就用过的教程，这是我们在受教育阶段为数不多的共同之处。有个短故事是我最喜欢的，讲的是在精神病院里待了一辈子的园丁，原来是因为很年轻时的一次纵火而被关进来。这一天放假休息，他和其他人一起外出，傍晚他快乐地回来，却依然在城中留下了一处大火。讲述这段故事的声音来自一位清脆英国口音的女士，我并不很明白这个很短的故事到底是什么意思，但想来大概是，我们必须接受某些无法改变的性格或禀赋的存在——即使那并不正面。编写这本书的人，应该不会"矫正"或鄙夷我内心里对这位园丁的共鸣。

那个时刻，没有任何具体的事件触动我，但我陷入个体的小小的悲欢，在教室里不由自主地流下了眼泪，没有出声。

福特先生的眼神如此平静，仿佛懂得了应该懂得的一切，仿佛他从出生起就是这样的眼神。又或者他会认为我是因为《圣经》而流泪吧——这也太夸张了。不管怎样，我只是用食指擦了擦脸，生怕他注意到我的异常。但我也同时意识到，或许我"无意识"的举动也包含着打断上课的动机。我察觉到他看到了这一幕。而那仿佛属于牧师的，又像听力磁带般的声音，没有裂痕地继续着。我仿佛受到了安慰，并感到心中的某个洞口前面，石头像耶稣墓门那样挪开。

我希望明天就离开这里，随便走到哪里，去劳动或休息。

杨红 | 关于良心的传说

　　二十世纪七十年代,下村桥圪阶西院很有些闷窘和苍素,南北向的街门道上铺的不规整青石仿佛一朵朵苍云。黑夜,我们踩着街门道泛幽光的青石,总想着稍不注意,极可能窥见青石缝下的地界。照二当家的话,这下一层地界,属那些"丧良心"的人下辈子的受难之处。

　　我家赁住桥圪阶西院中间的两间堂屋,后来又赁了西南角一间夏厨。我家堂屋西北一户是原住村民。这一户老少大概有七八口,看着比较热闹,可大人小孩面色都苦寞寞的。他家大当家的是个身材结实的庄稼汉,面貌也算俊朗,只是眉宇间愁苦过重。大当家下地回来一把抓下头上褐乌手巾,使劲拂身上尘土—— 那手巾原该是白羊肚的。他身上的尘土仿佛孙悟空的汗毛,是越拂越多的,不一会儿,他身上扬拂起的尘土就像个朦胧罩子,罩住了他。

　　大当家很少说话,一句日常言语是:日你娘——

　　这一句概括了方方面面的事情,至于具体的指向,二当家最懂。

　　二当家就是大当家的老婆。

　　二当家终年脑后盘小小发髻,终年斜襟蓝布褂,终年青布绑腿阔裤,终年一双半大小脚靴——她是缠足的。她平日裹足无有禁忌,不拘家里炕头,厨房炉边,院里的石阶,桥圪阶的坐墩,都可以展开长长的裹脚布,一圈一圈当着人缠——脚上的布袜自然是留着的。如用当时时兴的阶级观来看,她极有可能是以这样的方式,向旧制度抑或封建礼教示威和抗议哩。她的白绑腿也变褐灰了。唯过年,他们一家才要好好洗脸洗衣物。

　　大当家和二当家对水这一种物质有独特信仰和理解,赋予水以神性,说:人在阳间污过的水,到阴间阎王小鬼会逼你喝哩!

污水这一项，虽不及"丧良心"严重，也是罪过。为到阴间少喝污水，他家大人孩子轻易不肯浪费水，宁愿一家人头面终年如上一种重灰油彩。

我记得大当家唯一一次胜过过年的隆重装扮：头上覆一块新蓝边白羊肚手巾，一身新藏青对襟夹袄夹裤，一双新纳皂底青布鞋。他穿着这新帅帅的一身，被二当家推在院里，先扭捏地在我们面前亮了个相。他这一身的行头是从头借到脚，唯那双白洋布袜，是二当家拿鸡蛋去供销社换扯了白洋布手缝的。

那白洋布袜是一块白洋布中间对折，一条细长瘦袜脊直通到脚踝上。袜前是个宽三角，袜跟垫衬布用洋白细线纳实——这样古式的袜，应是皇朝时的士大夫配皂白靴穿的——裤口压袜口以绑腿缠紧，如此裤腿下形成灯笼状——这是下村汉们那时惯常的装扮——谁知五十多年后，遍地的年轻人竟以这一种灯笼裤为时尚风标了。

那天早晨，大当家穿白洋布袜之前，先坐他家门前，在只明晃晃的铜盆里仔细洗脚——除二当家因小脚穿袜，他们一家平日多光脚穿鞋，冬天也是，说穿袜不得劲儿。他们和大多数的下村村民一样，温和地接纳乡村的贫穷，还体贴地给这贫穷冠以通稿似的口径一致的说辞。

大当家洗脚，二当家靠着门框，惊惧不安地凝视铜盆里的污水，大概又替大当家多一层阴间受苦的忧虑。她平日也总是以阴间说事，时时警示我们这些游荡在阳间的人。

我隐约记得大当家这是去河东串亲戚。这亲戚是他的亲家。那时他大闺女也就不到二十岁，跟了河东很有家当的人家，女婿当兵才提了干，穿四个兜了。提起他大闺女，他一家面容都喜喜的。她大闺女面貌纯朴，身板结实，是个好劳力。每回来，她大闺女总是那种军官媳妇的羞答答样。他们和河东那家是儿女亲家，很小就定下亲的。大当家串了亲家，很盼着有外孙的时候，他大闺女搬回来了，面容愁苦如枯焦之叶。人说那军官丧了良心闹离婚，不要他大闺女了。

我们一直未见他大闺女这军官女婿。他大闺女躲头藏脸在他家住了一两年。

之后，我家来个俊媳妇。这媳妇面如满月，肤如凝脂，口灵手巧。她穿着当时最时兴的衣裳。这衣裳自是她自己缝制的——当时基本都是自己缝衣裳的。她来我家给我母亲剪样，教我母亲做时兴衣裳。我依稀记得她那件衣裳的时兴处是上窄下宽，圆角小翻领，背中破竖缝后再用缝纫机(一定要用缝纫机)匝一道半厘米宽双边明线。我家当时没有缝纫机，认识这俊媳妇后，我母亲常跑三五里路，过河东借这俊媳妇家缝纫机用。那时我父亲已去世，我们娘儿几个过年新衣都是这俊媳妇衣裳的样式，一处站着，大概很像俄罗斯套娃的活色写真版。

俊媳妇那天走后，我们才知道俊媳妇是大当家那个"丧良心"军官女婿后来的媳妇。我们当时就都觉着很像的哩。那时大当家大闺女也才离婚不久。以后，他大闺女另嫁了外村一个忠厚木讷的庄稼汉，也生了娃，我们也已然从二当家嘴里不住地知道，娃他爹更是个好劳力，能受。

不过他大闺女时已劳碌得头面粗糙，呼喝无忌地与二当家一般模样，好像从不曾当过军官媳妇的。

我家夏厨东两间住了下村小学的女老师。女老师也是赁住的，和我家一个房东。

女老师长相普通，着装朴实，不知是不是因为架了一副深度近视眼镜——那时候，能戴一副玻璃眼镜，又戴得名正言顺不伤风化，可真是极具奢华与体面的人——我们都深深感觉到，女老师骨子里有一种游离于乡土乡民十万里之遥的飘逸气质。

女老师两间深屋，粉连纸糊的田字木窗格中央镶嵌的玻璃挂了纱绸小窗帘，这于那时的下村又真真是绝顶风雅的景儿。

女老师不苟言笑又深居简出。就是她在家，她住的两间深屋也是闭了门的——这是违逆乡情乡俗的，可大当家这些邻居，就连我母亲也很体谅女老师。女老师文化程度高，教高年级。我因上一年级，与女老师只是形式上的师生，心里不太怕她的——乡民们以为，怕老师，是一名学生应当具有的主要态度。

大当家大闺女闹离婚时，我们突然知道女老师也是一名军官媳妇。如同身处一颗爆弹旋涡，我们都震惊了好多天。

我们逐渐了解到，与大当家大闺女先订婚，再因男方参军、提干当军官媳妇这一种曲线荣耀的婚姻不同，女老师是现成的军官媳妇，是军官提干穿四个兜后，部队专意准许，叫人家军官回家乡找的。军官相中了女老师，女老师自身也通过了外调政审等这一系列严苛考核，与军官结为伉俪。婚姻前景是无限宽广亮敞的。

麦假、秋假和年假，女老师去部队探亲。想着女老师不是搭汽车就是坐火车这些带壳的先进时尚的大家伙，或许还要坐画上才有的大轮船，风光好一路到那个我们想象力无法触及的遥远之地,与她的军官女婿相会,我们都无比地激动和荣耀。

等探亲回来,原来那个被太行山风侵扰过的又黑又瘦的女老师,不负众望地脱胎换骨成温润如玉的一个细人儿了。

女老师很快结了胎。她挺着越隆越高的肚,一如既往地深居简出,骨子里那种矜持与高冷却慢慢泄漏了,疲惫的脸上是满足和幸福。我们想着女老师肚里孕育的小小军官——必定是个军官——是我们每天可见可察的,心里也满是喜悦。毕竟,这是胎带的荣耀与威武啊。

有一天,女老师两间深屋的门帘与窗棂都挂了红布条,婴儿啼哭声不停地从纱绸小窗帘的缝隙飘出,与乡间的炊烟鸟语草木山风以及庄稼的拔节声,一并散升到明静的天空里。

果然如我们所愿的是个小小军官。我们隔着女老师挂红布条的门帘,听着小小军官啼哭声日渐饱满圆浑,又惆怅起来:这小小军官的前路繁花似锦,每成长一天,就离我们这些脸朝黄土背朝天的村俚村俗又远一程哩。

小小军官满月时,女老师的军官女婿回来了。他的实际形象远不如我们想的高大英俊,可他要带妻儿随军到部队享福这一项大有良心的壮举,成了个好传说。

女老师和小小军官真的随军去了。他们家的故事都传到远处村庄了。军官女婿的形象也越传越高大威武庄严,很带有些神性了。

刘诚龙 | 苦珠子树下

老弟瓮声瓮气朝我娘喊:恩妈,章红要你去拿米,拿油,拿被,你去不去? 这话,我先听到了,也瓮声瓮气问老弟:拿么子东西? 老弟告诉我,章红外面做生意发了财,村子里八十岁的老人,凭身份证可去她家领两袋米、两桶油、一床十斤的被。听起来蛮温馨的。我老弟意思是,莫去,别贪那个小便宜。我娘看着我不说话。我说去送,是人家善意;领,是我家善意。善意没有善意的回应,就好像歌声没有歌声的回响。

这名字让我狐疑,铁炉冲没得姓章的。我老弟说:就是红蛮样,书荣哥的孙女仔。老家把细妹子叫"蛮样",一半是随意,一半是亲切,说来也要是"饱饭崽"才能获此称呼。书荣哥的子息,当姓刘,何来姓章? 她辅给她章表叔了哒。哦,记起来了,他表叔是新疆的,一个高大威猛的小伙子。"辅"字,普通话表述是过继。多是人家没孩子,自家孩子多,养不起,转让子女身份,给人去养,给人去送终。

书荣不是养不起孩子,他家孩子不多,一个男孩,一个女孩,在铁炉冲是殷实人家。时不时有人给他寄钱来,一个是他姐,一个是他妹,姐嫁在新疆,妹嫁在岳阳,都是有工作的。姐妹疼兄弟,每月都打钱来,五元十元的,是笔不大不小的收入,足以每月称几斤肉,搞双抢请劳力。书荣是"地主崽子"模样,大男子汉,细皮嫩肉得不像庄稼人,像个小干部。他是当过小干部,生产队时当队长,生产队转村,当村秘书。红蛮样便是娇娇孙,脸色红红润润,肤色白白胖胖。富贵有种,聪明有根,有福气的,怎么都有福气。

红蛮样住我家高头坪里,她老爷爷,我喊玉伯,是大地主,起了一栋青砖大房,一间大碓屋,屋脊怕有三四丈高。我们茅草棚,土砖屋,她家住青火砖楼。我家去她家,有四五十阶梯,都是条形青石铺就。自然,钱都是她老爷爷出的,工是她老爷爷请的。院子里出些富家，不是坏事。我回家常听到，某某村某某，每年出资三十万，给村干部发工资，某某村某某，花十几万，给院子小路铺水泥；百十年前，我喊"玉伯"的老人家，给院子砌了一条青石路。

玉伯还在院子外头的一条茶马道上，出资建了一座亭子，上十里下十里，打铁炉冲过，都在亭子间歇一会儿，喝口茶。亭子三步脚的地方，是铁炉冲的水井，打水方便。玉伯在亭子里砌了个土灶，土灶上架了一只铁锅，亭子吊楼上搁了竹篮子，篮子上放了些茶叶，放了竹勺子。要喝凉井水，去井里舀，要喝热茶，打水土灶泡。现在亭子还在，乡亲众筹，翻新了，土灶却不在了，装茶叶与勺子的竹篮子也没见吊在悬梁上了。

玉伯的青火砖楼，住了四户人家。对面的是文亚坨家，他爹参加过抗美援朝；隔壁的是荷婶家，"土改"时候当过妇女主任，她大崽就是温楚；斜对门的是映公家，曾是院子里最穷的。这楼全是玉伯家，因他是地主，把他家房产给分了，他自己分了两间，其他分给另三户。我见过斗地主，却没见斗过院子里最大的地主。最大的地主便是玉伯。我现在回到铁炉冲，扈奶奶还在诉苦，她是小地主，每次大队斗地主，都抓她去，斗她半边猪，就是不斗玉伯。她总说怪了奇了，大地主不斗，斗小地主。我以前回家，扈奶奶常到我家来打字牌，霸蛮叫我陪她打，她赢了哈哈笑，输了骂咧咧。有回跟我伯娘打，一下午，一把牌也没和，抓手牌甩到我伯娘脸上，我就知道答案了：不斗她斗谁呢？

我以为书荣是独苗，后来才知道他有姐与妹。玉伯那年过世，先是病，看样子不行了，发了电报给两个女儿。岳阳的回来了，见了她爹一面；新疆的回得家来，只能到田谷坳跪拜一抔黄土，献一只白花圈。新疆回铁炉冲，紧赶慢赶，要坐七天七夜火车。书荣他新疆姐姐，名字我都忘了，她来我家，喊我娘叫福婶，我娘让我叫她宁姐。宁姐长长挑挑，眼睛大似铃，肤色白如棉。我怕是第一次见城里人吧，乡村细伢子，初见城里大姐，好像是见神仙，既妒羡又害怕，躲在我娘屁股后面，不敢出来。宁姐逗我：喊我，给你糖吃。说着，从四纶布青裤子里抓了好几粒糖粒子，花花绿绿糖纸包着的糖粒子，我伸手去接，宁姐把手缩到背后去：不喊就不给。我硬是不喊。宁姐逗了我几次，见我霸蛮不喊，便把糖粒子给了我，我一粒切几份，含半晌吐出来，又含着，一粒糖粒子，含了个把星期。还把糖纸收在课本里，到读初中，卖课本，还看到糖纸在。书卖了，糖纸还收着，现在却不知道哪儿去了。

宁姐回来极少。我纳闷三十多年前，宁姐如何去了那遥远的新疆。后来看资料，当年王震开发新疆，来湖南招八千湘女上天山。宁姐定是这八千湘女之一员吧？也没谁这样告诉我，是我猜的。

父亲问过宁姐：你嫁的是什么人？宁姐笑，不答。据说她弟弟也问她：姐，姐夫是什么人？她也没答。玉婶问她，据说她也没答。院子里传说她嫁的是残疾人，双手截了的。我现在猜想，当是一位残疾军人吧。玉婶曾对宁姐说：你弟去新疆看看他姐夫吧。宁姐不答应。直到现在，谁都没见过铁炉冲的这位姑爷。玉伯没见过，玉婶没见过。

见过的，是她的儿子。那年我读师范了，她儿子来了铁炉冲，起码一米九，磊磊若松，不太爱说话，见人很腼腆。他考上了北京航空学院，暑假来外婆家，年龄比我大些，大不了多少，却高我一个头，可以想象，他爹定然是高大威猛。从新疆大漠来到湖南青山绿水，也是挺兴奋的，每天东转西转，蛮喜欢爬山。书荣有个细崽，叫贤狗仔，蛮小，十来岁，每天提着竹篮子带着他去高山坳，去田谷坳，去对门山里，去背对山里。山上蛮多野果，羊奶子、金樱子、牛卵坨、毛栗子、野葡萄，去一回山，采得一篮。湖南是新疆的远方，正如新疆是湖南的远方，他来外婆家的湖南，天天都异样兴奋。

是忘了，还是本来不知他名字，只知道他姓章。他应该喊我舅，书荣哥叫他这样喊我，他不喊。他年纪都比我大，指定喊不出口的。我也没喊过他，喊他都是"喂"。喂，看牛去；喂，洗澡去。他喜欢洗澡。铁炉冲没河，有塘，田谷坳与背对山之间，有三口山塘。一口叫新塘里，新挖不久，我随父亲夯过堤坝；一口叫水库里；中间那口很小，水刚没腰，摸田螺是好去处，洗澡不行。最适合洗澡的是水库里，水库深，水深时候，怕有三层楼深。

章喂是旱鸭子，不知他的新疆是没水，还是以前不曾游泳过。酷暑，我们每天都去水库里洗两次澡，中午一次，傍晚一次，章喂跟在我们屁股后面，先是看我们洗，后来下水，抱着木桩，两只脚乱踢，踢得水花四溅。一个暑假，他都没学会游泳。松咯，松手咯，他学着松手，手一松，秤砣一样沉了下去，噗噗噗，呛了好多水，把我们吓得不行，不敢再让他松手游。

章喂出事，不是第一个暑假，而是来年。来年暑假他又来了。贤狗仔还是带着他，提着竹篮子，去山上采野果，采了个下午，采了一半篮，回家，回到水库地段。贤狗仔说,我去水库里洗个澡。章喂不敢下水,坐在坝上。水库周围都是树,苦珠子树、枞树、杉树,还有一蓬蓬灌木。章喂眼尖,看到了一棵硕大的苦珠子树,树上挂满了一簇簇、一梭梭的苦珠子。他兴奋得很,扒开灌木,去摘苦珠子。

苦珠子,学名叫苦槠树吧,据说是长江南北的分界树,江南才有,常年翠绿。《本草纲目》有记:"处处山谷有之。其木大者数抱,高二三丈。叶长大如栗,叶稍尖而浓坚光泽,锯齿峭利,凌冬不凋。"我们喜欢的是苦珠子,"子圆褐而有尖,大如菩提子"。籽实前面有个小尖,后面有个小帽,中间是长长圆圆,如圆珠。摘来苦珠子,挺好耍,拧着一转,苦珠子便如陀螺一样转圈圈。转苦珠子也如抽陀螺,放到炕桌上,让其斗架,谁的苦珠子先倒,谁就输了。摘苦珠子,转苦珠子,是童年一乐。

暑假期间的苦珠子,只能当游戏,青色又青涩,待其成熟,要到冬天,青色转褐色了,就熟了。"槠子似柞子,可食,冬月采之。"生着吃,苦涩涩的,炒熟吃,淡淡甜,《本草纲目》云:"内仁如杏仁,生食苦涩,煮炒乃带甘。"乡亲采来磨粉,可以制作苦槠豆腐,蛮苦,却也能伴饭。这还是一味中药,《本草拾遗》记:"止泄痢,食之不饥,令健行,能除恶血,止渴。"

《山海经》有记:"前山有木,其名曰槠。"铁炉冲无记:水库有木,其名曰苦珠子。章喂踏水岸,钻灌木,爬到苦槠树上,苦珠子簇生,掉璎珞也似的,一摘一串,一摘一络,很是满足人心。章喂摘得蛮开心,他在枝丫上,摆V字。咔,许是他身体太重,枝头咔的一声,连人连枝,扑通,掉进水库了。贤狗仔吓蒙了,半晌反应过来,连滚带爬,爬到水库坝上,大喊,水库对着章喂外婆屋子,隔了里把路。这里把路,是一条亡魂路。那天是暑假最后一天,他次日是要去北京读书的。

他妈回来了,坐了七天七夜火车回来,见到的不是磊磊一个人,而是累累一抔土,埋在田谷垇上。田谷垇是铁炉冲的正坟山,年轻亡故,是进不了的,只能进鬼崽山。章喂是男子汉了,却无子嗣,进不了田谷垇,乡亲把书荣孙女红蛮样,过继给他,他便上了正坟山。

他妈回家,坚决要把他带回去,没谁能说服她,只好挖出送去火化。他妈用盒子装着他,把他带去新疆。

他妈再也没回过铁炉冲。三十多年了,没见宁姐回过。她根还在铁炉冲吗?估计不在了。宁姐妈几年后过世,她没回家;她弟前几年过世,她没回家。现在,宁姐如还健在,也怕有七八十岁了吧,不知她在新疆可好。

而书荣孙女改姓了章，没再改回来。她每年清明节都去章喂原来那坟墓上挂青。嗯，这个红蛮样现在算有造化了。

那年我已经师范毕业，也再没去水库里游过泳。不是我怕，而是因为我的生活迁移出了铁炉冲。

院子里老了人，都在水库坝上打账棚。账棚是供亡灵算账的，老家有习俗，人活着，在人间或赢或亏，或人家欠他的，或他欠人家的，入土后，得给他打个账棚，让他在里面加减乘除，算清人间输与赢。先前，账棚打在铁炉冲村口，石头谢家不干，说自从铁炉冲的亡灵账棚打在那里，对着他们村，他们村有好几位年轻人，无端无常。铁炉冲便把账棚打在水库大坝上。

好几次，我想去水库里看看，看到那里拱起晒簟便望而却步，遥遥望着，那里的一棵苦珠子树，愈发高大，枝叶繁茂，便无端想起了章喂。大学生啊，北京航空大学的，怎么就从万里之外的新疆，魂失在这棵树下了呢？命运掷骰子，也掷得没章法。

百度苦槠树，说这树结构致密，纹理细直，富有弹性，耐湿抗腐，是建筑、桥梁、家具、运动器材、农具及机械等的上等用材，是国家二级保护植物。那章喂呢，也是上等人才啊，不说必须被当成一等人物，至少老天也应该把他当成二级保护人物的。

茶青和桃红 | 赖韵如

茶青

一夜春雨，早起的云雾在山头荡啊荡，茶垄抽出百万芽尖。这是清明前头一茬茶青，一年日子袅袅，只此青绿金贵。

祖母看看坡上的茶垄，又拿眼风看我和堂姐，春风十里，茶青十里。我们立马丢了书包换上竹篓，蹿到屋对面的坡上，双手在芽尖上翻飞起来。

湘赣边的罗霄山脉，终年云雾，盛产绿茶狗牯脑。祖母就是冲着茶嫁进茶乡的，她瘦弱幼小，出嫁途中拜了茶山盘古仙寺的石磬为契爷娘。不知是水土相符还是拜石收到奇效，她孱弱的身体在茶汤和茶事里精壮起来，气息也变得强悍，人赐外号"石部长"，人们称呼起来褒贬自知。

从什么时候起呢，乡镇与村坊的田地开始撂荒，茶园流转。周边乡镇及村坊的人气逐年下降，屋檐的青苔张扬地铺展，墙根上的昆虫唧唧聒噪，池塘的蛙们也大胆鸣叫。听着这般中气十足的合唱，茶叶们也肆意生长。

南下的队伍浩浩荡荡，他们都是青壮力，靠天吃饭消耗了漫长的青春和耐心。向上长的梯田和蜿蜒的茶园，像男人的肋骨，又像女人的妊娠纹。这片天，哪里能擘画青壮年的宏伟蓝图和蓬勃野心？单身的，潇洒一甩头，成家有小孩子的，甩头也潇洒。

父母叔伯也跟着南下的队伍走了。祖母不走，幼小的孙辈便有了去处。

祖母和十里八乡的祖母一样，心思全在田间和茶垄上。她很少笑，我常想，她的笑怕是封印在石头里了吧？她缠上蓝格帕子，转眼便到了茶叶地里，帕子旧扑扑的，白头发跳荡出来，也顾不上捋一捋。

堆垄，除草，施肥，剪枝，采摘。

明前茶、清明茶、谷雨茶、夏至茶、深秋的禾花茶，都赶趟来了又去。

　　祖母双手提采，教孙女们采芽尖，孙女们嘻哈打闹，她的训话便如石子般弹射过来。傍晚，茶青贩子吆喝，茶娘们就出山了。背上的芽尖，在电子秤盘上渲染春天的色彩。一个贩子脑门锃亮，远远走向我们，他额头的光让白昼明晃晃的，也照得茶乡妇人的心明晃晃的。他收我们祖孙采下的芽尖，常常比别家价格多点零头。这时候，祖母的皱纹舒展，招呼贩子去家里喝一杯寡茶。茶青送往茶场制作，生意人捧起那些饱满结实的青绿，就像捧起茶乡旮旯日渐朗润的日子。

　　清明，自家园子的茶没摘完，趁着好时节，祖母又领着村里的留守妇人们去了狗牯脑大茶场做"采茶客"。几天后听闻高山茶的价格抬高了，又陀螺一般，转战伯公坳的高山茶园。

　　祖母似乎没有惧怕的人事。上屋叔婆，据说身体里住着笑仙，长年行走村坊算命卜卦，喉咙里发出咯咯笑声，能通灵种蛊，大家都恭顺她，唯有祖母不惧。

　　祖母的命根子是弟弟，那一溜的孙女算是草籽。弟弟不必采茶，留在空地上玩耍，溜坡，翻筋斗。

　　傍晚，弟弟一身泥土回家，洗澡时发现脖颈一片风疹，小丁丁肿胀透亮。他赤条条跑出来大哭，祖母炒茶的手套一丢，眉间的痣抖一抖：怕是中了地龙（蚯蚓）毒，这可是传宗接代的东西，翻天印啊。

　　她慌了神，转了两圈走到鸭埘，把绿头鸭婆抱出来。大叫孙女们摁住弟弟，鸭子呆头呆脑嘎嘎叫着，对着弟弟红肿的皮肤啄，一啄，二啄，三啄，弟弟的嚎声赛过杀年猪，屋场的孩子都赶了来，瞪大铜锣眼。临了，祖母把手指塞进鸭嘴掏一圈，把鸭嘴里的唾液涂在弟弟红肿的皮肤上。大鸭婆扑腾着走了，那锅上好的茶青，在锅里发出焦煳味。

　　入夜，弟弟全身发烫，小脸通红，昏睡半刻又惊厥大哭。祖母赤脚跑出去，又匆匆跑回来。她跑到半路才想起村庄唯一的赤脚医生赴远，也南下打工了。她蓬着头，手发着抖，舀泉水捣烂茶叶，用青绿的茶渣敷满了弟弟的额头、脖子与下身。弟弟终于安静下来了。

　　我裹着床单盯着弟弟的动静。祖母轻轻下楼，在灶官的牌位前点了香烛，从未慌神的她，竟低声地抽泣祷告。

　　夜那么深，檐上的月亮，那么胖，那么凉。

长风裹着茶青味爬到坡上来，攀上门户，我把头探出阁楼的窗棂，窗边吊着的鸭毛轻舔着我的额头。

桃红

堂姐阿桃也留在村庄，满地跑的孩子和坡上的茶芽都留在村庄。春风一吹，坡上的茶芽疯长，田里的稻稗疯长，好似只有我们见不到转机和变化。

阿桃是伯父的女儿，她拖着大辫子，也拖一条瘸腿。每走一步，辫子摇晃，身子也风摆杨柳般摇晃。除了我们姐弟，她没有什么伙伴。她的眸子在刘海之下躲闪，身形单薄如同纸片人。她坐在教室的那扇缺角的玻璃窗下，课间，她就跪在凳子上偷看操场上矫健的身形。

伯父从南粤寄回复读机，她便躲起来唱歌，阁楼里唱，茶园里唱。她一条腿斜撑着，眼神清澈、专注，低垂的头颅昂起来，压抑的嗓音放开，黑发被红丝绒头花绾成马尾。我站在暗处，羡慕又嫉妒。嗓音一出，阿桃神采飞扬。

伙伴们吆喝着屋场的孩子去学堂，阿桃在阁楼立马噤声。她远远地跟在队伍后面。回家亦是如此。总有这样的人造恶作剧，搬一截木桩或树蔸，挡在阿桃姐必经的小径中央，然后集体站在一旁嬉笑。阿桃低垂着眉眼，像一只风中瑟瑟发抖的羔羊。她迟疑着，天色将晚，她的残腿在原地空悠悠旋转，大概想跳跃过去，在寻找着力点。可小儿麻痹造就的残腿根本不争气，痉挛，跌倒，扑腾，终于抱住木桩，拙笨地爬过去。我才刚上一年级，胆怯之魔攫住我，让我站在叫嚣的队伍后面沉默地焦灼。

有一次，桃姐的男同桌挑了几条毛喇喇的松毛虫，追着放进阿桃姐的书包里，一整节课，阿桃姐不敢把手伸向书包拿课本，对着空桌子眼泪簌簌地流。复合班上课，老师给桃姐的年级讲课，点名提示桃姐翻书，她的手颤抖着伸向地上的书包。我们的眼神碰撞，一团火烧上我的喉管，我走到桃姐身边拎起书包，绕到男同桌身边，把书、文具、饭盒、一大一小的松毛虫，通通抖落在男孩的桌上。两条受困的松毛虫在书桌上得到自由，圆睁着红色的眼睛，毛茸茸的身体一节节耸动，惊悚地打量公元 1996 年的乡村课堂。女生被吓得哇哇大叫，课堂顿时炸开了锅……那团涌上喉管的火，让我和多人留校，单脚站立受罚。我用刚学的汉字加拼音，在检讨书里陈述了桃姐所受的欺凌。

攀爬的光有一天终于照进那扇窗——光来自一个叫燕子的实习老师。天外飞来的燕子身上有一股青草香，区别于我们见到过的所有女性，她的脸是干净的，指甲和头发没有半点茶垢和泥污。她讲山外的故事，语调舒缓，像天边漫过来的云彩。

那天老校长走后，她竟然提出去户外上课，而且是音乐课，这真是破天荒的事。茶乡的孩子除了看电视听歌，就是听老人哼采茶调，从来没有正儿八经上过音乐课。燕子老师在黑板上写下几个歌名，大家都摇头。班长拉开架势，用他的鸭公嗓吼了一段《好汉歌》，坡上的小牛哞哞叫唤，引得大家直揉肚子。林美群站起来唱了一首《牧羊曲》，声音尖细，唱到"林间小溪水潺潺"就忘词了。大家把稀稀拉拉的掌声给了林美群。这时候，燕子老师走到阿桃座位，蹲下来问：钟桃，你能为大家唱一首吗？阿桃把头低下去，又是静默。同学们开始起哄。燕子摆手示意安静，再次真诚邀请。阿桃终于站起来，弱弱地说，老师，我试一下《鲁冰花》吧。

"啊——"开音压抑，又逗笑了一群人。

"夜夜想起妈妈的话，闪闪的泪光鲁冰花……家乡的茶园开满花，妈妈的心肝在天涯……"音乐开始进入阿桃的身体，她气息平稳，胸腔藏着的百万只黄鹂，一个个飞出来，婉转甜润。黄鹂们从高远的天穹钻进茶乡的地底深处。阿桃眼里冒着雾气，那一刻她是妈妈的心肝，也是天地万物的心肝。她浪迹天涯，落拓不羁，整个世界都在疼惜她，并为她徐徐打开和收拢。

大家沉默，燕子老师带头鼓掌，潮水一般的掌声袭来。燕子老师用尽好词，夸赞阿桃的歌喉与音质。原来，她已经多次在窗户外听到阿桃的歌声。燕子老师把奖品给了阿桃，是一枚精致的桃花发卡，比村中任何一枝开放的桃花都要好看，定型条枝叶上，手工编织了粉色花苞、桃红花瓣，花蕊处还缝着几颗小小的水晶。

阿桃的春天来了，她开始爱说爱唱，跟着燕子老师学吹口琴、学歌。活泛时，她还跟村里的老人学采茶调，一早，雾还舒坦地盘在茶山山腰，阿桃开始放开歌喉，和茶场的邓妈妈对歌。

> 日头落岭夜了哩，
> 风绞乌云落雪哩，
> 乾坤日夜都在转哦，
> 天道毋争自来哩。

几年后,桃姐小学毕业,腿疾让她继续上学的路变得渺茫。

毕业典礼时,桃姐坚持要去县城的礼堂表演,她一瘸一拐,风摆杨柳一般走在舞台上。她戴着桃红的发卡,胸前有了微微的奔突。

吴文君 | 碗的记忆

　　不记得那天是怎么聊到碗的。天很热，我和 w 喝着加冰的伏特加，说到要是家里有个鸡尾酒杯就更好了——那种高脚的水晶玻璃三角杯；又说到吉本芭娜娜的《厨房》——一个男人丧妻后做了变性手术成为女人，不停地把用途不同的各种杯具买回来，藉此走出消极。

　　之后，我说到了碗，说到冬天的早上，外公把粥盛在粗瓷大碗里，端给不肯起床的我。粥用隔夜冷饭加水烧成，外婆好像从来没有把饭烧到正好过，总是焦到发黑居多，粥的颜色也是一年四季焦黄，以至很长一段时间我都以为焦煳松散才是粥的本来面目，而不是白的、浓厚的、黏稠的，而碗也该天生这么沉，这么粗糙。

　　外公去世的时候我才七岁，有的仅仅是把一碗滚烫的粥端给我那点稀薄的记忆。曾在电台上班的外公，淞沪会战前回到小镇，过起困窘的入不敷出的生活，一天天只是忙着让一大家子活下来。八仙桌上的碗多厚如陶盆，做碗的人仿佛连抹平的耐心都没有就把它们送进窑里，杂质是绝不肯剔除的，也没有描花的心思，只在碗口画一细一粗两道蓝边。匆匆出窑，衬上草纸，和煤球炉、腌菜缸为伍，一摞摞堆在店门口。总有人会来买这样的碗，在碗底凿上姓氏，相当于贴上"吾家所有"的标签，免得借出后有去无回。我偏偏认真，饭扒光了，一见碗底的字不对就要叫嚷这碗不是我们的。外婆说过两天去还，许多天了，那碗还在。我再叫嚷，她就不耐烦地说，急什么，我们的碗也在别人那儿，还没还我们呢。

　　小镇晚饭吃得早，家家都是四点半就开始吃了。放下碗筷，天还是亮的，便被大人拉去洗脸洗脚，赶上床睡觉。睡不着就闲聊天，怪事、坏事、鬼故事，什么都拿来讲。我不爱说话，却爱听，一没有人声，漆黑的房间里就落满寂静，让我担心匿身角落的魂灵们会提前踱出来。

到上海的头几天，我一样也是到了四点半就想吃饭了。

奶奶家循着上海的习惯，菜已经上桌，家里的人都下班回来了，也要等壁炉上的台钟打过六点才可以坐上去吃。

耐着性子等，隔一会儿看一下台钟，被问到饿不饿，出于自尊总回答不饿。

桌上有冷盘热炒，还有总是炖在一只钢精锅里的汤，在我看来像是盛宴。饭碗是青花小碗，薄薄的胎质，白润光滑，上面撒着米粒大的小点，我最爱看这些米粒在不同的光线下变出不同的颜色，从瓷白的到半透明的，再到透明的金光点点的。在灯下玩赏饭碗，成了比吃饭更重要的事。

在上海寄居的日子有长有短，时间一到被送回小镇，又开始四点半吃晚饭。

我并不问为什么外婆家的碗和奶奶家这么不一样，也从不在饭桌上描绘上海那边的碗，是因为爸爸也从来不说什么吧，在上海用上海的碗，在小镇用小镇的碗，不用说什么。

一次和 Z 老师在电话里聊天，她聊到雪莲子炖银耳，盛入浑白如玉的碗，透明、清亮，堪比西王母的玉露琼浆。

"可是，这些东西再好，也总有一天会没有的。人的一生，说过去就过去了。"

弘一法师晚年吃一筷青菜也是珍重的，谷崎润一郎喜欢漆器胜过瓷碗，是因为刚煮成的白米饭盛进黑色的容器，粒粒美胜珍珠，银光闪亮，更让人感觉到饭食的珍贵，逝去时光的不可挽留。同样的心境使然，有段时间 Z 老师即使吃着一碗白饭也会掉下泪来。

1993 年第一次去北京，不远千里背回一套六头的餐具，淡灰色的小花小叶细致繁复却清爽淡雅。已经用了二十余年，破掉的两个盘子被我拿去垫花盆，其余的还在用。碗的寿命和人的寿命一样自有定数，早夭的早夭，用到旧时碎得不早不晚正好，除非是皇帝用过的金盏玉碗，经年累月只在买卖易手中轮回，装进博物馆的玻璃橱窗，打上光线，从此只供观赏。

随着时间的流去，对用什么杯子什么碗已经越来越无所谓。在商场看见一块钱一个的瓷碟，大概做坏了不太规整，却有一种手工的朴拙。花三块钱买了三个，觉得可以用来盛颜料墨汁。到了家里，先是吃早餐时顺手拿来当醋碟子用，后来又盛酱菜，盛冰激凌、饼干。即便有朋友以为这种碟子用料不纯，无论它如何不值得被信任，我还是用得不亦乐乎。

爸爸退休后渐渐只喜欢用两种碗，一种是不锈钢的，方便直接放到煤气灶上煮；一种是塑料的，方便微波炉加热。奶奶也一样，碗橱被这两种材质的碗占据，我喜欢的带米粒的青花玲珑碗零零落落只剩下了几只，且多已沾满谷崎润一郎所说的"手泽"，成了洗不净的污迹。那张仍摆在老地方的饭桌布满烫过的痕迹，当初围成一桌的人，病的病，离世的离世，疏于来往的疏于来往，再无齐齐整整团聚的一天。长年独自用餐，奶奶总是坐在窗前的旧藤椅上用一只勺子从塑料碗里慢慢地挖出饭食，碗是不是当年的玲珑碗对她已经没有意义。日子无非是在简朴和精致的两极间来去，离某一极越来越近的同时，相应地，与另一极也就越来越遥远。

其实这个杯子也挺不错，W说。

是的，他知道，不会有鸡尾酒杯的，不会有高脚的水晶玻璃杯的，壁橱里的旧碗旧杯子还会一直用下去。喝完伏特加，我们关掉客厅的空调，各自回了房间。很多年后，W或许会回忆起这天，回忆起和他的母亲坐在客厅聊天，这样的时刻，随着他的成年将越来越少。就像幼时的我曾把全部注意力集中在那碗滚烫的粥上，集中在手里的玲珑碗上，却不曾察觉外公脸上的笑容，奶奶家笑着说着话的齐聚的家人，对我意味着什么，又滋养了我什么。

若乘上霍金所说的时光机回到过去，也只能看到平平常常的一家人坐在一起，吃着一顿平平常常的晚饭。还是孩子的我和还年轻的爸爸妈妈坐在一起，谁也不知道三十余年后我们会变成怎样，也从来没有算过这样的相聚还有多久。

绿鲤鱼 | 指尖

　　其实更早些时候，文会并不能自如掌握"怀疑"这种情绪。他的世界里充满快要溢出来的信任。即便你手里握着石头，跟他说是一块窝窝，他也一样会欢天喜地接过来塞入口中。那石头太硬了，让文会咬掉了半颗槽牙，疼得他龇牙咧嘴。但下一次，他又会接过一块相对软一点的砂石窝窝，这回他一嘴沙子，咽不下，吐不净。男娃们在杨树沟摘回许多红艳艳的植物果实，那是被大人们叫作"噎狗蛋子"的果实。我们曾被大人们反复告诫，除非是树上摘下的，否则再好看的果实都不能往嘴里塞。显然文会并不理会这些，或者说所有的禁忌和戒律，在他那里是不存在的，因为他从不相信世上还有坏的人和果实。总之，这些红果子，都会被文会毫不犹疑地接过来，豪迈地吞入口中咀嚼，之后没心没肺地加入他们前仰后合的大笑中。

　　庄稼从地里收回来，村里到处都是秸秆，饲养处，街巷里，人家的房前屋后，虽然它们整齐地用草绳码着，但禁不住夜里一场接一场的风，不停将它们从里面揪出来。第二天，暖村街巷里，到处都是短的、碎的秸秆，有勤快的人，会将门前的秸秆扫成一堆，用火点了。但再一天，新一批秸秆又在风的助力下，从秸秆族群中逃出来，四处溜达。顽皮的男娃们在沤肥池边那条土质松软的小路上挖陷阱玩。作为一个智力固定在五岁的男娃，文会自然对这种事特别感兴趣，所以他也是干得最起劲的那个，别人用石片和木棍挖，他用双手挖，还边挖边抬起头对着面前某张油光灿灿的小黑脸嘿嘿笑。挖到一人深的时候，文会被命令去捡秸秆，他似乎很为自己成为他们中的一员而骄傲，乃至被汗水和黄土敷了无数次，又被手臂和袖子擦过无数次的那张花脸上，烟花般绽放出一朵又一朵的笑意。他们小心翼翼地将秸秆放到陷阱口，再将黄土撒到上面，一层，又一层，像大人们在灶台上蒸黄米糕。

　　"文会，你来试试陷阱好不好玩。"

文会的眉眼照例向下弯成两只月牙,嘿嘿一笑,不自觉地将双臂伸开。飞起来的文会,就是那个自己挖好陷阱,又让自己掉下去的人。他发黄的细软的头发,他的花脸,他细长的脖子和窄窄的双肩都不见了,一个全新的,被命名为"超级土人"的文会,猎物一样狼狈地站在陷阱里,跟其他站在陷阱外的人一起发出一阵阵大笑,嘴里含着沙子和秸末。

我们怀疑,是那次杀死蝴蝶的游戏,让文会对暖村的人们开始生疑,无论是大人还是小孩,男人还是女人。

那是农历五月,暖村的上空,还残留着淡淡的粽叶香气。潮湿的早晨,无论是栽在人家花盆里,还是长在田边地堰的花,都开了。住在河沟边的二闺女家门前垛着的一堆青灰色的破瓦间,开满黄色的小花。成群的蝴蝶沿着河沟中的淤泥闻讯而来,盘旋在小黄花上。文会照例张着双臂,翅膀下赶着一群鸡,跌跌撞撞从坡上下来。鸡们在河沟边刹不住了,纷纷张开翅膀飞到了河沟里,文会高兴坏了,眉眼弯得比平日更厉害。但是,后来他的眉眼渐渐就舒展了,因为他看见了二闺女家那只瞎了一只眼的鸡,正在河沟边不停地绕圈。显然它根本看不到文会,更莫说那些纷纷飞落的鸡群,它沿着自己视线划定的那个圈,永无休止地踯躅。文会蹲下来,伸出食指,鸡背上蓬松的羽毛,瞬间被划出一道裂痕,那鸡受了惊吓,脚下一滑,整个身子翻了过去。文会不觉惊叫起来,但也只是短暂地"啊"了一声,便又迅速被眼前飞舞的蝴蝶吸引住了。那是一群菜粉蝶,白色的小身体,淡黄的翅膀上点了对称的两个褐色圆点。二闺女家大紫荆树上的花早已凋谢,但那股香味还隐约残留在院子里。那香气就像一根线,牵着我们这些小闺女的鼻子走。于是,那堆黄色小花和蝴蝶身边,便只剩下痴醉的文会,嘴里发着怪异的声音,像笑,也像说话。

不知过了多久,我们听到了哭声,哇哇哇哇,不用猜,肯定是文会。文会蹲在地上,低着头对着手心哭,手心里是一只被撕掉翅膀的菜粉蝶的白身子,瑟瑟抖动着,也不知是因为文会的手在动,还是那个残缺了的躯体还在努力扇动失去的翅膀。

"文会,你怎么把蝴蝶弄死了?"

文会抬起头,脸上挂着泪痕,悲伤的目光从我们脸上转到对面窄窄的街巷,那里腾起的烟尘尚未散去,男娃们的嬉笑声隐约传来。

"他们,杀死了蝴蝶。"

那天,文会蹲在河沟边,手里捧着渐渐死去的蝴蝶,号啕了好久。从此,他对所有带翅膀的动物和昆虫都变得特别有兴趣。无论是院子里、街巷或者河边,只要它们出现,文会就像被施法定住般,任你推他、拉他、赶他,他都纹丝不动。有次有个男娃用手里的树枝抽了他一下,他的脖颈上瞬间起了一条红线,但他并未因疼痛而回头,甚至没有叫唤和哭泣。

我们在大人们海阔天空的闲聊中,隐隐约约获取到了关于文会的一些信息。比如,文会小时候雪白雪白得像个假娃娃。村里人总说,皮肤白的孩子体质弱,不好养。文会就像专门去应验这话一样,挑食,干净,动不动就咳嗽、拉稀、高烧。但人们又说,小孩病一病,就会更聪明。文会也在每一次生病后都学会一些技能。文会八个月就开口说话了,十个月就会走路了。那时,文会的父亲远在东北当兵,春节回来,每天扛着好看的文会串门,东家出来西家进去,幸福得不得了。又比如,文会在他母亲去世的那年秋天生了一场大病,连续高烧近十天都没退。他祖母去南村请先生,先生的药也没管用。直到来年春天,文会才好起来,但好起来的文会变得虚弱而迟钝,扶着炕沿重新学走路,跟他说话,半天也不应答,即便听见了,要么嘿嘿笑,要么哇哇哭。再比如,自打文会病好后,他祖母的后背就没有干过。起初,这个说法我们不信,直到有次在五道庙,文会真的骑在祖母背上尿尿,尿液顺着她的后颈一直淋漓到整张后背,她的钢蓝衫子湿了一大片,我们才相信大人们说的原来都是真事。

文会十四岁那年,跟他相依为命的祖母去世了。出殡那天,他扛着一个引魂幡走在前面,身后是一对童男女,都是粉连纸糊的,又青又白的脸,黑黑的眉眼,跟文会有七八分相像。他们站在一起,不哭不笑,面无表情,仿佛是被施了某种无法解除的魔法,呆滞、木讷、空洞、透明,一碰即碎。当然,后来文会就跟那对童男女有了区别,因为有男娃扯着嗓子问他:"文会,你高兴不?"文会就嘿嘿笑起来了,仿佛他身后的棺材里,只是童男女的亲人,跟他没半毛钱关系。

文会现在被村里派到饲养处跟月亮大爷一起喂牲口。每天上午,他们都在铡草。月亮大爷坐在铡刀左侧,往刀口里续草,文会站在铡刀尾部,握住刀把按下。经过月亮大爷几个月的调教,文会看起来已经是个合格的铡草人了。但每次看到他们铡草,我们心里还是替月亮大爷隐隐担忧,生怕文会的刀,不小心会把月亮大爷的手伤了。

夏天,饲养处那头母驴生下了一头小毛驴。小毛驴灰黑色的毛支棱着,四条跟身体不相协调的长腿让它看起来就像一头假驴,只有眼睛上那个白圈,跟那头母驴一样。没两天，那小驴就大了一圈，我们发觉，它的颈部有一道红毛，像用毛笔画上去般齐整。暖村饲养处有几年没有养驴了，我们平白得了西洋景，一放学就跑到饲养处去看小毛驴。它长着吓人的长睫毛，细细的尾巴，走起路来仿佛被什么绑着一样拿捏得不自在。有意思的是，小毛驴也喜欢冲进鸡群，把那些正在牛粪里找食的鸡们吓得四下里逃窜。每每这时候，文会的眉眼就弯成月牙，大张着嘴笑个不停，偶尔，他也会跟毛驴一起冲到吃食的鸡群中间，不同的是，他张着两只翅膀，小毛驴没有翅膀。

文会作为饲养员，看起来特别喜欢这头毛驴，没事就赶着它在饲养处院子里跑，一边跑还一边喊。但有一天，我们发觉文会居然不会说"驴"这个音，我们问："文会，它是谁？"文会就说："马的儿子。""那它就是小马吗？""不是，它是鱼。"我们就前仰后合地笑。

我们刚上学，正在学拼音，于是，我们就开始教文会怎么发"驴"这个音："文会，它叫l—ǘ驴。"文会努起嘴，呜呜了半天。第二天放学，我们又来看驴，又来教文会，"不是鱼，是l—ǘ驴。"文会努起嘴唇，努起下巴和胸脯，可是，无论如何，他的喉咙里也无法发出l—ǘ这个音。第三天，文会突然拍着手说："我会了，它叫——绿鲤鱼，绿鲤鱼。"那段时间，男娃们从话匣子里听相声，学会了有限的几段绕口令。如果遇见比我们大又比文会小的暖村哑巴，那些男娃总会远远地开始叫喊："打南边来了个哑巴，腰里别了个喇叭。"说完，顺手在哑巴身上摸一下，确认哑巴腰里有没有喇叭，吓得哑巴哇哇乱叫。而现在，文会说驴是"绿鲤鱼"，难道他也知道那个"吕小绿家养了红鲤鱼绿鲤鱼和驴"的绕口令？没有人知道答案，它是个永远的谜。

渐渐地，我们都开始跟着文会，把那头脖颈上有一圈红毛的驴叫"绿鲤鱼"。

文会跟"绿鲤鱼"形影不离，他赶着它，在村巷里游荡，有时还会进人家院子里找蝴蝶。文会还学会了偷人家晒在院子里的黑豆，装了两兜子。等那些丢了豆子的婆姨们撵到饲养处时，豆子早已进到"绿鲤鱼"的肚子里了。转年春天，"绿鲤鱼"长大了，队里要它拉车下地干活，文会抱着"绿鲤鱼"的脖子，就是不放手。没办法，队长发话，让文会以后负责赶车。

月亮大爷挑了一辆比较新一些的小平车，将"绿鲤鱼"套上，交给文会。"绿鲤鱼"很勤劳，拉种子，拉肥料，文会哼着不知名的曲调，拉着驴，像个老把式。晚上下工，文会都会把"绿鲤鱼"牵到温河边，拿笤帚给"绿鲤鱼"擦洗，然后又用破布给"绿鲤鱼"拭干净，一驴一人，一前一后，披着夕阳的红光回村。

　　然而后来文会常被月亮大爷责骂，原来，文会把其他牲口的料豆子和盐都克扣下来，全给"绿鲤鱼"吃。"绿鲤鱼"吃得皮毛油光，身上连一只蚊子也站不住脚，那圈红毛在太阳下还发光哩。在月亮大爷的监督下，文会终于对所有牲口都一视同仁了，加草料，加料豆子，加盐，加水，公公道道。虽然如此，他还是喜欢跟"绿鲤鱼"待在一起，跟它说话，还时常抱着它的脖子，就像当初抱着祖母的脖子一样。虽然文会的双臂铁箍变长了，变大了，但对于一头驴来说，这铁箍还是有点小。

　　文会十七岁那年，终于忘了自己的名字。你问他叫什么，他嘴角扯向两边，眼睛弯成两个月牙——

　　我叫"绿鲤鱼"。

严 敬 | **鸡场人物二题**

薛阿姨

我们刚到鸡场上班时,薛阿姨在厨房做饭。厨房有两个女工,负责鸡场几十个人的饭食,两人分工比较明确,一人做饭,一人买菜并打下手,薛阿姨就是负责买菜兼打下手的。后来,两人经常意见不合,薛阿姨便从食堂出来,给鸡蛋打码去了。

几年前,薛阿姨的老公离开她,和一个年轻的女人过日子去了,她不甘心,一直不同意和老公离婚。直到最近,实在没有办法,她才和那男人办了手续。她是那么的不情愿,人前人后仍然口口声声地称那个男人为老公,好像只要这样叫下去,他们的关系就无法改变。按周围人的看法,她应该恨那个负心的男人才是,然而,她不恨,只一厢情愿地把已经离去的男人当作老公,情不自禁地说我老公如何如何,好像曾经是她的老公,就一定永远是她的老公。大家本来是同情她的,但这样一来,同情便打了折扣,甚至招来了厌烦。和她一起打码的一个女人,很看不惯,两人又有点矛盾,于是便咄咄发难:"还是你老公吗? 叫得烦死人,是你老公,为什么天天睡别个女人而不回家? 你就是贱。"薛阿姨目瞪口呆,她本来以为大家都是支持她的,大家的沉默就是对她最大的安慰,孰料有人竟这样看她。她愣过之后,便泪水滂沱,扔下一板鸡蛋,跑到宿舍放声大哭。她一哭,哭了好长时间,人们觉得这样的哭法是要哭死人的,骂薛阿姨的那个女人心里害怕,坐在场门口打自己的嘴巴:"叫你嘴贱,叫你嘴贱。"

她这一嘴贱,似乎骂出结果来,听不见薛阿姨再叫老公了,但是,也惹出了另外的毛病。薛阿姨从此怕冷,天热热的,总要穿上夹袄,而且经常打冷战。

薛阿姨有一个男孩,离婚的时候她要求把孩子判给她,由她抚养,最后孩子归了她。她养一个孩子很吃力,后来这个孩子大学毕业了,就很少到鸡场看她——好像从来没来过，也许来过，我们不知道。

下班后所有时间，薛阿姨都在种菜。以前卖给食堂，同做饭的阿姨产生龃龉后，她把自己种的菜全部拿到集市上卖。据说，她还把菜送给前夫，不但如此，她把场里供应的鸡蛋也买回，送到前夫的家里。前夫的小女人不太会过日子，叫她着急，她把这个小女人当作自己的姐妹，常常给她一些指点。小女人看出她不是生事来的，也把她当成了姐妹，两人有了许多往来。前夫打算开一个副食店，让小女人守店，但周转资金不够。薛阿姨听说了，便将自己的工资和卖菜的钱全部送来。后来，小女人生孩子，坐月子时，她自告奋勇地去照料人家。

去前夫的家，和小女人拉着家常，薛阿姨或许还感到生活中有一点点暖意，但回到鸡场这边，则什么都是冷冰冰的。屋子虽然清洁干净，桌椅和床上的席子抹了又抹，但终究它们不会说话。菜园地里各种蔬菜逐日见长，丝瓜、茄子，这些东西由小变大，它们好像懂得说话，但薛阿姨忽视了它们，菜园子热闹了一茬又一茬，可薛阿姨的心是冷清的。

薛阿姨只有四十四五岁，日子总不能这样过下去吧？有人张罗给她介绍男人，她自己对那个男人也比较满意。男人来时，她又在种菜，男人喜欢会过日子的女人，对薛阿姨好像也很满意。但是那一天，薛阿姨正在给菜浇水，忽然，她一扬手，扔掉塑料水瓢，抱起胳膊，浑身颤抖起来。男人感到奇怪，问她怎么了。她只是搂住胳膊，说，好冷，好冷。

男人如果像一个小年轻那样抱住她，安慰她说，不冷，我在这里，不冷，就极有可能会慢慢制住薛阿姨的颤抖。但男人不敢造次，手脚无措，帮不上忙。薛阿姨越抖越厉害，脸色青灰，天旋地转，眼看就要跌倒，男人吓得拔腿就跑。

此后，薛阿姨怕冷的毛病也一直没有断根。她和同事的关系不好，同事都不理她。一天，她提两板鸡蛋去前夫的家，但门上挂着一把大锁。又去，还是这样。她回来告诉大家：他们搬家了。她经常对着人喃喃地说："他们为什么要搬家呢？为什么不告诉我搬到哪儿去了呢？"

柳绦

鸡场绝大部分人是女工。养鸡、捡鸡蛋，这些工作比较适合女人来做。也有男工养鸡、捡蛋，就感觉奇怪得很。天长日久，这个男工说话走路，都十分女性化。我记得这个叫王勇的男工，二十七八岁，还没有结婚，高高的个子，走起路来腰肢一扭一扭的，说话细声细气，笑起来十分羞怯。他甚至比一般的女孩更害羞。因为动不动就害羞。大家都叫他"姐儿"。后来他不养鸡了，当电工去了，仍然是女声女气。

女工多是本地人，也有从岛外来的。她们年纪参差不齐，有年长些的，也有年轻的。本地人皮肤大多偏黑，从内地来的，肤色较白，似乎一望可知。

柳绦就是从内地来到鸡场的。她是湖南人，二十五六岁，丰满、白皙、漂亮。她的姑妈是公司的老总，据说是她姑妈让她来海南的。姑妈又是受她的母亲所托，说最好让柳绦去海南。柳绦中专毕业，本来有一份很好的工作，在一家大医院当开票员，不需要南下这么大的折腾，照样可以衣食无忧。但柳绦的母亲就是忧虑重重，一定要姑妈替她解决心头之患。姑妈说，海南暂时没有像样的工作，怕柳绦适应不了。柳绦母亲说，只要有工作，让柳绦离开家乡，到外面就行了。这样，柳绦从湖南来到海南，在鸡场担任过磅员。虽然过磅员与柳绦以前的工作相比差了不少，但这份工作在鸡场依然让人眼热，叫人羡慕。后来有人探听到，柳绦母亲之所以急着把她赶到海南来，是因为柳绦喜欢上了一个有妇之夫，和那个男人纠缠不清，让她到海南，就是为了切断他们的关系。柳绦姑妈知道了这层利害关系，就亲自打电话给柳绦，让她动身来海南。开始，柳绦是不打算来海南的，但她打电话去找那个男人，男人并不明确表态。姑妈又接二连三地催，柳绦终于说，我想等到夏天。姑妈告诉她，你不知道吗，海南现在就是夏天，海南四季都是夏天。柳绦动身来海南，她启程的时候，湖南还是冰天雪地，走了一两天，过了琼州海峡，眼前忽然青枝绿叶、树影婆娑，真的置身夏天了。

凡是第一次到海南来的人，差不多都有一种恍惚的感觉，以为纵身一跃，便跨过了一个或两个季节。起初，柳绦很想与人分享这种感觉，但她愿意分享的人远在千里之外。慢慢地，她打消了这种想法，和周围人感叹起季节的更替。她表现出极强的适应能力，和同事们往来融洽，好像过去没有留下丝毫痕迹。她姑妈喜出望外，把喜讯报告给她母亲。她母亲庆幸，柳绦回到了正常的生活，也许不久，就会恋爱和嫁人吧！

我第一次见到柳绦，是在五月。这是海南真正的夏天，到处是明晃晃的日光，又到处是凉悠悠的荫影。我推着一辆车行走，满身大汗。前面是一个女孩，上身黑色T恤衫，下着蓝色牛仔裤，身材窈窕，曲线饱满，背影随着步伐而起伏颤动。我加快了步伐，赶上了她，在超过她的时候回头看了她一眼，不想她也看着我。面前的女孩有一双黑色的大眼睛，脸庞丰满得像月亮，肤色像木瓜浸出的汁液。我赶紧扭转头，这样的女孩，是不敢多看的。

　　和我一起进场的有一个姓江的东北的男孩子，身材高大，相貌堂堂，尤其一张大嘴，字正腔圆，能说会道。他一来就瞄上了柳绦，到处寻找木瓜送给柳绦。柳绦坐在长椅上过磅，小江坐在长椅的另一头。有一天，长椅被谁换成了方椅，柳绦端坐在椅子上过磅。小江大步跨过去，也坐到方椅上，和柳绦挤坐在一起。柳绦一边平衡着身体，一边咯咯笑出声。大家都看出来了，两人在谈恋爱。有一次，两人坐在办公桌前，柳绦按着计算器，汇总磅单。忽然，报纸掉到地上，我俯身捡报纸。桌子底下，小江的大腿和柳绦紧挨一起，小江的一只手搁在柳绦两腿之间。柳绦姑妈一定很高兴：侄女找到止痛片了。俊男靓女，出双入对，的确让人眼热。鸡场人都见证了他们的热恋。正当人们以为两人要步入婚姻殿堂时，他们突然分手了，什么原因分手，不得而知。小江去了海口，柳绦留在鸡场。

　　夏天过完，就是秋天。但在海南，秋天也像夏天。场里又来了一个年轻人，姓程，广西人，刚满二十岁。小程比小江稍矮一点，但方脸阔嘴，浓眉大眼，更为精神。他性格也沉稳得多，不像小江那么浮躁外露。他本来还是一个大男孩，但稳重含蓄的举止，让他显出了成熟男人的魅力。柳绦一定从小程身上看到了她想要的东西，于是千方百计找机会接近小程。以前，总是小江往她身上挨，现在反过来了，她往小程身上靠。

　　小程在二楼有一间小保管室，人们看到，柳绦经常到那间保管室去。有一次，保管室里传出了小程的吼声，接着，柳绦含着泪跑出保管室。

　　一个保安人员和小程开玩笑："送上门的肥肉，干吗不吃？"小程瞟一眼保安，不理睬他。

　　另一个保安告诫小程："这个女人爱自己往上送，千万当心！"小程又瞟他一眼，不置一词。

　　小程很沉得住气，不管柳绦如何热情，他都不为所动。在大家的眼里，柳绦成了一头热的剃头挑子。柳绦的姑妈本来一心等着喝侄女的喜酒，结果又落空了。第二年夏天，鸡场来了一对夫妻，女的养鸡，男的姓常，三十多岁，给场长开车。常司机见多识广，经验老到，车开得相当好。柳绦经常坐车到海口去。夏天刚过完，常司机闹起离婚,据说要娶柳绦。场长尽量不让柳绦乘自己的车外出,但往来鸡场的车很多,柳绦可以轻易改乘别的车。人们都以为,柳绦等着嫁给常司机。

常司机终于把婚离了,公司也不再让他给鸡场场长开车,把他辞退了。常司机回内地,柳绦后脚也离开了海南。两人到了更自由的天地,但常司机没有娶柳绦为妻,他回去后复婚了。柳绦嫁给了另外一个人。

麦哲伦证明地球是圆的,这个结论后来又被许多人佐证。常司机折腾着离婚,挣脱不了家庭的引力,还是回到以前的老婆身边。柳绦从湘西小县城出发,行过了江海,停靠了一些码头,最后还是回到当初出发的地点。她嫁的男人,还是她当初拼死要嫁的那个男人吗? 不得而知。

车下生灵 | 王继颖

　　南窗下,南北两排四十二个砖铺的车位,由西到东被车行路围在中间。两排车位夹着的窄长绿地上挺立一溜儿树木,法桐和松树参差错落。我的白车尾部朝南,停在北面一排居中位置。

　　我的车尾后面,缀着枯叶的法桐下,泥土间鼓着一个圆乎乎的东西,仿佛谁丢掉的一团染了黄渍的旧棉絮——是一只静卧的母猫,浑身毛色大部分是污浊的白,头顶和背部点缀着几块尘垢似的黄斑。这只猫不知被谁家遗弃,也不知在小区里流浪了多久。

　　时间回到霜降时节。正值新冠疫期,我居家办公,休息时向客厅窗外望。邻居们也多宅家避疫,各色各样的汽车几乎泊满车位。车辆间,几只毛色不同的流浪猫先后晃入我眼底。我在自家车尾的投喂从此开始。投喂第二天,"旧棉絮"就成了忠实的候食者。黄昏的风雨中,我打着伞,带了一瓶温水、两只煮鸡腿去车位。它已在我车底下瑟缩着等待。瘦头小脸,眼睛红肿,靠近鼻子的两个眼角缀着黑色眼屎。鼓鼓囊囊的大肚子和头脸很不相称,显示出它是即将产崽的母猫。它与别的流浪猫不同,眼神和我的目光相对时,不躲不闪,娴静温柔,似乎洞晓我发自心底的怜惜。它细嚼慢咽地把鸡腿啃完,又伸出舌头一卷一卷地舔水。我蹲在车尾旁,盯着它快要贴地的圆肚皮,隐隐地担忧。

　　风雨后,它失踪了。

　　"流浪猫临近初冬产下的崽,能活下来吗?"我发微信问宠物诊所的医生,得到的回复是:"难。"

　　立冬午后的阳光下,我又站在窗内望向车位。我车尾后的法桐下,仿佛鼓着一团染了黄渍的旧棉絮。我带了热水和猫粮下楼。法桐树下的"旧棉絮"正是母猫,近半月不见,头更瘦脸更小,眼睛红肿得更厉害,眼屎也比失踪前更多。它双目无神,松松软软的肚皮摊在泥土上,虚弱得仿佛树上即将掉落的叶子。小猫崽呢?我忧伤地想着,在车尾下面的塑料瓶中注满热水,塑料托和纸盘中的猫粮也比往日倒得多。我期待它起身享用,补养身体。它却一动不动,闭上了眼睛。

"失去幼崽的母猫,冬天能活下来吗?"我再次给宠物医生发微信。医生说可以找个泡沫箱子,里面放点棉絮助它过冬。我轻轻走近母猫,快蹲到它身边时,它睁开眼睛,艰难地站起,后退几步。我停住脚步,它再次瘫卧在泥土上。

两只年轻体健的猫,已经不知从哪辆车车底下冒出来,钻到我车尾下舔食猫粮,阳光中弥漫着咔嚓咔嚓的轻微咀嚼声响。就在这静谧的声响中,一辆披着帆布衣的车底下,闪出两个毛茸茸的袖珍影子,拳头大小,一黄一赭,蹒跚而行。小家伙用微弱的声音"喵喵"应答。是母猫的孩子!母猫在哪里生下它们的呢?不知一胎生了几只,好在它们俩还活着。暗淡冰冷的车底,仿佛瞬间洒满阳光,我的心也亮堂起来。再看那只母猫,已经蹲在我车尾下,慢慢进食了。

随后几天,母猫常常在阳光下,在我的车尾部,静卧或蹲伏成一团旧棉絮,沐浴阳光或饮水进食。有时"旧棉絮"团在有帆布衣的车底,两只小奶猫团在"旧棉絮"怀抱里,车底便闪烁出了家的明亮和温馨。母猫红肿且缀着眼屎的双眸,温柔委婉,可敬可亲。

立冬一周后的下午,我在卧室窗内望向车位,"旧棉絮"又在树下,一位年轻女子站在掀开帆布衣的车旁。我拉开窗子喊:"车下有两只小猫,请留意一下。"女子向我诉苦,车子打不着火了,刚才打开发动机盖,小猫蜷缩在发动机上,赶都赶不走。我带了食物和热水下楼,向女子诉说母猫和猫崽的可怜。她听完,举着手机拨打电话让人来拖车去修。此时已不见小猫崽的影子,"旧棉絮"一动不动团在近旁的树下,红肿的眼里注满冰凉。

有帆布衣的车被拖走了。"旧棉絮"仍时常团在阳光中或我的车尾下,安静地晒太阳、吃东西。在流连于车尾下的流浪猫中,它仍是最忠实的候食者。它吃得最慢、最久,饮食量最大,自始至终一声不吭。小区楼宇间,还有一处绿地是流浪猫的"据点",有爱猫人士常在丛生的连翘枯枝下,将饮食投放于塑料罐、盘中。朝阳的木质猫屋用白地蓝花的棉被子围得严严实实,只留了个进出的小门。小门内也铺了棉花垫子,里面常挤着三四只猫。冬至到来前的一个早晨,一只我投喂过的橘黄猫身子直挺挺地被冻僵在猫屋外，那样子实在可怜。有朋友说，猫地盘观念强烈，会拒绝不相熟的猫。

冬至上午九点后，我又带了食物和热水轻悄悄地走到自家车后。清早天刚亮时，我已经放过一次热水和猫粮。"旧棉絮"伏在车尾，松弛而团圆的身后，晃动着两个小家伙，一黄一赭，好像两只能套住拳头的毛手套，胖乎乎，活泼泼。小猫崽还活着！失踪一个多月，它们被母猫藏到哪里了？我曾经在车身下放过一个纸袋子，袋子里放了柔软的棉毛巾，观察几天也没见猫挤进去的迹象，只好又收起。天寒地冻，母猫带着孩子在哪里安身呢？猫"据点"不是它们的地盘。我看着一楼小院外的矮冬青丛，一时寻不到答案。

再次出现的小猫崽，和妈妈一样学会了沉默，大概是为了躲避善意不足的大人和顽皮孩子。发现我在车后，母猫安然不动，小猫立即藏身到车底的什么部件里。我把水和食物倒下，静悄悄地走开。走远些再悄无声息走回去偷看，小猫崽又埋头于母猫身边，有滋有味舔食了。冬至中午我没休息，在客厅窗前站了很久。我的车尾后，"旧棉絮"团在粗壮的法桐下晒太阳，两只"毛手套"绕着旁边的矮松跑来跳去，有时还笨拙地试着向树干上爬。

这个冬至的阳光格外温暖。朋友圈里，不少亲友在发"冬至阳生春又来"的句子。这句诗出自杜甫的《小至》，意思是冬至一到，阳气初动，春天也就快来了。

元旦是腊月初十，二九第二天。夜晚，天空一枚渐盈凸月，映着一辆辆汽车。我瑟缩在车尾后，蹲下身子倒猫粮和热水。等绕着几十辆车轻手轻脚地转完一圈回到自家车位旁，听到我车尾传出的轻微舔食声，我恍然觉得，在自家车尾的后备厢里，春天已提前到来。后备厢内几十斤冰凉的猫粮，一袋袋被我取出，拎到楼上暖热，再一次次拎下来。

过了元旦，毛手套般的小黄猫再没出现在车尾下。没挨到最冷的三九天，一朵生命的小花就凋谢了。我能保证流浪猫们饮食无忧，却不能给它们避风雪挡寒凉的家。一只公猫，已在我家被宠溺了将近三年。那是远方的女儿心心念念惦记与关切的宠儿。自从这只猫进家，被过敏性鼻炎折磨，就成了我居家生活的常态。尽管女儿心疼我，三番五次要把猫带走，可做母亲的不忍女儿工作和生活受到丝毫影响，于是小心呵护着家中宠猫，决心伴它安享完整而幸福的天年。

春节前后，热闹的节日氛围里，家中猫被鞭炮声吓得东躲西藏，对人的依赖更甚。女儿休假在家，各种零食玩具随着快递电话纷至沓来，爱猫受宠倍增。作为主妇，我照顾着家中老小，应付着年俗礼节，忙碌加倍，仍不忍怠慢车下候食的猫，且比平日添了营养，香肠、牛肉切成丁，家猫享用的饮食也分享出去。我下楼喂猫，女儿在客厅俯瞰。我的身影还未从楼东头闪现，两只猫就从一楼小院挤出矮冬青丛稀疏的缝隙，率先朝我的车位奔去。隆隆的炮声八方袭击，一大一小两只猫，先我片刻候在车尾，小心翼翼却又从从容容，仿佛蹲伏在安全的家中。

正月十四是立春。胖嘟嘟的"毛手套"已变成圆鼓鼓的"毛绒帽"。随着我一次次注目，小猫崽的身形渐渐膨胀，已比我初见它时大了几倍。它的模样已格外清晰：胸腹和背部、尾部赭石的底色，衬托着一圈圈黑色条纹，头脸和颈部、腿部的毛是白色，湿润的小鼻子。小猫崽亮晶晶的圆眼，一会儿盯着水和食物，一会儿被鸟叫声牵引转向头顶的树枝。吃喝之间，它会突然跑向绿地，找一块松软的泥土迅速刨坑方便，或者跳向近旁的树干，爬树的高度，已由最初的一拳，升到一尺、半米处。而母猫注目的眼神，常能把它牵引回车尾下面。母猫的行动，在一丝一毫地加快，红肿的眼睛里也荡漾出春暖。寒凉时产崽受损的身体，大概即将很快复原。

我忽然想起我的姥姥。猫与人，今天和昨天，舐犊深情交融重叠。寒冬腊月，姥姥产下双胞胎，两个男孩。天寒家贫，先生下的没能保住，后出生的舅舅被邻院太姥姥贴身焐暖在旧棉衣内。伤心的姥姥没有奶水。我一个当家的伯母刚生下儿子，奶水充足，冒着寒风大雪在自家和姥姥家跑来跑去，两边奶着两个孩子。舅舅长大成人，孝敬奶娘般的伯母多年。阴历年末，老伯母染上新冠，没能挨到立春，走时的棺材，也是舅舅买的。

车尾的"旧棉絮"，眼神温柔得就像姥姥、伯母，以及人世间的许多母亲。孩子小小的生命迎来三春时，母亲们的眼光也会冰融雪化，温暖如煦煦阳光。涌动活跃在暖春里的生命，少不得我们人类，少不得花草树木，也少不得飞鸟爬虫和鸡鸭猫狗——这些活在各个角落里的弱小生灵。

雨水、惊蛰……节气一一走过。近五个月大的小猫，不再是"毛手套"，不再是"毛绒帽"，四肢长高了，身体舒展开来，年轻俊美，宛如漂亮的小棉袄。吃饱喝足的俊猫蹲坐在树下，仰着脖颈，听枝头飞落的鸟鸣。忽然，俊猫发现我即将走到它身边，机灵地跳起，箭一般奔向画面之外——这是我给它拍的最后一段视频。

春分来临，我已有十天没见俊猫的影子。它是活泼好奇的孩子，或许去小区旁边的村子旅行去了，说不定哪天就会回来，就像我车下突然多出的某只猫一样。我这样想了几天，终于忍不住去问负责车位保洁的老师傅。

"被车撞死了。"疫情结束已两个多月，车位上的车来去如同以往。我呵护几个月的小可爱，和之前失踪的猫一样，在保洁师傅口中有了下落。

在车下出现，又在车下消失，是它们共同的命运。

月光下，我端着食物和水，试图给几只猫找个安全些的所在，可楼前楼后走了一圈，还是无奈地回到了车位上。

清明将至，失去孩子的"旧棉絮"还在。它仍时常团在阳光中或我的车尾下，头圆了，脸胖了，眼睛不再红肿，眼屎也少见了。它安静地晒太阳，吃东西，行动迟缓，又拖起一个鼓鼓囊囊的大肚子。

渊子 | **生死之间**

一

前方一阵剧烈爆破,掀起烟尘滚滚。突然有人高喊"冲啊",整个队伍奋身跃起,以迅雷不及掩耳之势扑向现场……

这不是某个电影或电视剧镜头,而是红旗公社向阳大队农业学大寨的作业工地。爆破是为了开山取石,奋身跃起勇往直前的,是红旗公社参加大会战的全体知青。

耳泉冲进爆炸现场,像被烧着了一样发出惊叫,脸色惨白如雪。未等说话,就听不远处一声闷雷,是一个哑炮。此刻,所有人都惊出一身冷汗——忘查炮数了,而这项攸关性命的任务,正是耳泉负责的。

作业程序是这样:先由几十个知青一对一地掌钎抡锤,在山石上打眼。眼打至半米,充填炸药,再引出导火索,用胶泥封口,然后由耳泉负责清点炮数。和前两轮一样都是十六炮,只是这回炸药填充得更实成,因山石更顽固,必须下猛量。一切准备妥当,十六名炮手同时点燃导火索,蓝烟"哧哧"如蛇吐芯,一干人快速撤至安全地带,卧身田埂之下。数秒钟后炮声接连炸响。耳泉要在心中默念,对上充填炮数后,再招呼大家起身前往。

偏赶巧,那几天公社电影院正上演战斗故事片《地雷战》,其中一场景是民兵在路上埋好地雷,等地雷把鬼子炸得人仰马翻,民兵队长一声高呼"冲啊!",所有人持刀提棒怒喊着冲向敌人。

此时,忘了核对炮数的耳泉,也跟着冲上前去。如果那不是哑炮,而是延迟爆炸,那耳泉还有最近处的几位勇士,怕是早被炸上天了。

奇怪的是,耳泉并没有被知青们责怪,队长也没粗着脖子吼他。大家都觉得好玩,就当什么事也没发生,嘻嘻哈哈,你推我搡,还沉浸在刚才的兴奋里,仿佛全然不知距死神仅一步之遥。

那个年代,惊悚与荒诞时有发生。因为年轻,耳泉觉得英雄主义就是敢于面对各种恐惧,多少年以后才终于明白,温柔,也是一种勇敢。

二

山坡陡峭,下方被炸出一个半穹顶状,裸露的山体有几丈高。这是红旗公社向阳大队的农田基建队采石场。

开春,耳泉被队长派到公社基建队,在河滩上筑坝,以免夏季洪水来袭造成农田水土流失。

采石场里,耳泉抡大锤,苹果姑娘掌钎。何谓苹果姑娘?因姑娘的脸又圆又红还亮晶晶,活似那苹果。

掌钎有被锤头砸手的危险,事实上也常有姑娘的手被大锤砸得血肉模糊。轮到耳泉抡大锤时,没人敢给他掌钎,偏偏苹果姑娘不怕。说"我来给你掌钎"时,那张苹果脸好像更红了。

锤手和掌钎是默契搭档,要心有灵犀。锤手抡圆大锤,使出下冲爆发力;钎手要虚握钢钎,并不时将钎身转动,钎柄不会固定在一个点上,会时时挪移。当两人配合到炉火纯青时,无论大锤怎么抡下,也不会砸到掌钎人手上。

耳泉和苹果姑娘就是这样,那根钎子连着两人的呼吸、表情、心跳,是两个人的精神走廊。

这天下午休息时,队员们都躲进树丛间避日,出了一上午苦力,困倦涌来,众人昏昏欲睡,四周安静得只听见虫鸣草长的声音。

耳泉没去树丛,原地把大锤横在石板间,坐在上面打盹。苹果姑娘呢?她去了树丛,却没与队员们一起,而是坐在最外沿的一棵树下。这样,她可以看见耳泉。苹果姑娘在偷偷爱着耳泉,但她知道这个爱不会有结果,那就在心里藏着吧,像总有件美好的事情在等着自己。

苹果姑娘一直注视着耳泉。耳泉的劳动布上衣肩膀破了,她想着明天带针线来,中午吃完饭给缝补上。还有,给耳泉做了双布鞋放在包裹里,等收工后偷着塞给他。做鞋是跟母亲学的,母亲说男人穿女人的鞋走路不摔跟头。采石场里乱石满地,有的石碴锋利如刃,穿上她的厚底布鞋,就不会割脚了。

苹果姑娘还采了点山芹菜,明早包包子,中午带给耳泉几个尝尝,保管他爱吃。

苹果姑娘盯着耳泉。他看样子真是累了,坐那儿就睡着了呢。山根下阴凉,刚出过一身汗,可别感冒了。

正寻思着,就见耳泉头顶上方有细土滑落,随即,被炸过的穹顶开始松动,要塌方!

啊! 耳泉快跑!

一声刺破青天的厉喊惊醒了耳泉。到底是二十岁的年轻人,身手矫捷,只见耳泉一只手撑地,一个飞身跃了出来。几乎是同时,穹顶上的山石排山倒海地滚落,全部砸在耳泉刚刚坐着打盹的地方。

耳泉没被砸成肉饼,是苹果姑娘的爱救了他。

事后大家纷纷问苹果姑娘,你咋看见要塌方了? 你神机妙算啊! 苹果姑娘啥也没说,脸红得要发紫了。

夏季来临,基建队解散,耳泉都没和苹果姑娘道声谢。也许他不知道是苹果姑娘救了他,也许知道,但他什么也不想做。

三

下着清雪的冬天早上,火车站货场。两根跳板搭在一节车皮上,下面挨着原材楞场。

冬季无农活,生产队外出搞副业。耳泉和一群庄稼汉子到火车站装车。四人一副杠。原木即新采伐的木材,直径一般在三十到五十厘米之间。今天装的是大径柞木,四米件,即材长四米。

八个汉子用卡钩同时吊起原木,前杠有人领号,八人同步,整齐划一,步点绝不可乱,一乱便寸步难行。跳板呈四十五度角,加之落有清雪,为防滑,每人鞋上套了草绳,一步一号,步步为营,脚踏地上咯咯作响,八条汉子齐心合力,不可有一人懈怠,方可将千斤原木装于车上。

宋队长和耳泉说,你是知青文词多,号子你来喊。

耳泉时年二十,心气正盛,喊就喊。便抬了头杠。

同志们齐哈腰哎
　　　嗨嗨吆喂
　　　同志们抬起头哎
　　　嗨嗨吆喂
　　　同志们向前走哎
　　　嗨嗨吆喂
　　　同志们脚迈稳哎
　　　嗨嗨吆喂
　　　…………

　　号子简单,一领一和,大家才能步调一致。登上跳板如果没有号子,脚步稍微一乱,就可能从四十五度的跳板上栽落下来,若被原木砸中,非死即残。

　　最重的一根柞木直径六十厘米,足有两千斤。宋队长又加了副杠,就是后面再加四人,和前杠连锁起来,可在上跳板时起到向上助推的作用。

　　踏上跳板,抬杠开始白热化,耳泉的号子也高亢起来:

　　　同志们向上走哎
　　　嗨嗨吆喂
　　　同志们加把劲哎
　　　嗨嗨吆喂
　　　同志们要站稳哎
　　　嗨嗨吆喂
　　　同志们要挺住哎
　　　嗨嗨吆喂
　　　…………

　　这时,原木把抬杠压得吱呀响,汉子们已使出吃奶力气,每根神经都绷如弓弦,不敢有半点闪失——这可是关乎十条性命呀。

　　就在耳泉登上最高点的当口,倏觉杠子一抖,脚底一颤,来不及反应就一个跟头栽下跳板。幸好耳泉身子轻盈，向外一扑，胳膊肘先落地，又打了两个滚，除擦破点皮肉外，无伤筋骨。

但耳泉的栽落，让十个人的力量失去平衡，杠子掉肩，原木重重砸下，二杠上的许疤瘌躲闪不及，只听"嗷"的一声惨叫，左小腿被砸得变了形。

众人惊魂未定，只听宋队长大骂许疤瘌。原来是许疤瘌故意抖肩，让杠子摇晃，其他人都能稳住，唯有耳泉吃了亏。可叹许疤瘌如何也想不到，暗算别人却伤了自己，小腿被砸烂，送到医院只能截肢。

原来许疤瘌看好了本队姑娘姚大辫，寻求一切机会献殷勤。可自打耳泉来到第六生产队，姚大辫再不理睬许疤瘌了，连看他一眼都不肯。许疤瘌认定是耳泉勾走了大辫的心，寻机报复，想让耳泉栽下跳板，摔个腿折胳膊断，自己好与姚大辫重归于好。

宋队长用浓烈的山话骂道：你娘个腿的不能因抢媳妇就把大家伙的命搭上！有你娘的本事明着拼命！暗地里使绊子算个×！

四

数九寒天，白雪皑皑。

临近年关，耳泉随一伙庄稼把式进山打柴，那个地方叫五道阳岔。山林寂静，树挂像一群群鸽子，寒风凛冽，似小刀割脸。

打柴不是什么树都能砍，要找山上的死树，俗称"站杆"。将"站杆"伐倒，锯成小段，装上雪爬犁，用绳子扎紧。然后双臂架辕，身挎背带，顺山坡雪道径直滑下。这是一项很有风险也很刺激的劳动，雪道坡度不小于三十五度，有了足够重量，能像箭一般冲下山底。

山上的冬景好不壮观——原始、苍茫、雄浑、壮阔。耳泉边观赏风景边劳作，还想吟诗一首，最后一个将烧柴装满爬犁。他是第一次体验这种惊险与刺激，初生牛犊不怕虎，凭着年轻气盛，竟没有一丝畏怯。

但毕竟缺乏经验，在一个转弯处，耳泉没能控制住野马般的爬犁，爬犁被石头垫飞起来，将他一头拽进山谷。所幸有深雪铺垫，才没有致命伤害。

这时，先于耳泉冲下山的汉子们却没有等他，都急匆匆架着爬犁往家赶。打柴是挣计件工分，早点回家寻老婆孩子热炕头，哪有心思关心后面的耳泉能否滑下山来,是否翻进谷底,这么冷的天把他冻死咋办? 没人想这些事。没有。

摔晕的耳泉从深雪中爬出来,已没有办法再把爬犁拖上沟壑。雪太深了,他挣扎了几次也不能挪开半步,寒气就要把他吞没了,身体的温度在迅速下降,他心里有了溺水般的恐惧,感觉离地狱只有一步之遥。呼救是毫无意义的,不会有人能听得见,唯一能做的就是和衣抱头,顺着山谷的坡度向下翻滚——最终还是因为雪地的帮助,耳泉才摆脱了死亡的召唤,再跋涉二十里回到队部时,已近半夜。

这一天,耳泉没有拉回一根烧柴,当然也没挣到一个工分。

很多年后谈起这件事,耳泉想,这也许就是所谓渡尽劫波,从此安好吧,又或者像罗素所说的那样:你经历生活的沧桑之后,依然是个幸福的人。

表达 你的 发现

2023
精选集

梦亦非｜**在岁月的清晖中**

　　我过了马路，走到哑默身边，向他道歉说我迟到了。他说没关系，是他提前到了。我这才发现站在他身边的女士是他夫人张靖。另一个女孩向我打招呼，我问是谁，张靖说是伍怡默。伍怡默是哑默与张靖的女公子，刚满十八岁，但几年未见，已从小姑娘出落成美人了，眼神极浏亮，含笑而聪慧，遗传了哑默的特点。

　　寒暄了一会儿，张靖送女儿去花溪学编导，我与哑默沿着观水路往上走，去十八号公馆。

　　十八号公馆，在地图上也叫"民国英式别墅"，在南明东路与观水路相交的路口。哑默说它是贵阳市仅存的民国英式别墅，值得一看。我们走在路上，天蓝如洗，没有几朵白云。这是贵阳在这个初冬的最后一个晴天，天气预报从第二天起开始降温变阴下雨。难得贵阳有这样的清爽晴朗的冬日，如同一张没有使用过的白纸，或者一本刚刚翻开的从未拆封的旧版书，银杏飘零黄叶，清风吹过人间。

　　别墅大门紧贴逼窄的人行道，立着两只小小的后补的石狮子，西式门柱残旧。哑默说以前大门口是两根巨大的柏枝树。哑默的姐姐与别墅主人的女儿是同学，所以1949年以前他就已经来过这座英式别墅。而这一次来，算是提前完成另一个约定。

　　记得许多年前与他在药用植物园散过步，后来还写过一首诗，收入《咏怀诗》中，那首诗这样写——

　　　　立冬前一日
　　　　我们去药用植物园，散步
　　　　看日落，梧桐叶落满山坡

你不饮酒,炼丹

用红绿铅笔

在晚年有了女儿

那时我在你门下

修习隐身术

专注吐纳,汲水、煎茶

如今,我独对落日

想起你近乎阳光

造物主投下的理念

我如此地相似于你

月色相似于夕光

　　——理念的幻化也足以欣慰

　　我说,我们要不去植物园散步吧。哑默想了想说,要不我们在甲秀楼碰面,再到电台街一道走走,看看英式别墅与华家阁楼。"我本想留着待孙守一上来陪我去走一走的,但他一天又忙工作,又忙养家糊口的,说了好几次都没有上来,你就先陪我去走走吧。"哑默说。他提到的孙守一,是贵州普定县的一位青年诗人,《大荒》民刊的出品人,而哑默的故乡是普定县,所以自然对同乡的后辈多一份长辈与老师式的关照与提携,更觉得带青年朋友走走这类遗存,实是补文化底蕴……

　　进英式别墅大门,院子里一个假山鱼池占掉了一半面积,显得很拥挤。哑默说这是后来人们随意乱弄的。别墅现在是一个咖啡馆,我们坐在侧翼的大厅中喝咖啡,阳光从落地门窗中照进来,将明亮的色块投在木地板上。哑默说虽然改成咖啡馆,但格局还是当年的格局。我坐在哑默对面,帮他拍了几张照片,听他说这幢别墅的历史:民国时修建,"文革"时房契被精巧地藏在手杖中逃过一劫,后来主人后代经过种种曲折要回物业,现在想要出售云云。

"一幢老房子，就是一个背井离乡的老人，区别在于，人在不同的空间中漂泊，而建筑在不同的时间中漂泊。"我说。

哑默随口背起他长著《春苍夏黄》中的一段："世纪于我是一幢旧宅院，里面封锁着我的全部记忆……像一位遗世老人在拂晓前捶找黎明之门。"

我说老建筑是城市的记忆与历史，哑默则更准确地改用了"文脉"一词：

"旧建筑是城市的文脉。"

"一座没有旧建筑的城市，就像一个失去记忆的老人，毫无用处。"

接着，哑默说起他正在做的事情，"历史就在身边"，试图让八十岁以上的同时代的老年人帮助现时的人们"回到历史现场"。1942年出生的哑默，今年已经八十一岁高龄，但我们这群中青年诗人，都一直把他当作中年人，他思维的清晰度、逻辑性、行动的稳健，完全还是中年人的状态，丝毫没有老年人的迟暮样子。

"民国以降，八十岁以上的老人，要具这几条的愈来愈少：身体健康，记忆清晰，三观正常，表达能力，担载精神。"哑默说的这个标准，其实是以他为样板，在一次给老人们的讲座中，哑默一口气说了一个上午，中午只简单地吃了个盒饭，又继续讲了一个下午。这种精力与体力，已经远胜许多中青年人了。

我问哑默想不想参观一遍这幢别墅，他说来过多次，不用参观，让我随便看看。于是我起身参观这幢英式老别墅，上下两层，每层五六个大小不一的房间，可想见主家当年的人丁兴旺，以及英伦式的精致。据资料显示，1948年，交通银行经理冯树敏邀请设计过上海国际饭店、大新公司大楼、上海交通银行大楼的建筑师陶桂林设计了这幢别墅。陶桂林从日本寄来设计图，上海乔记营造厂和四川联成营造厂先后承接施工。这幢别墅所在的地段，称为"南明堂"，在南明河畔，这个地段从明代开始就是贵阳私家花园的聚集之地，也曾经是贵阳第一个"别墅区"——贵阳在民国期间自然形成的高级住宅区。

"当时贵州的军政要员、贵阳的大商家，都在这里建别墅，而我父亲不想与这些人扎堆在一起，就在青年南路自建家宅，1950年代为还清'剥削债'，卖掉家宅，移到了后来的公园南路一带。"哑默说。而当年的伍家大院（哑默本名伍立宪）如今已消失在市政的改造中，只在哑默的文字中留下它的辉煌记忆。贵阳这些诗人，几乎都去过伍家大院，我去得晚，直到2000年前后才去，只看到一堵长着茅草的青砖残墙。

哑默说:"住宅、建筑实际是文化符号,破败,也正如文化的破败。"

我陪哑默出门,到街边打车去电台街华家阁楼。如果说英式别墅代表着西方文化,那么华家阁楼则代表着东方文化。而东西方文化的交汇,在他们这代人身上,哑默算是代表性的人物了。

的士开进窄小的电台街,下车即到我们散步的第二个目的地。这里是文物保护单位,上面挂一个匾额:大觉精舍。入得门来,是一个四合院,正座是一座塔。老贵阳人说的"华家阁楼",左中右各是一幢两层的民国时期的建筑,阁楼正面是一个大厅。塔的第一层现在是"钱币博物馆",左边建筑是一个公司,右边建筑的下层是茶馆,"贵州青茶"四个大字,出自我们共同的老朋友吴若海之手。

斜阳更盛,两三桌人坐在院子中的矮树下喝茶,我更希望坐在阳光中,于是茶桌摆到了华家阁楼大门口的台子上。哑默要了一杯红茶,我要了一杯生普。我打电话给吴若海,请他过来聊天,结果无人接听。哑默以前最喜欢他、若海、我三人一起聊天,哑默是1942年的,吴若海是1963年的,我是1975年的,我们三个人在十多年的时间里总凑在一起聊天,诗歌、旧年代、交响乐、电影……大多是在公园南路哑默的伍家大院,有时候也在外面的茶馆如达德茶馆。2000年,我们三人还一起去黔南我老家走了一遭。但这些年吴若海饮酒过度,一年三百六十五天,有三百六十六天是醉酒状态,闹出几多故事。这些老友在一起,总会说起吴若海的酒段子。我曾送他两句:莫愁前路无知己,天下谁人不说君。旧文学、学术、新诗、书法方面曾是一隅翘楚的吴若海,就这样在酒海中沉浮,不知天宽地阔,不知昼短夜长。

若海不在,没法三人聊,我便请哑默讲华家与华家阁楼。

哑默讲起他父亲的产业,民国时期的"新生系"的一系列公司工厂,曾租用过华家的土地修建筑,过了两年买了华家的土地。而华家做盐巴生意发家,第二代华之鸿将生意领域做到书局、印刷、银行等,"华家的银子"当时人人皆知。而华家创建的"成义烧房",是现在茅台酒厂的前身之一。

资料上说:大觉精舍,俗称华家阁楼,坐落在贵阳市云岩区中支街道办事处辖区电台街,占地约十五亩。精舍中心建筑为五层佛阁,高三十余米,八角翘檐,八面开窗,层层上涌,高凌霄汉。阁前为庭院,左右楼房对称相配,前为藏经楼,曲栏四周,檐牙高啄,有回廊与左右厢楼房上下相通,气势宏伟,结构端严。

院中拙朴的大提琴声时断时续,从左厢房后传出,有个小女孩在练习大提琴,琴声拉高了这个冬日暮晚的天空。哑默脱了外套,身着高领灰毛衣逆光坐着,显得英俊清瘦。哑默很喜欢小提琴,经常在家里练习。"少年时代喜欢小提琴,希望有一把虎纹的,但没有,现在有好几把,却拉不动了。"哑默感慨,"我的小提琴不是用来拉的,而是弄来看的。"

我们聊起哑默喜欢的俄罗斯文学艺术,战争开始之后,半年多时间里哑默再没有欣赏过俄罗斯的文艺。哑默讲了一个故事:

"有人问阿赫玛托娃为什么不离开俄国,阿赫玛托娃回答,现在,仅仅是俄罗斯漫长历史中一个小小的时段。"

这个故事也让哑默最终释怀。

二十世纪七十年代,中国的诗歌,北方有白洋淀诗派,以北岛、根子、多多、芒克等为主,南方则是启蒙诗派,以黄翔、哑默、路茫等为主。启蒙派北上张贴诗报,才引发了《今天》的创刊,才有了后来的"朦胧诗"及民刊大潮。但后来的文学史叙事则往往忽略了贵州的这一文学史异军。

哑默常常叨念:"学在民间,道在山林,诗歌不过是江湖野老二三人于孤灯下的片言只语而已。"所以许多年来,哑默并不在意出版、发表、得奖这些事。自己写作,文章可谓汗牛充栋,包括诗歌、小说、散文随笔、诗电影、回忆录、日记等。并且,他还是贵州收集整理民刊最全面的史料家。

我问哑默最近在忙什么,他说在做口述史,自己讲,自己录,按照几十年日记中重要的线索讲述历史。我当年与哑默见面时,建议他晚年对自己的日记详细地扩充,便是珍贵的个人角度的当代历史。这几年,除了新的创作,他在历史记忆的领域发力甚深。因为对日记、史料的重视,我们每次见面,他都会随时用小相机拍照、录像。这两年换为智能手机,便用手机取代了小相机。哑默并不是不会用智能手机,而是智能手机太耽误他的时间,所以迟迟不用。但这两年用起来,哑默也照样得心应手。聊起那次在我们共同的朋友顾春雷的素食馆"善哉膳斋"的即兴演讲,他摸出一个手机 U 盘,接上手机,给我看存在里面的录像。录像中,哑默站着说故事,讲理论,诙谐有趣,谈笑风生,身手敏捷……

谈到文化,哑默说自己文化来由的两个板块:普定老家代表着传统文化,而省城贵阳则代表着现代与西洋。哑默有趣地讲起一段旧事——

"我普定的那些伯伯叔叔尊长,传统文化功底很深厚,瓜皮帽,长袍马褂,青帮布鞋。来到贵阳，城里的这群时尚同宗请他们去电影院看《出水芙蓉》，镜头到卡罗琳们一排女演员泳装短裤跳水露出的白花花的大腿，普定以二叔为首的遗老遗少纷纷起身，打开折扇遮眼睛，鱼贯退出电影院。"哑默笑着回忆，边说边以手作扇子搭凉棚遮眼睛的动作，令人忍俊不禁。"而省城这帮人，后来入狱的入狱，劳改的劳改……但出狱后第一件事，就是又把玛丽莲·梦露的大腿照画报贴到自家的墙上。"

张靖送了伍怡默之后，来到大觉精舍与我们会合，我们三人坐在檐下闲聊，看冬月初五的浅月挂在飞檐上。枯树旁，阳光从我们身边消失，杯中的茶水变凉，风声隐隐从天边掠过城市，消隐于我们耳边。

哑默说："你高度理性，我极其感性，而彼此可言，共处甚多！"

我想，"悖反的两极"能共存，定有深邃的因素。

下午五点四十分，院落中已填满了暮色，风声更浓。大提琴声已歇，喝茶的客人已散尽。此时来了另一位朋友，而画家水歌正电话催促我们去三百米外的餐厅赴他的晚宴。于是我们离开大觉精舍，将已闭门的钱币博物馆留在身后，将博物馆边上小耳房的那家红凤汉服店留在爬藤的寂寞中，将百年的贵阳记忆留在近乎无人问津的冬日风声中。

走下门前的台阶，我扶了一下哑默，他自嘲地说："都到了需要人扶的年纪了。"

我回答他："你并不需要我扶，只是这些年，我已习惯于陪伴着你罢了。"

钱红莉 | 江州寻陶潜

一

二十世纪八十年代末，供职于长江轮船航运公司的父亲常年奔波于九江——上海航线。每次短暂停留芜湖港码头，他必拎一兜鱼回家给我们姐弟仨改善伙食。这些鱼在驳船厨房冰柜被冻得坚硬，周身遍布碎钻光芒，是滋味丰腴的江鱼。

每当船靠九江码头装卸时，担任政委一职的父亲，无须再做思想政治工作了，就上岸去九江菜市采买江鲜。十天半月的，少年的我每闻江畔"嘟嘟"鸣笛，内心就颇为欢欣，大抵是我爸爸的船到港，又有鱼鲜可食了。

那是凭票供应副食品的贫乏年代。

故，小城九江于我少年记忆里，也曾深深印刻过一笔。二十余年后的晚秋，来到九江，似多了一层故旧的熟稔。

字面意思看"九江"，无非九条江河汇合处。实则不然，这里的"九"为虚指，是众水汇合之意。嗯，我更爱它的古名——江州。氤氲着无限诗性的一座小城，一条大江傍城而过。陶潜在此做过江州司马，白居易亦如是。

车子一直往南疾驰，平畴野畈里，铺着黄金的晚稻。车窗外忽现白亮亮湖水，接天连碧，南方气息乍出，心上一霎时起了凉意，想必，九江到了？

出车站，天蓝得清正，庐山剪影是淡墨写意，虚静冲和，时隐时现。深秋的风颇为温热，深秋的阳光裹着一层馨香。

一座城市何以拥有如此多湖泊？有水的地方自有灵性。酒店坐落于湖畔，八里湖、赛城湖，携手相依。落日徐徐，映照两湖碎金，橘橙、玫瑰红相互交织，有众神会聚的虚幻。

登浔阳楼远眺，虽说是六十年未遇的旱季，但浩浩长江行至一百余公里的九江段,便豁然开阔起来了,依然有汤汤气势,对面是湖北黄冈。

"浔阳江头夜送客,枫叶荻花秋瑟瑟。"被贬江州的白居易的这首《琵琶行》,确乎技艺高超,可是我不能共鸣。他漫长的一生,比起韩愈、柳宗元、苏东坡的坎坷跌宕,可谓顺遂。担任江州司马三年有余,除了伤春悲秋自怨自艾,不见劳心劳力多少实事,无非陪酒送客发牢骚。后去杭州,写诗之余,也算参与了一件兴修水利的市政工程,留下一段白堤。再然后,落叶归根回洛阳,居豪宅,被两小妾侍奉着饮酒莳花作诗,实践着古往今来文人的最高理想,一点点地被异化着,离温暖人性渐行渐远了。

我实在不能共情他在江州的浅愁薄恨。当然,他体恤底层百姓的《卖炭翁》,与杜甫的"三吏三别"一样不朽。

二

我心里只有陶潜。

别人在陶潜的田园诗里读出了闲适恬淡,我读出的唯有困苦忧惧——年岁愈长,愈甚。

终于来到柴桑,是陶渊明纪念馆。解说大姐一身紫丝绒,脸盘丰盈,正大仙容的气质。她大约不知眼前这班人皆操持文学这一行当,且大方自信地引领我们进进出出。

我像个游魂漠漠然四处晃荡。院中翠竹修篁,洒下浓荫一地。荷池干涸,莲蓬枯如青铜。秋风羽羽,阴影处颇有寒意。最后一爿小屋内,玻璃长柜里陈列一帧陶潜山居图卷,大姐热情招呼众人来看。她指这里,复指那里,仿佛我们手持《辋川集》去终南山寻访王维遗踪那么珍重。末了,进入忘我之境的她,滔滔迭迭大段背诵《归去来兮辞》,抑扬顿挫,有音韵之美,令独自面墙而立审视陶潜一生行旅图的我忽然哽咽,泪水大颗大颗往下滚……慌忙摸出墨镜,狼狈而窘迫,仿佛听闻别人的讥讽:这人莫非有病,室内戴墨镜?此时此刻,我似与他心意相通,体恤着他精神上的困苦、愤激。这首辞赋,也是他的精神自况,千年之后的我们来读它,也是温习着他清洁的人格。故欧阳修才要说,《归去来兮辞》是东晋唯一文章。诗赋文章向来是一个人的灵魂自传,映照出的,正是他的心性、骨骼。

一直觉得,陶潜是天下文人中第一等真人,他守住了知识分子的个体尊严——岂止不折腰?我最佩服的,是他的坦然自若,你看《归去来兮辞》小序写得何等坦诚:

余家贫，耕植不足以自给。幼稚盈室，瓶无储粟，生生所资，未见其术。亲故多劝余为长吏，脱然有怀，求之靡途……

如此磊落坦荡，却无寒酸相，彻底超脱于主流俗世之外。大多文人，一贯擅长半遮半掩，早早丢失掉安身立命的"趋真"精神。现实里，我给予一个人最坏的评价，无非是——文假，人更假。

时间之河顺流而下，一路自晋、隋、唐，到宋，有了一个苏轼，一贬再贬，何等困苦受辱，怎么就不曾崩溃过？他谪居黄州时，便早早找到了精神支柱陶潜啊。苏轼生命中的这一段，虽说早前于史料中厘清过脉络，但直至真正伫立江畔眺望对岸黄冈，我方才恍然有悟：黄州、江州两地何等之近！黄州当地政府也曾辟了一片东坡荒地给苏轼，让他自耕自食。东游西逛排遣苦闷的苏轼，日日饮酒迟归，时不时乘扁舟一叶，过江到访庐山东林寺、西林寺，而此地正是陶潜故乡，苏轼一下抓住了灵魂知音。

日后，为了向这位东晋第一人致敬，他自黄州、惠州、儋州，一路书写"和陶诗"不辍。

或许，苏轼不折不曲随遇而安的性格，正是为陶潜精神所滋养着的。《赤壁赋》中"寄蜉蝣于天地，渺沧海之一粟。哀吾生之须臾，羡长江之无穷。挟飞仙以遨游，抱明月而长终"的宇宙观，不正呼应着《归去来兮辞》中天地自然的和谐吗？二人性情迥异，陶潜的困苦皆藏于诗文的肌理中，不深拓，看不见，苏轼外露些，但两人终究殊途同归了，皆走向了"怀良辰以孤往"之境，也是"倚南窗以寄傲，审容膝之易安"的向内求索。

三

到得当下，陶潜还有一位异域追随者——美国汉学家比尔·波特。这位汉学家前来柴桑数次，一直想去陶墓拜谒，但因陶墓今已圈入军事基地，一回回失落而归。最后一次，这位老人托付站岗小战士帮自己带瓶酒给陶潜，拍张照片寄给自己……

他一直等，不曾等到。

还是比尔·波特，他有一年重走苏轼和陶诗之路，黄州、惠州、儋州、宜兴……每至一处，便站在苏轼遗迹前读一首苏诗。一名始终有着天真之心的异域赤子，令我这个中国诗文爱好者深感惭愧。

这次来九江，也想着去陶墓看看。可惜行程内未有安排。打听到陶墓大约在四十余公里处，若执意离队前往，热情好客的东道主想必又要额外安排车辆。平生最怕给人添麻烦，并非一种思想负担，简直上升至道德谴责了。踌躇久之，作罢。

继续往柴桑乡下深入。午餐在村里吃了茭白、萝卜苗、小河鱼。门前便是南山，视野开阔，储养着满谷满坡野草闲花。秋阳正烈，如焰如瀑。

我把南山看了又看，心里什么也没有。眼前的一切都是空的，天是空的，山也是空的，无有来路归途——人类生死一场，可不就是"终归当空无"？

他做公务员十三年。四十一岁上，受叔父引荐，独自一人往彭泽，任县令一职。履职八十余日后，乡官前来视察，旁人令其束带迎候，深觉灵魂受辱的他忽然恼了，索性不干了，辞官回乡。

这个乡，便是柴桑——中国诗歌史上熠熠生辉之地。

一个文人，岂能种好地？难免窘迫，内外交困。但看他的田园诗中丝毫不见怨尤，孜孜白描天地自然之美。偶尔的一次低落情绪，见《乞食》诗。长期营养不良的他，大约罹患低血糖症吧。一日饿得心慌，他敲了陌生人家的门。人一看是大诗人，欣然开门纳客，恭敬招待。末了，他又添愧疚，怅惘一声，我不能像韩信那样报答一饭之恩了。

何等自责啊。

世间官场，只要肯弯腰，周旋之，钻营之，何愁不可腾达飞黄？岂止报答不了陌生人一饭之恩，甚或妻儿，也不会跟着受苦。你说一个人为了不违逆自己心性，执意溺陷于世俗窘境之中，得要付出多少的孤勇？他的嗜酒成瘾，正是排遣精神困苦的根源吧。人非神佛，除了孤勇，矛盾，想必也是有的。

高蹈出尘之余，该有多少困顿挣扎？一个有格的人，也是千疮百孔的人。主流俗世的失败，正是他的勋章。

中国的诗歌史，三篇辞赋不能绕过去。屈原的《楚辞》，愤慨激烈。陶潜的《归去来兮辞》，转为冲淡平和。苏轼的《赤壁赋》，彻底明心通透。这三人的诗文内核中，有一种共通的东西，那就是知识分子的温暖心肠，以及不曾折曲的气节。近年我读鲁迅古体诗，也读出了屈陶苏的影子。

四

　　最后一站,去瑞昌夏家畈。客车迎着夕阳疾行,广袤田畴间一条逼仄小路,近旁湿地,遍布芒草芦苇,就都一齐白了头。一条小河逶逶迤迤跟了我们一路,香蒲丛丛簇簇,白鹭如琴键,并非弹奏寒露之歌,而是立于河畔静候游鱼……我扒着车窗,一路痴望过去,它们一身洁白,参禅般肃穆不动。

　　颠颠簸簸中到达目的地,夕阳一忽儿衔山而去了,寒气浸人。这里是长江四大家鱼科研基地,水产教授富于感染力地为我们上了一节鱼类简史课。中等身材的他,古铜肌肤,一件平常夹克,若不开口,一定泯然于众人。可是一个内心丰富的人,一旦操持起自己热爱的专业,就瞬间把众人折服。原本平凡的一个人,忽然有了光。

　　每年五月至七月,洞庭湖中的青鱼、鳙鱼、草鱼、鲢鱼们开始产卵。这星辰一般的鱼子顺江而下,漂流至瑞昌段,滚滚江水就也把小鱼子们孵出了苗。这些小鱼苗每一阶段都有一个诗性名字:春花、夏花、冬片……尔后,这些小鱼苗被捞起,以奶粉等好食材饲养之……全国餐桌上出现的四大家鱼,三分之二鱼苗均来自瑞昌。四大家鱼是不能人工繁殖的。天生野性的它们犟得很,非要于洞庭湖自然繁殖,顺江而下地成长。

　　任凭人类科技如何发达,有些自然规律也还是不可违逆的。仔细端详玻璃瓶中小如微尘的鱼苗标本,当真令人敬畏。

　　鱼研所墙上有一科普,自问自答式。问:什么是鱼?答:是一种终生生活在水中,用鳃呼吸的……生物……

　　那么,什么是人呢?人大约是一种能够直立行走用肺腑呼吸的有着喜怒哀乐的那么一种生物吧。

　　回程时天已透黑,西南方向隐约有群山剪影,暮霭虚白,庞大绵长,沿着山脚游走……此情此景,正应了陶潜那句——

　　暧暧远人村,依依墟里烟。

　　洪荒宇宙中的时间轴,说长也短,说短也长,江州这广袤的一片土地,都是陶潜的故乡啊,他所热爱的天地自然之景,我也领略过了。千年之前,千年之后,一切不曾改变过。无论日升月落,无论星移斗转,人类的一颗诗心,大抵总是相通的。

　　夜色愈发深了,恍恍然几欲盹过去,望着车窗外掠过的遥遥星火,惊觉天地之间没有人,唯余群山暮霭。

寻李白｜陈霁

一

秋日，再次来到大禹故里，走进禹穴沟。这次，我是专为李白而来，追寻他一千三百年前留在这里的踪迹。

秋风掠过峡谷。崖上那些酸枣、厚朴、青杠、野梨和野板栗，还有被同行的村支书李录松称为"铁甲""麦麸子"之类的无名阔叶杂树，被疾风哗哗摇动。满山遍野的苍绿、灰白、赭红和土黄，每一个叶片都在秋阳下闪耀。树叶纷纷从剁儿坪飘下，落在洗儿池里，打着旋儿，然后随着外溢的池水一片接一片地跌进奔突的溪流，越漂越远，就像消逝在我们身后的那些时光。

坐在八角形的金锣亭里，对面的金锣岩上"禹穴"两个阴刻大字，在斜阳里越发清晰。

植被葳蕤的两岸峡谷，只此一块寸草不生的裸岩。这仿佛出自大自然的刻意安排——只有这样夸张的尺幅，才容得下最豪放书家的挥洒。

"禹穴"。

宋代以来的地方志都记载，这是李白的手迹。

李白的书法出现在这深山溪谷，突兀得像是天外来客，让我惊喜，惊喜到不敢相信自己的眼睛。

二

唐文宗李昂是"文青"出身，对诗词歌赋与金石书画，像后来的宋徽宗一样痴迷。他曾经下诏御封了大唐的"三绝"：李白的诗歌、裴旻的剑术和张旭的草书。

李白是大诗人，尽人皆知。

不过,很多人都不知道,他还是剑客。他从小习武练剑,勤奋和天赋让他武艺超群。从来行事高调且自负又自恋的李白,不止一次拿自己的剑术甚至仗剑杀人来显摆。

比如:

托身白刃里,杀人红尘中。

(《赠从兄襄阳少府皓》)

杀人如剪草,剧孟同游遨。

(《白马篇》)

笑尽一杯酒,杀人都市中。

(《结客少年场行》)

魏颢在《李翰林集·序》中也明确记载:"少任侠,手刃数人。"

血气方刚,年少气盛,为朋友两肋插刀,路见不平甚至持剑杀人,以上诗文就是其真实写照。后来,李白又专门前往山东拜裴旻为师,终于把自己也练成剑术大师。有人说,李白的剑术在大唐一朝,仅次于他的师傅裴旻,这并非全是夸张。不过,文人普遍尚武,李白尤其有侠客风范,但说动辄杀人倒也未必。因为按唐律,即便持械斗殴致人死命,也是死罪。他仗剑杀人,大概率是出于想象,主要是在诗歌里杀,目的是完成对自己的塑造和包装。

其实,在写诗和剑术之外,李白的书法也极有天赋。

李家富裕,重视教育,书法方面的童子功是少不了的。后来以张旭为师,更让他的书法艺术突飞猛进,俨然大家。

他唯一留存于世的书法真迹《上阳台帖》仅有二十五个字:

山高水长,物象千万,非有老笔,清壮何穷。十八日,上阳台书,太白。

天宝三载(744),李白与杜甫在洛阳相见,与高适等结伴登临王屋山华盖峰南麓的阳台宫后,写下此帖。有行家评论,此帖飘逸强劲,与其潇洒奔放、豪迈俊逸之人品诗风互为表里。

李白书法,并且是唯一留存于世,当然是藏家眼里顶级的稀世之宝,连宋徽宗和乾隆皇帝都要拼命蹭它的热度,不但要狗尾续貂,留下自己的墨迹,还几乎把自己的全部印章都钤于其上。他们是搭便车,意欲拽着诗仙名垂千古。

二十世纪二十年代,随着溥仪被逐出紫禁城,《上阳台帖》也在民间辗转流传。就在将要流出国外的时候,大收藏家张伯驹倾其所有将国宝收藏。1949年以后,他又把它赠送毛泽东主席,然后转藏故宫博物院。

或许,当今天下,金锣岩上的"禹穴"二字,已是不可多见的李白书法作品了。

"禹穴"二字径两米有余。虽为楷书,但也与《上阳台帖》一样用笔不同凡俗,潇洒不羁。

坐在金锣亭里,我久久凝视,两个字似乎动了起来,像是李白站在那里。尤其是"穴"字下面颇为夸张的一撇一捺,恍如诗仙的大氅被大风吹动,旗帜一样飞扬。

三

李白把题字永远地留在了禹里,却把自己在这里的行踪隐入了历史的尘埃之中。

人们推断,李白来禹里,应该是在到成都拜见益州长史苏颋之后,"仗剑去国,辞亲远游"之前,也就是说,在他二十岁至二十五岁之间。

《上安州裴长史书》,是李白蹉跎安陆(即安州)时给裴姓长史的干谒之作。他向裴长史推销自己说:当年我曾经和东严子在岷山之南隐居,在山野里过着简朴的生活,几年都不涉足城市。我养珍禽异鸟上千,它们一呼即来,在掌上啄食。绵州太守知道以后很惊奇,亲来拜访,举荐我去参加科举考试,但都被我谢绝,以此来保持节操,坚守不依附于权贵的品质。

李白年轻时在故乡的经历,几乎未被文献记载。而《上安州裴长史书》披露的这些往事,就显得格外珍贵。

岷山,从川西到陇南绵延千里。所谓"岷山之南",范围实在太大。不过,从李白故里青莲出发,要在岷山之南找一个隐居之地的话,大禹故里石泉县一带,无疑是最近也最理想的地方了。

这时的李白二十岁出头,已经在匡山打下了扎实的文化基础,正在为出山求仕做准备。这时的老师——那个"东严子",也就是著名的纵横家,从盐亭县两河口赵家坝走出来的那个赵蕤——李白跟着他在山中学习纵横之术,同时也学养鸟。纵横术,是合纵(联合)连横(分拆)之术的简称,是研究利益集团之间相互关系的学说,据说是鬼谷子的发明。显然,此时的李白,心很大。按他天马行空的想象力,前面一定有个很大很大的舞台在等他登场。但做官也是个技术活,运筹帷幄,纵横捭阖,经天纬地,纵横术是少不了的。东严子赵蕤名气大,学问高,而且神秘莫测,脾气也与李白对路。

不过说到养鸟,这,和纵横术有半毛钱的关系吗?

四

养鸟,在中国古代的上流社会,从来都是正经事。"百家姓"里的罗,就是罗网的罗。他们的祖先是专事编织罗网、捕鸟为生的一族。他们曾经为天子养鸟,干的是世袭的带编制的差事。

李白和赵蕤养鸟数量上千,无疑是李白一贯的夸张,就算是数量很多吧。在道家看来,养鸟也是修身养性,体现为道术。很多高人都精于驭禽之术,李白他们则更是达到了出神入化的地步。某天有樵夫偶然路过,看见两个"道士"在林间挥舞双手,大声呼唤。无数鸟雀应声从天而降,二人肩头和两臂都落满奇禽异鸟。这不可思议的场面,简直让樵夫觉得自己遇到了仙人。八卦很快在绵州传开,引得太守也屈尊前来拜访,这才有了《上安州裴长史书》里的那一番王婆卖瓜。

看来,这鸟,真还不是白养。

五

李白究竟隐居何处?"岷山之南"具体所指,是匡山,还是石泉一带的什么地方?

这个其实并不十分重要。重要的是,无论是匡山还是青莲乡,距离大禹故里都非常之近。一条短短的湔江,连接了石泉和青莲。石泉是上游,青莲在下游。从青莲出发,通口、岩羊滩、曲山、石泉,一路走来,总共不过百里。以青年李白的脚力,只要他愿意,一早出发,晚上即可抵达。

蜀地,是一块充满神秘吊诡气息的土地。上古以来,这里就弥漫着浓浓的巫风。

道教在这里产生并且盛行,为内心充满奇思异想的李白提前聚合了千年的仙气。大禹,是与尧舜齐名的一代圣主,是治理九州洪水的华夏英雄,是中国首个王朝大夏的开国之君,还是包括李白在内的华夏子孙心目中崇高的神祇。心魂不羁、难以消停的李白,喜欢到处游山玩水、寻仙访道的李白,有鸿鹄之志、一心想当大官干大事的李白,不可能不是大禹的粉丝,不可能不去拜谒大禹故里。又何况,石泉已经建县八十多年,加之位处大山深处,在道教徒李白的视角看去,有的是仙山圣谷,有的是福地洞天,所以必然要来。来,也非常容易。

到石泉,李白才是真正地进入了深山。"危乎高哉"这样的惊奇和感叹,应该就是石泉的群山给他的。

《蜀道难》里那些巍峨群山和险到极致的道路,其想象和创作的起点,也许就是石泉给他的那些经历与体验?

六

说了这么多李白,李白,究竟长什么样子呢?

他自称身不满七尺。按今天的标准,这是一米七以下的身高。但在普遍营养不良的古代,富家子弟李白这样的个头,至少在蜀人里,已经算是高个子了。

李白后来有一个超级粉丝,就是前面已经提到的那个魏颢,他揣着李白诗歌的手抄本,追了几千里才见到自己的偶像。李白当然很受用,一高兴,就把自己的作品交给他整理成集,这就是著名的《李翰林集》。魏颢在小序中这样描述李白:"眸子炯然,哆如饿虎。"

与李白、张旭、贺知章等同为"酒中八仙"的崔宗之,在金陵见到李白,写诗称赞他"双眸光照人"。

贺知章是诗坛前辈,又是高官,一见李白,干脆称他为"谪仙"。

现在,我们基本上可以给李白画像了——身材伟岸,风度潇洒,一双迷人的眼睛目光炯炯,有玉树临风的仪态,加上"绣口一吐就是半个盛唐"的内在气度,普天之下,更有谁有这么强大的气场?

就是这样一个李白,离开青莲场的家,沿着湔江一路西行,从平原走进大山,走进峡谷。河水澄澈,两岸葱茏。小径像一根飘逸的线条,一头系在心上,而另一头则系在无数次出现在他梦中的石纽山上。

哦,对了,他当然还是穿一身最喜欢的紫衣——紫气东来,紫,是道家最喜欢的颜色。

想象一下这幅画面吧——

青山夹峙,朝阳斜照,长长的峡谷里半阴半阳。空山寂寥,水声泠泠如歌,断崖绝壁,小径蜿蜒似练,一个肩挂佩剑的紫色身影,健步如飞,在薄雾里飘然疾行。

那可不就是天降谪仙吗?

七

来石泉之前,李白在成都被苏颋夸为天才英丽、可以比肩司马相如的故事,在蜀地各州县已经传开,但石泉是羌区,是羁縻州茂州的属县,成都的消息很难传进来。羌人没有文字,跟他们谈诗词歌赋之类的风雅事,纯属鸡同鸭讲。不过,石泉距离绵州也并不远,与汉区的交流还是颇为密切的。李白故乡距石泉更近,唐时青莲一带本来就是民族杂居之地,当地的"蛮婆渡"就足以证明。还有学者列出七八条理由,断言李白是氐人。氐、羌同源,是羌人也未可知。所以,李白对石泉并不陌生,亲朋故旧也应该是有的。因此,李白的名气,石泉官员和部落酋长、头人们,应该多少还是知道一些。说到大禹,就更是他们之间的一种共同语言。石纽山下,禹穴沟里,李白拜祭大禹,游览名胜,接受当地头面人物的热情款待,这是逻辑的必然。受汉文化的影响,石泉小城里,文化氛围还是有一些的。当纸笔铺就,石泉县令代表全县父老请李才子留下墨宝的时候,他毫不推辞,伸手接过县令亲自递过来的毛笔,饱蘸浓墨,"禹穴"二字在麻纸上赫然出现。

墨迹未干,李白掷笔,转身,挥手而去。

至此,他在蜀中已心无挂碍。只有一腔像大禹那样俯瞰天下建功立业的豪情,湔江水一样在心中奔腾,鼓动着他迈开大步,走向陌生却向往已久的远方。

李白头也不回地走了,就像一只大鹏,转瞬消失在云天之外。面对绝壁上遒劲的"禹穴"二字,我心中回荡着的,是余光中的那首《寻李白》——

> 那一双傲慢的靴子至今还落在
> 高力士羞愤的手里,人却不见了

把满地的难民和伤兵
把胡马和羌笛交践的节奏
留给杜二去细细地苦吟
自从那年贺知章眼花了
认你做谪仙,便更加佯狂
用一只中了魔咒的小酒壶
把自己藏起来,连太太也寻不到你

杨永康 | 像黄鹂

　　几年以前,丽丽家的阁楼还是烟渍色的。对,就是那种灰中带黑的颜色。后来变成亮亮的橘红色了,一层土家大屋也变成了两层。丽丽与她的母亲住一层。进门是一个小小的客厅,正中是一个生铁炉子,取暖、烤火、烤腊肉用。武陵深处阴雨天气特别多,很是阴冷。炉边就是我早晚吃饭的地方。吃饭的时候,火炉上端总有腊肉的汁水往下掉。我常边吃边抬头望望头顶的腊肉,黑乎乎一片,很难说是肉的颜色。不过炒成菜还是很好吃的,土家人有一道好菜就是青菜炒腊肉。

　　出阁楼沿一条长满绿苔的青灰色石板路一直向前,可以看到更多的亮与绿,掩映在一片青灰色的屋瓦间。屋瓦下就是土家风格的青灰色阁楼。最青灰的一座是干栏式的,就在山边的一块台地上,屋顶是黑灰色的瓦,架构全是木质的。下面是悬空的,呈灰青色。

　　还有一溜小一些的瓦屋,顶子也是青黑色的,有青石板砌成的青灰色台阶。台阶上是几只浅褐色的木桶,一侧有洞孔的那种。一个灰褐色的木盆靠在一面墙上,木盆前是一个木架子,向一侧倾斜着。

　　一个穿蓝色衣服的人正在木架子旁看一根木头,身后是一簇很大的牡丹花,可以看到硕大的花朵。绕过牡丹花,绕过一片绿地,还有几座已经塌陷了半边的木屋,一个老人在檐下忙着手中的活计,应该是在低头打磨一只猩红色的木盆或者木桶。

　　再过去是几间连在一起的木屋,屋顶也是露天的,木质的构架基本完整,总体呈灰褐色,几根横的木柱上面泛着浅浅的绿。下面是几只灰褐色的木桶,有一人多高,不知是作何用的。

　　再往里,是个已经塌陷的堂屋。

　　土家族住宅,一般是三开间的。中间为堂屋,祭祖用,左右两侧住人。土家人称之为"人间"。

　　木器师傅姓刘,堂屋是他们祖上的,按老人的说法,已经住过好几代人了。

　　到底住了多少代人呢?

　　我问村里还有没有比这个屋子更老的屋子,师傅说有是有的,就是还得沿山路再往里走走。他还特别叮嘱我,再往里走就是另一个坳了,过了这个坳再往里走,就是另一个更古的寨子。

　　沿青黛色的山峦再往里走,果然可以看到成片成片的青灰色石板了,很薄的那种。整面山坡都是层层叠叠的石板,有很清晰的叠层,表层呈灰绿色,靠里是青灰色的。这里属于黔东山地丘陵地带,可以看到前震旦系变质岩及寒武系的砂页岩、灰岩、白云岩。

　　走了一路,脚下全是断裂和碎裂的岩石碎片,可以清晰听到岩石的破裂声。山体陡峭处形成很高的崖壁,崖底可以看到多个灰褐色的类似棺材的东西,下端是用小石板支撑起来的,悬空,很像木质的悬棺。至于形制,有圆形的,也有扁平一些的。长度和人的身高基本接近,两头被两道生锈的铁丝箍扎着。不远处还裸露着一台生锈的发电机的机头部分,上面盖着一块黑色的油布。再看四周,一个人影也没有,我怕迷路,只能顺着原路往回返了。

　　正在不断碎裂着的石板山路上走,前面一个山豁口突然出现一个小小的人影来。定神一看,是个孩子,便舒了口气。

　　孩子就站在山路的一个拐弯处,穿橘红色上衣,戴粉红花袖套。印象深刻的是他的白花绿围裙。围裙很长,差不多围住了他的双腿,只露出一双灰色的大号鞋子来。头戴的是红色的毛线童帽。

　　这孩子见我,似乎不知道自己是前行好还是站在那里好,最后怔怔站住了。我也短暂怔了一下,正要上前搭话,孩子身后传来一个女人的喊声,应该是在喊这个孩子的名字。孩子最多就是三四岁的样子。

　　喊声过后,豁口后面出现一个穿深红色衣服的女人,应该有五六十岁了。女人先把孩子喊到自己身边,然后向我的方向微微笑了笑。我还没有完全反应过来,女人已带着"小红帽"消失在无边荒草里。

吃饭的时候,我告诉丽丽在山路上碰到一个戴小红帽的男孩。

丽丽一听我的描述,笑了,说这孩子叫航航,是青叔的曾孙,母亲与家里好多年没联系了,爸爸在外打工,平时由奶奶与曾爷爷照料,爷爷已经卧床好些年了。我看到的那个女人就是小航航的奶奶。

丽丽家的老宅,据丽丽的爸爸说,已经上百年了,是一个一面开口的院子,一侧是丽丽家的厢房,一侧是丽丽本家爷公家的厢房。几年前爷公家的厢房被涂成了亮亮的橘红色,丽丽的爸爸觉得好看,就把自家的厢房也用油漆漆成了亮亮的橘红色。正中的堂屋还保留着百年以前的烟渍色,丽丽的大伯藤大伯就住在里面。

藤大伯小时候掉进了火塘,眼睛被烧伤了,一辈子没有结婚,先跟丽丽的奶奶一起过,丽丽的奶奶去世后,就一个人住在堂屋里,生活由丽丽一家照料。藤大伯是个很安静的老人,平时很少说话。我去过他住的堂屋,老人安静地坐在屋里,穿一件灰蓝色羽绒服,白色的拉链向外敞开着,里面是军绿色的衬衣,领子一直翻在外面。老人头顶就是灰黑色的腊肉。

我第一次去山下,就是藤大伯带我去的。

丽丽劝我一定要去山下的新农村看看,藤大伯担心我一个人去会迷路,就手拿镰刀带着我一起下山了。

山上有两条路通往山下,一条是水泥路,一条是小路。小路得沿着水渠走,中间要穿过一大片树林,陌生人容易迷路。

有藤大伯带着我,那就走小路吧,小路要近很多,而且要经过两座寺庙。土家族的寺庙我还是很感兴趣的,决定随大伯走小路,顺便看看两座寺庙。

半道上果然看到一座小庙,应该是我见到的最小的庙了,只有砖块大小吧,中间神位上写着"四方土地神"几个字。形制不大,高宽都不超过一尺。是个青石板做成的小型神龛,四围的缝隙处,水泥涂抹得很是粗糙,而且就在小路边。要不是藤大伯特意提醒,我差点就走过去了。

神龛的两侧是几株很矮的白蒿,白蒿边有一个开口的饮料瓶子,瓶子里面是十几根竹签一样的东西。

研究者说土家先民的信仰是很驳杂的。比如洛蒙信仰。洛蒙即八部大王神,八部大王即熬朝河舍、西梯佬、西河佬、里都、苏都、那乌米、龙蚩也所也冲、接也会也那飞列也。名称好奇怪,我看到的典籍就是这么说的,应该是传说中的氏族或部落首领吧。

土家人也信仰土地神,与汉族的土地神有很大的不同,细分的话可以分出好几种来。比如天门土地神、街坊土地神、桥梁土地神、当坊土地神、山神土地神、菜园土地神等。职责个个不同,有管风调雨顺的,也有管生意买卖、保护桥梁村寨、看守五谷杂粮的,还有专管菜园的。

这些我都问过藤大伯了,走了一路,大伯很少回答我是或者不是。

土家人真有这么多土地神吗?

青叔是航航的曾爷爷,砍点废树枝,烧成木炭,然后送到山下的农家乐,卖得的钱补贴家用。

丽丽说航航的爷爷治病需要花很多钱。我们又有一句没一句地说起了航航爷爷的病,都免不了叹息一番。

青叔家的院子在一面山坡上,我第一次去的时候院子里空空的。也不是空空的,而是整个院子被一种灰白色的雾所笼罩。可以隐约看到山边突兀的树影。

院子里很静,一个孩子正在一个杂物间拿一个木棒在空中乱舞。

说是杂物间也真够杂物的,是个只有简易顶子的储藏屋,里面有一个很大的木桶,周身箍扎着三道很粗的竹片,总体呈浅褐色。旁边是一个敞口的青黑色竹筐,竹筐边是一个竹子色的倒扣在地上的竹篓,竹篓前面是一根折断的树枝,树枝后面,就是戴小红帽穿绿色围裙的男孩。

小航航先对着虚空挥舞了一会儿手中的一截木棒,好像感到没趣,又在那些杂物中找出一把镰刀来,对着虚空舞了一阵,厌倦了,又一头扎进那些杂物中找寻新的可挥舞的东西,惊动了箩筐下的一只芦苇色的母鸡。小家伙一阵兴奋,又追着那只惊慌不堪的母鸡满院子跑了一气。

母鸡最后走投无路,跳到石板铺成的台阶上了,小家伙又追到台阶上。那母鸡越发惊惶,索性一下飞到了悬崖边的一棵树上。小家伙望了望树,自言自语了一会儿,正无计可施时看到台阶下立着一把扫帚,捆扎得很结实,拿起来很顺手,小家伙就拿起了那把浅灰色的扫帚对着虚空挥舞了起来。

我一直站在树下远远看着,没有忍心惊扰他。

丽丽家的楼头与藤大伯家的楼头间有一个窄窄的通道,通道尽头有个小门,昼夜开着,一直通向山顶。我最喜欢看的就是光影在两栋楼头间的陆离变化,常有白色的光柱从楼头顶端灰色的缝隙中直射下来。通道靠内的一侧是一架浅褐色的小木梯,我每天就是从这里上到二楼的。木梯下是一个灰突突的铁桶,铁桶旁是一双浅蓝色的高靿雨鞋。

正常情况下,它们都笼罩在一种深深的灰色里。这一天先是那双平时并不扎眼的浅蓝色高靿小雨鞋亮了起来,接着是那个说不上什么颜色的铁桶,然后是那个浅褐色的小木梯,最后整个通道都亮了起来。

我正诧异,从门洞处走进一个个子矮矮衣服灰灰的老人来。老人弓着腰,肩上挑着两个沉沉的箩筐。老人先斜着身子挑进其中的一个箩筐,接着又斜着身子挑进另一个箩筐,然后穿过整个通道,在丽丽家堂屋前的台阶上放下,缓了口气,才对小门外面喊了一声。

小门口这时现出一个小孩来,戴小红帽,穿着绿色的小围裙,怯怯的样子,边走边看已经在院子里的大人。

丽丽问,归山下送木炭吗,青叔?

老人回应了一声。我上前看了看,果然是两筐烧好的木炭。现在已经很难看到这种东西了。

航航还是那么怕生的样子,我几次喊他过来拍张照片,他一进院子即侧身站在小木梯旁一动也不动了,一只手紧拉着小木梯。

青叔与丽丽说话的时候,小航航试探性地向前挪动了一下步子,靠在一扇亮亮的门上。那会儿,橘红灰色的木门正泛着亮亮的光。

说了一会儿话,青叔就挑着两筐木炭带小航航下山了。

此后好些天没有再见到青叔。听丽丽说,青叔还时不时下山送木炭,只是很少从丽丽家的门前过了。青叔家门前也有一条小路的,可以直接去山下的,只是荒草丛生。

从丽丽家那个小门出去可以去山顶,我想在离开村子前去后山看看。应该是不叫后山,我姑且称之为后山了。建叔的家,就在后山。

建叔是个身材笔挺的土家族老人。有一天我刚穿过丽丽家的那个小门,便看见一个个子高高的老人,戴着老式的那种"火车头"帽子,穿灰色的围裙站在门外。那是我第一次看到穿围裙的土家族老人。

我请教过几位土家族朋友，土家族男子何以要穿围裙，他们也说不出个所以然来。是否是母系氏族时期的遗俗呢？

我想去问问建叔，建叔看起来很文气的样子。半道上你猜我看到谁了？又看到小航航了。

青叔与建叔是亲戚。快清明了，青叔与建叔在建叔的院子里"打"一种烧纸。汉族也有这个风俗。小航航就在建叔家的院子外面的一座废弃的木屋前拿着个铲子玩。

那房子应该是一座老旧的堂屋，有两层屋子那么高。上面一层四壁完好，下面靠外侧一间三面都是通透的，里面堆放着一些木质家具与木料，木料的一头长长地伸到外面。木屋顶有一个打凿榫卯留下的小方孔，背后是蓝蓝的天幕，极像一颗亮亮的星星在天幕上闪烁。

天幕下就是小航航。小航航还穿着他的绿色围裙，戴着他的红色小帽。

小航航拿着铁铲子弯腰挖了一会儿什么，觉得无聊，就找到一个过节放完花炮留下的长长的纸筒子舞了起来。看来这小家伙太郁闷，很想好好快活一下。

那天小航航在我说的星空下、绿草间舞了很长时间。我是他唯一的观众。他最后干脆边歌边舞了。小家伙的嗓子特别清亮，时而婉转，时而清脆。我应和着，周围的鸟也应和着，其中一只羽毛黄黄的，像黄鹂。

李佩红 | 冬日，在禾木

到达禾木的次日清晨，汽车表盘显示室外零下三十四摄氏度，我们体会了一把啥叫车上下乱响，没一个地方得劲儿。

丰田越野车冻僵了，发动不着，暖气也打不开。车冻得咔咔脆响，真担心外壳碎裂。费了很长时间才发动着的车像个醉汉，摇摇晃晃前行。路面积雪没冲开，很滑，车速控制在二三十码，稍不留心就侧滑、甩屁股。我们正经历"二战"中德军入侵苏联那个噩梦般的冬天。想起小时克拉玛依运输处的司机，每天出车前都一桶一桶地提热水浇水箱。晨光在打开的引擎盖上吞云吐雾，司机把 Z 形摇把子插进车头前的圆孔用力摇，汽车像脾气倔强的女人和男人较劲，没半个小时休想跑车。

路过禾木游客集散中心，有中年男人迎面招手，他头戴棉帽，两颊通红。原来他的车冻坏了，防冻液渗漏，到这里熄火了才发现。车里没暖气，他冻得受不了，只有不停地绕着汽车跑，等待救援。

弟弟当过职业司机，他说室外零下二十五摄氏度，人在外面一个小时就会冻伤。于是唤这位仁兄进车里暖和暖和。

冻死了，冻死了。他钻进车里搓着通红的手和脸。

时间倒退四五十年前，新疆人还没听说过汽车空调、除雪剂和清雪机，新疆北部十月进入冬季，一直到第二年三四月冰雪始化。如果进山，不管是昆仑山、天山还是阿勒泰山，部分路面常年积雪行车艰难，棉帽子、皮大衣、毛毡筒靴，外加喷灯，是司机出车的标配。每年冬季，跑长途的司机冻死、冻伤的事时有发生。恶劣的自然环境拉近了陌生人之间的距离，团结互助是生存本能的需要，功利得失退为其次。司机与司机之间特别友善，错车时老远就不停开关灯避让，路上遇到车坏了，甭管认识不认识，马上停车帮助修车。司机都懂得，救助他人就是救助自己。

饥饿迫使动物冒险接近人类。

弟弟和来自石河子的大哥聊天，我下车方便，忽见一团红色火焰沐雪飞奔下山，定睛一看，是一只拖着毛茸茸大尾巴的狐狸。

狐狸跑到我脚边，三角形小脑袋仰起，两只黑眼珠望向我，祈求如此明确。狐狸的眼神里有悲忧，毛发杂乱，没有想象中的光亮顺滑。

打开后备箱取馕和点心，狐狸始终跟在我身后。我蹲下，把手伸给狐狸。狐狸警惕地向后缩了缩，保持一米间距，犹豫片刻确认没有危险之后，用舌尖轻轻地舔了舔我的手指，快速叼着点心跑了。狐狸的舌尖湿涩，一点温热通过手指神经迅速传至全身，有种难以言说的悸动。

它一定是饿极了，再次折返回来吃我手中的点心，一次次跑开又回来。每次，两只煤球似的小眼珠可怜巴巴地望着我。点心没了，我掰了一块馕给它，它快速叼到山坡上，埋进雪堆里，又兴冲冲地跑到我跟前。狐狸很聪明，两只前爪快速刨开积雪，把食物藏在同一片区域的不同地方。一群饥饿的乌鸦黑云一样从天而降，快速抢食散落地上的食渣。狐狸从山坡上俯冲下来驱赶乌鸦，乌鸦飞起，落在不远处的树枝上。它们还在等待。

确认真没食物了，狐狸才悻悻离开，走到雪坡上一步三回头，它一定盼望我的手里再出现奇迹。

狐狸跑远了，消失在雪山后。转了那么多弯，走了那么长的路，跨越半个多世纪时间来到这里，难道只为这一刻的相见，以这种方式建立起本不该有的联系和信任？

它不是跟在老虎屁股后假借声威的狐狸，也不是蒲松龄笔下魅惑或者报恩的狐狸。狐狸就是狐狸本身。狐狸只是大山里一个卑微的物种，为生存而奔波的普普通通的动物。它和我曾经养过的那些狗、猫、兔子相同，又不同。

雪这么厚，寻找食物对每一个动物来说都变得异常艰难，我担心这只狐狸熬不过这漫长的寒冬。真想把它抱回家，让它免受大雪极寒之苦，但它只属于大山，大山是天是地是乐园也是地狱。它活着，它死去；它生在大山，它死在大山，它的活是热烈的，它的死是孤独的，没有什么重于泰山。悄无声息、轻如鸿毛的死，是野生动物最后的尊严，它永远不知道大山之外，动物还有另外一种生死，由人类决定的残忍又合理的生死。

救援车快到了，石河子大哥下了车，乌鸦再次落下，捡拾地上的碎渣。我们的车出发了，石河子大哥用力挥手，表达感激之情。世界这么大，人与人之间，有的缘分很深，有的擦肩而过，更多的人永远遇不上。在此生不遇的人眼里，我好像从来没存在过，这是让人伤心的虚无。

与同学见面，提起此事。他说，你错了，不该给它投食，你让它丧失了野性和寻找食物的本能，你的好心，其实是对它的戕害。

十多年前，巴音布鲁克草原的天鹅第一次来到库尔勒孔雀河过冬，热心的市民给天鹅投食，我也抵触，因为知道这是"以己养养鸟也，非以鸟养养鸟也"。如今，人类无限拓展，动物的领地愈加逼仄。雪山里野生动物艰难生存，家养的动物也好不到哪里去。一路上遇到向我祈求食物的狗和猫甚至马，我总是将车里自备的食物分发给它们，以至于在回来的路上，人烟断绝，我们挨了一整天饿。饥饿的滋味不好受，总不能为了刻板的"以鸟养养鸟"而忍心让它们饿死。

昆仑山帕米尔高原中的塔吉克人、阿勒泰山里的图瓦人，都是大山里的民族，许多人不远千里万里奔赴大山，不光是为了看风景，还为了看他们。

康剑曾在喀纳斯湖管委会担任十几年领导，他赠我的他写的书《喀纳斯湖》里面讲述了图瓦人。有关图瓦人的来历各有说法，极富传奇色彩。有人认为是五百年前由西伯利亚迁移而来，与俄罗斯的图瓦共和国人同一族源；有人说是从蒙古迁徙过来；有人则说图瓦人是成吉思汗的后裔，是大汗西征时带来的一群士兵在喀纳斯湖边驻守后留在这里。我不关心图瓦民族的来路，只关心他们的现在。现在的他们和几百年前一样，仍以放牧、狩猎为生，居深山密林，沿袭传统的生活方式。

阿勒泰现存三个图瓦人自然村。三个村有两千五百人左右，散布于近百公里区域的山沟里。大山里的生活离外界太过遥远，尤其是漫长的冬季。大雪封闭了人也封闭了牛羊，人与动物的欲求都降到最低。生孩子的女人死于难产，放牧的男人死于暴风雪，患病的人得不到救助。呼救声再高传不出去，逃避、挣扎都是徒劳。围火炉、喝烈酒、说故事，沉溺于烟雾和酒醉中。长久的隔离成为生活习惯，他们安于大山，安于简单，始终和外部世界保持警惕的距离，这和我看到的狐狸情形相似。文明，某种程度上是对游牧民族原始生态的干扰与破坏。

喀纳斯村,是最早被开发的村庄。

第一次去喀纳斯是 1988 年夏,上山的路没修通,车沿河走山路。山路崎岖,大石头连着小石头,大坑连着小坑,大轿车行至山下,再也无力前进。一车人下车步行,穿密林,跨河道,过村庄。一位同事下车时西装革履礼帽,一副赴国宴装扮。三个多小时后再看这位仁兄,裤管高挽,领带歪斜,一瘸一拐,挂着根木棍。被城市里水泥路惯坏的双脚,在大山里现出原形。

那次,到底没见到喀纳斯湖真容。

一次遗憾,是下一次行动的理由。

二次去喀纳斯,喀纳斯已成国人追捧的热门景区。景区中心及周边建起许多木屋。图瓦人停止狩猎,改游牧为圈养。图瓦人学会了迎合客人,纷纷把自家房屋腾出来供游客居住,村里会吹呼麦(图瓦人特有的一种古老乐器)的人为游客们表演。大巴车运来一车车游客,观湖,骑马,漂流,登山,图瓦村人声嘈杂,忙乱如市。

无所事事的图瓦人喝醉酒躺在草地上,头沉沉地陷在绿草里,眼睛安静地闭着进入梦境。游客嬉笑着从他们身边走过,落在他们身上的目光一闪而过,没人读懂图瓦人内心的苍凉和孤独。

几乎每个冬天,都会有几个图瓦人醉死雪地。躺在家门前,人生之路通向光明而宁静的远方,也许那一刻,他们是幸福的。

后来,禾木和白哈巴也开始拥入大量游客。游客带来了金钱,也带来了垃圾和无止境的欲望。

欲望极其危险,一旦点燃,往往会把人烧得骨头渣都不剩。白哈巴、禾木和喀纳斯三个村的图瓦人逐渐搬离世代生活的家,避开景区,在相对宁静的远处另建房屋,原来的家以一万两万的价格出租给商人改装为旅店。

夏秋旅游旺季,这些木屋旅馆一票难求,每间房价高达千元。

只有冬季进入阿勒泰山,才能找到久违的宁静。

然而当下,冬季也变得喧嚣了。阿勒泰山成了网红打卡地,越来越多的自驾游爱好者到这里滑雪、观景,体验极寒天气的刺激。近三年病毒肆虐,旅游业遭受重创,恢复宁静的阿勒泰山,雪仍旧在落,落在山峰,也落在低谷。想到乔伊斯在《死者》里说:

他听着雪花隐隐约约地飘落,慢慢地睡着了,雪花穿过宇宙轻轻地落下,就像他们的结局似的,落到所有的生者和死者身上。

　　顿时有些感伤。

　　同属图瓦人村庄,同样的松树木屋,同样的依山而建、傍水而居,白哈巴、禾木和喀纳斯显出不同的个性。白哈巴安宁小巧,禾木整齐俨然,喀纳斯视野开阔,木屋连排,厚重沉稳。

　　真正了解图瓦人,必须融入他们的生活,最好是在夜晚。

　　只有到了夜晚才更易走入人心,而我从没有这样的机会。

　　黄昏时,夕阳依次亲吻每座山峰,向亲爱的孩子们道晚安,深深的母爱动人心魄。低处枯瘦的白桦树、松树、椒树、槭树如装饰大山摇篮的花边,立在阴影里。细高的树,枝枝丫丫顶着或浓密或稀疏的雪花,模糊了界限的黑与白,将一首首站立的古诗读了又读。

　　雪原犹如凝固的马鞍,两棵树插在马鞍中间,树脚下凹一雪窝。一棵是松树,另一棵也是松树,一棵高大,一棵瘦小。两棵树肩并着肩,"山头斜照却相迎",也无风雨也无晴。落尽枯叶的枝条彼此抚慰、相互温暖,像参透世事的一对老人,又像一对姐妹。光影掠过树梢,创造出一种枯瘦寂寥又宁静淡泊的悠远意境,稀疏的小细枝,把中国文人雅士的独特审美发挥到了令人叹为观止的地步。

　　到达网上预订的"云悠客栈",一位年轻姑娘接待我们,两间木屋没上锁,推门即入,门上挂厚实的棉布帘。屋里没电视,两张床一个床头柜,陈设简单。卫生间地面铺瓷砖,头顶挂热水器,原始木屋中已悄然融入了现代生活元素。

　　游牧民族学会建造这种木屋,年代并不久远。

　　十九世纪初,这里聚集了一些逃难来的俄罗斯人,他们教会了图瓦人建造尖顶木房。这种房屋美观且保暖,雪顺屋顶斜坡滑落,再大的雪也不用担心压塌屋顶。

　　二十世纪六十年代,俄罗斯人离开阿勒泰回国,他们建造的木屋永久地留在了中国。

　　接待我们的服务员是位舞蹈系的大学生,身材高挑,走路一跳一跳,像云雀在雪地上觅食。

她从广州万里为雪而来,已在这里流连半月有余,客栈只有她一人,平常打扫卫生,一日三餐自己做,晚上自己睡。有游客就接待,白天有大把的时间去滑雪。她打开手机视频,我看她穿着汉服滑雪的优美姿态,几位图瓦族滑雪小男孩在她身后追逐,像捕捉宋词里飘出的蝴蝶。

　　我倒吸了一口气,这可是零下三十几摄氏度啊!

　　为追求精神的愉悦,人有时是如此的勇敢。

　　清晨和黄昏遥遥相对。

　　冻了一夜的村庄,空气结成透明的冰块,每走一步都如破冰而行。

　　淡灰色的天空依然闪烁着寥落的星星,晨雾在山坡上移动,山峰、树木和屋顶都沐浴在通红寒冷的朝霞里,三五家烟囱冒出炊烟,炊烟从白色屋顶飘过桦树林,缓缓上升,消失在蓝天之中。

　　过了禾木桥,有五六个哈萨克族男人拉着爬犁,在此等候游客。他们包裹得严严实实,仅露出两只眼睛。哈气凝结的白霜把他们的眼睫毛和眉毛全染白了,深眼窝里射出的光有些迷蒙,为了挣些养家糊口的钱,他们忍受着难以忍受的寒冷。马肯定也冷,不时挪动脚步,打着响鼻。一条短毛土黄狗倒显得神情淡定,两条细长的前腿支着坐在桥中间,对身边经过的人视若无睹。桥下,禾木河河水封冻,河岸的树林披挂一身白衣。太阳很快地跳出来,被一一灌顶的山峰金光闪闪,新的一天开始了。

　　而我,在这天早晨被冻哭了。

周万水 | **在浦市**

浦市是水和船带来的。一直自西向东的沅水,在浦市上游折向,从南向北流去。长滩尽处,一溪汇入沅江,水面豁然开阔,岸可泊船,树可系舟,从此便有了这个曾经商贾辐辏、舟楫络绎、木排浮江的浦市。

现在的浦市就剩下两条船。一条船是渡船,往返于浦市与对岸的江东村,一条船是开往上游辰溪的客班船,早出晚归。渡船是属河对岸江东的,是为了渡江东的人到浦市赶集用的,这样算起来,曾经有八个码头的浦市,现在实际上只有一条船了。

浦市的老街,风景大多是黑白的,像一张久藏于箱底的老照片。行走于街巷,本已沧桑的脸不免又平添了几分张皇。摩肩接踵的嘈杂,还是被我从来时的预想里删除。每一条街巷,看上去都有恰到好处的闲适,稀疏的行者踩不破它的深幽,辨不出它是闲静还是寂寞。三两位街坊、一只老猫、半张躺椅和一壶清茶,许多板着面孔的春秋,都消磨在没有边界的闲话里。

驿馆在老码头旁,檐下挂着红灯笼,在逐渐暗淡的天空下点亮,看得到河流,也能听到河水的声响。浦市仅见的两只船在日落之前就已泊岸,一只泊在老码头,一只泊在江东。飞虫蹿动的灯影下,有一些孩子在嬉戏。很远的地方有广场舞的音乐传来,楼下的小酒馆,几个男人在半酣的酒意里嘈杂着。这些声响,还是搅不动浓稠的夜,如水面荡起的轻微的波纹,很快消失在你的感觉之外。

浦市的江东寺是很有名的,它之前的名字是浦峰寺,因毁于一场大火,才迁建到对岸的江东,名字也就改成江东寺。白天隔河看去,寺庙的半截红墙色彩斑驳,隐匿在一排绿树掩映的民居中。

船还在河那边,要去江东寺,只能坐在码头边的大石头上等它过来。在浦市,坐一条船和等一条船都是有意义的事,该来的时候船自然会来,一切随意,没有时间约束。天上照样有云,河里却没有了帆,岸边的空气单一而纯净。我愣愣看着阳光斜照在水边的石头上,闻到了河水夹杂着青草气息的味道。当几只水鸟在对面的沙洲上时飞时落时,我有了一种虚度光阴的快乐。

很多年前,十七岁的沈从文在这里登上了一条船,那条船把他送到了河下游的辰州大码头,再送到外面的世界。后来沈先生回乡探母,在另一条船上漂泊了七天。而浦市是沈从文回乡的必经之地。在抵达浦市之前,他曾夜泊曾家河、兴隆街、鸭窠围、杨家岨……忧伤而美丽的长河、羁旅孤独的寒夜,还有对爱人的思念,晃荡成一行行柔情如水的文字,汇集在一部《湘行书简》之中。浦市是这本书的末页,来这里的人都得翻翻。

花像荼蘼,也许就是一种野蔷薇,它开在我去江东寺的小路边,在深深浅浅的灌木丛旁。单瓣,纯白里透着些许的粉红,自带着几分喜悦和蔷薇科植物的野趣。荼蘼是春天最后盛开的花,所以就有了"开到荼蘼花事了"的说法。我很疑惑古人赋予这花忧郁和伤感的气质,想必是那些文人墨客因情绪无从堆放而自怜自艾的结果。浦市的繁华不再,却也不少尘俗的烟火气,四季的花事自然一点也不冷清。各种颜色的不知名野花在河岸和田地间虔诚地开着,一直匍匐到那寺庙的墙角边。

这季节,江东的天是很蓝的,平畴里的房屋在宽阔的河面和晴空映衬下显得低矮。油菜花有着梵高一样的色彩,布谷鸟的叫声制造出旷野的立体感。这旷野的边界就是它声音消失的地方,像一簇被风吹走的蒲公英的花絮。一辆摇摇晃晃的公交车捡起三两个路人,蹒跚而去。从前的浦市是看不到边界的,它的边界是码头上那些东去西行的船只,它们能到达视线之外的地方。

江东寺就在河岸边的平台上,地虽不偏僻,却很有些山深的幽静。寺前大树不是常见的柏树,而是一棵树冠浓密的香樟。寺院有些破败,我到的时候空无一人。走过促狭的山门,可见大雄宝殿前面的空地四周栽种了很多花草。有清雅的芦荟、兰草,也有花事正盛的月季、蜀葵和三角梅。花草的清新景象中透露着欣喜,冲淡了寺院寻常的肃穆和压抑,仿佛一农家小院,散发出朴素安静的世俗气息。这世间的安详和温暖,未必都是神可以给予的。

跟很多寺庙不同,江东寺一直有种花草的传统,在香火颇盛的当年也如此。沈从文先生从军期间就在寺里驻扎过。在他的记忆里,"在市镇对河的一个大庙,比北京碧云寺还好看……庙里（指江东寺）墙上的诗好像很多，花也多得很"。在沈先生的描述中，当时的江东寺有一棵需要五人才能合围的古松树，还有一棵三丈高的老梅树，开花时如一树绛雪，花落时铺满庭院。

老梅树和古松，自然是无处可寻了，但寻得这一院清静，几许幽香，也合我此番的心意。大殿前新种了几棵柏树，都不过一人多高，等到它们长到参天之时，光阴里的浦市又会是怎样的模样？在我的意识里，一直有一个冬季，雪覆盖着古镇和河岸边的船，那棵老梅树繁花绽放，暗香和着缭绕的檀烟越过高高的院墙。入晚，寺内的那座转轮藏"声音如龙鸣，凄厉而绵长"（沈从文《泸溪·浦市·箱子岩》），离浦市很远的地方都能听到。

看龙舟，听辰河戏，是浦市人最传统的娱乐方式。这里的苗歌，源于祭祀祖先时的唱和。楚国南郢之地，"其俗信鬼而好祀，其祀必使巫觋作乐，歌舞以娱神"。浦市码头有着与浦市一样古老的剧种——辰河高腔。它保留着浓厚的巫傩色彩和楚辞的遗韵，融合了水与船带来的南腔北调，南戏、弋阳腔、目连戏、祁剧、川剧……艺人或围堂而坐，或在简陋戏台上一唱就是半日。但见锣鼓击节，唢呐帮腔，众人帮和。那腔调高亢粗犷时响遏行云，荡气回肠；婉转优雅时，哀怨缠绵，极尽沉郁悲壮之意绪。这戏里的人物像极了码头上的男女，真挚豪放，却又不轻薄肤浅。他们赋予辰河戏以独特的个性和兼容品质，而辰河戏又反过来影响他们对生活的理解。再大的世界，都是可以浓缩于一个戏台的。那戏台上写着："做赋做诗，圈外文章殿外句；扮文扮武，水中月亮镜中天。"浦市码头也是个戏台，戏里戏外，脸谱和面具之下，哪一个更真实，在落幕之时，想必就有了答案。

有了辰河戏，浦市是不会走失的。

远古的楚地，人们可以通过河流触摸到神灵，笃信他们的福祉和灾祸都是来自身边的河流。神巫们披戴香草，载歌载舞、卜筮招魂，他们在亢奋的呐喊中招呼山鬼、水神和先祖的灵魂。神咒和颂歌中那些"禾和些"的尾音，差不多就是浪漫楚辞里"兮"字的源头。早在屈原投江之前，那些今天被称为龙舟的小船，就已在特定的日子里，在肃穆与狂放的气氛中穿梭于河流之上，一串串用箬竹叶包裹的祭品，连带着被反复念诵的愿望，被虔诚地撒入水中。

苗族《漫水神歌》中有这样的唱词："人家赛舟祭屈原，我划龙船祭盘瓠。"也就是说，浦市划龙舟的习俗最初与屈原是没有关联的。盘瓠，是传说中五千年前的五溪始祖,是神话中浦市一带沅水中上游原住民的共同先祖。传说盘瓠死后,子孙为招回他的灵魂,划着涂以朱砂的彩舟,在水面上游弋祭祀,后来逐渐演变成端午赛龙舟、吃粽子的习俗。也就是说,早在三闾大夫遭贬流放沅水之际,他就曾目睹了沅水之上龙舟穿梭的盛况,于是才有了"驾龙辀兮乘雷,载云旗兮委蛇"的描述。

在浦市人心中,屈原也是神,和这河流上所有的神祇以及先祖盘瓠一样享受崇敬。他们相信屈原的《涉江》就是屈原路过浦市时写成的,因为其中有"朝发枉渚兮,夕宿辰阳"的句子。学者考证,"枉渚"是沅水下游常德的枉水,"辰阳"即浦市上游的辰溪。从枉水到辰阳走水路要十天左右,朝发夕至当然是不可能的,而从浦市附近到辰阳乘船刚好一天可到,那么枉渚应该就在浦市。其实,屈原诗中的"朝发"与"夕宿"未必就是指的同一天,也可能是在某一天早上从枉渚出发,十天后的傍晚抵达了辰阳。但浦市人认定浦市下游的一个小渔村就是屈原诗中朝发的"枉渚",后来又索性直接改称其"屈望村",还遍栽橘树,以应"后皇嘉树,橘徕服兮"的佳句。

浦市已经好些年没有划龙舟了,来这里的人,也只能在《边城》中透过文字去寻找。我也一样,眼前的河流太过寂静,我想不全它端午时的模样。码头边的石缝里,几枝矮小的萝卜花在河风里摇曳,像水边戏耍的孩子。它们在原本不属于它们的地方开花是很偶然的。我长久地坐在河边,看着那条渡船来来往往,又看着另一条船从上游归来,头发花白的船老板把船系在渡口旁的石柱上,仿佛他牵来的是一头牛。

在码头的另一个角落,一条龙船躺在为它专门修建的长廊里,船身透着古铜色的光泽,如一条硕大的青鱼的背脊。它等待着一个仪式、一炷香和一通锣鼓把它唤醒,让它再次回归那条同样充满野性的河流。它还要等多久?它会和从前那些船一样消失在无边的时间里吗?这种担心可能有些多余,所有的消失都是有意义的,不管是出于无奈还是自主的选择,而我们一直都在道别,在一条不能回头的河流之中。

除了永恒的河流,没有消失的还有山外那条古老的驿道,驿路经乾州、凤凰可到湘西腹地和川黔,属于茶马古道的一段。驿路修建于明朝,保存完好,因人踩马踏经年消磨,那些青中泛着淡绿的石块变得很光滑。行人沿着那一溜山谷就着山势向西,再翻过一道山梁,身影就隐没在浦市的视线之外了。

清朝戴粟珍有一首诗是写浦市的:

风波历不尽,晓发雨濛濛。
　　篷带辰溪雪,帆收浦市风。
　　圆沙围岸阔,平楚接天空。
　　仿佛乡关路,云生白塔中。

　　这诗跟这驿路没什么关系。天气晴好的晚上,月亮会从江东升起,它落下的地方正是驿路的尽处。

　　回到旅馆已是傍晚,黑夜在我吃完晚饭之前就早早到来。在隐约的灯光下,泊在岸边的那条船的黑影还能看到,河水拍打船身和河岸的声音隐隐起伏着。码头上聚集着一些唱山歌的人,调子在夜里听上去有些幽怨。我不懂苗语,问了驿馆的女老板,才知道其中一首歌词是这样的:

　　老鹰树下无站处啰,蝙蝠白天瞎眼睛,
　　歌就唱到这里止,水落滩头来船莫停。

　　浦市的夜很宽敞,一宿的梦却很拥挤,窗外的河流,就像是在枕边流淌。

天目访琴 | 但及

一

我坐在他对面。

琴在一旁，闪着微暗的光泽。那是他自己做的琴，光洁，高雅，又蕴含了某种庄重。此刻，它仿佛成了听众，在听我们谈话。

琴师姓马，名荣盛，山东潍坊古琴斫制非遗传承人。

"我小时候同伴家里有个土炕，炕上的灰很厚，估计有几十年没接触了。在这边上，挂着一只琴。我双膝跪在炕上去拿，一点点挪过去，那张琴就放在那里，七根弦断了六根，我记得只有一根弦。我就顺手摸了一下，那个声音真的就是天籁之音。我就蒙在那里了。回家以后，当天，我就把我家烧饭的风箱抽出来，把里面的鸡毛板拿出，放在地上。我又把结鸡网的塑料绳拆开，就这样开始做琴了。那天，我还被我爸揍了一顿。说实在的，今天我再看，古琴就是一个变形的风箱，为什么这样说呢？风箱是个四四方方，直的。风箱有一个进气孔，一个出气孔，古琴下面有两个出气孔。我当时不知道它叫什么，但冥冥之中，我觉得是上天注定的。"

我说，你对声音有一种天然的敏感。

他说："艺术这个东西是很难教的，技术是可以教的。后来慢慢地，我对古琴有所了解，查了些资料、古书。你注重哪个方面，就会在哪个方面多下些功夫。那个东西可能就是天生的，怎么说呢？我一辈子就追求这个东西，追求声音，一直在找。所以我最满足的是，弦上完了，一弹，一种无以言表的东西会出来。我总是面对一块木头在想，我做出来的是什么声音？"

那么，什么才是好声音呢？我问。

"什么才是好声音？我做琴做了那么多年，积累了大量的感觉，也有体会了。第一要厚,一张琴一定要厚重,不能太浅薄了,比方我拿石头往水里扔,浅的地方只是啪唧一声,深的地方就扑通,那才叫厚重。我们敲锣,哐地一下,撞钟的时候就咚地一下,那才叫厚重。所以说那种声音,包括温润、内敛,这都是它的特质。

"厚重是一张琴必须具备的,就像一个人没有学问不行,但是修养深了,一个人如何更高雅呢? 那就要修德了。琴有九德:奇、古、透、净、润、圆、清、匀、芳。古人对琴很崇拜。什么叫琴? 琴者,静也,正人心也。有些比较好理解,比如匀,就是声音要匀,不能到一个地方声音大了,到一个地方很闷。净,也不用说,声音比较干净,不混浊。比如有些水果要涩一些,有些熟透了才好吃,糯香一些,润就是滋润的感觉。但是,奇、古、芳,就很难理解了,尤其是'芳香'的'芳',这个用在声音上,它指的是弹的时间越长,它的声音就越美。八百年比五百年好,一千年比八百年好,它越来越好。你无法明说,你看不见,但是只要你与它在一起,你就会有成长,这就是芳。

"所以说,这个琴是非常厉害的。一张琴跟我们每个孩子一样,每张琴都不一样,做出来的声音也是不一样的。那一样的基本上是工厂琴,是用模子生产的,是用电脑刻出来的,不具备思想性。它做出来的东西跟产品一个样。"

我完全同意他的说法,手工能延续下来,背后肯定隐藏着无穷的魅力。

我问他做一张琴要多久。他说,两到三年吧。

二

初识古琴是在三十多年前。

那时我时常跑画家吴蓬家里。他住在嘉兴坛弄的汪厅,一幢老式民居,院子中央有一棵硕大的芭蕉。吴先生在画画间隙,会搬出古琴抚弄把玩。年轻时,我火气重,也耐不下心来,站在一旁听,与流行乐无异。

古琴有三千年以上历史,是汉文化中地位最崇高的乐器,有"士无故不撤琴瑟"之说,位列"琴棋书画"之首。伯牙、子期以"高山流水"而成知音,这样的故事流传深远。最有名者当数嵇康,他与《广陵散》的故事充满神秘与想象。《晋书》载:

> 广陵散者,嵇康,字叔夜,谯国之人也。尝游会稽,宿华阳亭,引琴而弹;夜分,忽有客诣之,称是古人,与康共谈音律,辞致清辨,因索琴弹之,为广陵散曲,声调绝伦,遂以授康,仍誓不传人,亦不言其姓字。

嵇康被人迫害,临终前从容淡定,弹奏生命里最后一曲,那就是著名的千古绝唱——《广陵散》。

　　康将刑东市……顾视日影,索琴弹之曰:"昔袁孝尼尝从吾学广陵散,吾每靳固之,广陵散于今绝矣。"时年四十。海内之士莫不痛之。帝寻悟而悔焉。

　　不知是嵇康成全了古琴,还是古琴成全了嵇康,从此,古琴就再也绕不开嵇康这个传奇人物了。

　　马荣盛告知我,浙江博物馆每年都有古琴演奏表演,都是历代名琴,有兴趣的话可以到现场去听。我上网查到一个视频,是浙江博物馆的唐代古琴"彩凤鸣岐"演奏发出的声音。

　　那是唐代的琴,是唐琴发出的声音!

　　声音既沉又稳,又通又透,就仿佛是经历了千年的智者发出的声音。

　　穿越一千三百年,我惊诧于声音竟这样保留了下来,如此顽强,如此有韧劲。中央电视台"国家宝藏"栏目,专门介绍了这张"彩凤鸣岐"琴。本以为一张上千年的琴会发霉,虫蛀,面目全非,哪想到竟依然散发出动人的光泽,还会发出如此饱满、沉静、有力的声音。

　　"越是年代久远的琴,声音越好,这里面就藏着许多秘密啊……"马荣盛说。

　　当想到这声音来自遥远的过去,一种穿越时光的感觉在我内心涌动……

三

　　他的琴房在院子的右侧。

　　那天,他从小屋里出来,雨后的山林翠绿,空气像洗涤了一样。暮霭迫近,水滴还不时被风从树枝间吹下。遇上我,他掉转头,竟要带我参观他这间工作室。穿过夜来香缠绕的院子,惊跑了缸里的金鱼,他推开了那扇暗朱红的木门。

　　室内空荡,简单。墙边有一摞木板,板上放了两张五花大绑的琴。那是琴的初坯,阳面和阴面刚合龙,中间结了塑料绳,两边则用上了金属固定器。"这里用的是三百年的老木头。"他敲了敲,发出好听的回声。挑选木头花了他许多的时间,他全国各地跑,收集各种老木头。

桌上有薄膜,一把浑身发黑的琴躺着,缠了东西。他说,刚裹了纱布,正在上泥子。我靠近端详,看到里面层层的纱布,纱外是黑泥,像药膏一般。边上有一个瓶子,里面装的是大漆。"大漆就是树漆,从树上采来的,不是市面上的化学漆。"他解释道,"北方的气候不行,我在家里还生炉子,用一个小锅子烧,让蒸汽出来,增加湿度。天目山这个环境最适合做琴,所以我经常跑这里来。"

"我做琴,漆是很费的,现在光沾布就用掉了两瓶。化学漆涂上,两天就干了,它是死的。但树漆就不一样,它是活性的。这个泥子,我大概要抹五六次,然后不停地用细的鹿角霜,一遍遍地抹,越抹越细,细到像珍珠粉一样。最后再用砂纸,这张琴要做好,光用砂纸来磨,就要上万次。"

做一张琴,背后的付出是巨大的。

"其实,我做这些,最艰难的时刻已经过去了。最难的是怎样让两片木头合起来,两块木头的比例凿到什么程度。底是楸木,硬一点;面是杉木,软一点。这两个的配比是很难的。头重脚轻或者脚重头轻,都不行,一定要达到一个完美的比例。还有,你两块木头试得很好,等粘起来,弄上布以后,声音变了,抹上泥子,声音又变了。有时候木头硬一点,我做的泥子就要薄一点,我要让木头充分地振动,越振动越好,就像我们的马,越快越好。但我又必须给它套上缰绳,抑制一部分不必要的振动。抑制过了,不行,声音发闷;抑制少了呢,又拢不住……"

这真的是学问,一张琴后面藏着的学问。

"一定要有这样一个决心,琴的生命比人长。我希望几百年以后,还有人听我做出来的琴声。"

四

他给我泡菊花茶,是天目山特有的大菊。水一冲,菊花在瓷杯里盛开,很快就撑满整个杯子。

我喜欢单独与他在一起。他谈琴的时候,我想到的是写作,两者是一致的,尤其核心处竟然完全重合。其实,所有的艺术都是一个道理,都是在寻找那份抽象的存在,你能感知它,与它融合,又无法用语言详尽地描述它。

艺,是一种灵魂的声音。

他身上的宁静与平和,就像是古琴散发出来的气质。

在古代,弹琴的会是些什么样的人呢? 我问。

"一般是士大夫中间那些放弃了功名利禄、放弃了许多财产的人。比如富春江的黄公望,散尽万贯家财,乘一叶扁舟,那种逍遥自在到了一定的境界。到了一定的境界,不再与人交流,或者说与人交流难以名状,他才能寻找这种感觉。琴的感觉就是这样,它是一种没法描述的情感,琴的内脏与人的内脏和天地是对应的,即使你不会弹琴,拨弄一下也会很好听,因为它是顺应自然的。"

他把琴与一个人相对应,还把琴竖起给我看,指哪里是头哪里是腰。

"一张琴,从开始,从创始之初,它遵循的是一个阴阳和合、天人合一的道理。比如两块木头,底为阴,面为阳,阴阳合体,才能合为一张琴。我们在做琴的过程中,阳面和阴面的配比要做到完美,它才能出来中正平和、轻微淡雅的声音。一张琴,从形体、结构都是仿人的,琴站起来跟人是一样的,头、颈、肩、腰、腿,完全一样。再一个,一张琴的长度,是三尺六寸五分,代表一年三百六十五天,它上面还有十三个徽,代表一年十二个月,再加一个闰月。所以说,天地五行是蕴含其中的。它还有上中下三焦,一张琴要和大自然契合。因为具备了阴阳平衡的能力,所以说琴是可以治病的。出来的这种声音就叫中和之音,我们中国的文化讲中庸之道,不能过,不能不及,中间是最好的。"

他又说到唐琴与宋琴,说到了四川的雷氏,现在流传下来的大部分古琴,都是雷氏家族所造。"古琴是神秘的。好的琴能流传这么久,这里面除了做工,还倾注了做琴者的心力。"

是不是指跟人的融合度有关? 我问。

"那自然是,我指的是在正确的方法下。你要对音乐、对材质、对结构、对发音真正地懂,就像弘一、虚云法师一样,具备了足够的佛性,你不需要怎么教,他就悟得到。做琴也是这样,你作为一个木匠是做不出琴来的,必须要跟它融合。有很多人问我是怎么做琴的,我挺难回答,因为在做的过程中,用我的话来说叫'相濡以沫'。你做的时候不太确定做成一个什么标准,但是能感觉到:哎哟,可以了。两块板合起来,要试音,感觉是我需要的音。最难的还是,你本身具足的一种东西要和它融合起来,这是很难用话来表达的。打比方的话,我对它的关注,要比对生养小孩关注得多,这个没办法比。每天都要和它在一起。如果达不到这个层次,做出来的就称不上艺术品,称不上融入了你的情感。"

五

傍晚，山上又起雾了。

雾气盘在山腰，一点点上升。雾变得很快，会游动，不一会儿就到了山顶。它们飘来荡去，如仙，如灵，最后把整个山林给占据了。山上山下全成灰白，全被雾气裹起来了。

待院外开始树影婆娑时，书院里亮起了一盏盏微暗的灯火，用竹篾做的灯罩一长排延伸在走廊里。有飞蛾不时窜起，嗡嗡地响，撞来又撞去。马荣盛一袭中装，坐在琴前，深情地弹琴，弹的是《高山流水》《平沙落雁》《渔樵问答》。

时间仿佛并不存在了。我想，我们是不是在听一千多年前的唐音？或许是，或许不是。但肯定都是一种美好。

当他拨出最后一个音的时候，全场静寂，仿佛窒息一般。谁也没有发出声音，人们都沉浸在荡漾着的余韵里。

蝉声已经隐退。整个山峦安静极了，空荡，辽阔，又深邃。

我想起了惠特曼《各行各业的歌》里的几句：

> 音乐的全部，是你们受那些乐器提示后在你们心里醒来的东西。
>
> 它不是小提琴和号，不是双簧管和敲着的鼓，不是为男中音歌手演唱美妙浪漫曲的乐谱，它也不是男女合唱队演唱的乐谱。
>
> 它比这一切，更近，又更远。

钻林记 | 阿贝尔

　　原始林不等于原始森林。森林的概念应该是指成片的乔木林——松、杉、桦、榉等。原始林不都是乔木,有乔木有灌木,还有更多藤类、蕨类和地衣,它和原始森林的共同点是,整个林地是天然形成的,没有人工因素,其物种和布局都早已设定。人为了看风景、卖风景修建的栈道和混凝土便道延伸到林子深处,显得很丑。

　　我钻的原始林中的乔木主要是珙桐树,高大的和正值青壮年的,次第开着既像鸽子又像手帕的花。花落在树下的草地上,形成一个树冠的圆形,远看或拍照也是极美的;走近了看却不咋地,有人说像卫生纸。除了珙桐树,还有至少十种以上的乔木,比珙桐树更粗壮高大,也更高龄,看寄生在树干上的苔藓和草本植物就知道了,从攀爬在树干上的碗口粗的藤条也可以看出来。有的树干已经枯死,生长在上面的活的生命却不属于它的谱系。这些乔木中,除了珙桐,我只认得高山白杨和楠木,小时候认得的细叶子、大叶泡、密密响和老酒树,都不知道学名。

　　再大的珙桐树也给人一种低海拔的感觉,树干笔直,枝干也直,向上斜伸,不长苔藓地衣,也没有藤蔓攀爬,不像老酒树和大叶泡,有虬枝,有寄生。珙桐树是植物中的活化石,但每一棵看起来都是那么年轻。树干直入天空显得年轻,树叶片片在上午的阳光中透着鹅黄也显得年轻,白花像少女年轻又纯洁,联系到洁白的手帕和眼泪,才有那么一点伤春。

　　城市绿化和庭院园林,表达的是人的审美和欲望,而原始林表达的是林地自身或者说自然的审美和欲望。高海拔,接近雪线的原始林远离人类活动,她的层次、气息和需要与人类需求的交集甚少,特别是在过去人类征服自然的能力有限的年代。低海拔的林地则不然,她虽也不考虑人类活动,却被人类极其依赖,老早就与人类处于共生状态,人类步入文明时走出的森林便是这类林地。人类的很多审美取向都是在较低海拔的林地培养成的,包括丛林法则。但人类最极致、最纯洁的美学趣味还是靠高海拔的原始林地得以提升的,甚至还有林地之上草甸和雪线的功劳。当形成成熟的家族和社会单位时,人类就变脏了,这种文明的肮脏就像今天添加了化学药剂的食物,肮脏且不安全,远超人类当初在原始森林里在自己的粪便上摸爬滚打的肮脏。它们是思想和内心的,自私而狡诈的,这切合了科技与所谓真理的邪恶。高海拔的原始林能提供给人类迥异的物种与意象,以及一种相对氧气稀薄的氛围。

开始,我们走的是观景便道,修路时砍了两旁的树,正午的太阳晒得有些厉害。这一带的地质属黏土砾石层,很容易滑坡,两三公里的景观道便遇到三四处滑坡。小型泥石流冲毁了混凝土便道,于是重新搭建了临时栈道。一个人往前走,看见开着鸽子花的珙桐树也不停留。看道边的植被,看林子深处的树木,并无多少原始的迹象。只见山林不见人,却能感觉到人的气息——便道修建两年了,已走过不少人。继续前行,看见更多的珙桐树,也看见了苔藓地衣以及爬满藤条的老酒树和大叶泡,林子才有了原始的迹象。看见离便道稍远的草地上有一棵珙桐树,比先前看见的开花要多,也白,在阳光下真的像挂满了白手帕。过去拍照,走了几步才发现草地是湿地,一丛丛草下都是水洼。我尽量踩草不踩水,水里有蚂蟥,爬到脚上、裤腿上,很恐怖。

道边一棵乔木上寄生着一种枝繁叶茂的藤蔓,乔木和藤蔓都是细叶的,让我无法分辨。另一处乔木是三棵,三棵一丛,像三兄弟。已经过了青壮期,到了垂暮之年——皴裂的树皮和墨色呈现的是垂暮之色,以及稀疏的遮不严树干的浅枝新叶。它们由一棵种子长成今天的样子,至少经历了几百年的时间。几百年里,外面的世界早已动摇崩溃,它却只是循着基因设定的程序变老而已。

一只老鹰突然出现在林子上空,穿云盘旋,像一片被大风吹上天的树叶。蓝天是大理石的纹理和颜色。老鹰对原始林的每一次窥看和降落,都是一个事件——死一般的寂静。

混凝土浇筑的便道在下降,我透过不甚密集的树林看见了一条河。准确地说是河道,只有白花花被洪水冲刷的沙石,看不见河水。洪水的痕迹,泥石流的痕迹,在烈日炙烤下闪烁着曲线的光。横七竖八从上游冲下来的树木没了树皮,连着女人胳膊腿模样的根,在太阳下也是白花花的。走到河坎才听见水声,看见一线水,潜行在沙石的狭缝里,夜里下过雨,带一点泥色。

下河的路道毁了，踩着别人叠踩的脚印下河，还好没有跌倒。顶着烈日在河道里走了走，没有寻着好看的石头，倒是惊心于那些堆积的沙石和横倒的树木，可见头年夏天发过多大的水。河道的寂静与原始林中不同，它是敞亮通达的，有林子裁剪出的蓝天和远处高海拔的砾石山作背景，也有水声鸟鸣，却感觉不到密集。在原始林，一个人一条河，在被洪水冲开的河道上随意走，太阳照着裸露的沙石，心里安安静静。原始林的气息弥漫在阳光里，能嗅出珙桐花的香气。

进林没走多远，便发现彼岸非此岸，原始林黑森森的、潮湿，很多脚印已成水洼。大树下花草繁茂得出奇，藤蔓更多也更粗壮，一根根像蟒蛇突然闯入视野，很恐怖。遇见的珙桐树也更高大，凋谢的手帕一样的花，照样在树下铺成一个超过树冠面积的大圆，和着巴龙花，晃眼看分辨不出哪个是哪个。随处可见倒伏的乔木，腐朽得已经没有完整的树皮，看不出是什么树；半死的长出细枝，一息尚存。无论是朽掉的还是一息尚存的，树干都成了肥料，上面生长着新绿的蕨类和小灌木，也有草本植物，开成串的粉红的花，像佛塔。有的也生了菌子——有生过又枯萎化掉的，有正生长得鲜净的。

绕过石坎、水漯子和倒伏的树木，沿着斜路爬到高处，透过林子能看见山脚的溪河。一个人走得太远，难免心生恐惧，但战胜恐惧后又体验到一种勇敢。这是平常没有的体验。勇气从鼻孔里冒出来，跟身上的热气、汗珠和在一起，驱使双腿迈得更加灵活有力。这样的一种状态，就算是"邂逅"野猪、老熊也不会太害怕吧。抬头眺望小道的远端，眺望丛林的尽头，幻想真有老熊跑出来该咋办——不说野兽，不说巨蟒，就是一条蛇一只盘羊，估计我也会惊慌失措。这一带至今没有遇见猛兽的传言，也是我自以为勇敢的原因。

相比稍早在对岸走过的林子，眼前这片越走越深的林子，才称得上是原始林，称得上是丛林。丛林的"丛"不只是一个字，而是一种复杂的构架和生态。我理解并看见的丛林植物都是根连根的。不同的物种紧密相连，在地下根连根，在地上也相互穿插、攀缘、缠绕，构成一种完整的生态，像庞大的活物。在同一种海拔同一种土壤气候共生，是上天的安排，也是这个活物的仁慈。生与死，发生在同一株植物身上，也发生在同一个季节甚至同一瞬间——生寄寓于死，死维护着生。

我爱这丛林，不只因为它有白手帕一样的珙桐花，也因为它有着几十上百个物种的共生，它有着与人类无关的自我。湿地灌丛或朽木上任意的一朵小野花，都是我爱这丛林的理由。一株新生的蕨类打动了我,它刚从苞蕾里抽出锯齿状的鹅黄的叶片,还是清新的精灵般的模样。

　　一个人在丛林里走了半个小时才折返——勇敢终于没有斗过恐惧。返程中碰见一个山民,问我是否走拢了大草地,我说没有。他说走出这片丛林到大草地有两个小时的路程,看样子是要去那里。我想过是不是要跟他去,但看了看时间,想到他可能要在岩窠里过夜,便没有去。"大草地美得很,四下看美得很。"他走远了又回头来对我说。看着他的背影,我想象着自己走出丛林进入更高海拔的大草地的样子——应该是草甸区了。

杂碎汤记 | 车前子

脱莱

　　近来发痴，决定把《草书大字典》三卷背出，真是很头昏脑涨的事，中间作为调剂，就读草书相关作者的著作。黄庭坚题跋，我以前并不嗜好，这回阅读，却有十分亲切。

　　黄庭坚《跋刘梦得〈淮阴行〉》曰：

　　　　《淮阴行》，情调殊丽，语气尤稳切。白乐天、元微之为之，皆不入此律也。唯"无耐脱莱时"不可解，当待博物洽闻者说也。

　　"脱莱"两字，我印象里毛晋已作校正，是"晚来"两字的传抄错误。是毛晋说的吧？这印象到底对不对，也当待博物洽闻者说也。

　　"晚来"似乎"脱莱"，结果还是"晚来"，如观草书。

　　唐张怀瓘《书断》评张芝草书，"拔茅连茹""悬猿饮涧"。

　　旧人评张旭、怀素，有"张草善肥，素草善瘦"之说。

　　字字欲仙，笔笔飞动。

　　杨宾《大瓢偶笔》："八大山人虽指不甚实，而锋中肘悬，有钟王气。"周作人说读杨宾的文章，好像在读黄庭坚的一部分题跋。

　　草书，想象力的乐园。

　　草书，难在从容。

　　我对草书心向往之的境界，是一个人物形象——晏小山平生不肯依傍权贵，文章自立规模。

祖先

昨夜,我向祖先请教草虫画法。

祖先示意秘诀,他一口典重的古吴语,我听来有些费劲。

秘诀就两个字,依据读音,可以记成"确实",也可以记成"曲直"。

画草虫一要"确实",有名有姓;一要"曲直",不能僵硬。

笔法说

笔法即手法,去落实这手法的常常会具体到腕法——此处可有个详细,但要言传,也只能像侥幸。俗话说的篆隶楷草行,这五体就是五种不同的笔法,也就是变化莫测的手法。篆体手法最单纯;隶体开始变复杂;草体相对隶体而言,手法反而少些,草体的手法更接近篆体;楷体把复杂程式化;五体里,行体最为复杂,复杂的手法所依赖的,是丰富的心灵水一样流动。历史上,这三个朝代的行体最多端——东晋、北宋、晚明。

"元四家"说

法度越深,笔墨越松。前几天看宋人山水有感。

宋代画论中的关键词是理。

元代画论中的关键词是意。

元代绘画之前的绘画——它的细节是形的细节。到了元代,尤其"元四家",绘画中的细节在于笔墨的组织上。这个变化了不得,让中国画成为真正的中国画。这是大觉悟。

"元四家"的线条都很磊落大方。

"元四家"的线条真讲究,一笔下去忽枯忽湿忽浓忽淡,神龙见首不见尾,他们是有数的,我们则莫测端倪。在艺术上作者越讲究,读者越莫测其端倪。

(一幅画中要有一些没有描绘功能的笔触。我这想法,德勒兹居然也想到了,他评论培根绘画时也有大致类似说法,见《感觉的逻辑》。)

"元四家"最会用水——有水才有笔墨。

"元四家"画画,不像前辈画家那么叙事了,怎么不叙事了?我也不知。只觉得他们有些抒情。

"元四家"画画,从再现到表现。

一点一线不论大小长短,出手皆要有虚实。悟此方知黄公望《富春山居图》的妙处。《富春山居图》,是笔墨大全。

内在之虚实决定点线之状,一笔下去,半梦半醒。

(黄公望可以说皴而不擦,出处见锋。倪云林略有擦笔,常常与染组合,所以滋润。董其昌与八大山人擦笔多了,难免气息薄了一点。)

"险韵萧萧人品系,篆籀浑浑书法俱。"倪云林的这两句,把文人画给道尽了。

倪云林还写过这样的句子:"到如今世事难说,天地间不见一个英雄,不见一个豪杰。"

"咫尺分浓淡,高深见渺茫。"(吴镇《子久为危太朴画》)

"云林点笔染秋山,往道荆关今又还。别去相思无可记,开缄时见墨纤纤。"(吴镇《次云林韵题耕云东轩读易图三首》)

"忧倾倒,系浮沉,事事从轻不要深"(吴镇),笔法也;"动一动有差有别,不动一动也是胡作乱做"(吴镇),笔法也。

"以虚静推于天地,通于万物"(庄子《天道》)——道家的笔墨就轻避重。细细玩味一个"推"字,好像才坐下不久,就有人喊吃午饭了。儒家的笔墨就重避轻。释家的笔墨迅猛挥洒(可说是禅宗画的最大特点),"顿悟"两字。

白又白

水墨妙处的确在留白这里,白又白,白之又白,众妙之门。

古意在留白处,笔墨在留白处,格调在留白处,怀抱在留白处……八大山人或许是深解其味的。我不求甚解。

八大山人之前,元人是真明白留白的。

八大山人之后,画面越来越满。除了黄宾虹,他是真天才,以黑为白。而整体说来劣迹斑斑,变本加厉,画脉几断。

一平尺也好,丈二匹也好,对纸上的空白,不应明留,而应暗留。

又或者,让空白占有我们。

不常常

一根线头出来,技术好到中锋能够多变,就可以放弃偏锋。为什么需要偏锋介入?因为技术没有那么好,就只能通过偏锋求变。中锋为常常,偏锋是不常常。杨维桢偏锋处理得像说书先生里的高手,知道什么时候一拍醒木。王铎也有这个意思。

痛苦的人出语反而轻盈、华丽——王羲之的书法耐看在这里。

相比王羲之的用笔,王献之的用笔流利——从而失却不少细节。中国书法史,就是用笔细节不断伤逝的历史。

张旭《古诗四帖》,用笔拖泥带水,结体油腔滑调,非真迹也。

怀素草书圆形,黄庭坚草书多边形,祝允明草书横行,董其昌草书纵向,林散之草书平的——横平竖直……只有张旭不拘形迹,故张旭书品最高。

字要写到意外——不可思议,对艺术总是好的。

李迪的《白芙蓉图》,放大了看,笔笔写出,写如唱——程砚秋的唱。描笔,拖笔,滑笔,等等如喊。

担当《虎溪三笑图》中人物衣纹,就比罗聘高级,罗聘是刻画,担当是书写。什么是书写?每一笔中自有结构。(轻重缓急、抑扬顿挫,是每一笔中潜伏的结构。)

写——行笔要有一定的畅达,才能保证笔势的生长性。

写意画有漫画味道,品就不高。丁衍庸的大部分画,王敬恒的小部分画,皆坐此病。八大山人的花鸟十分夸张,但不是漫画。

哈哈

"此中神会,全在不似。"雁荡山居,悟得八字。

当初脱口而出,大吃一惊,白石老子的"似与不似"、宾虹老子的"不似之似",皆输我车前小子一步,哈哈。

卖肉的与卖兰花的坐在一起

董其昌的行书,恽寿平的没骨花,在我看来,其中总有一种精神相仿佛,说是"秀润"吧,"秀润"两字又不能道尽。

恽寿平的没骨花写生,是行书,不是楷书。他一笔带过枝枝节节——省略了不少笔画。

恽寿平的没骨花写生,还是写意,后学者不从"写意"着眼,砚田耕穿,终究领略不到南田妙处。

林良的画与恽寿平的没骨花相比,就像卖肉的与卖兰花的坐在一起。林良功在大写意花鸟画的早期建设上,品格不高。也许是我太过了,总说林良画面恶劣。

恽寿平曰:"神明既尽,古趣亦忘。"言下之意莫非"只要神明在,古趣自不忘"?

恽寿平笔下有"笔思",董其昌的行书也有"笔思"。"笔思"两字,莫失莫忘。

"笔思"——用笔狂肆笔无思,用笔甜熟笔亦无思。"笔思",在狂肆甜熟之外。

恽寿平之后,花鸟画越画越纵横了,或者越画越拘泥了,习气弥漫。

用笔法与笔法是两回事。近人启功知用笔法而不知笔法;恽寿平知用笔法亦知笔法,却不知结体。傅山曰"一字有一字的天",这是结体之法。

"笔思",得笔思者得水墨。

昨天大风

黄宾虹的"笔墨观"——"五笔七墨",总结起来,大概也就是两句话——

"起要锋,转有波澜,收笔须提得起。"

"墨华鲜美,亦如永远不见其干者。"

昨天大风,傍晚真大;感冒,疲惫;晚饭后早早上床,忽然睡不着。

胡思乱想——

"平""圆""重""留""变",是五种线条形态,也可以化在一根线条里,同时呈现。

用一根线条表达这五种形态,这一根线条之"气"涵摄五种"力":"平""圆""重""留""变",是五种运动的力量。

"八面出锋"的意思是:不管毛笔侧在哪一边,都要用锋行笔。

"气韵生动"是生而有之的,"骨法用笔"是学而有之的。

"六法",是六种学画方法。每个人的天赋不同,不能"气韵生动",那就"骨法用笔";不能"骨法用笔",那就"应物象形";不能"应物象形",那就"随类赋采"……你总有一能吧。但其中的品级是摆在那里的,不可不知,不可颠覆。

徐渭的精品里都有舒畅感,笔墨舒畅,章法舒畅,所以有他特有的宽阔。

用笔的时候,觉得腕底舒畅,线条自己会生长似的——这感觉就对了。

徐渭,博大;八大山人,精深。

白光迅 | 午后的书

在昏昏沉沉的午后，人仿佛进入一种梦境。那天我不知为何来到远郊的小县城，东边的海风掠过盐卤滩涂，吹向远处油绿的田野，途经此处时，在化工厂高耸的管道上留下斑驳锈迹。几个老人坐在路边的水泥台上，荫凉里，他们一动不动，像晒干的粮食颗粒，即便偶有几辆车徐徐驶过，他们也不曾如树叶微微翕动，好让整个世界听起来有声有响。

就是在类似的午后，我迈入了王老板的书店。木质门框上嵌着一台用来挡风遮雨的古董空调。王老板坐在收银台后，身侧是简易的洗手盆，肥皂水的味道在他庞大的身躯周遭围绕。我们简单寒暄，天气、时事，微不足道的那些，像笨拙的画手起笔的阴影线。一对母女出现，电动车筐里一摞教辅书，完好地保护在印有黄色笑脸的塑料袋里。王老板熟练地打发了她们。那样的母女，我在那个小县城见过，她们沿着张臂可触的街巷穿过主街，朝旧时的百货大楼走去，继而消失得无影无踪。

书店里间，四壁通顶的书架远不够用，地面上起了近一人高的"战壕"。最底一层的书，棱角已经磨圆，看不出那是谁写的什么。抬起身，胳膊肘碰到尼采的诗集；扭过头，则在下巴处顶着成套的历史笔记。王老板考虑另租的事情已有多年，奈何其他地方租金过高。我每每告诉他，应该学一学行业先进，专辟空间卖一些咖啡、文具和工艺礼品，这样才能扛住租金。每每他听到此，都侧着脸，觑着大眼睛不置可否。在一些环境优雅的咖啡馆里，铁艺架上摆放着精致无尘的卡夫卡、普鲁斯特、尼采、加缪以及配色清淡的花束，为坐在沙发上交谈的人提供氛围，就像王老板店里那台卤肉色的空调。这时代有很多看上去很迷失的人，无论他们怎样与时代保持并扩大距离，始终无法逃脱时代的胎盘。他们喜欢这些符号，喜欢那些议题，这会帮他们忘却自己究竟是谁，若是想起来的话，大概会更加痛苦，虽然本质上，人类比动物更偏爱沉溺在痛苦引发的快乐中。如果尼采在世，他应该高兴，他现在是重生的上帝，可惜他确确实实死了，人人平等般的死了。

那时是夏天，书店里来了一老一少两个书友。他们腰靠在书堆上，热情地和王老板招呼。说着说着便感慨多年前涌起的书店倒闭潮。我记得那几张网帖照片，批发市场里颇有名气的一家书店倒闭清仓，比平时多出几倍的顾客挤在店里，不久之后批发市场又多了一家教辅书店，依然保留了原先的名字。"怎么样也要给读者一个能待的地方啊。"他们说，也许是指本店无处下脚更为合适。听着他们的大声疾呼，王老板笑呵呵的，不时吹吹保温杯里的热气。他的书店能够屹立至今，大概因为他既不是纯然的文化人，也不是纯然的商人，就像这书店，既不是纯然的商铺，也不是纯然的仓库。我记错了，那时是冬天，那个年轻的书友将手套搭放在鲍勃·迪伦的诗集上。夏时来的是一个矮胖的老头。王老板问他退休生活如何，是不是吃喝玩乐美滋滋。老头说，还是你爱我我爱你搂搂抱抱多甜蜜的好。两人对视大笑。老头演播起自己全新绝版的舞池艳情，王老板津津有味地听，我则无心附和，因为我再一次发现，没有我要读的书。

手里这本黄色封皮的《怀疑者多马》，紧实地包裹在塑封里。我犹豫要不要买它。空手而归，是不好意思的，虽然来时抱着寻得一本好书的兴致，却也明知已无耐心通读完一本书，买了，也仅供收藏，不时幻想起若有一天在暴风雨中的船舱里，或在困寂的永夜里，挑起一盏灯，默默享读自己的私藏。可这毕竟只是一种幼稚的想象与欺骗自己的借口罢了。在漫长的生活踢踏中，许多习性与偏爱都会改变，残存下的只是某个很难追溯源头的象征性动作。比如依然试图在流动不居的各项事务中，寻找背后是否存在统一的意义，继而指向一个关于未来的终极宏大目标。这意味着过程中的得失成败均是富有意义而所必须经历的，我们无须为自己的善恶行止自满或自责，因为一切都是奉献给它而可以心安理得的。虽然明知这么做是徒劳，但仍然怀着期待，以使自己免于不安和虚无。而事实是，在抹去回忆的滤镜之后，它们始终是生活的底色。伊甸园的故事提供了一种慰藉，我们毕竟拥有天真的婴孩时代，因此我们有理由尝试重建它。然而，我们意志的精致程度常常远超我们当时的理解能力，它比蛇更善于隐藏与猎捕。蛇是一直存在的，环伺在周围，有一天之所以出现，是因为被我们观察到了。我们利用它打开了潘多拉的盒子，将失序与虚无归咎于它，以免否定自己存在的合理性。我们创造出的一切概念，都源自我们自身，与其说我们创造了上帝的概念，不如说我们就是上帝。

　　在昏昏欲睡的午后，我也会去旧书市场。那里有什么持续地吸引着我，比王老板的书店更使人迷恋。目前尚存的旧书店基本聚集在市心繁华的商街中，穿过嘈杂的主街，朝着仿旧建起的胡同走，霎时安静。旧书店老板们如果不卖书，应该也可以卖鱼卖虾、鸡零狗碎，他们是小商小贩，日子比买卖大。常去的一家旧书店门前，摊子上的书已经被晒褪色，老头含咸菜般的叼着烟，将胳膊支在双腿上，抬头默默看对面下棋打牌的同行。屋里能放下椅子的地方，坐着他的老婆，干枯得像一团报纸，上面刊载着几十年前的特大喜讯。她怕人偷书，也怕人不买书。见人手里举着一本黑地白字封皮的《古今小说》，她就夸奖："一看你就是文化人，有大学问，那书一般人看不懂。"要是跟她划价，她便止不住地哀怨房租太高、女儿国外的花销太大，诸如此类。有人说，既然不挣钱，为何不开一家网店呢，看看附近的那家，做得风生水起。老婆子不言语，沉默一段后，又开始抱怨房租太高，给女儿邮寄生活用品的费用太高……

　　历经时代变迁，旧书市的繁华光景已经不再。那时，人群蹲在书摊前，频频撅起屁股，不停地拨弄书堆里仿佛有的奇珍异宝，书贩们也不乏精明地将人体艺术、性学报告摆放在显眼的位置，让怀揣朝圣之心的书生环顾左右，进退两难。如今唯一不变的是，各个年代各种类别的图书，依然毫无差别地乱堆在屋子里的各处。革命年代的书籍最好区分，要么是红色的封面，要么是红色的标题，有的店主会专门挑出来。我就在开了网店的那家购来一本红色日记。日记的主人是一个革命小将，她在兵团参与劳动，热火朝天地割糜子，在日记里也热火朝天地记录思想体会，抄写革命诗歌。日记扉页的照片被取走了，留下她用锡纸做的画框。1971 年 2 月 28 日，她写道："我现在觉得自己非常的虚度年华，一晃自己活了十九年了。"她认为虚度年华的原因是自己贡献不足，落后于他人。无法猜测，那句话是否真的也是讲给她自己听的。同年 9 月，日记戛然而止，剩下十几页空白，层叠的泛黄的纸的边缘，像人工堆砌而成的海岸线，历史的海浪来回涨落，私人的命运禁止停靠。到了八九十年代，书的样式变得五花八门。除了重见天日并保留了五十年代装帧风格的中外小说，我也喜欢技术进步之后在薄纸封皮上压上一层塑料膜的书册。我小时候经常看这样的书，尤其喜欢从书角处揭开薄膜，观察失色的轮廓。那时的设计审美处在大爆炸时期，既有夸张的撞色、图案和抽象画，也有失真的风景、人像和五毛钱特效，如今看来土气廉价，在当时也许风行一时。此后，在大爆炸的余温中，万事万物以不可思议的速度生长变化，快得一眼是繁华，一眼是荒芜，人们好像是疯了，又好像是幸福，金钱在夜里睡不着觉，它不知道明天人们会对它怎么样。

我大概是一个失去了天真的读者。也许，不久之后，我能在充满旱烟和炝锅气味的旧书店里看到我卖掉的黄色多马。我希望它最好能与那些西西弗斯和福尔摩斯堆在一起，将怀疑和虚无替换为责任和悬念，而我正在写的这几页废纸，如能为辗转难眠的普鲁斯特们引火供暖，也不失为最好的归宿。

许多年前的一个午后，我在乡间的大路边等公交，过往货车掀起的沙尘和汗水搅和在一起，久站的腿里集中了全身的血液，整个人昏昏欲睡。强烈的希望，是一件坏事，它让等待的过程变得漫长而难以忍受。没有可供消遣之物，我唯一能做的，便是观察往来行人的样貌衣着和言行举止，靠幻想变成他们来打发时间。我无意中发现，在几十米开外，染着黄头发，身形枯瘦，以无所畏惧的气势蹲在马路牙子上的，是我的一位初中女同学。我轻蔑地扫望着她，发现她也在毫无掩饰地轻蔑地扫视着我，但没有相认。我想起她如何在课堂上与老师冲突，如何在课桌里藏钢管匕首，以及他们那些难登大雅的事情。如果我们的人生对调又会怎样？在胡思乱想中，公交车疾驰而来，停下，我们跳进各自的车里，沿着线路蜿蜒而去。我忘记了时间的流逝，也不记得时间如何操弄人心，以后的路途里，没有车毁人亡，也没有驶向辉煌，只有路边循环反复出现的田野、树丛、便利店、小商场、楼宇、工厂……生活的秩序和意义消磨得模糊而平淡，我们一边用时间贿赂造物，乞求它尽量满足我们的贪恋，一边忍受着种种拂逆和不如意，等待有朝一日自由和幸福从天而降，盛大开场，同时又频频开启寻求和重建的旅途。我们在每一处大战风车，而时间就这样打发过去了。

太阳渐渐向西移动，仿佛旋钮一般，把街上的声音调大，空气中多了几许凉意。手机提示公交车十几分钟后到站，正可抽完两根烟。穿过市区布满灯光的窄密路网，公交车开始驶入远郊。天色如浸墨暗沉下来，因四季的变化而有浓淡。冬日的天际发着粉黛色的晖光，让人怀念起夏阳灼烧过后的疲惫感，进而怅然若失。有时半路下起雨来，荒野里零星的灯光微弱跳动，仿佛即将熄灭的炭火。陈旧的物流园区、破败的活动板房、坏掉的大货车、露出贝壳碎片的土堆，稀稀落落地摆放在长长的公路两边。白日里可见连片的芦苇丛和一坨坨紫红色的碱蓬，藤蔓爬上废弃的大车店,试图把铺面上的文字唤回原始的样貌。文明或是茫茫又长长的黑暗中的一闪,生命极端的轻,又极端的重,构成了我们分裂又复杂的思想底色。

　　醒来时,远处国道上的路灯正如拉链般在缝合着夜色,公交车稳健地行进,不时被大货车超过。我脑子里想着的乱七八糟的东西,在昏睡中变成一团团燃烧的废纸,它们的灰烬顺着呼吸掺进记忆。有人上车了,有人下去了,我要回自己的家。我不想坐过站,也想过坐过站会是怎样的经历,大概会一直睡到终点吧。那个小县城里有许多如你我一般平凡的人,他们沿着张臂可触的街巷穿过主街,消失在旧时的一片汪洋里。

大地的痂 | 胡慕安

　　涌动。太阳落下,泡沫灰白,在光线消失的地方勾勒海水的轮廓。阳光不再忙着调节海上的光线,深蓝、碧绿、赭石、浅黄,那些幻化无穷的颜色退场,海的真面目,仿佛只在太阳消失后才会显露出来。有无数的河流通向大海,河水流过平原险滩,流过冰雪尘烟,流过风云意气,流过六道轮回,带来了陆地上的一切。海是此与彼的总和,是归宿,也是源头。现在,船长也在海里,成为了海的一部分。

　　很少有人像船长那样了解香蕉湾的海。他会指着远处最深的蓝色说,看,那片几千米长的断崖一直延伸到太平洋。他了解一天潮汐的涨落,了解一条珍鲹的出没,了解波浪之下洋流的走向和礁石覆盖的阴暗角落。大海并不是一股脑儿将所有事情都告诉给他的,天启神授只出现在对英雄的赞歌之中。顿悟是先验的,神的选择总是带着浓重的命定成分。大海不是这样的,它深沉而博爱,接纳着所有潜水者的到来,而后谨慎地选择并标记下那个人,徐徐将水面之下的世界展示给他,缓慢填充他的记忆,从一隅之地到漫无边际,等待他熟识、熟知、熟记,熟练地穿越海藻森林,兴奋,新奇,疲惫,再周而复始。船长渐渐看到许多东西,开始向别人讲述那些水面之下的见闻:日出前钻出沙地捕食猎物的海鳗、深夜里被海葵驱逐的小丑鱼、飓风天在最细处折断的狮子岩、升水中被螺旋桨打断双腿的潜水者、氮醉时割断呼吸管窒息昏迷的学员……几乎所有曾在这片海湾存在过的人和事物,大海都目睹并保留着最完全的记忆。一切该结束的都在结束,一切该讲述的都在讲述,故事中蕴藏着凝固的悲欢。

　　大海给了船长近乎一切,如慈父对幼子的溺爱,除了一艘船——并不是所有叫船长的人都有一艘快艇。他每日在潜店中清点人数,带着游客登上潜店的船,航行到一个个潜点。马达息声,身后没有了陆地广袤,船只恍如孤岛,身边除海水外再无其他,世界从一片蓝天开始,在脚下的船舷结束。此时,船长开始进行每一潜的简报,地形、洋流、鱼类、海兔,娓娓道来,就像一本翻开的百科全书,坦率而直接。我有时候觉得这就是大海的声音,一种毫无保留的复述。这是他的工作,他靠这项技能谋生,但没有人会因为给了小费而轻视船长。海水的包围之中,他是香蕉湾的摩西,将指引人们在日落之前走出这片海,走出埃及,岸上有牛奶与蜜的等待。"船长是香蕉湾最好的潜导。"我不止一次听到潜水归来的游客对船长这样评价,而船长似乎并不在意别人的夸奖,只是冲洗完自己的装备,认真地在每本潜水日志上签名盖章,然后坐在沙地上看日落,像个刚刚从圣地返回的信徒,脱下僧袍,用祈祷迎接一个绛紫色的黄昏。

日落时潮水升腾,海滩上的一切重回海的怀抱,说不清是风卷起了海浪,还是海浪裹挟了风。涨潮声,是特定仪式上的呼啸欢腾,每一滴海水都在赶赴神秘的约定之地,这样的仪式船长已经失约几天了。船长在海中失联,那天午间第二潜升水结束,客人们没有见到他,船上当然也没有。惊慌的船老大带着另一组的潜导下水寻找无果,随即返回报警。一连数日,周边潜店的潜水者纷纷自发地帮助水警寻找船长的踪迹,可惜毫无收获。潜导们都在超负荷潜水,然而海的空间过分辽远深邃,多次的寻觅无果后,他们已经失去了最初的焦躁与不甘,升水后异常安静平和,甚至会在清洗装备时对凑过来帮忙的人说一声感谢。连日来,关于船长去向的各种可能性间杂生长,人们最终趋向于接受同一种哀伤的结局。也许是出于默契,帮助寻找船长的潜水员每天都在减少。"我们到那里去什么也不盼望。"当总有一天可以找到的信念动摇后,每个人都化身成了聂鲁达,坐在海边吟着诗。

码头上,肤色黝黑的孩子们三五成群地站上木栏杆,高声说着听不懂的方言,一个接一个纵身跳入海中。他们姿态各异,却都固执地要在落水之前做出标志的动作,或伸展双臂,或蜷缩双腿,千奇百怪,怎么落水都可以,没有理论,没有技术,入水时的扑通声总夹杂着码头上的一阵欢呼。在这里,跳水不是为了证明某种身体优势,而是证明跳入海中是行得通的。生活总得继续下去,这个世界本就是日新月异的,活着的义务都包含在一切可行之中。午间,水警宣告了船长失踪,从官方层面为整个事件画上了句点。岛上的居民们有了新的谈资,他们已经不再聊起船长失踪的事情了。船长成了离乡日久的尤利西斯,那些关于他的记忆都变成了零散的片段,不刻意提出便不会被想起。忘掉是主观的,带有明显的标记意味,而遗忘的目的是被记忆。漏掉与忘掉不同,遗漏是时间里的永动机,它没有止境,是累积的结果,事物无限地在记忆中趋同。时间沙漏似的流逝,漏掉了人们的震撼、惊慌、惋惜、迟疑、笃定、痛苦、悲哀,最终也把船长漏掉。

潜导胡大叶站在潜店前的空地上,她应该是在等我。我已经将她的装备冲洗干净,湿衣洗好晾在风扇房,脚蹼和潜水镜甩干水珠搭在架子上,为她做好了明天继续潜水的准备。海水涌上来,没过她的脚,而后又退回去,循环往复的节奏最终将她与大海在夜色中融为一体。我并没有向她走去,沙滩上一团黑乎乎微微发光的东西吸引了我的注意。我弯下腰,借着手机手电筒的光线,看见一只水母琥珀色的伞形身躯在海浪的拍打下摇晃出浅浅的沙坑。更大的海浪打来,水母被推着翻了个身,原来,它柔软的触手正全力裹紧一只箱鲀,逃离的本能令箱鲀鼓胀成球,眼看就要脱离水母的钳制。生存的竞技场上,海浪徒劳地拍打着水母,试图分开捕猎者与被捕猎者。然而此时任何干扰都会被视为对强者的鞭策,水母始终不愿松开触手,听任海沙将它推向离海更远的地方。固执,已经将理性思考变为感性狂热,权衡利弊的天平丢失,无法衡量目的与那些为达成目的而付出的代价,从而将一切牺牲合理化。目的,成了一种感觉,一个巨大而并不存在的轮廓,无比广袤,只有起点,没有终点,任何对目的的碰触都成为对细节的赘述,执念将它装扮一番扶上神坛。目的就此成为一种信仰,金钱、名誉、地位、生命……种种有形无形的东西,都是祭品,可以随时用来献祭。等祭坛陈设完毕,最初的目的早已被毁灭,连同所有神圣的东西都被毁灭,留下执念的幽灵狂热地穿梭。胡大叶伸出脚,用力一踢。扑通——那个琥珀色的球笨拙地画出一拱曲线,降入海里,被海水瞬间吞没,留下一个谜底开放的谜题。我不知道水母与箱鲀的各自结局,因为较量被胡大叶偶然的介入戛然终止。无从得知的不只是水母与箱鲀的命运,还有船长成谜的去向,无从得知的是整片大海。陆地是陆地,大海是大海,我们于大海的认知仅构筑在陆地得到的经验之上。我们创造了钢铁与科学、诗歌与艺术、美酒与宗教,但是我们不曾创造海浪、洋流、礁石、砗磲,不曾创造箱鲀与水母。大海是另一种形态,不能被陆地上的认知所定义。大海,就是大海本身,一个迷雾丛生而含义幽深的存在。

胡大叶并不在乎任何结局,她带我前往潜水员们经常光顾的小店,她比水母还要迫切地期待着一顿晚餐。小店装修得很简单,海边的小屋都太相似了,墙壁很厚,窗户很小。一块手写板挂在墙上,靠左侧一排写着附近几个潜店和店里潜导们的名字,每个名字旁边都有一个小小的数字——古大陆的风吹到了,又停了下来,传统继续居住在这小店里。赊账行为本就是古朴的化身,藐视着时间与空间,又或可说救下了古朴,让它在时代的席卷下幸存。船长的名字还在手写板上没有擦去,笔画杂乱而粗犷,像只眼睛在黑夜里流泪。不知道胡大叶有没有看到手写板上的名字,她已经点好了我们的晚饭。我告诉胡大叶,潜店老板决定明天恢复营业,我希望她能成为我的潜导。她只是稍顿了一下,没有给我任何回应,继续低头吃着一盘炒饭。胡大叶是个环保主义者,拒绝一切珊瑚礁鱼类,觉得自己没有办法停止联想,而餐桌上的鱼都是刚刚和她在海中一起游动过的,她也早晚会成为海鱼的晚餐。我知道这是小概率事件,不会比她在潜水时发现平行宇宙可能性更高。人们的确对海鲜少了敬意。弱肉强食刻进了基因里,人们以胜利者的姿态维持着对物的蔑视,从而获得一种兴奋、一种优雅、一种不证自明的优越感。

有太多次,我想向胡大叶打听船长失踪的原因,哪怕是某个能够指向原因的细枝末节,但最终还是忍住了好奇。胡大叶帮我付了晚餐的钱,说是当作冲洗装备的感谢。她也顺便帮船长把欠账付清。店员接过钱,转身擦去手写板上船长的名字以及那个小小的数字。那些坚信着永恒的人应该来到这个小店,看着那个名字被店员如此轻巧地擦去。在这里,生命不会比一根马克笔更沉重,生命的轨迹是按照笔画的曲线走完的,甚至来不及为消失做准备。任何痕迹都是过去,都属于回忆,擦掉,就没有了。我看着店员,他似乎在我面前抬了抬手,我不确定,生存的本能令我惶恐。"明天,我会告诉民雄把你放到我的组里。"分别时,胡大叶终于回应了我。

黑魆魆的海水在黑夜里涌动,像大地结出的一道痂。它凝固一切,包括黑暗,接纳一切,包括痛苦。船长和水母去向成谜,大海保留着我对他们最后的记忆,那巨大而广袤的伤口敞开着,而明天,我就会背起气瓶潜入它的神迹之中。

孤独的逆鳞 | 方磊

上

1950 年 7 月 27 日，托马斯·伯恩哈德与为数甚少的密友之一，音乐家布伦德勒，像往常一样来到圣法伊特教堂。在朋友的伴奏下，伯恩哈德放声高歌他挚爱的《魔笛》中的咏叹调。在空旷教堂的穹顶之下，他的歌声宽厚隽永，因为丝毫没有经过后天的音色训练，而更显得纯净天然。教堂外，伯恩哈德的歌声吸引来很多人，其中不乏来自上流社会衣着雍容的妇人。其中，一位来自维也纳名叫海德维希·斯塔维安尼切克的五十多岁的女士，与伯恩哈德曾经同为一个肺病疗养院的顾客。

伯恩哈德终身未婚，也没有确凿的女友或情人。他没有恋爱，不近女色，甚至有人认为伯恩哈德至死都是一个处男。每当一种关系出现密切发展的可能性时，伯恩哈德便会以各种方式消失。

1953 年的圣诞节，伯恩哈德与斯塔维安尼切克在圣法伊特再次相逢，从此开始了二人长达三十年的神奇交往。

关于这个比他年长三十六岁的女人，伯恩哈德在《维特根斯坦的侄子》里写道：

> 一切都或多或少应当归功于三十年前的那一刻，从那时起，她站在了我的身旁。如果生活中没有她，我现在绝不可能还活在人世，也肯定不会是我今天的这个样子……这个聪慧的女人对我来说，在任何一种关系中都堪称理想的楷模。

1979 年，伯恩哈德在接受德国记者采访时表示，除了当时已经有八十岁高龄的海德维希姑姑之外，他无法想象，还有什么人能够在他的庄园里住上两天两夜。

海德维希·斯塔维安尼切克1894年出生于维也纳一个富足的家庭，是家中唯一的女孩，在第一次世界大战期间自愿参加过战争救护工作。1928年，她经历一次短暂的婚姻，一年后结束。1933年2月，她与一位政府官员结婚。十一年后，丈夫去世。而她因为身患肺病，住进日后伯恩哈德也曾在其中艰难度日的肺病疗养院。

在文学上大放异彩之前的十五年间，伯恩哈德完全依赖斯塔维安尼切克生活。在伯恩哈德1967年病重住院时，这位被伯恩哈德唤作"姑姑"的女人承担了全部医疗费用。在她的资助下，他们共同游历了美国以及欧洲诸多国家，直接拓展了伯恩哈德的视野与思想维度，更延缓了他的肺病发展，甚至说延长了伯恩哈德的寿命也并不为过。也正是因为这位姑姑，出身寒门的伯恩哈德才有缘进入奥地利上流社会，得以洞悉一个他曾经一无所知的世界。

为了使伯恩哈德更好地适应在社会名流之间交际，她为他置办了全套来自英国的时装。而姑姑本人生性节俭，在现存的她的记录本中，可以找到小到几先令的支付账本，包括她为伯恩哈德买的面包、纸张等消费，也正是她，培养了伯恩哈德雅致的生活品位。

女记者克里斯塔·弗莱施曼是伯恩哈德极为少有的信任的媒体界人士，她为奥地利电视台拍摄过两部关于伯恩哈德的人物专访。她在回忆里谈道："伯恩哈德在斯塔维安尼切克教导下养成了严谨的写作习惯，不是随意写作，而是严格规范地工作。正是她，使他整个作品形成了独特的文体。"谈到他们之间的情感，这位女记者表示，姑姑对伯恩哈德的爱是毋庸置疑的。"这一点谁都看得出来，不论他到哪里，她都会随之出现。尤其当她逐渐老去的时候，而他正年富力强，她甚至无法克制她的嫉妒之心。每当有人来访，她都会表现出猜疑与排斥。"显然，在这份情感中，伯恩哈德是后知后觉的，他在很久之后才意识到这个女人对他的重要性，直到她去世之后，他才明白这份爱。

1984年，海德维希·斯塔维安尼切克病逝于维也纳。似乎一切都无法将她与伯恩哈德分离，即便是死亡。五年后，伯恩哈德死去，他的灵柩，就葬在她的墓地之中。

令伯恩哈德生活发生巨变的1964年到来了。

小说《寒冻》，为伯恩哈德带来了文学上的巨大声誉，他由此登上世界文学的巅峰。他给自己的礼物是第一套属于自己的房子——四方庄园。

1965年，伯恩哈德获得不莱梅文学奖，他把一万马克奖金全部投入四方庄园，同时他从维也纳教育局得到了一笔无息贷款。伯恩哈德用十年的时间把四方庄园营造成自己的独立城堡。这里的点滴设计都是他精心构想的，他甚至直接参与购置各种装置与器皿，从窗帘的挂钩到灯具，都合乎他的构想。

对于伯恩哈德这样一个自小被遗弃、心理创伤严重的私生子而言，庄园里的每一个出口，都是他走向灵魂疗愈与抚慰的通道。他内心对周遭人们和这个世界的所有敌意，在此有了些许的柔软，那幽灵一般如影而随的漂泊感，有了短暂的睡意。

购房的痴迷，在伯恩哈德一生里至少持续了十年以上。1971年3月，他买下第二处房产，同样是古旧的农庄。1972年11月，他又在森林边上买下了第三处房产。

写作赚钱然后买房，成为他这十来年的主要内容。为了买房，他必须不断写作，而诸多房产给他带来的无尽经济压力又逼迫他不断借贷和预支稿费。然而这又使得伯恩哈德成为奥地利最高产的作家。这十年里，他的作品开始在不同的文学奖中持续闪耀。

斯塔维安尼切克于1984年4月29日病逝。在姑姑最后的日子里，伯恩哈德在床前尽心竭力服侍陪伴。当姑姑最终闭上眼睛的时候，伯恩哈德感到内心那些最重要的东西也同样正在死去，蚀骨的哀痛，至死都令他无法舒缓过来。

伯恩哈德与斯塔维安尼切克的关系，一直像一团迷雾。伯恩哈德对他的命中贵人从未明确表示过自己的情感倾向，但这位姑姑也绝不是他生命里的一位寻常友人。在伯恩哈德的作品、回忆录以及访谈文章里，姑姑时常会像一缕暖阳，漂游过他冷涩的文字机锋。

斯塔维安尼切克对伯恩哈德的感情一定是饱含爱恋的，只是在她离世之后，伯恩哈德才懂得了她的爱，才真正开始审视自己对她的感情。

1985年，在斯塔维安尼切克死后一年，伯恩哈德发表了带有自传性质的小说《历代大师》，为自己与姑姑的情感树立起一座闪亮不朽的丰碑。小说主人公雷格丧妻后在悲痛中不断反思，过去对待妻子时的冷漠与刻薄，令他追悔不已。

下

从出版第一部诗集《尘世间与地狱中》到走进国家文学奖领奖大厅，伯恩哈德在世界与自我的错杂中行进了十年。

> 没有什么值得颂扬,没有什么可以诅咒,也没有什么应该谴责,但是很多东西是可笑的:如果想到死亡,那么一切都是可笑的。

（伯恩哈德《国家文学奖致辞》）

有了经济支撑后,伯恩哈德将很多文学奖当作笑料和小丑的游戏,除了他以外,没有一个作家敢于在第二次世界大战后对奥地利社会与公众进行如此激烈的挑衅,以致他在国内被称为"丑闻作家"。也同样没有一个作家如伯恩哈德这样,在诗歌、小说、戏剧上全能地攀上文学的峰巅。他的作品中总是贯穿着人类不懈努力,在自然与社会之间始终坚持个体的自主性。伯恩哈德多次强调,自己从未试图描绘纯自然的真实,而是将"内在的发展"作为对外在现实的反映。

令人错愕的是,这个曾在笔记里写下"我痛恨你们所有人"的桀骜不驯的作家,最初的写作风格竟充盈着明丽的乡村田园色彩。然而,从1963年发表的首部重要小说《寒冻》开始,他的作品开始剥去赞美乡村生活的神话外衣,转而揭示乡村的冷酷残忍、落后守旧,从虚假外表的田园牧歌中揭出愚昧、疾病与死亡的无处不在。

在《寒冻》中,伯恩哈德创造了一种与反乡土相适应的简约语言,没有扭捏的渲染,没有华丽的辞藻,只有重复中层层逼近的惊心生命真相。伯恩哈德还创造了一些具有个人风格的词汇,因其精准生动、直抵人心,被读者很快接受,也在社会上流传开来。伯恩哈德式的对语言的极端简化与重复,使得小说更为洞彻地抵达了他所要表现的生活的荒诞与无意义。伯恩哈德也由此被文学评论家们贴上了"阴暗"的标签。

二十世纪六十年代,在征服了整个德语文学界后,这个不拘一格、狂放不羁的大角色又向着戏剧开掘。他一生创作的十八个戏剧,无一例外地在德语国家由一流导演执导,一流剧团出演,使得以跻身欧洲个人剧作上演率最高的作家行列。在剧作中,伯恩哈德揭示与呈现当代社会的种种异化,并对此做出自己的诊断——生活,从外部世界到内在世界,已经失去了平衡;人的精神与物质,都已经被扭曲。

在首部剧作《鲍里斯的节日》之后,伯恩哈德尝试变化语言和创作形式的变化:台词没有标点符号,语言没有韵律,剧中的人物往往没有能力彼此建立有内容的对话,呈现出的只有大段独白。《愚人和疯子》是 1972 年伯恩哈德为萨尔茨堡戏剧节所创作的剧本,他坚持结尾处全场必须处在绝对的黑暗中,连场内的消防灯也必须关闭。伯恩哈德表示:"一个连两分钟的绝对黑暗都无法承受的社会,不需要我的戏剧。"演出末尾,当舞台沉入一片黑暗中时,碎裂声响起,作为剧中角色的女歌唱家开口说:"累极了,除了筋疲力尽,什么都没有。"

1975 年,伯恩哈德出版了自传体散文《根源—— 一条轨迹》,这也是他五卷本自传系列的首册。随后的七年里,这套自传体散文完整地再现了他惊异与神奇到难以捉摸的生涯。

而伯恩哈德最看重的作品却是 1970 年拍摄的纪录片《三天》。在德国汉堡一个公园的长椅上,伯恩哈德背靠林荫,用三天时间,拍摄自我剖白。他讲述自己为何写作、写作对于他的意义、房子对他的意义、文学与哲学以及哲人们对他的意义……他的阐述犹如海浪击石迸溅出的澎湃怒涛,又如溪水不惊的涓涓细流。

> 人类是孤独的,每个人只能独自发展,人将永远孤独,并认识到,人是不可能脱离自身的。其他的一切都是错觉、是疑惑,这一点是不会改变的……
>
> (伯恩哈德《三天》)

纵观伯恩哈德的创作,从二十世纪五十年代开始的诗歌到 1988 年震动全国的最后一部剧作《英雄广场》,他的写作历程完全构成了一幅自画像。他在自己的对面树立起凋敝衰败的映象,而他作为观察者与记录者,以与之对抗的形式,完成与实现着自我存在。同样,他的自传系列在当年自传体文学潮流中也独树一帜,其所呈现的不是受难式的岁月,而是自我建设的实现。

二十世纪七十年代,伯恩哈德像烈日一般光耀升腾,而正是此时,这一轮太阳中的暗影也开始悄悄生长,如同艳阳之侧乌云亦静静凝聚。久治不愈的肺病令伯恩哈德患上慢性免疫系统疾病。1978 年之后,他的健康每况愈下,甚至难以正常呼吸。他在城市里买下两套新房,被迫离开乡村以便就医治疗。这里再也没有庄园如同星辰般绚烂的色彩,也没有像小说章节一样自成一体的各式房间,城市里只有令他憎恶的机械浮躁、空洞无物的尘世生活。伯恩哈德越来越远离人群,封闭自己。

自传体系列最后一册《一个孩子》曾被评论为"伯恩哈德写得最美的作品"，在这部作品对于家人关系的叙述中，伯恩哈德揭示了深藏在生命本源里的恐惧——分离焦虑。童年的分离焦虑以及几乎伴随他一生的疾病，二者交杂纠缠的深重阴影，始终投射在他的创作当中，这也是伯恩哈德作品充满残酷、荒寒而又荒诞丛生的重要原因，但也正因如此，他的作品才无比深刻而幽邃，直接洞穿命运。

在生命的最后十年里，伯恩哈德的社会交际愈发寡淡，甚至只停留在个别固定的咖啡馆。他离群索居，不再认真对待媒体和各种访谈，即使参与也是采取戏谑的态度。他很少再与人谈论自己的作品和文学，将自身筑建成比庄园更封闭坚实的城堡，如此才感到安全与自由。

1989 年 2 月 9 日，在自己的五十八岁生日宴会后，伯恩哈德感到身心俱疲。仿佛知道自己来日无多，在同母异父的弟弟、他的私人医生法比安陪同下，伯恩哈德在萨尔茨堡约见了一名公证人，签署下人生最后一个重大决定：在他死后的七十年内，他的作品不得以任何形式出版或演出。

> 不论是从我在世期间发表的，还是从我去世后现存的遗物中的一切以任何形式存在的，由我本人撰写的文字，在法律规定的版权保护期间，在奥地利国家现有标志范围内，不得演出、印刷或者仅仅是被朗读。

> （摘自伯恩哈德遗嘱）

同样是 1989 年 2 月 9 日，就在伯恩哈德最后一个生日过完这天，一位不速之客驾车来到了四方庄园。这位名叫拉达克斯的人正是纪录片《三天》的导演，他刚刚结束海外拍摄，盼望可以和伯恩哈德在庄园不期而遇。拉达克斯多次摁响门铃，门内毫无回应。像之前吃到伯恩哈德的闭门羹时一样，拉达克斯从笔记本上撕下一块纸片，写下：《伐木》这篇小说该怎么改编？他从门上唯一的小窗口将纸片扔了进去，然后转身离去，等着伯恩哈德回复消息。

纸片像断翅的幼鸟一般坠落泥土，光影里的四方庄园仿佛一座幽暗静穆的剧院，在一场高潮如雷霆激荡的戏剧落幕后，徐缓地沉入无涯的寂静。

慕汪斋碎笔 | 苏北

"尖着眼看"

看《儒林外史》,第十一回写到鲁编修家招婿,办喜事摆酒席,请了戏班子。传菜的厨役是个乡下孩子,没见过这么热闹的场面,他端了一个盘子,上面放了六碗粉汤,管家从盘子中将粉汤一碗碗掇上桌时,他尖着眼看戏,"看到戏场上小旦装出一个妓女,扭扭捏捏地唱,他就看昏了",以为汤已经端完,就把盘子一放,结果盘子上还有的两碗粉汤倒在了地上,把碗打得稀烂,汤泼了一地。

写得极其美妙传神。我却注意了一个字:"尖着眼看戏"里的"尖"字。这个字用在这里真是妙。我们一般只会写"看呆了""看傻了""盯着戏台上看""傻乎乎地望着戏台"……还可以写出很多,但没有一个有"尖"字传神。

我童年在家乡,从没听过大人讲过某某人看东西是尖着眼看,顶多是"看出神了""看得呆了"。我的家乡在天长,一个靠近扬州的县。我们说的话,大方言区是江淮方言,但从小的讲,应该是扬州话的变种,即扬州周边百十里范围的话。但扬州周边的话也是不同的,天长话和高邮话也有区别,高邮话与仪征话也不同,泰州、兴化则差别更大。但如果这几个县的人到东北或者西北去,那边人听起来,肯定是一个地方的味道。

看后兴奋,发了个朋友圈,说这个"尖"字用得好,以后写作用一下,立即引来一帮朋友的议论。一个朋友说其故乡有此方言:"就你眼尖,看出来了。"这个说法我的家乡也有,但这不稀奇。稀奇的是倒着用:"尖着眼"。江南的一个朋友说,我们这边乡下人常说。他说的是宣城周边,宣州的底韵可老长了,李白的偶像谢朓就是被外放宣州的,写出了"余霞散成绮,澄江静如练"这种美妙的金句。一个朋友说陕西有,陕西人爱说"尖着嘴吃饭",比喻一个人挑食。这与"尖着眼看"有异曲同工之妙,但也不尽相同。我一个女同学说这让她突然想起了戏剧里小丑的妆容……咦? 这个说法有趣,戏台上涂了白粉的小丑,出场后那个走姿配上眼神,不就是个"尖着眼看"嘛!

尖着眼睛看,比"看出神了""看得呆了"要好。它里面既有"看呆了""出神了",也还有另一层意思,就是"尖着"的同时,还有点兼顾其他的意味。比如上面这个小厨役,他"尖着眼看",还是有点兼顾手中的盘子的,只是被那个扭扭捏捏唱着的妓女所蛊惑,迷瞪了,才将碗打碎。

报纸的故事

天太热。头一直晕晕的,一天没有下楼,闷在屋子里读孙犁。读到《报纸的故事》,写他中学毕业后失业在家,想订一份《大公报》。可妻子、父亲都不支持,因为他这个村里没有人看报,即使镇上、县里有人订报,也只会订《小实报》这样的小报,谁会去订《大公报》呢? 父亲最终给他订了一个月,他本以为每次要自己走三里路到镇上去取,没想到有专人给送到家里。三天即有一个邮差来送一次。孙犁又高兴了,觉得值了。

这让我想起自己订报的故事。四十年前,也就是二十世纪八十年代,我在县里爱好文学,订了一份《作家生活报》。这个报纸出版在东北,是一个发行量很少的报纸,主要发表作家印象记、生活趣事等,也有副刊,发表一些文学青年的习作。这份报纸,在我们县大约只有我一个人订。一天我上班,单位突然通知我,说公安局找我去一趟,我当时就有点蒙:公安局找我干什么? 我又没做什么坏事。可心中还是有点打鼓,公安叫去,怎敢不去? 于是不安中赶紧骑上自行车去公安局。一个公安还算客气,穿着制服,他严肃地对我说:

"你是不是订了一份《作家生活报》? "

我边说"是的"边脑子飞转:这报纸,有什么问题吗?

公安接着说:"上面办一个案子,让我们协办,凡是订了这份报纸的,都要协助一下。"说着就拿过一个专用纸模和印油,让我留下手模,将我的左右手抓住,蘸满油,死死地摁在那张专门的纸上,包括十个手指的指纹,之后就让我走了,再没有找过我。

我至今也想不明白:究竟是怎么样的一个案件,要这么兴师动众? 我想至少是命案吧。凶手的指纹落在了这份报纸上？命案的血迹留在了这份报纸上？真可以写一个悬疑小说。

孙犁订《大公报》，还有一个小秘密。他想给《大公报》投稿，可是没有报纸，怎么能看到自己文章发表出来了呢？——他那时估计还不懂，文章发表了是有样报的。

可是文章终于是没有发表出来。每回来报，他都每版看完，连广告和中缝都不放过。终于，他的妻子要用这些报纸糊墙了。他同意，但要求将报纸的副刊糊在外面，这样没事时他就可以歪着头，贴在墙边横着看竖着看了。

小黑鳗游大海

早晨躺床上刷微信，看到一篇写童年生活的，说小时候家里穷，没得什么吃，有时就吃咸菜烧鳗鱼。

这简直是天方夜谭，鳗鱼现在已经成了高级补品，彼时竟用咸菜烧之？

可这是事实。作者家在里下河地区，水网密布，二十世纪六七十年代，用罾是能网到鳗鱼的，而且那时不知从哪儿传来谣言，说鳗鱼是专门吃死人的。人多忌讳，根本不吃这个东西。

我小时候钓鱼，一次在老北门护城河钓到一条鳗鱼，把我给吓死了，夜里都做噩梦，醒来裤子都湿了。我们那个时候，一群孩子没事就聚到老北门护城河的木桥上钓鱼。那是个很古老的桥，桥墩的方木都极粗，露着木茬。桥是进城的必由之路，每逢集人来人往。记得有用板车拖了极大竹子上街卖的，竹子很长，一头拖在地上，走起来哗哗响，人都要远远地让着它。我后来在一本笔记上读过《沈屯子多忧》的故事，说沈屯子进城看见一个人扛了一根极长的竹子，他总是担心竹子戳到人，之后得了病，医生来看，怎么也治不好。沈屯子说，除非"负竹者归家"，我这病才能好。这个寓言，真是印证了我童年的感觉。

我们钓鱼，多是从桥面上直接爬下去，坐在那宽宽的桥墩上——因为桥体是用木头交叉搭起来的，沿着斜面爬下去很容易。一个桥墩上能蹲两三个孩子，那里离水面近，又没有干扰，鱼也安静，人也安静。鱼也喜欢靠在桥墩边，不知是何道理。那次我先是钓了两条白条，极美。钓上来时，空中的流线像一道银光。我很兴奋，又下钩，不一会儿，几个浮子直接被拖入水中，我一发力，手上很重，差点一个趔趄栽到水里。等鱼钩出水，一个白亮的像蛇又像鳝的东西在空中跳动。它脊背灰白，肚皮银白,边上的伙伴小狗子一声尖叫:"鳗鱼!鳗鱼!吃死人的!"

我赶紧用力甩竿,终于将这条"死鳗鱼"甩出八丈远,它并没有被甩入水中,而是落在了很远的岸边。岸上的孩子们嗷的一声拥了过去,一人一脚,把这条鳗鱼给踢入岸边石缝中去了。

夜里我就做了一个梦,梦见鳗鱼吃死人。

多年后我进报社做记者,一次到江苏如东采访。当地同志带我参观一个极大的鳗鱼养殖场,这才知道,鳗鱼营养价值极高。它在江里生长,而要到海里产子,之后小鳗再洄游到长江中生长。这家鳗鱼场的鳗鱼,主要出口日本,日本人特别爱吃鳗鱼。我在这个养殖场的食堂里,吃了许多种做法的鳗鱼,蒲烧鳗、烤鳗……味道极好。

小时候还看过一本小画书:《小黑鳗游大海》。

这是我童年受到的仅有的一点文学教育,所以记忆深刻。

小龙女与《卜者梁翁》

今年夏秋我多回到县里,住在少年时生活的老屋里。老屋是四五间平房,有一个不大的院子。院中有些平常的花草:鸡冠花、月季、金银花,还有桂树一棵,都长得很好。鸡冠花和月季都开鲜红的花,使小院多了一抹色彩。夏日本来天长,县里的日子更慢,我下午经常睡在大屋的床上,眼望窗外一碧的天空。日头近黄昏,母即呼:吾儿肚饥乎?晚饭乎?我每日被她逼着早早晚饭,饭时母亲会与我聊些奇事。近来她多说的是乡下的一个小龙女。

小龙女是算命的,据说极准。四乡八镇的人都慕名而至,有算病灾的,有算前程的,各种事都有。她每天睡到太阳老高才下楼(她在镇上建了个两层小楼),而这时找她的人已在楼下客厅等了好久。她是不管这些的,只是按点下来,而且每天只算二十个人。每人是有号头的,算完结束,绝不多一人。她算命不要钱,只是每人挂号要二十块钱,其余一分钱也不多要。

为什么那么多人找她算?母亲没有说。只是父亲病了,母亲去找过她一次。父亲本来好好的,去年秋天下乡参加一次葬礼,回来脚便肿了起来,不能走路。母亲以为是"撞"见了什么,专门到镇上找了小龙女,报上父亲的生辰八字,小龙女说,你家老爷子是病,不是迷信——父亲的病好好坏坏,拖了一年多,还是走了。

母亲说，也不能不相信这个东西。你说是病，偏偏有的事情说不清楚。她说她亲身经历过，她二十多岁得了个奇怪的病，高烧不退，镇中的中医西医不知道看过多少回，又到我舅舅工作的冶山镇叫矿上医院的医生看，还是看不好。没有办法，只得抬回来。母亲原来长得极美，可病了这一场，人已经瘦得不像个样。抬回来放在一间空屋子里，隔壁一个老奶奶过来看一下，建议找人算一算，于是找了当地一个有名的半仙来算，一算说是"撞见小红人了"，要家人买点小衣服烧一烧。烧过之后便想喝粥了，也就这样慢慢好了。后来家里的一个婶婶说，她妈妈快生她的时候，邻村一个女人难产，孩子生下就死了，正好给她妈妈路过撞见。那孩子生在腊月，大雪的天没有衣服穿，就"撞"到她妈妈的身上了。

母亲说这些，我也没有理由反驳。毕竟宇宙那么大且神秘，谁又能把一切都说清楚呢？

一日母亲又说，小贵子前两天又找小龙女算孩子考学的事。小贵子是我表妹，我老姑的女儿。母亲说，不是疫情嘛，现在小龙女不要人上门了。想算的可加她的微信，要算的事，微信告诉她，挂号费也微信红包转，她也微信回复你。就这样，也是每天好多人找她。

回到城里之后，小龙女的事丢到了脑后。近读《夜雨秋灯录》，内中有一篇《卜者梁翁》，写到其问卜之神奇，是"无须开口，即知所事"，也是"门前停舟更密"。更神奇的是，梁翁也是"每日只卖十二课，须黎明至其家，与挂号者清钱百文，课金一两，得到簿内，则得占，迟则挂号不及，即不得与人争趋之"。

呵呵，这真是有意思。古今竟有如此相同之事也。小龙女也看过《夜雨秋灯录》不成？此书乃吾邑清人宣瘦梅所著，为晚清笔记小说名作。鲁迅先生在其《中国小说史略》中称其"笔致纯为《聊斋》者流"。

杨荻｜浙江山野记

冬雨

　　乡间的冬雨，可能在清晨到来，也可能在暗夜抵达，淅淅沥沥，或疏或密，不紧不慢，洒落于黝黑的屋瓦、空旷的田野和池塘边那一丛林子的枯叶上，有时持续一整夜甚至几天。铅灰的天空下，通向迷蒙远山的小路总是湿漉漉的，自从一队送葬的人返回后，再不见一个行人的身影。枯茅和松针凝着泪水一样的雨珠，雾气像猫一样悄无声息地在山林里出没。山脚墙粉剥落的古寺掩映在竹林边，紧闭着门，鸦雀无声，僧人已远走他乡。绵延的雨水使黄昏提前到来，并将时光拉得愈加漫长，雨中的一切好像都停滞了、延缓了。一只羽毛湿透的黑鸟喑哑地飞过，雨令它的翅膀沉重，它没有越过那座山峰，而是暂时投宿人间的空巢。夜幕终于像雨水细密针脚织成的黑布，在村头那一盏孤灯点亮之前，猝然将人世深裹，并使雨声更加清晰、凄黯。在沉寂的冬夜，雨声或密不透风，或旁敲侧击地被风携带着四处流窜，但好像都是针对你的某种提醒或倾诉。于是，这雨水一滴滴渗入你的心地，像种子一样发芽，根须四处延展，从而产生一种隐痛。冬雨带来浩渺无边的寒冷，世界仿佛一块无形的冰，将你禁锢，或许只有靠烈酒或篝火才能抵御。但你找不到对饮者，雨已将你与世界远远地隔离开来。雨促使你面壁思过，你彻夜难眠，打开柴门抽烟，在青灯下读着宋词，雨却落满字里行间。被雨声找到的人，无疑是孤独的人，一个精神上的风湿病患者或感伤的怀旧主义者。四顾何茫茫，中夜起彷徨。你会感到有一些东西，已经被雨水永远带走，你不安地想起远去不久的白雪，也想起春日的花朵。是的，冬雨总使人想起一生的悲欢，桥头的诀别或一叶孤舟逝入远空。冬雨是本我的哭诉，也可能是亡灵的呐喊。

三友墓

明代笔记小说作家郑仲夔在其《玉麈新谭》中记述：

> 晋安徐振声，与同里吴叔厚、林世和相友。徐、林同时殁，吴为鸠金买山桑溪，共营阡兆，同穴而葬，号三友墓。

在武义坛头村外的荒野中，也有一座三友墓。

就在进村的路侧，是民国年代的墓葬。墓是封土墓，墓面砌石，三开间，两侧饰以抱鼓石；中间二石柱上镌刻楹联："坛内万山拥护，堂前四水萦回。"中间墓碑刻"清缙云县学增广生员吴式真寿城"，其右葬程昌元，左为吴焕春。

墓顶有一蔸箩筐大小的枯树桩，长出一株幼小的构树和一竿青竹。

从插着的招魂幡和散落的锡箔可以看出，后人依然时时前来祭扫。

书生吴式真系缙云县人，颇擅书画，因与吴焕春性情相投，后迁至与坛头一江之隔、吴焕春所在的下埠口村。

吴焕春家境贫寒，是个长工，但生性风雅，因此深受开明乡绅程昌元的雅重，彼此结为亲家。

程昌元是山后的叶长埠人，他诚信为本，经营有道，生意红火，水埠和履坦古镇都有他的商铺。他曾经指派吴焕春挑了一担白洋送给山里红军，也当过民国时期的县参议员。

乡绅、秀才和农夫，诗酒唱和，因为意气相投，于民国七年（1918）左右结为松、竹、梅"岁寒三友"。他们快意人生的往事，至今依然在民间流传。

不知是谁的主意，三人一拍而合：生不同衾，死亦同穴。于是，吴式真生前卜好了墓地，此处遥对江水，视野开阔，背后山丘连绵，吉。

墓碑的文字，无疑也出自他的手笔。

墓葬耗资则由富有的程乡绅承担。

两位亲家母，另在下埠口村择地安葬。

近一百年过去了，无数的风霜雨雪在墓碑上滑落，而墓石依然厚重坚固，一如他们生前的情谊。

路过三友墓的人，会染上某种幽思。有人为这一民间传奇撰联：

三仙同宿愿,看岭梅傲雪,竹雨临风,松涛作赋;

九世早结缘,有明月拂碑,鹤音对唱,野渡留云。

南山生黄精

南山的深谷密林里长黄精。此物喜阴,阳光照不到也能生长,多在山泉旁或岩磡中。竹林里腐殖质丰富,亦常见。

黄精为百合科植物,有多个种类。江南主要是姜形黄精,或叫多花黄精,其根茎肥厚,如生姜盘结,长短不等,常数个块状结节相连。

黄精有近三十个别名,令人眼花缭乱:黄芝、米脯、重楼、救穷、葳蕤、苟格、马箭、野生姜等。其叶似箬竹,因鹿兔食之,又叫鹿竹、菟竹。之所以叫米脯、救穷、救荒草,是因为在古代,遇到饥馑年份,人们常以之果腹,无怪乎南北朝医药学家陶弘景称其为"仙人余粮"。

莘畈乡梓坑桥村的刘银根,早年收购黄精,现在也种植、加工黄精。我第一次去他家是去年炎夏,他刚刚制作完黄精。新鲜的黄精根块清洗干净,剔去疤痕,先晒,再蒸,反复九次,叫"九蒸九晒"。经过阳光的灼烤和火焰的熏蒸,黄精变得黑乎乎的,但有了玉质的透明。其味去除了涩麻,变成焦糖样。我尝了尝,甘甜中带点中药的苦辛,嚼起来很有韧劲。据说,十斤鲜黄精九蒸九晒后,能得一斤成品。

梓坑桥村只有八户人家,散在海北山西麓,从南面两条深谷流出的大源和小源在此汇流,成为莘畈溪。这里是山民出山进入小盆地的关口。早年,从水上输出的竹筏和木排在此靠泊停留,所以对面的祝村曾是个小小的市集。

刘银根收购黄精,因此有了地利之便。二十多年前,他三十多岁,开始替安徽九华山一带的加工厂代收,每斤赚五角钱,除了等待山民送货上门,也到毗邻的龙游、遂昌等地收购。他经手的黄精每年有一二十吨,后来就开始自己加工。

他翻盖的三层洋房靠山面溪,溪边一丛青竹,路侧一棵三百多年的樟树荫蔽着他的院落。我曾坐在树荫下,喝着他炒的茶,听他津津乐道黄精的药用和故事。

据药书载,黄者,土也,黄精者,得坤土之气,获天地之精,故为土之精华也,黄精自古即见称"太阳之草"。 其味甘,平,无毒;主补中益气,除风湿,安五脏;久服轻身,延年,不饥。

李时珍在《本草纲目》中写道："黄精为服食要药，故《别录》列于草部之首，仙家以为芝草之类。"

西晋张华的《博物志》记录了一段对话。黄帝问天姥："天地所生，岂有食之令人不死者乎？"天姥曰："太阳之草，名曰黄精，饵而食之，可以长生。"

另据徐铉的《稽神录》：临川士家一婢，逃入深山中，久之，见野草枝叶可爱，取根食之，久久不饥。夜息大树下，闻草中动，以为虎攫，上树避之，及晓下地，其身凌空而去，若飞鸟焉。数岁家人采薪见之，捕之不得，临绝壁下网围之，俄而腾上山顶。或云此婢安有仙骨，不过灵药服食尔。遂以酒饵置往来之路，果来，食讫，遂不能去，擒之，具述其故，指所食之草，即黄精也。

这个婢女久食黄精，已身轻如燕，矫捷似猴。黄精有补气养阴、健脾、润肺、益肾之功效，也从古代诗人的诗句中得到佐证。唐代诗人杜甫曾有"扫除白发黄精在，君看他时冰雪容"的句子。他在秦州见到太平寺泉水下流，就遐想开辟一块药圃，种些黄精："何当宅下流，余润通药圃。三春湿黄精，一食生毛羽。""灵药出西山，服食采其根。九蒸换凡骨，经著上世言。"则是唐代诗人韦应物在《饵黄精》中写下，看来他是服食过的。

我第二次去刘家是腊月，去买黄精酒。酒色澄黄，是用糯米和黄精酿制的黄酒，入口清爽醇厚，微甜，略有一丝药味，装在酱色的坛子里，一斤三十元，一坛五斤。我买了两坛，准备独酌。

那时我与他相约，春末夏初来看黄精开花。

今年五月中旬，我忽然想起，问他黄精开花否。他答，花期正盛，过些时日就凋零了。于是我急匆匆赶过去。

他种植黄精的地方距离村子五公里，在一道山壑里，叫下枫坞，是小源流域里的一列窄谷，谷口有三两座泥土房，已无人居。沿着山涧旁的小路进去，山坳里有一层层的坡地，有的已荒芜。刘银根的十多亩黄精就种在这里。

老刘和嫂子腰挎篓子，正在采花，这是诗意的劳作。

四千来斤根茎，是前年冬天下种的，准备五年后挖掘——掘根宜在九月。一垄垄的黄精还显得稀疏，老刘说明年就会繁茂稠密起来。

一枝枝茎梗弯曲着，或绿或紫，错生着一片片箬叶大小的绿叶。每一片叶子都垂挂着一束长管形的花，一般五朵，青绿色，偶有玉色的。老刘告诉我，黄精是多年生草本，二三月萌发，一枝多叶，未长叶就有粟米大小的花蕾，花衣脱落后，就见到圆珠形的籽粒，这种子也是可以种植的。到了秋天，黄精就枯萎了，等待来年再抽新枝，每过一年，地下的茎块就延伸出去一节。"其根横行，状如葳蕤"。根茎在地下可达十五年不腐，最重的有两斤多。肥地生者，可大如拳；薄地生者，小如拇指。

古人称其苗初生时，人多采为菜茹，谓之笔管菜，味极美，可能老刘也没尝过。

我细细观察它的花，一簇一簇垂在枝条下，略似白玉兰，确实分外清雅，也有的花衣已脱去，露出一粒粒豌豆大小的垂珠，裹着籽粒。五月末，花就消歇了。

老刘采花，一天可采十几斤，制成黄精茶。他说黄精花炒鸡蛋，味极佳，中午会做给我吃。我后来看到《抱朴子》上说："黄精服其花，胜其实，服其实，胜其根。但花难得，得其生花十斛，干之，才可得五六斗尔。"但在老刘的地里，仿佛也是唾手可得。

我学老刘的样子，牵起黄精的茎秆，手轻轻一捋，一串串花就落入手掌。

潺潺的山涧那一边，灌丛绵密，上面是森森的楠竹林。老刘指着岩坡上一棵孤零零的植物说，你看，那就是棵野生黄精。我看了看，形似。

早年，南山腹地水边路旁经常能见到黄精，但现在采挖者多了，加之植被茂密，野黄精不太找寻得到了。

熏风南来，吹动着叶子，举目四顾，谷地杳无人踪，只有山鸟幽鸣，令人心情愉悦，实在是艳羡老刘的生活了。

中午返回到梓坑桥，他的妻子为我做了黄精花炒鸡蛋，我尝了尝，的确不错，宜佐酒，黄精酒。

我尝过老刘的很多东西，他的狮岩红茶、他的千层糕、他的黄精、他的黄精酒，也尝过了山里清新的空气和乡野的安谧，但我知道，有些东西，仍是我永远尝不到的。

会是什么呢？一下子也说不清楚。

高山、甲虫和菜园

秋天午后的阳光慵懒地朗照着山野，我们行走在一座海拔八百多米的高山上。脚旁有个微小的村落，几十户人家，因为地处荒僻，也是方圆数公里内唯一的山村。天上，云像白色舰队从海峡缓慢驶过，我们停下了脚步，目光落在一朵鲜亮的白色重瓣木槿上，它可能在昨夜或今晨才刚刚开放，然后我们发现了那对甲虫，体形狭长，鲜红的甲壳，缀着黑色斑点。它们将这朵花当作自己的婚床，正在持久地交尾，并缓缓沿着花缘爬动。但它们显然不是卡夫卡笔下异化的甲虫，而是原始的甲虫部族中的一对。它们钻出隐秘的地洞，光天化日之下偶然闯入人类的意识，并被惊艳一瞥，高潮之后，将归隐于自己的微观世界。那么关于它们，我们到底看到了多少真相？一只甲虫眼里的世界又是何种图景？那甲虫使我产生诸多荒诞的念想，犹如古树埋在地下蜿蜒的根须。那木槿也不是孤独的一棵，而是好几排树篱，围起一个菜园子，像大地上的一个花环。菜园里种着红薯、毛芋、青菜，一个穿棕色布裙的大妈正在弯腰莳弄蔬菜，她的世界宁静而闲适。在她身后，是大片的古树林，长着红豆杉、木荷、枫香，华东椴的叶子已经变得暗红，阳光在林梢闪闪烁烁。这菜园是世上最美的菜园之一，这劳作是世上最安心的劳作。已逝的诗人苇岸说过，为了终极的幸福，你应该到地里来劳动。那大妈看见我们止步，以为我们想采她的木槿花。"多采一点。"她笑着招呼。她的家就是一路之隔的那座简朴但整洁的小屋，黄泥墙、黑瓦、石台阶、斑驳的木门，靠着山坡上绵延无边的竹海。站在门口眺望，远方的层峦次第，呈现出青绿或浅蓝，如一只巨大青瓷的边缘。唐代诗人刘长卿描述过的黄昏即将降临，但炊烟还没有升起，山野一片静寂，像在大海的深处。大地如此恒久，如此美丽安详，而盲目行走的我们，可能只是另一种目光短浅、只能屈从于宿命的甲虫。

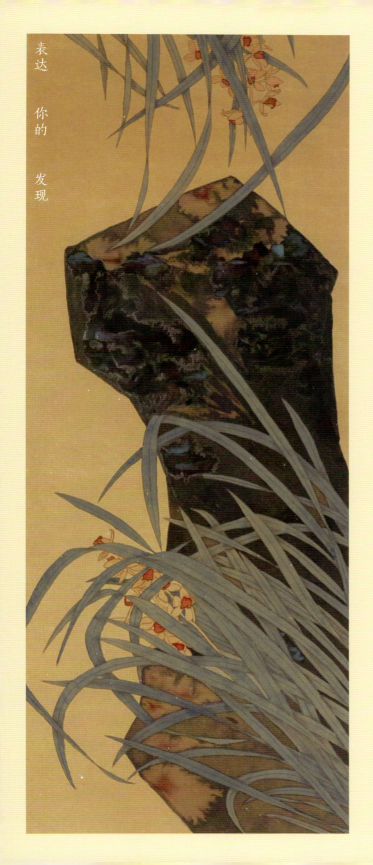

表达　你的　发现

卷肆

人邻 | 小物件、茶、人和画

一

一直想写写这些,想过,可静下来再想,似乎有些无从着笔,也似乎有点什么可写。小物件和茶,自然是因林山这个人。其人寡言语,身颀长,我不说高,只觉得长。长,也可以是略略瘦削的意思吧。八大山人有戴斗笠的写照,道人那样。山人的面容,林山略近。山人的眼皮,薄而略紧。林山亦是。

去林山家,去的人自然是他欢喜的,写字画画的,作文作诗的,再有的就是他的几个小学弟,殊少俗人。人来时候,他必然是问了所好,耐心寻出茶来,洗涤,烫了壶盏,静心泡茶。我不善茶,随意,只静静看着他俯身弄来弄去。他的手指纤长,适宜捏弄毛笔,也适宜捏弄茶盏。他捏弄着壶盏,像是谙熟手艺的人玩弄着自己的手艺。水滚了,茶沏了,倒好,杯子一一分开,他做一手势,请。看着茶台上不同茶盏,青花瓷、细陶、粗陶,他的小弟子自己烧制的,加之几只大小不同、形色亦不同的茶壶,似乎弈棋的棋盘。谁端起一杯,棋盘里就空了一处。复又放下,是一子端然落下。

他的茶台边上,常有一些什么,寻常也不寻常的,不过是隍庙或是古玩城地摊上淘来的无人注意的小物件。可经他随手选了来,无端就叫人喜欢。那东西不过几块几十块钱,尤其是小珠子一类,或玛瑙,或琉璃,或瓷,经他的手弄在一起,成了把件或手串,似乎就变了。他亦是随时送人,不经意的样子,也不说什么,就递给你。有些甚至是选了锦盒,装在里面。他亦真的有手艺,匠人那样的手艺。我曾送他一本写美食的书,过不多久,他喊我,说有东西给我,原来是两只椰壳的碗。他买来半个的椰壳,细细打磨,抛光——要知道那是手工的抛光,得多少工夫——且在碗的外边刻上字,一只"乞米去",一只"找食儿"。我亦送他一块崖柏,谁知过一段,他还回来,竟然加工为一个小物件,还装了锦袋子。我常想,这是有慧心的人,无意那样,心手相应,心意不知怎么就到了。人所不珍惜的弃物，在他手里变得贵气，干干净净的民间的贵气。

茶台一边，是画画写字的案子。林山的画案不大，他亦不喜欢大的画。依我的想法，那纸最好在一臂之内，画家不用挪动，就可以随意画。人脚下的挪动，致使画的气息，尤其是淋漓水墨，变化莫测，更要不停息，一气呵成最好。人的挪动迟疑，画的气息会散。时下出于展览的缘故，画越来越大，笔墨无端地细密磨蹭，反复地添补，惨不忍睹。画面，哪里还有干净的呢？气息，都给磨蹭死了，起了茧子。那是活灵灵的水墨啊！可这也难以回头了，展览不改，画即难改。认真的不过是一些民间的画家，还坚持着，不肯上那不回头的路。

画家的案子，照例是乱的，因为随意，要随时，不知什么时候，要在上面想想，弄些什么。摆在那儿的纸，似乎也等着，等着水墨无意一般落下，成就一个什么灵物。林山的案子亦是有些乱，却不零散，画就的纸，靠墙一端码着。我每去，喝了茶，说几句闲话，照例是看画。他立在一边，有点怯生生不好意思，局促那样，一幅一幅掀开，他自己也看，也看着我看。一会儿离开一下，又过来，站在一边，等着人说些什么。人不说，他就一张张翻，一直到翻完。

二

看他的画有八九年，也许十年，也许还要早一两年。我喜欢看他的画，说不大清，味道怪怪的，只是觉得好。我不知道他的画的来历，看他的笔墨，是中国画的科班，但我不把他的画全然算作那一路。尽管他画的是水墨，尽管也有古老的影子，却很少见他全然按照传统一路下来。偶尔见他笔下的荷花竹子，那荷花竹子的意思是从古老而来，却给人别样的感受。似乎石涛那样，古老的山水到了他那儿，就变了，起了另一种生机。那勃勃生机，是带着自然生发的意思，不全然协调安稳的，却令人面对着那形色的质地和气流，感受着山石、树木和流水的氤氲心意。他的荷花竹子，自然是古人画过的，可他有点逆着，是荷花也不是荷花，是竹子也不是竹子。可看来看去，还是。奇怪得很。

更多时候，他画另一些，马、鹿、狗、猫、蜥蜴、蟾蜍、刺猬、鹰和鸟，还有鱼。大约狗、猫、蜥蜴、蟾蜍、刺猬这些，都不是画家寻常画的。白石老人画苍蝇，小林一茶写苍蝇，林山在这里觉出了一些什么呢？他不为好奇，画别人没有或是很少画的，而是真的觉得这里面有可以痴迷的。有什么呢？他自己也说不清。我没问过，知道问也不会有答案。问，个子竖长的他，搔一下头，愣着。过一会儿，想说什么，终于又讷言，放弃了。

他画动物，不是古人那样，马，不是安详的，也不奔腾或是老骥伏枥。他的马，身上没有承载，没有寄寓，就是单纯的马，从纸上进入尘世，跟人一起体味，也远离尘世，生于懵懂，而后一点点地领悟了尘世而又无所谓什么领悟。这马，也不纯然是自然间的肉身，似乎有莫名的寄寓，林山会莫名地不知从哪里翻出一点人所陌生的意思，有些竟然也是古典里的，不过不为粗心的人所察觉罢了。那匹马，他也翻出一点所谓的现代意思，略显得不合群，逍遥，独自，却也不是孤僻，似乎什么也不是，却又是叫人想解的意思。人猛一看，好像是这样，细心再看，看着会心，却不会笑起来，只会严肃，肃穆那样：原来是这样的马啊！他莫名翻出的那一点意思，那么新鲜，似乎古人说白话，今人说域外，又翻了回来说，那意思却是深长，不可细究。他的马，经常是一匹，独立寒秋，但不孤芳自赏，也不自怨自艾，而是自然怡然，临风站立，或伴着树，伴着人，伴着河水，似乎思索，也并不思索。他也画几匹马在一起，横幅的，满纸苍茫云烟，叫人想起常玉晚景时候笔下的马。放下画，再想那些马，是苍苍茫茫中的不屈存在，亦是随着水墨在烟消云散中，随时可以去了无尽的人所不能的远处。

他常画蜥蜴，似乎格外喜欢这物种。我不能解释他为何喜欢，也许是好奇蜥蜴的神秘，好奇蜥蜴对于人类的逃避、敌视，好奇蜥蜴那种人类完全不知道如何亲近的神秘存在？可能也正是这神秘感，给予了他无限的想象。对人来说，蜥蜴是异类，令人惊怵的，没有寻常以为的美感的，甚至是因它的毫无喜感，不似蟾蜍、猪、驴，赏心的审丑，也会回避了。蜥蜴出现在他的笔下，在艺术上是陌生的，也因着陌生，予人以奇异的感受。可能画家喜欢的，就是这奇异造就的陌生吧。而用笔墨抓住这样的物种，亦是一种征服，一种带有强制意味的亲近，亦是人渴望经由这样的强制，试图完成和蜥蜴的即便是无效的对话。林山凝视着蜥蜴，抑或那蜥蜴也会对他注视，说出我们无法想象的什么。

三

有人说他的画有鬼气。鬼气，是通脱的灵气，通人神的气息。神，其实一半是鬼，一半是人。山人的画，表现自己的寄寓，那激愤里，亦是人气里隐含有鬼气的。鬼气是敌意，亦是一种不合作不容忍的姿态。

林山笔下有些人间喜气的，是蟾蜍。尝见他一幅《和合图》，胖胖的雄蟾蜍伏在胖胖的雌蟾蜍的背上,俨然是欢喜图,是一对胖胖饮食男女的恋爱繁衍。这喜气媾和的背后,寓意着恒久的泥土大地,寓意着肉身的生生不息。对肉身来说,也许所谓的思想是浅薄的。林山知道这个,画蟾蜍的时候,也竟然是儿童天真无邪的游戏,只是一味的好玩。人认真看这叠伏着的生命的时候,他会像是孩子偷看什么给人发现,有点不好意思。可他心里是正,全无一丝于生命的亵玩。有孩子问,他说,是蟾蜍妈妈背着蟾蜍爸爸。那孩子听了,还是不解:为何不是蟾蜍爸爸背着蟾蜍妈妈呢?

他笔下的猫狗最多,且多是置身于某些场景的,似乎是在舞台中央的独角戏,也或者是对手戏,同时显现了这一个和那一个。那些猫狗更是拟人的,拟人在一个环境里,或冬或春,在河边、田野、城市的一角,或不满、生气、发怒,或注视着什么。就个性来说,他笔下的猫狗几乎具有无限的各自的偏执和丰富。

他亦画野猫,虎视眈眈那样的,题了贾岛的句子:

> 十年磨一剑,霜刃未曾试,
> 今日把示君,谁有不平事。

画野猫性子的烈,何不画虎?不,虎画俗了。这亦不是简单的画野猫,题亦不是随意的题,是他不写诗而读诗解诗的功夫。目下的画家,多是画匠,哪里会用心读书。题几句古人的诗,亦不知道拣选。不过这些人也可怜,入了这道,没有慧根,读书也白读,不过是学几句题画,不教题款处无奈空着罢了。题诗,即便是古人的诗,也是所谓的借刀杀人,他们哪里知道。野猫虽小,一点硬气无畏,衬之以贾岛霜刃如风的句子,那野气,够了。

他也偶尔贴标签,写几个字,命名这些猫狗是《水浒》里的什么人,好汉或是泼皮。转头想一百单八将里的那个人,想想,人虽然是人,亦难免有动物性。即如李逵,几次滥杀,未尝不是动物性的发作。人单纯不了,背后骨子里的动物性,在血脉里多少万年,怎么能改了呢?改了,还是人吗?反过来想,艺术也需要有一些动物性的东西羼杂在人里面,略略显得杂,不纯净,清水里有沙子那样,才有执着的生命力。人,毕竟是源于大自然的啊。不过是一种生命,高不出自然界多少。画美女亦是。美女不也有时候有动物性,有野性,甚至有一点邪性,诱惑,才令男人喜欢么。

他也画人,风景里的人、屋里的人,有着情节故事的。他画人颇多,却不画古人,也不画古意那样的今人。他画的是当下的人吗？也不全是。他不是直接写照，而是在晨昏的镜子里看到的人，隔着疏离的什么，却另有一种清晰的逼真。他的人，在水墨的时空里跟人对视，似乎要与现实的人一起反省：人之为人，究竟为何？

林山却不画美人。为何？有些鬼气的林山，其实是大可以画画美人的，带一点妖娆邪性的美人，披着薜荔，山鬼那样的。反正在纸上囚禁着，不伤害社会，不伤害人，不过是男人看看，喜欢也有些警觉，女人看看，笑笑，也笑男人的喜欢和惧怕。

四

前几日酷暑天气，林山发我一些水墨速写，大抵是夏日裸睡摇着蒲扇驱蚊的男子，刀客的背影，跳水游泳的，蹙眉闭目趺坐的，说事的人。这些人是可以读成小说的。想想，真是小说，短篇。林山发给我看，也必然是他自己也觉得要紧。那些人要慢慢读，不急，读着，想着，连一个来龙去脉，那人就活起来，就有些什么事情发生，或是就要发生。再想，那些人似乎要从纸上走出来一样，可一旦出来，就再也叫不回去了。

这些速写里，有林山的影子，也可以算作是带有自传的。反过来讲，他也是在经由这样的写照反观自己，反观他的艺术浸透人世风尘的深一层可能。这也叫我想起林风眠来。林风眠的画，那些温婉的女子，无事的，拨弄琴弦的，常隐含着几乎看不出的忧郁，那模样是来自画家对于很年轻就死去的母亲的追忆。没有那份痛楚的念母之心，他的画如何叫人久久徘徊，还另有一丝美的凄凉？也许可以说，所有的画都是画家的自传。

有趣的是，速写稿里有几双手，手指修长，煞是好看。这无疑是男性的手，却叫我觉得仿若是女子的，带着善的美。也许以后林山可以多画画这样的手，不画美人，就画这样的手，美的，可以令人想象女子娟秀妩媚的，也就够了。女子的手，纤长手指的，他该画的。也许某一天他会画起来，一画而不可收拾。唉，这恋着手的人，心里有些不说的什么呢？

速写稿里，也有母鸡、葵花、手作的男人布鞋、扫帚、堆在小院墙根的杂物，随意而不随意，都是有心的完整。天下万物，在有心人那里是画不尽的。而这样的画，我以为还可以多多画下去，世间万物何其繁杂，入了画的，不过十之一二。万物有灵，虽然它们并不渴望，也全然不知，可目睹了的人，有了慧根的人，别舍弃了它们，它们是跟人要一直伴随下去，要到地老天荒，地球没有了的时候的。

五

　　还可以说的是，林山亦是一直迷恋着"废纸"，不忍弃去任何一片。画画裁下来的边角，包普洱茶的绵纸，随意的哪里的一小片纸，他都怜惜，似乎哪个小女子赠他的绣花手帕一样，都要收拾起来。闲了，顺手要在上面画几笔什么。艺术哪里那么端庄，随手拈来的，才更好啊。再说端庄，那真正端庄的，不是所谓的端庄，哪里还有？那真正端庄的，久违了。

　　林山亦喜欢写字，放松着写，不想写，懒得写那样。我习惯说写字。哪里有那么多书法？有法度之书，也太森严了。一森严就不是艺术，是法，严峻的法。那些竹简、木简上的文字，早期无意存留下来的民间的写字，现实民间自家写了的招牌，看着多好，多亲切啊。还有那些内容，比如一片汉简上，就一句"春君幸勿相忘"，就比什么都好。字重要，也不重要。字有心，即是好。"生涯懒立身"，是日本诗僧良宽的句子，看看他的字，看看弘一那些消尽了烟火气的字，稚儿一般的字，真的是好啊！

　　酷暑，很久没见他了。前几日夏燥，无食欲。一晚，他发来信息，问，在哪儿？

　　西站。

　　过来喝酒。

　　迟了。

　　不迟，你过来我就下楼。

　　他住的那条后街，有美食。

　　我因侍奉老人不便脱身，终于没去。他呢？也许有点失落。为免失落，也许又去了画案，随手画了一个人，有点像是我的人，头顶，他画了几根荒草。

　　因写这文字，又想起山人。我有一册子豆编辑、潘天寿题签的《八大山人诗钞》，翻看过几次，亦因山人语多晦涩，多有不解。可还是莫名地喜欢，不解，似解非解的喜欢。改日还是央林山写一幅字，就写山人的《题芋》：

　　　　　　洪崖老夫煨榾柮，拨尽寒灰手加额。
　　　　　　是谁敲破雪中门，愿举蹲鸱以奉客。

　　这首好读，只"榾柮""蹲鸱"两个词不直白，也是一查便知。

汉家 | **沧海尘飞**

但你不会比现在更年轻

你终生与剥削为敌，在所有方面你都是他们的反对者，但你不会比现在更年轻。

你有丰饶的心灵，你的爱与信仰解释了你的生命，因此你令人惊异地成为传说中的人物，但你不会比现在更年轻。你不可能总是处于静寂之中，迟早会遭到命运的痛击，但你始终保持一种雷打不动的沉默，因为你不会比现在更年轻。

三生石上，五百年风流冤业，你未尝败绩或者宛如处子，但你不会比现在更年轻。

人间之美令你害怕，于是你开始塑造自己钢铁般的风格，直到这种风格脱离了我能理解的那个范畴，但你不会比现在更年轻。你无声无息地离开，有人怀疑你看破了老爷们的手脚，而有人认定这是你自甘堕落的起始，但你不会比现在更年轻。

你由衷地觉得他们都是弱智或者他们抛出的那些严肃观点不过是海客奇谈——面对他们，你的态度不仅直接，而且深刻，或者说，你只是发自肺腑地轻视他们，但你不会比现在更年轻。

你愿意为她赴汤蹈火，愿意守护她的少女梦想，期望这梦想永不破碎，但你不会比现在更年轻。你在悬崖撒手，任由天意做主，生出一种流浪头陀般的超然态度，但你不会比现在更愚蠢或者更智慧，也不会比现在更年轻。

你是你的决定，这一点很动人，而且只对你自己有效，所以你对其他人来说显得变幻莫测，但你不会比现在更年轻。

直到一天，你摘下黄金面具，公开自己的东方剑侠身份，但你并不比一个好样的晋东南农妇更骄傲，更不会比现在更年轻。

你看待自己就像看待一个和自己全无干系的陌生人，你能够做到毫无牵挂地生活并且鲁莽地认为自己是一个绝不过时的灵魂探险者，但你不会比现在更年轻。

但你永远向前。

寄给朋友的信

在这封信里，我只和你一人说话，说的都是心腹话。

你还是与以往一样，习惯用复杂的比喻说出心中的话。这种尝试是困难的，但我知道要直接说出可能更难。我的意见是，你要比喻，但你也要打破，而最有力量的打破，往往来自于它的礼貌和平静。

你要礼貌地去打破。你要平静地去打破。你要平静地主张自己，也要礼貌地拒绝与"非我"合作。

你要打破，也要圆成。

你要试图使那些终究会令你强大起来的但被称为咄咄怪事的事情发生在你身上。

你要开始从事一项秘密的精神工作，也要准备将你灵魂的底细和盘托出。

你要勇敢地反对一定，也要冷静地反对不一定。

是否我的语气过于严肃，使你变得紧张了？

那就打住，和你谈谈幻想吧。

你曾经跟我说，你小时候读过的那些童话已经生锈了或者失去了颜色，就连天使的翅膀上也背负冰冷的秤砣。而起风时，你总是在打哆嗦。我要告诉你的是，爱，不能成为你个人字典里一个苦命的字眼。

你不应该辜负爱，辜负自己的好时光。

谁都有自己的好时光，但如果你辨认不清人世中的是非，就会糊里糊涂，就像故意过得一团糟似的。盐罐、水杯、饭碗、糖盒应该在你的眼里幻化为骨节、灌注、生养与爱情，因为爱是甜的。而你却因为自己的软弱，往爱里放入粗糙的沙砾，并掺入一些有毒的箭头。

这样下去，你必将丧失那片温柔的云朵。

有很多人会为爱披上一件贪婪的外衣，你没有这样做，然而你却在爱中变得胆怯，变得暴躁，变得痛苦。这是你的错，与爱无关。

过往的爱的疤痕会溃烂成一朵黑花，你别去管它。

你要做的是不能让爱的火焰熄灭。

你的爱应该呈现在正午的阳光中。

你的爱还应该是自由的。在爱中，你应该像晨风中的精灵。在黄金的锁孔里，在飘浮的暗语里，爱应该坦然而直接——你为水时就是水，为冰时便结冰。

你应该既承载着生活的重负，也长于享用自己的幻梦。

你的爱里应该有一抹月光、三餐、亲吻和适度的刺激。

每一个夜晚，你都应该在爱中安眠。

你有信心这样做吗？

是什么使你在熙熙攘攘的街边突然蹲下，难掩泪水？

击中你的是什么？它使你手足无措，使你的羽毛抖动，使你金属制成的性格也显得脆弱。

击中你的，是什么？

击中你的，只能是你自己。

而人与人应该彼此相爱。希望在未来你能再度拥有自己的爱，爱自己，爱他人，也爱爱情——那时，我肯定会哭的。

拥抱你。

奔命

在我还没有整天幻想自己有朝一日能够成为赫尔来亚国王第一百零九位顺位继承人之时，我喜欢漫无目的地沿着城市的边缘行走。

途中，我无缘由地想起小学同学的父亲。这位同学和我住在一个大院，他的父亲永远是一副心急火燎的样子，颜面不怎么干净，肤色发黑。我经常看到他骑着一辆破旧的嘉陵牌小型摩托车从面无表情的行人中呼啸而过。他行事总是异常急切，也不知道他做的是什么营生，但看得出，他饱受焦虑的困扰。

他在我的记忆中从来都没有笑过。

他的脸总是气鼓鼓的，似乎正与全世界为敌。可能就是从这个同学父亲的身上，我发现很多人的生活其实就是在受罪，就像在奔命一般。

既然是在受罪，那为什么还要活着？

就为了气鼓鼓的？就为了与全世界为敌？我不知道答案。

那么你呢？

你孤身一人，你什么都不想做，也不想等。你的存在就像你并不存在一样。你显得又瘦又硬，但你不穷，你具有一种粗野的力量。

你是嘹亮的你、嫌恶的你。你是牵肠挂肚的你。

你是鲜明的你、冷静的你。你是没有任何倚仗的你。

你也是正在奔命的你。

纵身一跃的是你，在乡亲们面前表演空手建高塔魔术的也是你。

你渴望飞行，但你也得先从奔命开始。

烟火

一天开始了，我向这一天致意。

而人类缺乏行动。

梦依然是梦，高高挂起。小范围的人们组成一个怪圈，圈内流言纷飞，人们自作自受。我渴望厘清世事，但有时肚子疼，有时脑袋发蒙。

前途还望不到尽头。我感受着四周，想知道自己为什么快乐又为什么悲伤。日子流逝得没有缘由，上帝也许在偷懒。

偶尔我想去陌生的地方看一看，交几个奇怪的朋友；只是偶尔，更多的时候我待在家中。我喜欢待着。

人世如棋局，我不选择对弈，更不旁观，我甚至不专注于所谓的结果。

我期待的收成是恩赐，不是带血的酬劳。

我呼吸均匀，凝视熟悉的院落，只想听到家常的启示。平实的事物质地结实，我在生活中生活，生活自有生活的逻辑，也自有生活的反逻辑。

世界尚未被人类全部认识，而我只想与老年人聊一聊陈年旧事，比如骡马、花轿、堂屋和枯井；或者与年轻人聊一聊情感，比如那些尘世的欢颜、热望与迷惘。

所以说

我要对一次。

我想放飞一只鸟。寂寞的时候，鸟儿就来看我。我喂它小虫子。

我还没有完全长大。

我的根依然新鲜。我厌恶成熟。

你的形态就是你自己。你在命定的时刻突然清醒了,你的眼泪最好一下子都流尽,然后别就别哭了,好吗?

多少次,我在不同的时空里挥霍生命,行怪诞之举,做无因的蠢事,而现在,终于结束了。

我不再等待了。

我是一个被秘密包裹的人。

谢谢你这个爱我的人,你要知道,我从来都没有像现在这样深爱着你。

大雪

我向你摊牌。

我的这身皮囊、我的这副筋骨,全向你摊牌。

瞬间,战斗、报仇和穿刺术变为了停战、宽容和铁皮柜。

我从不写祝酒词,如果世界给我足够的骄矜和大言不惭,那么我将在虚空的圣殿内做一笔艺术家的买卖,献给远去的纪念日。

对于事物的好坏之分,我与你的看法不同。你拿着一把大刀乱舞,你说黄河应该从东流到西,你说高原上长不出一朵鲜红的玫瑰。你说历史的坏话,你对着太平洋指手画脚。

我的看法是这样的:沉下心来,保护好那些美丽的路标,保护好那些在世的出世感。

我寻找的是一种神奇的黏合剂,试图黏合你撕裂的那一切。

我开始细数时光,即使身在寒冬,即使我的十指被冻僵,她也会将它们都暖过来。

春生夏长秋收冬藏

我发现昏聩正逼近我,这证明我在时刻警惕着它。

接下来,我与昏聩展开了斗争,当然这不是我与它的第一次斗争。老实说,从我年少时就已经开始与它斗争了。我深知,我与它的每一次斗争都是性命攸关的。

胜败俱是一遭。

一遭过去，又是一遭。

天还是天，地还是地，滚滚红尘滚蛋。

我看守的不过是一些气韵。

向前的与向后的；进退失据的；纠正的、余绪的；浪漫发生学的、暴殄天物的；橘逾淮为枳的、朋党之争的；胡作非为的——

我，该怎么办？

昏聩，对于我又真正意味着什么？

我与昏聩的斗争是否该结束了？如果所有的斗争都归于零的话，斗争本身又有什么意义？或者说，零的意义是什么？

零难道只是零？

我从零里面出来，或许我与昏聩的斗争接近于一出喜剧，或许这出喜剧的内核竟然是悲剧性的——

这可怎么好？

每个人都有自己的命运，命运有森严法度或者全无章法。我有我的命运。我追求过空，想看看空里面是否还有另一个空。

我缘木求鱼，为的是能够遇见鱼的奇遇，于是我不断地穿越四季。

春天萌发生机，一生却终有一死；夏日盛极，盲目冲动；秋天收割，镰刀血淋淋；寒冷的冬天到了，人们藏了起来——藏好了，藏严实了，等待来年春天。

四季是本，一粥一饭也是本。我到南方后，听南方人说面条不如米饭耐饿，而在北方，人们天然地认为米饭不如面条耐饿。在南北关于主食的不同意见背后，其实隐藏的是中国人长久以来对于饥饿的恐惧。这种恐惧即使已无现实的意义，但它依然顽固地存在着。一呼一吸之间，我所经历的四季如同循环不止的饥饿原形。

据说杜甫晚年困苦，在五十九岁时经人招待，大吃了一顿牛肉，导致腹胀身亡。他确实吃得太饱了，也确实太饿了。太悲怆了。

而我，吃每一顿饭都会吃饱，饱得寂寞啊……

在中央

我不确定你是否身在中央。

我想象不出任何语言能够为你叙述一种我认为的精确。

我说天塌了，我也说天还在。我说不义之人常有，也说希望永存。我说我们在世界之内又在世界之外。我说我们是相交的几何体，却演奏另外的调门。

生命的速度不仅撕扯着时间，还发生着压迫。

我和你不应该逃避。

我说你在哪里，请你在原地等着我。

请你相信我，请你迷信我，而我不迷信你——我不迷信任何人，我只是爱你，像负债者一样爱你，像蠢货一样爱你。

城中人又老 | 介子平

治世的表象是商业繁荣

　　群猿啸哀，嫠妇夜哭，仓廪虚则饿殍无救，雉堞毁圮，街巷成墟，市廛敝则商旅不行，此乃乱世情形。从百业萧条，到一片凋敝，此间凡生意皆不能获利，闾巷之间，气象冷落，生民无不困苦。车马阗拥，不可驻足，为《清明上河图》里的东京市井景象。有此景象，便是治世，《东京梦华录·序》对此有描述：

　　　　太平日久，人物繁阜。垂髫之童，但习鼓舞；班白之老，不识干戈。时节相
　　次，各有观赏。

　　所谓治世，表象即在商业的繁荣，对于社会而言，又表象在日常。《东京梦华录》对当时分布于东京城内的州桥夜市、东角楼街巷、马行街店铺、相国寺万姓交易市场皆有记载："夜市直至三更尽，才五更又复开张。如要闹去处，通晓不绝。"之前都市实行的是里坊制，以业划居，按时宵禁，宋人对此有所改变，据《宋会要辑稿·食货》载："太祖乾德三年（965）四月十二日，诏开封府令京城夜市至三鼓已来，不得禁止。"宵禁废止，夜市合法，娱乐业遂起，说说唱唱，勾栏瓦舍，杂剧、词话、说书、影戏、傀儡戏、诸宫调等艺术形式，随之产生。

　　当时东京最大的饭店是白矾楼，饮徒常逾千人，《东京梦华录·酒楼》中对此记载：

　　　　后改为丰乐楼，宣和间更修。三层相高，五楼相向，各有飞桥栏槛，明暗相
　　通，珠帘绣额，灯烛晃耀。

餐饮业的发达，必然带来菜品的推陈出新，此间记载有胡饼、环饼、汤饼、凉饼、肉饼、馓子、卤鸡、糖醋熘鱼、灌汤馒头、灌汤包子等；烹调技术自也提升，烧、扒、煨、烤、煎、炒、烹、炸、蒸、熬、滑、涮、糟、酱、炙等厨技广泛运用。

致天下之民，聚天下之货，以所有易所无，以所工易所拙，交易而退，各得其所。紧打酒，慢打油，卖菜卖瓜秤抬头，善陶猗之术者也。将灾难当商机、以禁令为通行证者，谓之奸商。平日里，挣钱就好，其他都俗，需要道义担当时，商人对当局的抗议是罢市。无论庙堂抑或江湖，物华天宝的商业繁荣，总被视作当局的政绩之一，由此时常督促开张出摊，尤其有上峰视察时。商业是种尺度，略作跨区域比较，便能分晓高下。

逞才

安贫乐道不易，箪食瓢饮，不改其志。如王欢者，"安贫乐道，专精耽学，不营产业，常丐食诵《诗》，虽家无斗储，意怡如也。其妻患之，或焚毁其书而求改嫁，欢笑而谓之曰：'卿不闻朱买臣妻邪？'时闻者多哂之。欢守志弥固，遂为通儒"。此为儒家所倡立身处世态度。

安富乐道不易，腰有十文，振衣作响，衣绣昼行，招摇过市，生怕世人不知其阔。鲁迅分析："从生活窘迫过来的人，一到了有钱，容易变成两种情形：一种是理想世界，替处同一境遇的人着想，便成为人道主义；一种是甚么都是自己挣起来，从前的遭遇，使他觉得甚么都是冷酷，便流为个人主义。我们中国大概是变成个人主义者多。"任何人性现象，皆难逃鲁迅毒刺般的眼力，世人作为，皆存因果，贫困经历于潜意识下，若无约束，大都导致贪墨。

安才乐道也不易，显摆炫鬻，锥处囊中。酒桌上背诵，笔会上舞墨，每与人言，八面出锋。居体制以内者，言必称几个一批、几人计划、某某津贴；处江湖之远者，话题无外获奖事、被赞事、早年毕业学校、曾为谁人弟子。

人之聪慧比例，约为百分之二，困而知之者也；百分之二者聚拢，又有百分之二者更为聪慧，学而知之者也。一尺之捶，日取其半，万世不竭，金字塔顶端之人，大概就是牛顿、爱因斯坦、霍金之类的生而知之者。天赋天生，这个世界有意无意、有奈无奈接受着聪慧者的引导，各行各业皆如此，即便行微业贱，亦不无佼佼者。

每个人的周遭似乎都有几个聪慧者。昔时念书,每个班都有几个好学生,题未解毕,即已回答,思维快嘴也快,以至老师不由得删繁就简,加速进度,而如我等愚笨之生,一步落步步落,莫说举一反三触类旁通,即便举一反一照猫画虎,也不得济。单位混饭,按部就班,聪慧者未必使得开,为功利所动,急于表态,近乎失态,反画虎类犬,弄巧成拙。才子被蔑不自量力、受到百般压制之日,定是权力备感旁落、权威已然暗淡之时。无须思想,只要顺从,所谓世俗,谁人预谋?才子与才子生活在一个时代,难免冲突抵触。然你我皆非瑜亮,所谓怀才不遇,不过是自以为有才而未能得逞而已。

临文嗟悼,喻之于怀,人之为文恨才少。韩如海,柳如泉,欧如澜,苏如潮,才子之文也;李近视,范远望,马一角,夏半边,才子之画也。先天功毕竟少之又少,山之岚,水之波,情驰神纵,超逸悠游,如张岱者,不能力耕,不肯坐馆,不愿入幕,亦不屑于巫医卜筮,却有盖世的文笔。但得文章轻富贵,不教世事损精神,好文章不光"轻富贵",还"轻岁月"。后天功则靠持恒勤奋,不疯魔,不成活。"收百世之阙文,采千载之遗韵,谢朝华于已披,启夕秀于未振,观古今于须臾,托四海于一瞬",然后成就之。不是所有悄无声息的坚持都会开花结果,但不坚持,定是一无所成。

秦才在攻,燕才在侠,鲁才在礼,楚才在巫,人之才,地之才也。汉才在赋,唐才在诗,宋才在词,元才在曲,人之才,时之才也。东海西海,心理攸同,南学北学,道术未裂,代有才出而各取其势。世间有才子的存在,方有意想不到的创新,让人对这个社会稍稍有些期待。道之所存,艺之所在,艺术存在的方式,即一次次美学现实的创新。

关系空间、表征空间、言域空间、意义空间封闭,唯余内心空间保持开放。其实也未必,世间只有一种成功,就是以自己喜欢的方式展示才华,世间另有一种才华,就是识透其作秀用心,却尊重其矫情所在。

才外有才,岂敢逞之,朱光潜云:

读书原为自己受用,多读不能算是荣誉,少读也不能算是羞耻。少读如果彻底,必能养成深思熟虑的习惯。涵泳优游,以至于变化气质,多读而不求甚解,譬如驰骋十里洋场,虽珍奇满目,徒惹得心花意乱,空手而归。

霞光万道,策马奔腾,没有自由宽阔的空间,再强力的羽翼,也难以逞之。

临水照花,自带气场,光是遇见,就已美丽,岁月从不败美人,也不败才子。岁暮阴阳催短景,最是才子留不住,俯仰之间,有才无才,逞与未逞,不久都会被遗忘的黑洞吞没,岁月清且浅,春残花渐落,说来一阵感伤。

城中人又老

无论裂土建国、封爵建藩者,还是贩夫走卒、引车卖浆者,龙种跳蚤,没有人会永远无家可归,皆归于土。赵涵《觅昭陵陪葬碑》云:"遥望九嵕山,古冢何累累。上有名王宫,下葬贤臣衣。"《红楼梦》里也说:"纵有千年铁门槛,终需一个土馒头。"

回廊落月,爱而不得,子欲养而亲不待,总是一种遗憾。父母的衰老,自讨好子女始,陪父母终老,自己也不再年轻。父母先于我们离世,我们先于子女离世,任何相伴,只合一段。欢快锣鼓的背后,有谁识破弥漫着的忧伤曲调? 记忆中亲人的样子,忽然想起,其实他们一直在你身边,只是看不见而已。尾田荣一郎在漫画《海贼王》中动情地说:

> 一个人的死,对于这个世界来说不过是多了一座坟墓,但对于相依为命的人来说,却是整个世界都被坟墓掩埋。

清明插柳,中元培土,待记得他们的亲人也同归于土,真就万事流水,不知所终矣。生来被爱,无须质疑,死而被念,幸而有慰。一代亲,二代远,三代四代认不得,现代社会,谋生在他乡,维系亲情的纽带越发松弛。

城郭如故,仙佟累累,沈佺期《北邙山》云:"北邙山上列坟茔,万古千秋对洛城。城中日夕歌钟起,山上惟闻松柏声。"子兰《城上吟》云:"古冢密于草,新坟侵官道。城外无闲地,城中人又老。"徐志摩说:"人生不过是午后到黄昏的距离。"年龄大限,却不知具体归期,知其无常,打起精神来,一日完成一日之工,不隔夜,有交代,以免有憾,日放下,日回头,管理时间,便是管理生命。有事可做,珍惜时光不虚度,此即老年人的知足。马路如虎口,当中不可走,即便人行道地陷墙坍,广告牌横断而下,概率虽小,却时有所闻。时间在渐变中行进,读书人手不释卷,待到即看即忘、随忘随忆时,虽不服老,桑榆已晚。草根切莫多油煮,留点青灯教子书,高寿未必是福,归土是有些人的期待。倒是绝症患者,可据大夫诊断,倒计时从容安排未竟之业。屈指攒点,一生无一字值得炫耀,乏善可陈,平凡不过,如一粒尘埃般可忽略不计。一别便是来生,遂起念走访几个头脑与心地都很正直的朋友,临出门落棋有悔,没有什么非说不可,说出来唯恐伤害别人,也怕伤害自己。文艺作品尾声处,往往被安排得高潮迭起,给观众以兴奋一击,人生恰与之相左,学问深时意气平,压抑才是其最后的状态,静水深流,潺潺湲湲,时光于流逝中失去背景后,反显出一种淤积之厚。

东篱蝴蝶,几度重阳。即便曾以天下为己任者、作人耿介绝俗者,遗嘱中难免英雄气短,儿女情长,斤斤计较于生活琐屑。曹操《遗令》中"吾婢妾与伎人皆勤苦,使著铜雀台,善待之"的安排,可不是突然冒出的想法,所谓人情味,盖"鸟之将死,其鸣也哀"所指。"怜子如何不丈夫"的鲁迅也有"孩子长大,倘无才能,可寻点小事情过活,万不可去做空头文学家或美术家"的遗言,不过尚有"赶快收敛,埋掉,拉倒。不要做任何关于纪念的事情"的决绝。

一份沉默的证词

旋涡里的相遇,红尘里就此别过,几行清泪零落,从此桂花不再飘香。

大可以小,近可以远,深可以浅,直可以曲,明可以暗,显可以隐。从前有多热情,现在便有多冷漠。曾经信誓旦旦的承诺,如今变成不值一提的心酸。成人间看似没有听懂的回应,大概就是委婉不过的拒绝。看清也就看轻,人成熟后,最节俭的不是钱财,而是感情,不但自己少动用,也不向他人索取。繁华落尽,微风萧飒,月华满地,人影皎然,痛觉早已由深转浅,是雾总会失散,沮丧则是一种无力之感。鲁迅1917年1月22日的日记里有一句:"旧历除夕也,夜独坐录碑,殊无换岁之感。"旧年去,冷夜寒,窗外喧闹至极,屋内寂寞至极,内心黯淡至极。其实若不思念他人,一个人并不孤单。杜甫生前身后皆寂寞,王应奎《柳南随笔》云:"文人之传与不传,洵有命在,千秋万岁,子美所以致叹于寂寞也。"寂听寂寞,尘烟相随,耳鸣不已,谁在轻声吟哦? 回首望,是一位头发灰白、形销骨立的老人,饥饿之余好弄笔墨,而能穷情写物,气之动物,物之感人也。

一路辛苦,自己只服从自己,而现实生活,成了自己与自己的隔阂,由此自己伪装自己。即便如此,仔细辨认,人格底色仍存。想得那么美,活得这么累,吃吃喝喝是疲惫生活的解药。对女士来说,逆境时善待自己,百因皆有果,下个富婆就是我,清淡些,点个毛血旺;就男士而言,生活不止眼前的枸杞,还有啤酒烧烤花生米,且人生苦短,必须倒满。饱腹之外,所幸有酒,纯澈且酷烈,想要对饮时,却找不到一位可与同醉的朋友。

同样的弯路,一代人走了一代人又走,张爱玲在《非走不可的弯路》里写道:

> 在青春的路口,曾经有那么一条小路若隐若现,召唤着我。母亲拦住我:"那条路走不得。"我不信。"我就是从那条路走过来的,你还有什么不信?""既然你能从那条路走过来,我为什么不能?"……上路后,我发现母亲的确没有骗我,那的确是条弯路,我碰壁,摔跟头,有时碰得头破血流。

弯路边,总是杂草葱郁,充满生命力。

光阴消逝,一去不回,带去的不光是失色容颜,还有花样年华里的初相见。满腹经纶无地用武,已近散场;一生抱负未及施展,就此揖别。走向我,然后路过我,一切落花流水的无奈,是一切都已不再。若具富贵之足、功名之高,谁愿意困在柴米油盐的苟且里,守着一份工资,还想发家致富。

低头沉默之人,勿去打扰,怕一抬头满眼含泪。低头不丢人,落泪也不丢人,满心期待,怅然若失,好多人忘了好多人,但你没有。

鸟鸣 | 存朴

　　夜里下了一场透雨,清晨空气格外清冽。窗前的树叶上面,水滴像露珠一样发亮。一只八声杜鹃隐于枝叶深处,八个音节连着八个音节地叫,只闻其声,不见其影。还是在 3 月份听到过这种鸟鸣声,每天一早一晚,叫着,春天的消息愈加饱满。3 月里听过的鸟鸣,还有噪鹃,叫声持续而尖厉,每天的睡梦都是它唤醒的。傍晚从外面回来,推开房门,就听见窗口传来它那两音节的声音,不间断地连缀在春天的黄昏光影之间,浮喧不已。与噪鹃比起来,鹰鹃的叫声就悦耳一些,清脆而响亮。四声杜鹃的声音也清爽,颇有山野之风。杜鹃家族这几种鸟,聚居在同一棵树上,时而你方唱罢我登场,时而独自清唱。这是几位神秘使者,越是难见真面目,这树就越是精灵起来。一天夜里,刚睡下就听见一连串鸟声,又是噪鹃在捣蛋。索性起来,先是去窗口,朝夜色里的树上打望,白天都见不到那厮,何况夜晚。遂翻出几本鸟类书,又在电脑上胡乱搜索一番,把杜鹃家族看了一遍。大杜鹃(布谷鸟)、小杜鹃、噪鹃、八声杜鹃、四声杜鹃,等等。那些鸟类的名称、羽色、习性之类,看得人眼花,还是听鸟的鸣叫声好。比如布谷鸟,其声宜置于王维笔下的"空山",你不知道它是在树上、草地上,还是在溪边、悬崖边。它一会儿在东,一会儿在西,一会儿在岭上,一会儿在谷底,飘忽不定,只有风中传来古老的"布谷,布谷",清透、空旷,余音缭绕。

　　也不尽然。有些鸟雀就像儿时小伙伴,不藏不掖,纯粹,天真。在这棵树上,常见红耳鹎、白头鹎、暗绿绣眼。它们或三五成群,或出双入对,其鸣声与一些嘹亮的鸟鸣相比,细碎而明澈,好像一群发着童声的小朋友聚在一起嬉戏聊天。红耳鹎头顶有耸立的黑羽冠,眼睛下面靠后方有一块红斑,身影在树枝间一闪一闪,初见时,想起白金汉宫皇家卫队头上的熊皮帽,吸人眼目,有点滑稽,又有点可爱。最可观的一幕是,红耳鹎耸着羽冠,拖着长尾巴,立于枝头,那种抬头四下张望、嘴里啁啾连声的样态,颇有古代英雄立于马背啸于高冈的气度。那是它刚刚吃完几条虫子、一把果实的时候。暗绿绣眼这种身形娇小的雀鸟,羽色几乎可用"绚丽"形容,特别是眼轮一圈白纹,配上黄绿、草绿身羽与白眼圈,像儿童节化好妆、穿节日盛装的幼儿园孩童。第一次近距离遇见绣眼,不知其名,不辨公母,两只小雀一前一后,脚爪抓住伸展到窗台边的枝条,身体左转右倾、前弓后曲,一边梳理羽毛,一边一迭连声叫着,声音尖细。生怕惊吓它们,我敛声屏气退后几步,悄悄拍下一张照片,发给识鸟的友人,遂知其芳名,以后目睹耳闻,总是惊艳一番。白头鹎则以头枕部白手帕般的羽色惹人注目,喜欢在枝丫间跳来跳去,啄食浆果、花瓣与嫩芽,情景像西北农民头绾羊肚子手巾在日光里劳作。某个春日上午,阳光恰好越过东边房顶照过来,树冠上,镀一道吉祥的曦光,几十只白头鹎集落在树上,白脑袋在枝头忽隐忽现,像树上忽然结出许多灵动的果子,欢快的鸣声,拂去此间宁静,又仿佛让宁静有一种具象的质感。白头鹎们看中树上的阳光、清风、绿叶、浆果,用各自的鸣声向同伴发送消息,消息里蓄满爱与良善、深情与问候,如同举行一场小型音乐会,独唱、合唱、二重唱……歌唱春天,歌唱春天赐予的所有恩典与欢乐。

斑鸠的叫声可与布谷鸟媲美。斑鸠一叫,其他鸟声就仿佛都被淹没了。这里说的是珠颈斑鸠,体型不算小,灰褐色身羽,颈部一大块黑地白点的羽色,像女孩子披一块素净的纱巾,称得上鸟类中的"美人"。有时候早上,有时候黄昏,斑鸠在对面的屋顶上,或突然飞落到眼前的树上,两只或三只,叫声此起彼伏相互应和,穿透力十足。黄昏听见斑鸠叫声,总会想起遥远的往昔。老屋对面长满灌木、杂草的土坡上,斑鸠声穿越大片水稻田和一条清溪而来,透入童年的耳膜,让日子不那么单调,贫乏生活也有某种盼头似的。住所周边很有一些斑鸠,像鸽子一样栖息在人家的房顶和榕树、菠萝蜜树、龙眼树、秋枫树上,有几只长期驻留在旁边的小公园里,不避人群,也不知它们的巢穴在什么地方。

有时会在树冠上见到二三乌鸫,一身黑黢黢,杏黄色的喙。往往晴光初照之际,乌鸫的叫声像哨音一样回荡在枝头。它一叫,其他鸟雀也跟随着唱和,众鸟鸣啭,汇成一首晨曲。乌鸫令人怀想旧人旧事,似乎这样的初夏还是几十年前的初夏,这时的乌鸫还是几十年前的乌鸫,这时的鸟鸣还是几十年前的鸟鸣,如同荷兰作家赫布兰德·巴克小说《上面很安静》里的冠鸦,关联着一段远去的岁月与老之将至的心境。宁静,悠远,怅然。我不曾忘却儿时的伙伴,即便从前少有过从,乃至别后再未见面,那种自小就熟稔的山野气息,也并不随他的离世而减少。忆起他时,他手心那只乌鸫,以及喂食的样子,就瞬间涌现。然后,他身后那棵枝繁叶茂的古樟树,樟树以远的溪流,溪流之上的山冈和澄净天空,像一幅幅老照片一样慢慢回放。人们说,他去世前几分钟,身体凌空而立,一根安全绳将他与高压线塔吊绑系在一起,事发时,他的身体像一只折翅的大鸟,与塔吊一同轰然坠地。听到消息,我便想,如若一只乌鸫带来些许童年欢乐,成年后残酷的生存课,则将微薄的慰藉悉数掠去。"欢乐是短暂的,悲伤才是永恒的。"也许,我的苟活,也只是侥幸而已。

这一年,将近一半时间在室内度过。某种深夜发作的疼痛,似把时间无限地拉长——每一秒都在忍耐中,时间似乎并无意义,又绵延不绝。或许是前世与今生的罪孽尚未消除,需要用剧烈的疼痛来抵偿。疼痛让意志消沉,或让意识益发清醒敏感,一阵风都能让疼痛益发嚣张。从春天开始,到夏天结束,拐杖放在身边,幻想获得鸟的一双翅膀,撑起一副沉重的躯体。从卧室到客厅,来回十步,让人想起杜甫先生困囿长安的十年;从客厅到洗手间,来回十四步,像青春年代颠沛流离的十四年。被疼痛牵扯,每天晨昏不辨,生活简单到只剩下生物原始性。大多数时候,坐在窗边,看大榕树,细数那些叶子,和叶子上的米黄色浆果。看日光如何在树冠上由东到西一寸一寸移动,看雨水落在树枝上,和叶子颤动的样子。看风吹过树冠时枝头的起伏翻转,想起苏轼先生的黄州、惠州、儋州,想起他的"竹杖芒鞋轻胜马,谁怕,一蓑烟雨任平生"或"庐山烟雨浙江潮"。还有鸟鸣声,从早起到黄昏,鸟鸣时断时续。寂静时刻,数声鸟鸣,像某种警醒,又像抚慰,更多的是欢愉。这欢愉,让疼痛暂时离开肉身,直至夜晚降临,月光如水。

这个早晨坐在窗前,耳朵被那只八声杜鹃俘虏,眼神在树冠上荡来荡去。这棵南方细叶榕,大到高于屋顶,大到独树如林。算一下,六层楼,每层高三点二米,也是近二十米。站在窗口看不见对面的房子,眼前只有枝枝叶叶,和上方的一小片天空。我住五楼,视线处于树木的上层部分,树的扶疏枝条,四时的日光漫落、雨水浇灌、风来雾去,以及鸟雀飞来飞去的身影与鸣啭,尽入眼底和耳间。十五年前,住进这个楼房时,我居三楼,三年后,迁四楼,又三年,迁入五楼,树的生长快于我的"登高"速度。初时还能看见树下的鹅卵石小道、树篱、庭院式围墙、墙边芭蕉叶的婆娑疏影。慢慢地,这些事物都隐于大树的遮蔽中。时令已过小满,满树叶子绿得透彻。这是一批春季换装后的新叶,让树木脱胎换骨,如同童稚、少年之后的青春,意气勃发,无所顾忌，胸臆间有一幅王希孟的《千里江山图》，从何处着笔皆是江山浩荡，打眼前过尽然青绿河川。很多年的陌见，我以为树叶只是春发秋零，现在方知有些树叶可以四季旋生旋落。譬如这棵榕树，春分时嫩芽吐露、落叶纷撒，芒种时节，一些旧叶默默委地，寒霜后又是一波新旧交替，到大寒冷凛天气，春叶正待萌发，老叶慨然而枯，仿若人类的世世代代，生离死别。何其璀璨，何其卑微。

住所西边百十米外是一个小广场，有风雨连廊、石凳石桌、裁剪成蘑菇状造型的绿植，四边的木棉、大王椰和细叶榄仁树高大茂盛。天气好的时候，入夜人声嘈杂，唱流行歌的、跳广场舞的，音量都开得很大，听起来，只是一片喧嚣的声浪。就企盼着下雨天，到处安安静静，只有淅沥的雨声，像宋代词人的一阕小令。树上那些鸟也静悄悄的，不知隐身在哪一片叶底。思维的羽毛便如庄子笔下无名人所说，"乘夫莽眇之鸟，以出六极之外，而游无何有之乡，以处圹埌之野"。

秋天来时，丢掉那副拐杖，走出房门的刹那，脚下果真像乘着"莽眇之鸟"，轻飘飘的。我知道那是肌肉萎缩的结果。郎中说，你要重新学走路了。从此，每日的功课就在院子里完成，沿着院墙下的花圃，像两岁时学步的乔乔，蹒跚而行。天气一日比一日凉薄，花圃上的三角梅却开得热烈。一直以为三角梅开花只是单纯的几瓣紫色，如今细看，紫色只是苞叶，苞叶里面细细的淡绿色花束，才是它的花蕊。很多年前，在大庾岭下一个陌生院子里，一丛生长蓬勃的藤灌植物簇拥在围墙下，被日光映衬的紫红色花瓣那么新鲜。花枝匍匐在泥地上，那么卑贱——那个秋日的下午，我蹲在它跟前，在呵斥声里等待着。我们几十个人，坐着长途汽车，经过一天一夜的颠簸，抵达一个南方小镇时，被人毫无理由地拦截，一车人被要求蹲在公路边陌生院落的泥地上，等待班车司机和他们交涉。我蹲在地上，默默数着时间，也默默数着那些绽放的花朵。那时我还不认识三角梅，那些我的同行者，或许也不认识吧。那天晚上很冷，单衣薄裤耐不住深夜寒意。还有鸟声。听不出是什么鸟。黑暗在沉默中发力，数声鸟鸣，像划过夜空的一线光亮。那时候多么年轻，我们怀揣一束微光，像迁徙的鸟群一样奔走于途。然而，我的方寸间没有一本《金刚经》。

还是抄录一首流传久远的童谣吧，最近一段时间，四岁的乔乔总是唱它。如果你有兴趣，就用粤方言——

雀仔飞　雀仔嚟（来）

雀仔啄虫搵嘢食（找食吃）

雀仔飞　雀仔嚟（来）

雀仔跟住阿妈　学本领

唔（不）怕黑　唔（不）怕水

唔（不）怕冷风吹

一身光　一身彩

飞上枝头

飞上越王台

　　抄录这首童谣时，又想起曹植著名的那句："黄雀得飞飞，飞飞摩苍天"。一千八百多年前的诗歌，依旧扣人心弦。"日光之下并无新事"，世间的人，又有谁逃得出有形无形的罗网呢？然而，鲲化为鹏，"怒而飞"，激越的鸟声，终将长空撕开一个裂缝。

谢宗玉 | 暮事

五十刚过，我给自己选了块墓地，在母亲坟旁。没有圈地，只栽了一棵松树。百年后那捧骨灰，就埋在树下吧。

裸埋。要不了几年，里面的钙、磷、碳，就会被吸收。然后树就是我，我就是树。凭藉此树，我可以立在矮岗，岁岁年年，东望丘陵，西望溪泉，南望原野，北望群山。

最初，我打算栽一棵稍好一点的树，可被人劝住了。这些年，故乡佳木多被剪枝挖兜，移栽到了城里。有那么一些家伙，专干这营生，翻山越岭，走乡串村，寻找名木佳树，看中就挖。全然不管这树与他有没有关系。反正很多村子只有几个老人守着，就算有人要把一座山移走，他们也不会出来打探。对方越是明目张胆，昏聩的他们越会觉得名正言顺。等打工的儿孙返回故乡问及村事，他们往往也只是一问三摇头，仿佛一年到头都不曾住在村庄。

若栽名树，可能没等我去世，树就被人挖走了吧。这还算好的。不好的是，我葬下了，树的根干枝，跟我已有了很深关联，这时再被人移走，或站在城市的马路边吸尘，或站在陌生的院落里思乡，那才难受呢。虽然那时我可能没什么感觉，可现在的我有感觉呀。我不愿浸透我因子的树，活成那样子。我就想它与故乡别的草木无所事事地站在矮岗，承受天风野雨。

树栽好后，很多天我都神清气爽。尘世间，那些令人生厌的累赘与琐碎，似乎在看不见的地方，灰飞烟灭了。很多困于生的不好情绪和意念，也消失不见了。

之后，我又做了两件事，心身就更为安宁了。

一是交代后事，也不是正儿八经的那种，怕吓着儿子。只是餐前漫不经心的闲聊。我死之后，不要折腾什么追悼会。出于工作原因，这几年我没少写悼词，因与死者生前不熟，悼词不免写得大同小异。往往拿上一人的悼词稍微修改，就变成了下一人的。一份程式化的功绩、一腔虚头巴脑的抒情,正是这种悼词,反而证明了人生的可笑与虚无,一点意思都没有。

这个年纪,正是父辈们离世高峰。刚开始,还会认真对待。话说有位作家英年早逝,生前只与他通过一回电话,我却跑去参加了他的葬礼。知道的人,说我礼信好,可其实我不是一个很在乎虚礼的人。我去送他,大概只是出于对死亡的敬畏。

葬礼参加多了,心中的异样感也就没有了,死亡变得平常起来。跟吃饭睡觉一样,能不平常吗?一出生,我们就在一天天消亡。少年时尚还懵懂,过了中年,身体里藏着的时光,就如飕飕而过的穿堂风。难怪圣人感叹:逝者如斯夫。

若是瓜熟蒂落的那种离世,就连最亲的人,心情都不会有多少起伏。他们从容接待来宾,说一些嘘寒问暖的闲话。偶尔唇角展笑,外客也不会觉得失礼。若没有哀乐环绕,催生浅浅悲戚,一场葬礼,同一场聚会也没多少区别。

葬礼结束,人们摘下胸前白花,彼此大声而热情地招呼起来。尘世勃勃生机,顿时扑进追思厅,把弥漫的悲情一下子冲散了。从殡仪馆到停车场,一路都是高谈阔论的人。大家表情生动,精神饱满,充满了生趣和活力。约饭、约牌,谈生意,聊八卦,扯工作,不在话下,就像刚参加一场婚宴或寿宴出来。

白布一遮,送入焚炉,尘归尘,土归土,多简洁。炉火熊熊时,血脉相连的家人站在一旁,注目凝神,漫思过往,对死者和生者来说,才是最妥帖的慰藉。葬礼的主调,是清冷,是肃穆,不是喧哗。

再就是处理藏书。年轻时买好多书,炫耀似的买,仿佛书多就表示学问深。每次来客望着四壁图书,一脸惊叹的样子,就觉得特虚荣。后来发觉,记住了的才是学问,记不住的,书放在家里跟放在图书馆,其实没有区别。到了这个年纪,有时甚至连读过与没读过都分不清了。记忆就像流沙,无论握得多紧,最后都会一一从指缝中漏掉。凡夫俗子,脑容量本来就不大,还漏得这么快,有什么办法呢!我已经配不上拥有这么多书了。

趁家里二次装修,我把它们全捐给了文学院图书馆。我相信,把它们放在那里,比放在家里好。要不然这一堆书,以后会让儿子犯难呢。我见过好几个老作家生前当成宝贝的藏书,死后全让儿孙论斤贱卖掉了。

我从小就培养儿子的人文素养,可这又有什么用呢。最后他还是成了一名纯粹的理科生,对满壁图书正眼都不看一下。一台电脑似乎就可以让他沉醉一生。这个社会,变化太快了。

那么,隔代馈赠,将图书留给未来孙子,好不好?

还是算了吧,等孙子长大,社会又会发展到哪一步呢? 他真要喜欢读书,自己选购就是,反正现在图书并不贵。何况那时候,纸质图书还有人看吗?

还记得文章第一次被刊登时的情景,拿着样刊,反复看,反复读,仿佛能读出无穷的花来。待发表文章成为常态,也就没多少兴奋感了。现在样刊寄来,有时连拆封的兴趣都没有。也不知这是怎么了,少年时立志要做作家,真成作家了,却没有多少成就感。

这些年,文章一篇一篇地发,书一本一本地出,样书、样刊和样报,存了满满两柜子。敝帚自珍,没有与藏书一起捐赠,现在倒不知要如何处理了。

据说卡夫卡、爱因斯坦、华生等人,去世前都烧了不少作品,疑是不自信,怕影响身后名,所以要把未出版的作品焚毁。我就不东施效颦了。这点东西,就交由儿孙处理吧。如果能留几册,传下去,以示祖辈中曾有一个写文章的,当然好。如果不想,就全送垃圾站吧。

想想真是可笑,年少自负,以为再过一百年,我的书仍有读者,人家还能从书中复原我翩翩佳公子的模样。现在才知是自己想多了。我人还没死,书就失去了再版机会,而书一旦没有了新读者,就等于宣告了死亡。

都说艺术家越老越香,有一天我蓦然回首,发觉那个曾藏身其间的"文坛",不知什么时候,离自己已如此遥远。更让我吃惊的是,对这种状态,我竟安之若素。大概是看清了这急流飞瀑的时代吧? 江山代有才人出,各领风骚三五年,有什么好失落的。只有个别遗老才会恋栈昔日荣光,死死抓住话语权不放,在门可罗雀的心灵广场,一个人张灯结彩,自说自话。

后事安排好了,心意就畅达了,再不缩手缩脚、忧谗畏讥,也知道"从心所欲不逾矩"大概是一个什么状态。以前没有说过的话,想着没大错,现在说几句也无所畏。以前没有做过的事,想着无大碍,现在做几件也不在意。一辈子波平浪静,晚年真要起点波澜,也不是不可接受,多一种体验罢了。真要受不了,大不了把离世时间提前。总不能比年少时活得更小心翼翼吧?

消极吗? 一点都不。内心通透了,日子反而过敞亮了。既然余生不多,每个日子都很珍贵,就再不会为不值当的事物伤神,再不会为不相干的人懊恼。身外物,该弃的已弃,该放的已放。钱财名利,皆为虚妄。人生就像一场秋收,将所有日子颗粒归仓,就算完整了。人生也像一场交响乐,序幕清朗,高潮激越,结尾平和,等最后一个音符弹出,尘世种种,全部清零。

从这点来说,我不太赞同"老骥伏枥、志在千里"的说法。临到老了,还去攻城略地,自以为还能向天再借五百年,却不知大限说到就到,就如电影里蝎子王的亡灵大军,看着气势汹汹,转眼就化作了风中烟尘。

生不掌握在自己手中,已属无奈,那死就得稳妥谋划,完美收官。绝不能如高潮时绷断的琴弦,如迁徙时忽坠的飞雁,如交战时折损的利剑。来世间一遭,不留手尾和挂碍,才是对此生最好的致敬。

周拥军 | 湖与港

一

　　水退出的地方,成了滩。滩,袒露着身子,展示着湖的秘密:有的地方深陷,有的地方隆起,有的地方平平展展。深陷的地方安静些,里面积着水,成为一个个独立的潭。潭里有一些蚌在蠕动,也有一些上不得餐桌的鱼,在无所顾忌地游动。隆起的地方热闹些,潜伏了大半年的草,从泥里探出头来,热热闹闹地生长。草里藏着一些鸟,一见人,就扑腾着翅膀飞起来,躲到另一处草里。平展的地方就更热闹了,杂乱的印痕证明,牛来过,人来过,车来过,鸟也来过。车的印痕最明显,它可能是打了一下滑,一个轮子陷进了污泥里,车烦躁起来,驱动着后轮,将大片大片的泥抛向天空。轮子之下形成一个不规则的大坑,轮子后面一片狼藉。相伴着人的印痕的,是一些与湖无关的东西,几个矿泉水瓶、几个食品包装袋、几个烟盒在污泥里若隐若现,证明人有过不长不短的停留。这些印痕,将滩和岸连成了一体。湖用一个夏天的时间,无休无止地挤压堤所获的地盘,现在,全都还给堤了。

　　堤似乎早已被人遗忘了。人、牛、车、鸟的目的地都是湖或湖滩,堤成了一个驿站,一个人、牛、车、鸟偶尔停留的驿站。但只有堤才知道,此时看上去无比谦卑的湖,其实并没有屈服。不信的话,你可以沿着车辙走,沿着人的脚印走,走着走着,你就会迷失在湖里,走着走着,你就走到了沼泽里。沼泽,才是此时的湖真正让人恐惧的存在。沼泽可能在湖的中央,也可能在湖的边沿,它从不在乎湖水的盈缩,它安静地躺在那里,它只做一件事,做湖的收藏者。它收藏水、收藏泥、收藏迷失在湖中的船和帆,也毫不犹豫地收藏敢于打扰它安宁的人。沼泽足够大,亿万年的水文、风候,亿万年的潮涨潮落都进了它的体内,它躺在那里,湖就有了底气。

　　每一次涨水,都是从下雨开始的。在季风的牵引下,雨的姿势千奇百怪,有时像一缕缕的棉纱,有时像一颗颗的黄豆,有时又像一串串的珍珠……不论它像什么,湖滩上的草都欢迎它。雨一来,湖滩上的草就猛醒过来了,它们知道,属于它们的季节来了,它们顾不上搞什么仪式了,连准备动作都不需要,拉开了架势就开始生长,一天长一大截。几天时间,湖滩就绿成了一片。它们知道,不趁雨季长开身架,长硬底子,洪水一来,它们就没有拼斗的底气了。农夫也欢迎雨,雨丝落下来就融入了干涸的土地,僵硬了一冬的土地柔软起来。土地柔软了,它的母性就释放出来了,只要有种子和阳光,它就能长出农夫想要的作物。阳光下,散发着温情的土地最开始长出的是嫩嫩的芽,芽看着看着就成了苗。按照这个速度,苗很快就会开花,又很快就会结实,变成那一年沉甸甸的收获。收获早就分配好了,上面和上面的上面要交一些,家里的家禽家畜要吃一些,剩下的就是一家人的口粮。如果能余下一些,就抓紧谋划一些紧要的大事:儿子要娶妻,女儿要出嫁,这些事已经推了很久了,就等那些丰厚的收获。按照这样的节奏走,各家各户的储粮罐会满起来,家什会更新,房子会重建,村子的泥巴路会拓宽夯实,所有人的日子会越来越敞亮。那些日子,树林里的鸟特别高兴,一大片一大片的粮食,总有一些还是能够落到它们的嘴里,能让它们干瘪的身体迅速富态起来。

正是桃花吐艳的时候,雨又来了,这回没有风,就是雨。这回的雨特别兴奋,它下着下着就管不住自己了,也不管什么姿势了,只顾按自己的性子往下跳。雨丝成了雨珠,雨珠又成了雨串,到后来,天和地之间的景物都看不见了,视野里全是雨。

没有太阳只有雨幕的春天,是黄茅港的噩梦。雨一下就是十天半月,门口的溪早成了水泊,水泊又连成了一片。以前离村庄很远的湖,一下就挤过来了。湖从来没有处理这些天量的雨水的经验,它什么都做不了,只能顺着雨势奔涌。一座湖浩浩荡荡奔涌过来,堤抵挡了一下,它不能不挡,它的职责就是抵挡湖。但它也没能挡多久,湖的体量超出了它的设计极限,湖水直接漫过了堤。堤放弃了,堤内的水泊就投降了,它们成了湖的一部分。田垄也投降了,长势茂盛的庄稼连同村民所有的计划,一起成了新的湖床。只有村庄很顽强,它们一直在水中挣扎。屋顶的烟囱很久不冒烟了,但它还挺在水中,随着波浪一摇一晃地抵抗。它也知道抵抗不了多久了,房子的地基已开始松动了,接下来就是垮塌。但它不想放弃,雨总有停的时候,不放弃总还有希望。

一座山忠实地记下了这一切。山的来历很大,是一座名气很大的大山的余脉。山站在这里很多年了,它是那次断陷中的幸存者。雨的猛烈、湖的汹涌都被它刻在临湖的山坡上。刻一次山坡就凹进去一些,不知凹过多少回。面对湖滩的那面坡弯成了一张弓的样子,像一个佝着上身的老人,不放心地盯着前方的一切,任谁从它的面前经过,都要问上一问。一块巨大的石头牢牢地嵌在山坡前的空地上,这个不用问,山记得它。它原来的位置并不在这里,而在远处的湖床上,巨大的水流一点点把它挪到现在的位置,它就在这里扎下根来。从湖床到山坡坡脚的距离不短,每挪近一次,就是一次沧海桑田的变迁。

村庄已经不知经历过多少次的重建了。每一次重建,村庄与湖滩的距离都会拉开一些。但无论怎么拉开距离,他们都不能离开湖。湖水、湖滩就是他们的全部。湖水可以浇灌,湖水到不了的滩是上好的土地,靠着这些水和滩,一个家族扛住了无数次风暴。这些,是湖一万年都不能理解的。湖不能明白村庄为什么这么执拗,非要做下一个牺牲者。湖不明白时脾气特别大,它一个侧翻,水下的村庄就全垮了,成了一堆瓦砾,接着一个扫堂腿,瓦砾也不见了,村庄立过的地方,只剩下了一地的凌乱的笔画,每一笔都很重。时隔多年,湖水完全退去后,那里依然看得见那些笔画留下的重重的印痕。

二

黄茅港就像扎着马步在村口的土墙上写标语的亚叔随手写的一捺:深深地锲进陆地的是捺的起笔,又细又窄,只能放得下一口水井;靠湖的那头是捺的收笔,宽一些、阔一些,可以并排放得下四五条大货轮。那里连着湖。港外,一湖的水在那里奔着流着。港口,一条矮矮的土堤隔开了湖,也把一湖的奔流隔开了。奔流的湖没有留意港,它太忙碌,有太多的目的地在等着它。目的地很远,动不动就是大码头、大商埠,它得铆着劲跑。港太普通了,还无法引起它的注意。

港又像大肚牯的角。大肚牯是黄茅港有史以来最雄壮的水牛,肚大,角也长。大肚牯早就死了,肉分了吃,骨熬了汤,皮卖了钱,只有角没人要,就被农把式学叔收藏了。学叔郑重其事地把角摆在堂屋里。学叔的堂屋大门正对着港,大水牯吃黄茅港的草长大,死了,学叔要让它天天看得见港。大水牯死了,人们才发现它的角长成了黄茅港的形状:哪里弯、哪里直,哪里粗、哪里细,哪里风平浪静、哪里冲波逆折,无不惟妙惟肖、入神入骨,复印机都搞不出那效果。

没有人知道港从哪里来。这一代的黄茅港人出生时,港就在那里了,上一代或上一代的上一代黄茅港人出生时,港就在那里了。了解港的人都进了族谱,族谱像一座湖一样有很多支汊,一个支汊一巴掌大,一块巴掌大的地方写着几代人,要从那里找出港的历史太难了。泛黄的古老的县志里提到过港,但每提到港时,总跟一场洪水或一场饥荒有关。一涉及洪水或饥荒,古老的县志里的文字,不是模糊了,就是欲说还休,让你只能去猜。就像很多族谱里的黄茅港人一样,他们出现,随后就在一场洪水中消失了,族谱里找得到他们的名字,他们最终的归宿,则需要去猜想。

在黄茅港,所有的离别都和湖有关。

湖撞进村庄的那个清晨,田在水下、地在水下、房子也一半在水下的黄茅港人只能选择远行。

远行还是只能选择走水路。逆着湖奔涌的方向,一只只摇摇晃晃的船载着无数个家庭的希望,离开了黄茅港。鼓荡的风如一根根的缆,牵引着这些茫然的船。水在流,岸在移,船在晃,离开时,他们还是青涩少年,归来时,已是满头银丝。最不幸的是村里的汉爹。中年丧妻的汉爹,洪水后,他揣着家里仅存的一瓶酒,挑着一担行李,踏上求生路,一趟远行,从此不知所终,抛下一大堆儿女在泥泞中顽强地生长。每年的清明,他的家人,总要在湖堤上插几朵纸花,倒一瓶酒,声嘶力竭地喊几声,让一个漂泊的灵魂记起来时的路。

湖水终于退了,像丧夫的寡妇,哭着,喊着,跌跌撞撞,一步一回头地极不情愿地退回了湖里。昔日的浓妆艳抹被秋风剥去,它被还原成一条一掐就断的水带,像一个弃妇一样龟缩在湖心。

水退后,湖安静了,堤开始热闹起来。堤也是岸,但它不是古岸,是全新的岸。古岸已没有多少了,湖水冲击一次,岸就后退一点,退到湖都忘记它了,它就安全了,湖再也不来打扰它了。它也不再是岸了,有人急急忙忙地在它身上栽上了树,种上了庄稼,再后来,村庄也迁过来了,岸就正式结束了它作为岸的使命。尽管它的名字还带着岸的印记,但它和岸再也没有一点关联了。现在,岸的责任全给了堤。堤其实也不再是原来的堤,原来的堤化成了一堆污泥。替代的堤离原来的堤有一段距离,新堤的位置已到了原来的湖滩上。在这个位置修堤,堤内的那部分滩就不再是湖的了。了解湖的人都明白,夺属于湖的东西,这个决心很难下,但所有的黄茅港人都投了赞成票。湖夺去了太多属于黄茅港的东西,他们必须从滩上夺回来一些。滩是上好的土地,有了土地,就有了收成,就有了跟湖斗的底气。这样的工程靠一家之力不行,靠一族之力也不行,得靠港内所有人的力量。

所有的力量都体现在一只只竹哨上,一只竹哨管总,它一吹,劳力就聚拢来了,再吹,劳力又分散回一个个简陋的帐篷里。帐篷是用湖草搭建的,叫草棚更合适。管总的那只竹哨不经常吹了,常吹的换成了管草棚的竹哨。一只竹哨指挥着一个草棚。草棚和标准的草棚差别很大,草棚里的人自带行李、自带工具,他们同吃、同住、同劳动。他们用锄头挖土,用推车、箢箕运土,将一车车的土运到新的堤址上去。这种日复一日的机械劳动比在外漂泊更让人憋闷。草棚里的人想过逃离,去继续他的漂泊梦,但没有人成功。他们被拦住了,一大群人,用一根绳子缚住他们,牵着他们从堤的一端走到另一端。走一步,哨声响一次,他们像小学生一样,被绳子、被哨声牵着在堤上走过来走过去,一直走到完全忘记了为什么来、为什么去、为什么走,走到完全顺从哨声,他们的一切就安定了,再没有人去烦他们了。

冬天来了,雪大片大片地落下,遮盖了湖,遮盖了滩,也遮盖了堤。草棚还在,人差不多都走了,值守的几个人围着炉火有一搭没一搭地聊。还能聊什么呢?无非是湖的过去、现在和将来。了解湖的过去的人大多进了族谱,但毕竟还是传下来了一些。传下来的,全是流浪的故事。湖的现在覆盖在如棉被般的雪下,除了特别的冷,没什么好说的。湖的将来呢?说到湖的将来,四处漏风的草棚就热气腾腾了。湖的将来肯定是温顺的,堤外是一湖温顺的水,大船小船在湖面匆匆地赶路,大鱼小鱼在湖中尽情嬉戏。堤内是大片的良田,玉米、稻谷、花生、油菜、棉花可着劲长……谁都知道,被堤围上的滩地是最适合农耕的土地,地势平,肥力足,交通方便,不愁水源,这些是他们大雪天在四面漏风的草棚里坚持下去的动力。

大雪之下,湖也在坚持。现在的湖像刚出生的猫一样温顺,但并不是没有任何戒备的温顺。现在,它失去了争斗的能力,只能在雪下窥探,紧盯着对方的一举一动。和人斗了一辈子,和堤和岸斗了一辈子,它知道,一点点放松,就会导致满盘皆输。人、堤和岸输了还有退路,不过是从头再来,但湖输了呢?它会比人、堤、岸更惨。湖输了,湖域会被一点点地收束、蚕食,只能像一个刚过门的小媳妇一样畏畏缩缩地活在阴影里。这不是湖的性格,一条从远古奔涌而来的湖,从来没有忍让、迁就和屈服的习惯。

它在等,等一个季节,等一场连绵不断的雨,等一次平山移路的山洪,它知道这道新堤拦不住它。历史上无数次破堤的记录都证明了这一点,只是没有人愿意去翻这些历史记录了,他们的注意力都在堤上,都在被堤圈起来的肥沃的土地里。

菖蒲与茶 | 储劲松

云上蒲谷记

云上蒲谷,雅草菖蒲的居所,深藏于古皖国潜山塔畈乡。

乡中多高山深涧,溪涧中多石菖蒲,古人谓之"尧韭"。尧是上古贤帝王,也是神祇化了的原始宗教领袖,菖蒲形似韭菜,尧韭之名,想当然由此来。

壬寅秋七月,我携新书《草木朴素》穿山越河访问云上蒲谷。扉页题曰:

> 凌双全先生性喜菖蒲,虽未一谋面,而心实慕之。以为山林之同道,俗世之知己也。尧世嘉草,蔚茂于塔畈之蒲谷;神仙所珍,集萃于青山之陬隅,良可思恋也。

钤一闲章:山水清音。

云上蒲谷的主人凌双全,自号"江北草痴",又号"尧韭洞散人",半生甘作尧韭侍者,痴爱菖蒲甚于性命。我也喜菖蒲风雅,清供有年,曾以《菖蒲月令》为题写此草万余字。凌双全偶然见到这篇文章,以为正合其心意,由是微信上结缘,且以菖蒲的名义,再三邀请我到云上蒲谷晤面。

三年大疫,行止处处受限,心间常积悒悒,今夏又兼久旱不雨,酷热难逃,闻说塔畈山高水凉,人情朴美,与我仅有数山之隔,于是驱车过访。潜山文化旅游协会秘书长李五四,潇洒文士也,是我的旧知,也来赶赴菖蒲之会。

大别山中处处奇花瑶草,溪流乱石之间菖蒲遍生,土著之民习见,不以为宝。山民所宝者,崖柏、岩松、大别山五针松、幽兰、石斛、灵芝、美玉、奇石、野菌之类,往往搜山索谷苦苦寻觅,对菖蒲则视而无睹。殊不知,草中"四雅"之一的菖蒲,在往古之世,连天上神明也备加爱重,所谓"菖蒲九节,仙家所珍"。中国古代文人,必置菖蒲于几案之上,与纸笔墨砚同列,有"无菖蒲,不文人"之说。不知也好,人性往往贪婪,若知此草风月故实,必竭泽而采之,以为奇货,以为方物,持之献媚或求利。世间事物,往往顺逆荣枯如此。

初见凌双全,他刚从地里翻山芋藤归来,满头满身汗水。怕我不懂,他弓腰垂臂比画劳作姿势。其实我生于山中蓬门,岂有不明白之理。山芋藤匍匐于地上,沿藤生根结实,若不适时翻检一遍,结出的山芋比蜗牛大不了多少。年少时,我也曾跟着家祖父,在雨后骄阳下翻过山芋藤,其时山芋初花,紫艳可爱。

"江北草痴"是真痴,"尧韭涧散人"未必真萧散。

长年在田地里劳作,凌双全的脸膛晒得红黑。与菖蒲为伍多年,他的心间一片碧绿。农作是根本,菖蒲是雅好,二者难兼而他兼之。这个外貌粗犷的山里汉子,骨子里是雅的,就像他抄写古今菖蒲诗词文章的字。大先生鲁迅曾说:"雅要地位,也要钱,古今并不两样的。"显然,地位和钱,凌双全暂时都还没有。事实上,他正面临着生存的困境,菖蒲和农活一左一右把他扯得生疼。如他自己所言,一个起早摸黑兴田种地、整日为柴米油盐操心的人,连坐在工作台前的时间都难得,焉能安心从事菖蒲文创?

凌双全在苏州待过多年,以创作菖蒲盆景为业,六年前携原籍苏北的妻子回到故乡,志在建设菖蒲盆景园。鼎盛时,其菖蒲文创作品有两千余件,但凡山石、古青砖、陶罐、瓦片、油灯、砚台、粗瓷大碗、树桩、竹根、炭篼、筷子笼之属,皆信手拈来,无不成创作素材。一丛菖蒲数寸青苔点缀其间,作品又古朴又清幽,深得古人遗意。他的艺术感觉是很好的,参品物,法自然,心手相契,颇多佳作。作品在网上一展示,随即被菖蒲爱好者抢去。这一两年,受疫情和诸多因素影响,文创产品市场不太景气,他为生计所迫,农务之余,与邻里人家合作开办云上蒲谷民宿,作品数量有所减少,加上菖蒲盆景园的建设用地迟迟未批下来,信心也稍稍受挫。此次他邀我和五四兄来,也是想听听我们的意见。

理想又高又远,是轻盈的;生活又低又重,是实沉的。我并无高见,无非劝其坚持、忍耐,等待时机。劝勉之语貌似无用,甚至轻飘,但古今以艺名家者,无不历经百千磨难,矢志不渝,穷而后工,这也是事实。痴迷于物者固然为物所役,却是心甘情愿的,不畏道途艰难的追梦者,最终又必然得到神灵的护佑和加持。有慧根又痴迷于蒲艺的凌双全，其实根本无须相劝，他是不可能舍弃菖蒲的，那是他生命的意义所在。

茶叙之后，凌双全领我和五四兄欣赏他的作品，参观他选中做菖蒲盆景园的那片竹林，谈他设想中的园中仙景，手指脚画，言语滔滔。这样的人需要劝吗？他的"执"，怕是九头象也拉不回来吧。久执必破，破的是艺术之局，也是生存之局，这是道理之常。

是夜，田蛙击鼓，草虫作歌，山风摇松竹，溪水奏清曲，与李五四、凌双全夫妻和村中几位老妇人，团团坐在凌家老屋里喝高粱醇酒。先贤说："酒为欢伯，除忧来乐。"岂不然乎？几杯老酒下肚，凌双全全然忘却俗世之忧，敞开心扉，畅谈屋后的白崖古寨，谈村中峡谷里残存的宋代黄庐古道，谈乡村旅游，谈理想中集菖蒲艺术、康养、民宿为一体的云上蒲谷康养艺术村，眸如星转，话如急雨，意气风发似少年。

酒后，几个人在乡野漫步。溪中的月影星光、路旁的瓜架豆棚、半空里提灯飞舞的萤火虫也似酒醉，趔趄踉跄，东歪西倒。斜眼望天上月，如藤上扁豆，被风吹得来回晃荡。它是紫色的，如山芋的繁花。

进入塔畈乡以来，我一直在想：塔畈塔畈，有塔之畈，以塔为名的畈，怎么能没有塔呢？据说原先是有古塔的，塔名"大圣"，数十年前毁于人祸。真是可惜。

回转途中，忽然望见溪流中的巨大青石，一块接一块地飞起来，在凌家老屋前方的田畈上一层层无声而迅速地累积，几秒钟后，一座高塔耸然屹立，直指明月苍穹。塔顶之上，簇生一蓬巨大的石菖蒲，叶片峻嶒如剑丛，又萧疏如图画。

岳西翠兰记

无事喝茶，有事也喝茶。清晨喝茶，良夜也喝茶。独处喝茶，群聚也喝茶。居乡喝茶，行旅也喝茶。晴天喝茶，阴天喝茶，雨天喝茶，雪天喝茶。梦中逍遥于太虚幻境，离恨天上也不忘喝一杯清香四溢的茶。于嗜茶人而言，茶无日不宜，无时不宜，无地不宜；喝茶是享清福，清香之福，清爽之福，清贵之福。

肉身本浊，以清茶浇之，胸中山川丘壑历历，可抵十年尘梦，造化特别钟情者，甚至可以羽化而登仙班。

喝的多是故乡茶，岳西翠兰。

翠兰说：我从山中来，带着兰花香。

天下茶品何其多，绿茶、红茶、黑茶、白茶、黄茶、乌龙茶，品品有好茶。南方千里峰峦深谷逶迤，谷谷生嘉木，山山产佳茗。他乡茶未必不好，只可惜多数时候嘴不够长，够不着。偶尔得着一点，煮、煎、点、泡自然不得良法，接近暴殄天物。最可恨的是，尚未品咂出幽微妙处，茶筒已然见底也，好不懊恼惆怅。其情态，一如天蓬元帅食人参果。家乡茶则不会，冲泡技艺纯熟，也不愁来路。

人人都说故乡好，人人都说乡茶香，情结使之然也。故乡是根，是本，是来处也是归宿。一个人无论如何高车驷马富贵荣华，假若厌弃故乡，必被人所不齿。猫狗尚且不嫌。故乡风物天生地长，是最亲切也最顽固的记忆，无论如何粗陋如何卑微，也无可替代。比记忆更可靠的，是舌头和胃，儿时的一饮一啄，对饮食、味道的偏好，伴随终生。于茶，我最钟爱的还是岳西翠兰。

南人居山者，秉性多朴野，多好客，山家待客一杯茶。

昔年家境贫寒，幸而生在茶乡，茶是有得喝的。母亲天麻麻亮时起来，洗了手脸收拾妥帖，头一件事就是烧水泡茶。水是屋后的山泉水，茶是自家采制的炒青。一大把炒青放到茶瓶中，灌满开水，盖上瓶塞，半刻后倒出来，黄而亮，酽而香，喝起来先苦后甜，极是解渴消乏。有客登门，无论贵贱亲疏，不管识与不识，哪怕是走江湖的杂要人、货郎、匠人、托钵僧、风水先生、逃荒者，父母必以袖抹凳，笑盈盈招呼落座，随即从竹碗柜中取出一只蓝边粗瓷老海碗，倒上一碗茶，双手递到客人手中。一碗茶里，有人间最美好最恳切最朴素的情意。

奉茶之外，还留饭。乡人常说："大门楼子是筷子撑的。"意思是说，青砖红墙、石狮旗杆、门当户对撑不起门户，但竹筷子可以，填饱客人肚子，是最基本的待客之道。二十世纪七十年代，山里人家日子过得清苦，日常多以山芋和园蔬为食。客人来了，主妇倒柜翻坛，把珍藏多时的鸡蛋、挂面和腊肉找出来，做一海碗硬笃笃的葱花瘦肉面，碗底还卧着两只荷包蛋。客人吃得闷饱，嘴唇油滋滋的，头面热乎乎的，身上香喷喷的，临别打着饱嗝，三致意焉。自家孩子也跟着沾光，得着小半碗面汤，里面有七八根面条、三两朵油花，抹抹嘴巴，欢喜雀跃四处宣扬。这样的慷慨人家，家道必旺，后代多出人物。反之，后裔多潦倒于本村，或落魄于他乡。

多年以后想来，人生并不复杂，茶饭而已。

岳西的茶，其源远矣，至迟可以追溯到先秦两汉，唐宋时代誉满天下，记载见于《桐君录》《茶经》诸典籍。宋朝设六榷务十三场，专事东南榷茶，岳西罗源场是十三场之一,足见当时本地茶事之盛。茶香缥缈两千余年,绵历至今更加光大。二十世纪八十年代,本地茶人苦心孤诣创制新品岳西翠兰,其形如兰,其色如兰,其香如兰,其味也如兰。仿佛古越国句无苎萝村的小女子西施初长成,无双品貌天下羡。仿佛元稹诗"锦江滑腻蛾眉秀,幻出文君与薛涛",皖西南的青绿山水,幻化出茶中上品岳西翠兰。以翠兰为代表的岳西茶,再次饮誉四方。

翠兰,山里纯良人家及笄小女儿的名字,叫起来亲切,听起来悦耳。每每念起,就想起苏东坡的绝妙好辞:"戏作小诗君勿笑,从来佳茗似佳人。"古今以佳人作喻体的比喻,可装几箩筐,大多俗不可耐。苏子以之比茶,却是神来之笔。味之咏之,可抵百年尘梦、千年尘梦。窃以为,诗中佳茗若是翠兰,更是绝妙。

这也是一点私心作怪,然而私心谁没有呢,诸君且宽宥之。

古人远行,常携一抔故乡的泥土,仿佛把井栏和田畴随时背负在身上。思念乡园时,捧出来望一望,闻一闻,故乡的山川屋宇、白衣苍狗、桃花人面尽在眼前。肠胃不适的时候,拈一指肚泥土,送到舌尖上舔一舔,周身表里顿时通泰。今人如我出远门,不带泥土,带一筒岳西翠兰。故乡茶可以止渴,可以怡神,可以慰乡思,还可以医治水土不服。故乡的茶与故乡的泥土一样,也有神奇功效。

若是能再带一瓦罐故乡的山泉水就更妙了。

古代雅士善识水质,所谓"能辨渑淄"。唐人陆羽说,山水上、江水中、井水下,又把天下的水分为二十等。宋人欧阳修、苏轼、黄庭坚、秦观最爱无锡惠山泉。明末闵老子与张岱在秦淮河边的桃叶渡斗茶,说:"诸水到口,实实易辨。"诸贤学问淹博,叫今人有望尘之叹。这些年我走过一些地方,喝过很多地方的水,没有辨水之技,但于水质清浊、水味甘苦是约略知道一些的。窃以为冲泡岳西翠兰,故家的泠泠山泉是天下第一佳水。这么说不全然是私心,就如湖水煮湖鱼,一地风物,相生相克,相互成就,亦理之常也。

常饮岳西翠兰者,享五福:寿、富、康宁、攸好德、考终命。

善品岳西翠兰者,四者可并:良辰、美景、赏心、乐事。

喝岳西翠兰而著岳西茶文章,庶几近于道。

道在茶里。

雍措 | 狮子呀,狮子

　　一种怪病,从我出生,或者在母体里,就通过各种方式埋伏进我的身体。我一天天地长,它也跟着一天天地长。它的躯体最初应该很轻很细,但随着我的长,慢慢变大变粗。它常常趁我不注意,跳出来显摆一下它的威力。只要它在我面前显摆威力,我的头脑就瞬间一阵发晕,脚趾、手指不停地弯曲又伸直。还有我那双薄而宽大的眼皮里,像钻进了一只大跳蚤,一个劲儿地蹦跳。我呼吸急促,心脏在我皮包骨头的胸腔里,怦怦的,似乎一个不小心,它就会不听使唤地破皮而出,将自己展示给外人看。

　　我早就习惯了这种怪病在我身体里作祟,我不怕它。我明确地知道,无论它怎么在我体内捣蛋,都只是一时,不会真正意义上破坏我的身体。因为我的身体是它遮风的港湾,没有我的身体作为掩护,它会流落街头,遭遇各种非议、歧视、污蔑,甚至陷害。它聪明至极,早就看穿了这世间对陌生事物的冰凉,它对"温暖"一词抱着怀疑和与生俱来的疏离,这是它从我身上学到的最为重要的一条原则。然而,它还是控制不住自己的好奇和调皮,总喜欢在无聊和寂静时,拿我的身体当它的娱乐场,钻进我的血管,游走我的全身。它对我身体做的每一个小动作,都很有分寸。它就像一个幼稚可笑的小娃,天生怀有想被人宠的渴望。它知道在我身体里作祟,我能很快地感应到它,于是它就将这种把戏玩得游刃有余,分寸感十足。总的来说,这种时候,它是在呼唤我,想让我和它一起玩耍。这点我确实能如它所愿,我的整个身体会在这种时候变得异常柔软,体内坚硬的骨头,像被清水泡化了一样。无论在哪里,我都会情不自禁地瘫软下来。我满头大汗地把自己越缩越紧,直至无法再继续收拢自己,仿佛收拢自己是我在那时唯一能做的事。我和它很近,简直可以触摸到对方。我用不听话的手指触摸身体的疼痛处,一会儿上,一会儿下,一会儿左,一会儿右。确切地说，我不知道我的身体到底是哪里出现了问题，无论哪里我都能感觉到它影子般的存在。有时，我感觉到它薄如蝉翼，仿佛带着一束苹果花的香味，这让我的大脑生出一种又爱又恨的思绪，既想毁坏它，又想爱怜它。

它还在我的身体里乱窜，和我玩躲猫猫的游戏。我知道，它最喜欢躲藏的地方是我的耳道，那里幽深而又狭窄，充满安全感。可能还有一个原因：它知道耳朵是感知一切声音的地方，它想和我说话，一本正经地，言之凿凿地，或者轻声软语地。不管怎样，它想对我有各种尝试，它对我的好奇，不亚于我对它的好奇。不过，有时它又很纠结，它优柔寡断的一面，让我不能理解它。只要它让我整个身体瘫软下来，又好一阵子不弄出一点动静，我就知道它最终的把戏又要开始了。我在等待它，有时缓慢，有时急促，我熟悉它的一切。然而与此相反，它似乎不太了解我，它总认为那个时刻，我傻乎乎地不知道它想要干什么。它行走在我耳膜上窃笑，它应该有牙齿，短小的牙缝中发出一种蓝色的声响。它在嘲笑我，带着小人得志的惬意。它把进入我耳膜的第一步走得轻飘飘的，它还在妄想自己的阴谋是何等巧妙。那时，我的身体还瘫软着，这都是它刚才闹腾一番的结果。不过，我还能忍受，实话实说，有时我还挺享受这种结果的。我的意识天生就有贱的一部分，无论轻与重。而它踏进我耳膜的第二步，就很重了，对于它来说可能意味着惊天动地，带着它身体所有的重量。那是它在告诫我，郑重地。我听见它的嘴在黑暗中张开又闭合起来的声音。每次都是这样，它在练习和我说话，这种练习的次数至少三次。练习的三次里，它短小的牙齿有松动和不耐烦的迹象，这让我有些可怜它。它的牙齿可能并不真切地属于它。三次之后，它向我说话了，哗啦哗啦地，噼噼啪啪地，叮叮咚咚地。这是它对我最深情的表达，这种表达每隔三个月就会出现一次，然后又销声匿迹，跟从来没有发生过一样。

我总觉得它是嫩绿色的，像一片初长的叶子，茎秆柔软，充满各种可能。太阳初升，我面对着太阳，曾郑重向它提出我的问题。我的问题简单明了，像一条直线直抵它：你这棵绿植，你透明的体内全是白色血液在流淌。我的质问似乎触碰到了它的某个伤处，它在我体内发出砰砰的声响，接着竟然破天荒地哭给我听。那是我第一次听见它哭，像一只蚯蚓费力打洞的声响，那么艰难和费力，却专心致志。在它的哭声中，我的身体竟然波动起来。可我还是管不住自己的嘴，把刚才那句话重说了一遍。它哭泣的力量加重了，像又多了二十条蚯蚓在为它助力。我忘乎所以，意识渐渐模糊起来。我看见一只振翅的红鸟,从一棵枯旧的老树上飞向一片黑色的天空,天空瞬间落下黑色的油腻雨滴,击落了那只红鸟翅膀上的一根羽毛。羽毛飘飘荡荡地穿过雨帘,落进我的喉咙,顺滑地流进我的胃部,接着和身体里的它融为一体。我昏过去,就在我的昏厥感从头部慢慢下滑到四肢时,我还在竭力向它表达:它是绿色的,就是绿色的。我对它是绿色的模样毫不怀疑,无比坚定。它还在严肃地反抗,刚刚和它合而为一的红色羽毛渐渐走出它的身体,仿佛很厌倦那个据理力争的它,抛弃了它,从我沉沉的呼吸中,重归外部世界。我虽然依然昏厥,但仿佛感觉到了它深邃的悲伤和无力。我突然开始心疼它,并发誓以后对它再不提起"绿色"这个字眼。

有时,我会变得很忧伤,这和它无关。

就在昨天夜里,月光泛着银色,从凹村房挨着房的间隙慢慢流淌出去。那时的月光,聚合在一起,像一条淌在村子干枯大地上的银色河流,滑滑的,让一向暗沉在岁月里的凹村,在夜色中大放光彩。隔壁的格么老人,弓着背,顺着流淌出村的月光,轻手轻脚地提着篮子去地里播种洋芋。他在月光下出村的样子,像晃荡在一条小河上,左右摇晃,小心翼翼。只有我知道,那篮子里的老洋芋,已经在格么老人远方的土地里长了很多年,从来没有多一个,也从来没有少一个。格么老人拥有一种祖传的秘法,让一篮子的老洋芋,保持一种永久不变的状态。

我和格么老人是多年的邻居,交道不深。我们中间,始终隔着一道说不清道不明的沟壑。我们每次交谈都在秋天,在他把那篮子老洋芋,从遥远的土地重新收获回来的那一天。他踏着重步向我走来,显得积极又骄傲,他把一种我在凹村很难见识到的笑,展示给我看。他的笑里带着土腥味,还有一种被废弃的老腊油的味道。

相比去年,他更像一条活够了的老鱼了。

去年,他手腕里的篮子,把他的身子拉得很低,他的整个身体不自觉地垂向大地。他生硬地叫出我的小名,那个早已被人遗忘、只在每年秋天被他叫出的名字,千疮百孔地飞向我,让我想躲开却无法躲藏。我站在原地,看着他在坑坑洼洼的土路上,别扭而丑陋地走向我。离我很近时,他突然把一直弓着的背伸直,好像想进行一种仪式。他身体里的老骨头发出吱吱的脆响。我想他正在经历着疼痛,却在我面前竭力隐藏。他咧着嘴,露出两排参差不齐的黄牙。他举起那篮子老洋芋,对我说:看,它们真是可爱呀,今年又丰收了这么多。他说这话时,黄扑扑的眼珠后面空洞洞的,像有一个无限大的空旷沙漠,生长在他尘封已久的身体里。篮子里的洋芋滚动着,它们一年一年地来认识我，我们也算老朋友了。他似乎根本不在意我会对他说什么，没等我回他，就把举着的那篮子老洋芋在我眼前放下，卸下脸上所有的表情，把挺得笔直的背重新弓起，毫无羞耻可言。接着，他弓着背，转身往自己家布满杂草的台阶上跨，他身体里的老骨头，相互抵触碰撞，拒斥又凑近，发出咯吱咯吱的响声。

他有随时随地崩塌的可能。

我是多么忧伤。

在某个点上，夜会显露出一种深沉的别致。我又回忆起昨夜的月亮，大而明亮，罩住凹村熟睡着的人的梦，还有动物、植物的梦。还有，我体内的它的梦。

它昨夜出奇的安静，像一只趴在核桃树上即将死去的蝉。我看见了它，绿绿的，在月光中发着透明的光亮。它张着嘴，一只眼睛睁着，一只眼睛闭着。它头上长出一根棕色的触须，荡漾在我的体内。它的梦很缥缈，一会儿想把自己变成一匹看见猎物的狼，一会儿想把自己变成一只土拨鼠……它在自己的梦里踌躇徘徊，充满迟疑和愧疚。它的梦没有我想象的那么大，椭圆形的，边沿长着带刺的荆棘。它在梦里围困自己，也在防守别人。它想接近我，于是把张着的嘴闭合了一次，又继续张开，它竟然喊出了我名字的第一个字。我就要答应它了，它却迟迟不肯把我名字的第二个字喊出口。我在等待中煎熬，一半身子火辣辣的。出乎意料的事情发生了，它一口吃掉了我名字里剩下的那个字，开始咀嚼。我看见我那个字在它透明的腮帮子里逃窜，一会儿钻进它稀落的牙缝里，一会儿爬到它的舌头下面，最终在劫难逃，粉身碎骨。它吞咽下了那个字，有一秒喉咙那里鼓鼓的，险些噎死自己。它在梦中带着胜利者的微笑，而我全身火辣辣的，似乎有无数的小红椒在我身上腐烂。

我为它做的梦感到脸红。梦是它留给自己的遗憾。

一股雾气从树林深处飘来。清晨的雾气，古里古怪地散在村子的周围。乌鸦的叫声从雾气中透出来，粗粝粝的，像头碰见了坚硬的石头，疼痛不已。一个人走出家门，拿出驱赶牛群的俄尔朵，空空地挥舞了几下，又进屋睡觉去了。他的床上睡着一床的娃，大的十七八岁，小的七个月。前两年，他家就开始穷了，穷成了他的骄傲。他家见人就说自己很穷，那傲气的样子，简直让人眼热。此时，他们全挤在一张床上，做各自的梦，梦快要挤爆了那张他家的青冈木做的唯一的床。有风从雾气中渗出来，小小的，冬雪一样清凉。那只乌鸦彻底被雾气裹住了，我听见它扯着喉咙想叫出声，却被雾气拉了回去。

星星从天上滑落下来,一大片一大片地落向大地。村子里的树被砸伤了,房子上的青瓦一片片往下落。有狗叫的声音,有娃的哭声,还有几头老牛冲天吼叫的声音。一只肥大的黄鼠狼从树上摔下来,落进雾气笼罩的暗中。几家窗户里亮起了灯,忽闪忽闪的,似乎有人受了伤,他们在忙着为他包扎伤口。

格么老人在坠落的星星中播种完今年的洋芋,空着手回来了,他对星星坠地的事满不在乎。星星,不会砸中他。

"我又换了一块土地播种,希望今年的秋天能有一个好收成。"他坐在自己家长满荒草的门槛上,看着远处漫天坠落的星星,自言自语地说。

格么老人不知道他的邻居躲在一扇木门后面,已经观察他一晚了。但或许,他也知道。

"真是可惜我去年耕种的那块肥地呀,怎么就全长出了茂盛的虎纹黑石来,而且还越来越大。"他伤感地摇着头。

他在向夜说话。夜把他的话一口就吞掉了。

星星坠落的速度慢慢减缓,雾消散了。远处山上有物体碰撞冒出的光亮,刹那间,整座大山,被那个光亮照得明晃晃的,成了一座毫无生气的白山。

"地下生着一群穷凶极恶的狮子,要注意呀。一定得小心。"格么老人说着,从长满荒草的台阶上起身。他在用手擦汗,一股刺鼻的汗味朝我飘来。我险些被呛出了声,赶紧捂住嘴,把自己躲得更严密了一点。他转身进了屋。

"你要记住我说的话,别不拿它当一回事。"格么老人关门时,侧着头,对着我微开着的门缝说。

我稳住自己,继续让那个细细的门缝开在夜里,像是给黑暗划出一道新鲜的伤痕。黑暗在流血,白色的血液。

天上的星星全落光了,天光秃秃、灰扑扑的,只剩下一轮缺角的月亮颤颤地站在上面。这时的月亮真老啊,我想击碎它。

格么老人上床,不一会儿就睡了过去。他屡弱的呼吸声,从我们两家共用的一堵老墙的缝隙里传过来。他开始做梦,梦里一直在喊一头名叫昌甲的狮子。

天是慢慢从地底下亮起来的,直到照得村子地底下所有植物的根系透亮亮的。我看见村子中央的那棵俄色树,表面苍翠蓬勃,实际地底下的根,早就被土里的热气烤焦了。我看见昨天一头被泥沼锁住双腿的老牦牛,在泥沼中又长出了第三只蹄趾。还有一个昨夜跟家人吵架，睡在一棵樱桃树下的女人，光照亮她侧卧着的身体时，一个新的生命从她娇小的身体里诞生。对，还有西坡，那块旺盛的坟地，地底下生活着一群已故的人，他们的生命从衰老开始往年轻反向生长，又从年轻开始往衰老慢慢生长，他们的生命，在地底下反反复复，永无止境。

时间过得真快呀，天从大地亮上了山顶。最初银亮亮的，接着柔软起来。天空出现了一轮红红的大太阳，月亮快速地陨落下去。我会因为一种怪病死去的想法，依然没有变，甚至被我有些虚伪地接受了。

"我接受我是绿色的事实了。"它对我说。它醒来了，似乎经历了一场连自己也没有搞清的变故。

我很忧伤，没开口对它说话。

"别为我难过，这不代表我要离开你。这一点你要坚定地相信我。"它固执地强调着，一股薄梦的味道在它说话的间隙，渐渐窜出它的身体，又慢慢消失。

"我口干舌燥，喉咙那里像有只蚂蚁在啄我，我需要喝的。一定有什么东西趁我不注意时进入了我的喉咙。"它在竭力地吞咽着嘴里残存的口水。

"奇怪的是，我对那个进入我喉咙的家伙并不排斥，甚至有种热爱，深深的热爱。"它疑惑地自言自语。

我欣慰极了。

"我对我会因为一种怪病死去的事实，也坦然接受了。"我笑着，对它说。

它先皱了皱眉头，而后很快地回到了它的困惑里。

"我还是会进入你耳道的。"它说，接着就不再理我了。

太阳还在从山顶吃力地往上爬。村子里的人一个个健健康康、有说有笑地出门干活去了。他们对昨夜的星星坠落事件，毫不关心，又或者根本没有察觉。

格么老人家的烟囱里，冒出一股股没有燃透的炊烟，浓浓地到处飘散。他在火灶旁一个劲儿地咳嗽，仿佛要把一辈子的疲惫都在此刻咳出来。

浓烟在村子上空不断地翻滚，我听见一个熟悉的声音从浓烟中传来——

狮子呀，狮子。

玄武 | 春山空

> 若不继续向前，一切都会变得无聊至极。
>
> ——坂本龙一

一

山西也有了梅雨。冷雨无昼无夜，无节奏，茫然机械，像默不作声向前挪动的看不到尽头的人群。雨下得人骨头发痒、内心长草，下得人精神崩溃。

二

路扭曲得像坏人的心思，然而大爱山色空蒙。三五年来，内心荒凉如众山，嶙峋抑或接近。所谓胸有丘壑，大致可以比类，长恨不能捉笔绘之。

以后稍远出行，但凡有一分奈何都坚决不走高速，要循山根直上云端再落下来。费事一点，所得却丰。

三

这里路边草木黑黢黢的，像刷了层黑油漆，黑色发着不均匀的亮光。是源于拉车的煤。

水多。山西很少见到有这么多水的地方。

山多。基本都是山。山间的平地，不会超过五公里。

地名许多不是来自汉语，像是音译而来。人们五官长得紧凑，不舒展，是眼睛鼻子眉毛嘴巴往中心挤的样子。眉毛一般都重，非常典型的地域特征。在古代不知属于什么部族，印象里应该有羯族，但羯人白皙，似乎又不像。有人著书考证羯人是犹太民族，说他家世代遗传的规矩等，当时读来饶有趣味，今日来看笑掉大牙。

总之不应该是中原民族，当然很久前就混杂了，但原本的特征依然鲜明。

从前应该是植被繁茂，野生动物遍地出没，包括大型猛兽。一些残留的地名有肃杀之气，可以佐证。如杀熊岭，如杀虎山。这些地名只是空留，无人居住，无路可以驱车抵达。有时也有路，但高德地图不显示。熊虎也可以确定没有了，华北虎已灭绝许多年。志书有时称某种华北虎叫"黑骊虎"。山西北部一些地方称虎叫"黄棒"。最近又听到有些地方称虎为老大，大音 dài，大王的大。

现在仍然是金钱豹出没频繁的地方。有报道说，太原东北部出现豹子，是从这里游荡过去的。

这里还没有春天气象，相反是初冬气象。阴沉的天空像不时地发出提醒：你想得美，我还要冷呢！这才算是刚开始冷呢！回来后翻志书，才知道这地方就没有春天。有句曰——

春晚无花秋早霜。

四

从前认为，说一个人的状态像个古人，是善意的赞美。像古人，意味着现今不存的某种品质，意味着藐视物质而内心丰盈，意味着"简"，意味着中国式的"道"，意味着已经失传的精神高度和某种艺术修为，如此等等。

现在确定说一个人像古人，具有强烈的贬义。在上述种种之后，还有伴生的不可抵消的负面意涵，比如内心闭塞，比如反科技，比如泥古不化，比如蔑视女性，甚至忽略或压根不曾关注许多现代文明观，甚至出现反人类的特点。

古代士人宁静的内心秩序，以及所谓盛世时期有条理的社会秩序，无非靠以下为支撑：

牺牲女性。牺牲商业。牺牲科技。

所谓商业文明——现代文明得以奠基的契约精神，一直在摧毁过程中，一直没有建立起来。商业、科技的发展与体制稳定的矛盾，一直没有得到有效解决，反而不断激化，这才是更迭的王朝不断崩溃的真正原因。所有王朝，只是同一个王朝的复制品。

五

路过三五十万亩梨花，平坦一览无余，只不见尽头。两边皆是花开，车行半小时仍然是。高速不能停车，啊啊啊。正是梨花带雨时节，再向前过了山仍然是，仍然不能停车。啊。越向南越绿，见到路边丁香花开，有紫有白，闪去又迎面闪来，仿佛嗅得见雨中浓烈的芳香。

六

黄河边，一个古烽火台。

原有村落已废弃，空余窑洞，及零落倾颓的屋舍。"老屋前后，野鸡野兔。"已成荒凉中勃勃的自然生机的繁衍之所。

日落时分，满山昏黄。余晖映照长河，河光亦尽射此山。此地故得名黄金山。

台，只是烽火台，非黄金台。无子昂，无名马。无马。

沿岸，烽火台错落排开，每隔十余里或显或隐。台由夯土筑成，有台阶供登顶举火高呼。无非是匈奴至，或鞑靼至。

脚下每一寸土，都被血沃过多少遍，几千年里反复，土地不能肥，依旧麻木贫瘠。

台附近有洞，深不可测，相互贯通。一直下，肉眼不见底，洞一人可入，若不慎掉落，料是掉不过头，伸不开手，无处借力，无计可施。疑为獾洞。獾，即某种獾。

落日下的黄河，波光斑斓如豹，冷静不动如豹，阴柔神秘如豹。然而谁都知晓，它随时可能爆发出不可测的可怕力量。

它在几千年里变幻无穷姿态，时而呈饕餮之相，时常呈灭世之相。它滋生孤悬的东方内陆文明，也滋生东方人类。

逝者，如斯夫！来者，斯夫！三分钟之后，光便熄灭。

风起于河上，回旋于天地之间，山谷中或呼啸，或呜咽。

心中默念逝者来者，竟如誓如咒，如为生者死者招魂。有魂若山峦，沉默不语。有魂若高木指天，有魂若枯草瑟瑟，有魂若鸮夜笑。皮相既离，灵魂之相，无乃太不同。

七

坐在山顶，看明月如磬，轰隆隆升起。是真的有危险感，担心它忽然砸落。

世间并无多少人真见过如此景观吧。

山风猎猎。果然是高处不胜寒。裤裆里结了一根冰棍也似。

八

梦见在荒凉山顶为一群野猪所困。梦中还记得看时间，是夜晚九时左右，有月亮。

它们原在山崖对面稀疏的果林，很小的黑点挪动，然后不见了。没有声音，唯冷风若有所思。这是几乎没有什么植被的荒山，大片裸露的石头，除了荒凉还是荒凉。

前方忽然有东西出现。梦中觉得不过几分钟，是野猪，已下山谷并从沟里爬上，站在山顶硬化的路面上。

我知道二哥翻山越岭如履平地的本事，但不知它们竟这么快。

领头猪是一头巨猪。惨淡的月光之下，它是巨大的黑。它不哼哼，而是喉咙里发出嗬嗬的威胁声。它身后，一只又一只野猪现身，站定。梦中汗毛直立，数到十只，后面顾不得数了。一大片黑压迫着眼睛。

它们并不慌张，几乎是坚定从容，缓缓走过道路，有一只还低头在荒草里觅食，吃着什么。梦中我也不慌张，只是不能动。最近时猪离我只二十米左右，十多只野猪，嗬嗬地低吼着，前前后后净是它们。我不能动，只手里抓紧一把大弹弓。

这是"梦生"中可怕的危险时刻。在山顶，一人独对十多只不到十五只野猪，前前后后净是它们的低吼声。月亮荒凉地见证，不发一言。这一幕我有熟悉感。月亮在以前曾照过这一幕吗？又或者，它曾照进我的前世之中？

一只巨大的野猪，也曾闯入五十九岁时的关羽的梦境，咬伤他的脚趾……

于我，这关于猪的梦是比短暂人生更为真实的存在。我曾向儿子吹牛，说我用弹弓打一只野猪，逗得他哈哈大笑。那时他不过五岁。现在我开始兑现了。猪群缓缓越过路面，向右面高处行去。我盯着落在后面的一只，它旁边还有另一只伴随。我拉弹弓，瞄头，估摸眼睛的位置。距离约四十米。弹弓力微，唯一可能有效的目标，是眼睛。

我在梦中听到了熟悉的命中的微声。猪在梦中愣着，不动，大约有十余秒。旁边的猪回头看它。它们一起看向我。我不能动,感觉到杀气。它们正在片刻间决定,是冲向我还是逃开。我不能动。我绝不可逃,否则必命丧此梦中。

它们选择了后者,沿路奔逃跟上猪群。一些黑点移动,看不出是哪只中了弹丸。黑点在更高处消失。我打开头灯过去,俯身,地上看到斑斑溅落的血点,和巨大的蹄印。这个在夜晚九时的山顶手持一把弹弓独对十余只野猪并击中一只的梦,足够我在一年的睡梦里多次惊醒了。

九

在北方,只要槐花未落,春就一直在。

上周炒槐花,芳香从厨房喷涌而出,简直担心那香气要爆炸。

此时山间仍见槐花,而且嫩,还有未打开的骨朵。看上去离开过和开败,还得几天。

但路边的腌臜,重金属含量严重超标,是不可以吃的。要去不通路的地方采,干净而且美好。

驻车刚写完这段话,一对傻傻的小儿女停车过来,掰路边槐花。唉,却也不好说什么。

十

穿越三场还是五场雨,雨滴硕大结实,有密度有弹性,像小哪吒的粉拳头,砰砰地砸车前窗。是三头六臂的哪吒。

雨滴碎裂,奋然纷纷然向窗顶游走。我原本认定会是披头散发吞天衔日的黄风怪来相迎,据说是它都跨过长江到了江南,又据说一两日就跨海到了日本。现在看来,在我这里,它要被小哪吒们灭掉了。

穿越三十万还是五十万亩梨花,纷纷然且开且落。我来时它们就在开,也在雨中,如今已是重逢若故人。何其幸运,那个被铺天盖地的雨滴如鼓一样击响的光头,同时看到梨花的初绽和谢落。

川江本草 | 陶灵

船底苔

"船板上有好东西！"老梢胡子冉白毛冒出这么一句后，开始摆来龙去脉：我才当闷甑时，有个热天发痧，头昏胸闷，打不起精神。船上的头篙三十来岁了，是忠县人，心善，对我好。他手蘸了水，抹在我前颈项上，然后弯起中指和食指，提起颈项肉皮子使劲揪，揪了左中右三处。一路揪，一路冒起血印子，不一会儿就是乌黑乌黑的了。这叫"揪痧"。

喝了口浓茶后，冉白毛继续摆："接着，他又跳进水里，在船底板上抠了一坨青苔，熬水给我喝。喝了两道，就松活了，夜饭我吃了一大钵。"冉白毛一口的行话土语，我听得懂——闷甑，是只供饭没得工钱的学徒；头篙，是船工工种之一，站在船头探水路，用现在的话说，属技术岗位。

船底板青苔也叫船板青、船底苔，李时珍老先生说："水之精气，渍船板木中……故服之能分阴阳，去邪热，调脏腑。"在国家中医药名词术语成果转化与规范推广项目中，由船板青与酥油饼末制成的中药"海仙丸"，主治诸伏热，头目不清，神志昏塞。

"有次我们船在涪陵等到装载，头篙穿得周吴郑王的，一大早上坡去了。擦黑时被人抬了转来，扔在坡上乱石堆，船主不准上船，怕死在船上。听说头篙上午在烟馆过足瘾后，又跑到妓院去逍遥。快活完，一摸，身上的钱没得了，不知是在街上被小偷偷了，还是遭窑姐悄悄摸了。妓院老板喊人把他打了一顿，然后弄到太阳底下晒了一下午，后来怕出人命，找人抬下了河。"冉白毛摸黑去船底板抠了坨青苔，熬了水，给头篙灌下。但没救回来，当晚就死了。冉白毛叹一口气，"伤重了，又晒啷个久，船底苔也不管用。"

了哥王根

二十世纪八十年代中期,我参加新县志编修时,一次座谈会上,湛老先生摆龙门阵:"民国时我们县城治安好得很,只有一个偷儿,累教不改,把他捉到三漩沱沉了水,以后再也没人敢偷东西了。"湛老先生为"黄埔十六期"学员,是民国时县民众自卫大队队长,做了三天代县长后起义,迎接解放。那时整个县城人也不多,又少于流动,互相都认识,知根知底。即便不熟,起码也挂得住相,偷东西这种"脏人"的事,大多数人不会去做。湛老先生摆龙门阵时刚出"牛棚"不久,是我们县政协副主席。从这些情况来分析,这龙门阵的可信度比较高。

后来陆续又听过这偷儿的故事,是其他人摆的。他偷东西多次被捉,每次都被打得很惨。不知过去大家为何特别恨偷儿,因为普遍贫穷,禁不住偷吗?除了拳头、腿脚相加外,也用扁担,狠心的会把扁担抡起砍。偷儿一声不吭,咬住牙,身子蜷缩着,一直护着胸、腹,为的是不受内伤。打完后,人群散去,小偷或被抬起手脚扔至河坝、城外。等四下无人时,他解开裤腰带,拿到嘴边,咬下一节,嚼烂,手接一抔自己的尿,吞下。尿有散瘀血的作用,不要头尾部分。过了一会儿,感觉不是先前那么浑身疼痛了,再找根棍子杵起,一拐一拐离开。据说他家里另藏有特效"劳伤药",不管多么重的跌打损伤都可治,并且不留后遗症。要不了多久,像没事人一样,这小偷又出现在县城的街巷、茶馆,"踩点"来了。

知情人说,他的裤腰带是剥的一种树皮搓成的绳子,要云南、贵州一带才有这种树,叫"了哥王根",是中药,服下后立刻止痛。但也不能多吃,否则会中毒,表现症状为恶心、呕吐、腹痛。如果恶心、呕吐,就干脆吐出来,喝浓茶或多喝冷开水解毒。中毒症状如是腹泻,就喝浓米汤。

小时候听姑爷说,偷儿被打得狠,次数多了还是要伤身体的,听他们咳嗽就知道,只咳"半声",就是想咳而咳不痛快的那种。关于"劳伤药",姑爷说得更神秘,小偷、强盗都有,止痛救命,叫"磨三转"。土碗翻过来,在碗凸凸里倒一口酒,把这药和酒磨三转后喝下,就没事了。土碗凸凸粗糙,磨药效果极佳,但一定只磨三转,超出半转,就会被毒死。

《黄帝内经·五常政大论》中说:"大毒治病,十去其六;常毒治病,十去其七……"我想,"磨三转",与这话的意思差不多吧!

译成白话是:大毒之药,病去十分之六,不可再服;一般的毒药,病去十分之七,便不可再服……

天麻

古药书上,天麻有很多名字,最出名的是"赤箭",以至于古时有人不清楚药用究竟是根还是茎,而常用其茎。前几年,在渝东北开县的一字梁上,我见过它的茎,独枝,挺直,似箭,难怪古人被误导。天麻之名,大概在宋代才出现,为治风神药得名。

天麻根不是常见的须根,粗大,如芋头、洋芋,我们喊这种为"蔸蔸",照理说不应该觉得它非药用。宋人沈括先生在《梦溪笔谈》中也说,《神农本草经》上明明写了"采根暴干",怎么还用茎呢? 明代李时珍先生补充:"沈公此说虽是,但根茎并皆可用。"《神农本草经》是最早的中药学著作,书上还说,除五种灵芝外,赤箭也是神仙调理养生的上等药。沈老先生因此又叹息,现在的人只用来治风症,实在可惜。今天,沈老先生大可不必再摇头了,我们已懂,常用天麻炖老母鸡,为的就是滋补身体。

天麻和很多中药一样,炮制后才可用。炮制,就是加工成药的过程,用火、水或水火共制,目的是加强药性、减除毒性或副作用,另外也便于服用和贮藏。我在渝鄂界山七曜山上避暑时,看见山民晒天麻片,有意过去和他搭白。山民说,天麻稍微煮一下后再切片,这样营养成分流失少。但最好是蒸。要煮,得用米汤,这样晒干后的天麻切片色泽好。这位山民晒的是人工种植的天麻,个头大,干后呈琥珀色。

以前,开县一字梁挖药人周老头的炮制方法简单:天麻洗干净后,先在煮竹笋的水中烫一会儿,再放进米汤里浸泡"抽一杆叶子烟"的时间,不切片也不剖开,直接在太阳底下晒干。或者用麻绳穿起,挂到火塘的"梭担钩"上也行,要不了几天就炕干了,然后可以拿到供销社收购门市去卖。周老头瘪嘴摇头说:"那玩意吃鲜的有股马尿膘气,不好吃!"1960年冬天,我当干部的岳母在三峡深处骡坪镇驻点,有天碰到一个农民卖鲜天麻,那么穷的地方,又正是饿肚子的年月,根本没人买。岳母买下了,不到一块钱,煮了半鼎罐,吃起面噜噜的像洋芋。岳母说她当时买天麻是想帮那农民,帮一点算一点。

周老头感叹,你老亲娘(岳母)捡便宜了。冬天的天麻最好,还没生茎,只在土里长蔸蔸。但不好挖，因为茎没长出来，发现不了。它的茎靠蔸蔸的营养生长，长得越久，天麻的质量就越差，到了七八月份，基本上就空心了。天麻周围一般生长着牛奶子树、花杆树、麻柳树，我们就在周围找。特别是枯死的麻柳树根附近，最容易长天麻，我们就在那一块儿挖。牛奶子树、花杆树是土名，学名是秋橄榄树和化香树。

周老头小时候有次去砍柴，发现一株刚冒出苗子的天麻，但没锄头，只带了把镰刀。一个挖药人说可以借他锄头，但这根天麻挖起来后，窝子归他再挖，看下面还有没有。周老头只得答应，不然一根也得不到，下面还有没有也难说。结果窝子下面挖出半撮箕，虽然个头小，可全是还没长茎的好天麻。挖药人“懂经文”，蒙蔽了周老头。从此，周老头也开始专门挖天麻。一字梁属大巴山南坡支脉，海拔两千米左右，各种野生药材多，他都挖来卖，但最值钱的还是天麻。

开春后是挖天麻的最佳时机，挖药人低头弯腰，在草丛中慢慢寻找它冒出的茎苗。眼看花了，辨别不清，有时一天都找不到一窝。天暖和些后，太阳当顶，茎苗经受不住照晒，蔫了，藏到草丛枯叶中更难找到。逐渐地，大家有了饱饭吃，也开始吃得好了点后，认识到天麻的价值，挖的人越来越多，天麻就越来越少。挖天麻靠一种缘分，说明白一点是看各人的运气。有一次，周老头和几个挖药人一道进山挖天麻，一条林中小道弯弯拐拐，一直可通到相邻的城口县城，不知多少人走过。小道上有一块石块，踩一下，动一下，活摇活甩的。前面的人都没在意，走在最后的周老头低头看了一下：怎么只这一块是活动的？这一看，运气来了，石块边有一个黑乎乎的拳头大小的东西，有点像山芋，表面被踩后磨破了一点皮，原来是一个天麻。挖起来足足六两重，卖了三百块钱。

一起在周老头家聊天的村主任小周说，前几年他和表哥去城口办事，走过一个山坡后遇上三个挖天麻的，就坐在路边休息，和他们闲聊，抽烟，喝了一瓶矿泉水，前后不到二十分钟时间，便起身赶路。刚走不远，身后传来一阵叫唤：“坐到天麻了也不晓得。”小周和表哥停步，转过身看，挖药人站在他俩刚休息的地方，原来表哥屁股坐倒了三根天麻苗。

对有经验的挖药人来说，挖天麻刨开的土要回填转去。天麻属腐生草本植物，那些泥土中很可能含有菌种，第二年就会长出新天麻来。

厚皮菜

说厚皮菜好吃的人，是好日子过久了。厚皮菜煮米糠糊糊，无油，只放盐，上顿吃下顿吃，吃得清口水直吐的事，忘了？厚皮菜又叫牛皮菜，川江一带土名"瓢儿菜"，不是"瓢儿白"哦！它长势好，今天掰几匹叶子，三五天又长出来新的。这种速生植物，饥馑年月受欢迎。

现在也有人说红苕好吃，每顿饭里加点。这都是改良过的新品种，确实好吃。以前吃起噎人的那种，叫"猪红苕"，猪吃人也吃，是没办法的事。现在说红苕、厚皮菜好吃，其实是荤素搭配，鱼肉吃多了，换个口味而已。做食厚皮菜方法多样，凉拌、放鲊海椒蒸炒、米汤煮等，但不管怎么做，我都觉得难咽，有一种说不出来的怪味。

厚皮菜猪喜吃，主要做饲料。以前看姑妈把厚皮菜剁细后，经常拌在熟食中生喂。姑妈的活路多，蔬菜场又统一出工、放工，猪食都是大清早煮好一大锅，早中晚喂三次。厚皮菜不能随煮，因久放之后易产生亚硝酸盐，猪吃了会中毒。不知为何，过去还是有人煮熟了喂，中毒后，把猪尾巴巅巅儿剪掉，放血解毒。有时猪尾巴放不出血，就把它耳朵剪一条小口，血一滴滴流出来，毒就解了。

姑妈出工时，我有时去坡上找她，摘野果子吃。有一次在半路上被狗咬了，好在穿得厚，只破了点皮。姑妈立即掰了匹厚皮菜，撕下绿色的叶片嚼烂，敷在我伤口上，用手帕包好，背我回家。以后每天早晚换一次，一个星期就结壳儿好了。

我家保姆说，瓢儿菜也有全是红叶子的，可疏寒湿。掰一匹，在火上烤蔫后手搓出水，在生病人背梁经上摩擦，擦得热乎乎的，每天擦两三次，就行了。

茶

城口县位于重庆最北端，地处大巴山南麓，气候和土壤都适合茶树生长。明朝时，县南鸡鸣乡出一种茶，后人称"鸡鸣茶"。清道光《城口厅志》记："较他处诸茶细嫩，又独早，其味清香，愈于凡品。"新编《城口县志》载：1951年国庆，红军烈属田先明应邀去北京观礼，特意带了两斤鸡鸣茶，送给毛主席。主席称赞城口茶叶好，回赠给田先明灰布制服一套。

1991年5月，我也带着两斤茶叶进京，但不是鸡鸣茶，产自相邻的开县。明万历年中任过夔州府通判的何宇度说："夔门之开县，初春所采（茶），不减江南。"1982年，四川儿童文学讲习班开课，请著名翻译家叶君健先生讲学。来自三峡的学员熊建成热情地请叶老品尝开县茶,叶老喝后喜欢,熊建成当即把自己剩余的茶叶送给了叶老。叶老回京后,熊建成还给他寄过一两次。那个时候在邮局寄取包裹不但要亲自去,手续、包装也都是麻烦事,说不定寄费比物品价值还高。知道我要去北京学习,熊建成便托我给叶老带点开县茶叶。走进恭俭胡同叶老住的院子,当时其他情景早已忘记,只记得叶老始终微笑着,说:"家里只有我喝这种茶,他们都喝香片了。"叶老的夫人听说我从四川来,还感慨道:天府之国啊! 抗战时我们在那里住过几年。

川江普遍还出产一种老鹰茶,也称"老荫茶",适合牛饮,是老百姓夏天的必备饮料。老鹰茶虽名为茶,但本不是茶,属樟科,用其中的豹皮樟树的嫩枝、嫩叶制成,为一种代用茶。道光《城口厅志》说:"其色较白,味不甚清香,逊于诸茶,唯煎茶入酱不变味。"民国《万县乡土志》中有曰:"叶粗大,色红而性寒,盛夏饮之,祛暑,俗呼'老鹰茶'。"

现在有研究发现,老鹰茶有保肝、降糖脂、抗炎的作用,于是越来越受川江人的喜爱。

二十世纪八十年代初,我们县城少有啤酒卖,开初也不习惯喝。二贤祠巷有家"六毛火锅",每天用非常大的锑锅熬一锅老鹰茶,供食客尽情饮用。那茶汁色泽深红透亮,我曾戏称"红糖水",每次吃火锅都要喝几碗,边吃菜边喝。如果不喝,第二天肚子肯定不舒服,一上午跑几趟厕所。

老鹰茶可释躁平矜,祛火除湿。

酒事二段 | 虽然

磨刀

新买的菜刀又很钝,切肉得锯,或剁。我一直纳闷新买的刀怎么这么钝,每一把都钝,从自己过起日子,就没用过锋利的刀。

他替我解决了这个问题。他百年不遇地过来,看看我会过日子不。在这之前,我和他已半年不说话了。

起因还是酒。我坐完月子回娘家,他和酒友喝酒,喝高之后找暖和地,把酒桌抬到了我和孩子躺卧的东屋。这屋里安了个新铁炉子,新接的铁皮管子,火把管子烧得通红,嗞嗞地冒热气。他们把酒桌抬过来,乐哈哈接着喝。

疤振明边喝边瞅我脸色,终于按捺不住,对他说:"你家二闺女这脸子难看得……"说完吧嗒着嘴抽烟,偶尔扫我一眼。他已带醉意,醉眼蒙眬中朝我一看,我正怒视。这让他很没面子,为挽回面子,他大声质问我为什么耷拉脸子,不愿在娘家就滚,滚回婆家。于是大吵起来。疤振明见势不好,一转磨不见了影,也难为这么个麻脸大胖子消失得这么快。另几个酒友略劝一劝,也先后撤了。没了外人,我们吵得更是无所顾忌,说了许多绝情的话,整个胡同都被惊动,谁也劝不下。还是他的酒慢慢醒了,意识到哪里不对,才消停下来。我煎熬了一夜,一大早就抱起孩子踩着半尺厚的雪回了婆家。

小姑第一个来说和,劝着劝着,想起自己也曾被轰,倍感伤情,于是相对垂涕。随后是妹妹,她没见吵架过程,凭着对他的熟知也能大体还原,陪着我愤怒不已。然后是我妈,她已把家里的存酒都掏出来倒在雪上,她在院里咕咚咕咚地倒酒,他仰在炕上一声不吭。我妈说他这回肯定戒酒,他说了。我压根不信,谁都不信,江山易改,本性难移,让他戒酒,等于让日头从西边出来。

没想到憋了半年，他竟然登门了，没事人一样，进门先是欢欢喜喜看孩子，凑近了细细端详，说长得不丑。又钻入厨房，亲自操刀，要好好弄几个菜。他切了一下，把刀竖起一打量，骂起来："你他妈这刀没开刃呀？你就用这刀切菜呀？"我一直冷着脸看他忙，听说没开刃，才知道新刀还要开刃。他放下刀，问有磨刀石没有。听说没有，他放下刀开门出去，片刻拎着块磨刀石回来，也不知从哪里找的。他和谁都自来熟，有时熟到不讲理。去集上买花盆，先套近乎，然后挑盆，不管卖主要多少，他就认定十块钱两个，扔下十块抱盆就走。这块磨刀石不知在谁家院里，他拿上，就回来了。

他一脚踏在水池边上，哈腰磨刀，磨了这面磨那面，时时往石上淋层水。菜刀宛如新生，刃闪寒光。他竖起刀，用拇指小心地顺刃从上往下捋一遍，又弹弹刀背。"好刀！"他扭头看着我，一乐，"这刀不赖！"

他切了一盆子芹菜，每段芹菜都是完美的菱形；又切一小盆咸菜，每一根咸菜丝都细如虎须。谁进厨房他轰谁，霸着厨房尽情展示好刀工。忙罢，他心满意足放下刀，料到这番举动已化解了我与他之间恩怨的壁垒，骂了一句："妈的，跑这大老远，来给你当牛做马。"

磨刀石他让我留着，甭管从哪儿找来，入这门就成咱的了，入咱手的东西，能轻易撒手吗？"留着，管它谁的呢，我拿的时候又没人见。哪天我还得过来给你磨刀。"

隔天我回娘家，半年不回，乍一进门无限感慨。他正大马金刀坐院里等我，面沉如水。我正纳闷，他开口了："你怎么能记仇？我不去，你就不回娘家了？当爹的轰轰你还成仇人了？越轰越不走，这才是亲。一轰就走，就不来，就记仇，这叫什么？白眼狼！念了这么多年书，念到哪儿去了？这么个理还不明白？还非得我登门讨好你？你就是个奸臣！"

我怔在当地，突然明白他为什么登门磨刀了。磨刀石的来处我也怀疑，我怀疑他是从家里带去的，并且，无论我的菜刀钝与不钝，他都会大磨一通。

酒场

他才下岗时，觉得自己也曾经是正式职工，这回下了岗，人倒架子不能倒，酒场该摆还得摆，不能让人笑话落架凤凰不如鸡。从前他混得好的时候，给我妈买了个缝纫机，厂长帮着运货，书记前来组装，那是何等威风。可惜厂长书记都已退休，好汉不能净提当年勇，罢了，还是喝酒，一醉解千愁。

起先，他还能在村里邀到体面人物，时间一长，出名的酒鬼们也闻着味来了，来了自动入席，搬个杌子插进去，就算入场了。渐渐地就只余了几个酒鬼，一伙人又是叫拳又是行令，掀得屋顶子朝上飘。我妈躲在厨房喃喃咒骂这帮闲汉，但她只敢背地里抱怨，听到那屋传来高喊，又赶紧提着壶去添水，添水回来接着骂。

家里存了许多酒，有别人给的，有买的，还有赊的。他自夸不小气，有酒大伙喝，绝不缩在屋里吃独食。每回摆场子，他都说，大伙喝上三斤就够了啊，花要半开酒要半醉嘛。但喝着喝着就超了量，三斤一会儿就完，他意犹未尽地冲厨房喊："再拿一瓶！"我妈装听不见，但他一声一声地叫，只好过去说："哪还有酒？早喝完了！"他勃然大怒，乘着酒劲窜入放酒的地方，拿出一瓶，直杵到我妈鼻子下："这是什么？什么东西呀！"拧着脖子骂骂咧咧朝酒桌走，一进屋就换了脸色换了腔调，兴高采烈地晃着瓶子："酒，大大地有！管够！"

酒场之后必有战争，醉鬼和醉鬼之间，醉鬼与家人之间，纷纷扰扰，绵绵不绝。别人家怎么打架我无暇去看，但要是尾随一个醉鬼回家，肯定有好戏看。自家也够热闹了，醉了的见佛杀佛见祖灭祖，我妈哀哀而哭。我眼巴巴地看看这个，看看那个，哪个也惹不起，既不敢催饭，又不敢出门，提心吊胆地在家里转来转去，试着干点力所能及的活儿讨大人欢心。我把空瓶子拣出去，放在西墙根，那里已有小山似的一堆，全是他们喝出来的。

他酒后必得难受两天，又是吐又是嗳气，蔫蔫地趴在炕头喊头疼。然而没过几天酒瘾又犯，依然摆场子招人来喝。一年下来，只有国庆、明考和疤振明三个随叫随到。二十年过去，如今只有疤振明还活着。

国庆平时不说话，他结巴，几杯酒下肚话多起来，结结巴巴地说，不让说就生气。他急切地眨巴眼，眨巴半天才说清一句，他说话的工夫别人早又好几杯下肚了。他酒量不大，很快就醉，醉了就要睡，于是把他放到炕上，由他去睡，别人接着喝。国庆自知酒后毛病不好，好尿炕，觉出醉来挣扎着也要回家。其实往回走也未必能走回家，有回他钻入一个草堆脱衣就睡，睡到天明冻醒了，哆里哆嗦抱着膀子回了家。他妻子问："衣裳呢？"他说个大致方位，妻子去把扔在草堆旁的衣裳拿回来。他最后死于醉酒，那天连喝三场，第三场正喝，突然出溜到桌子下，送到家就断了气。

明考打媳妇全村出名，不醉也打，醉了更要打。现在他醉在我家，摸不着媳妇打，就闯进我家小菜园，十分卖力地拔辣椒，把长势正好的辣椒全拔了。拔完若无其事回屋接着划拳,谁也不知道他出去一趟来了这么个壮举。辣椒是我父亲的命,他吃菜必放辣椒,无辣不欢,此刻他做梦也想不到,一畦辣椒已丧在明考之手。

疤振明是个老光棍儿,幼时出天花落了一脸麻子,兜齿。此人品质不佳,醉后就挑拨是非,把攒在心里的闲言碎语尽数释放,恨不得让全村人捉对厮杀。现在他把嘴伸到我父亲耳朵旁说起我妈的坏话:"我说,怎么每回来都看着弟妹不喜欢?哭丧着脸,想是不愿意让我们来。"父亲摆摆手:"不会,她不是那样的人。"疤振明撇嘴摇头,接着拱火:"想不到你让个娘儿们捏在手心。女的嘛,三天不打,她上房揭瓦……"我端着一盘菜进来往桌上放,听在耳内,回厨房学舌。我妈怒冲冲地说:"等你爹醒过来,我得把这个老不正经好好给他讲讲。看他净招什么人来!一蟹不如一蟹,一个赛一个的坏……"她越说越气,扔下手里活儿:"这干着有什么劲?伺候这么几个坏蛋!不他妈干了!"串门子去了,并且故意去很远的人家串,刻意让父亲找不着她。出门后她看到小菜园狼藉一片,暗骂一声:"活该!"扬长而去。

没人照应酒场,几个醉鬼叫唤一通,只好散了。明考笑嘻嘻地走了,回家之后揪住媳妇就打,他儿子忍无可忍,抄起半截砖照他脸上一拍,拍了个满脸花。他后来得了牙龈癌,烂得双腮透出窟窿,饱受折磨而死。疤振明没能挑起一场战争,心里十分不甘,出我家后朝外走,走到一户寡妇家,邪劲上来,叫开门要喝水,然后就揣人家的奶。寡妇的三个儿子满村子搜他,赔偿不要,就要揍死他,吓得他躲到外村去了。国庆醉在我家炕上尿了一泡。

他在家里转来转去,找不到可以吵架的人,出门一看,看到了他的辣椒,大怒。回来想让国庆跟着去找明考算账,一摸炕上湿了一大摊,气急败坏,跳入马棚把马牵出。他套上马,可能是想把国庆送回去,但套好之后就忘了,赶着空车出了门。

他被送了回来,是躺在车上回来的,门牙少了两个,脸上几块摔伤,洇着血。我们把他放到炕上,和国庆并放一起,睡去吧。国庆半夜醒来,羞惭而去。他第二天上午才醒,觉得嘴里不对劲,一摸,门牙少了,大吃一惊。没人理他,他趴在炕上竭力回想,又气又愧,懊恼悔恨,羞于出门。

养了两天爬起来,去集上补了门牙。他回来,见我妈正拆那条尿过的褥子,沉着脸钻进西屋,掏出几瓶酒,拎到院里咣咣咣地砸了。

乡村叙述：薅 | 崔士学

刺儿菜最可恶，细细的毛毛刺，薅一会儿手指肚就感觉针扎似的疼。鸡爪草不长刺，却是节节生根赖在地里不出来。

"谷子地里咋就不兴长草呢？"我坐在地头疑惑。"地里长草，你吃啥？"地垄里薅草的母亲给我最直截了当的答案。

垄里多余的苗也要薅去，更多的奢望不能留。

薅，是不知疲倦的村人在田垄里做的减法。村人盼着地里可以打出更多粮食来，可村民也知道，地里也不是苗越多就越好。苗多了，一垄的谷穗就不会饱满。苗挤着长，就会拼着长高，就瘦了谷穗。留下那些高的、粗的、壮的。薅掉那些瘦的、矮的、病快快的。

一棵谷苗的去留，在春天里被一双手用薅的动作来决定。

村人也是在地垄里做了选择题。可是那么多村人那么多的命，村人自己没法定。

莠草和谷苗最像，即使春天里费了那么大的劲，到秋天还是有晃晃悠悠的莠子草在谷子地里长出来。即使是眼最尖的村人，也还是会在春天里看走了眼，看错了一棵苗和一株草。错看了一棵莠草和一棵谷苗的故事，总是在田垄里上演。可是答案，总是要等到秋天才可以呈现。

田垄里的草苗不等人，雨一过，几天工夫，苗草就糊满了垄眼。田垄里总是草比苗壮，没有村人呵护，苗长不过草。被呵护的，总是比不过被冷落的倔强。

村人用葫芦头点出来的谷子种，苗出来总是疙疙瘩瘩，谷苗挤成堆，必须得间开。谷苗长到半拃高，就要赶紧间苗。不像玉米、高粱都呈直线在垄里长着，谷子要留拐子苗。苗和苗要前后错开，才可以长满垄沟。

锄去的杂草当中,莠草最像苗,母亲一眼就能看出:叶细些的,茎扁些的是莠子。可我一会儿就又恍兮惚兮的分不清楚。搞不清一棵谷子和一棵莠子草的区别,现在也是。

是母亲最早告诉我"薅"这个字,母亲最早是用手告诉我这个字,母亲告诉我用手认识的这个字,是动词。

种地、薅地、耪地、浇地、割地。村人不会分析动宾语法,村人只知道:人糊弄地一时,地糊弄人一年。

草和苗都长在土地上,村人就用大地代替了所有生长在其上的物事。村人的所有动作都是作用于土地。村人一年的收获都是从土地上长出来的,村人一辈子的吃食都是从手底下收回来的。

村人不晓得书本里的修辞,就只是在用自己的心思和四肢演绎着劳动、汗水、生存,这是大地的形而下。

村人把下地干活叫上山,其实村子周遭哪有山。在辽西乡下多的只是和缓的丘陵,丘陵上多的是起伏不大的坡地,辽西缺雨坡地又极难水浇,只能多种耐旱耐瘠的谷子。

谷子是村外地垄里长的庄稼,庄稼总是在母亲的手里才长大。高棵的庄稼是玉米和高粱,矮棵的是谷子和荞麦,匍匐在地皮上的是土豆和地瓜。

所有庄稼在地里的邻居都是草。地里的草薅不完,耗尽母亲这一生,也只是让地里的草远了一点,给喂养我们的庄稼暂时挪出了母亲活着的那么多的时间。母亲走了几年,那么多的草就都回来了。它们站满母亲曾经侍弄过的地垄,让我看见。

耪,是在田地里站着就可以完成的活儿。薅,就必须得蹲下去。累了,半蹲半跪,最后母亲是偎在地上,委身向前。

薅是农人在田间里最亲近土地的农活,要农人以距离土地最近的身姿去完成。蹲下身,每一个动作,都要用尽了所有的心思才可以做得好。

在农历五月,田地里的苗草都在抢着长。谁家的小子和自己新处的对象在自己家的地垄里薅地,是辽西五月的田地间最温馨的场景。在辽西乡下,谁家的姑娘答应在春上去帮婆家薅地,秋后谁家的新媳妇就能出现在炕头上。

五月间的辽西丘陵大地里,是薅,在演绎着有声有色的图画。用双手起势,用拇指和食指勾勒细节,草和苗是构图的前景,土黄和草绿色彩的渲染。母亲是这幅画的主体,她所有的心思和眼力都在看着一株苗和一棵草的不同,她的双手食指,满拢着天底下的那些田野,还有高处的天和远处的山。

垄土里,生长着最柔软的包容和希望,也躲藏了最隐秘的伤害和意外。玻璃碴、石头块、锈了的钉子,都是乡间地垄里猝不及防的邂逅,往往也会是突如其来的伤害。

村人指间掌心那么多的伤痕,都是对薅最清醒的记忆。

薅不止是个动词,薅是场农事。薅是关于叙述的,关于田野的,关于生长的,关于天地的,抒情、议论、说明的意思都有。乡下人的一辈子,也就是这么过来的。

宁可看孩子,也不薅谷子。

薅不是个好活计。一条条的地垄无尽头,我蹲在妈的身边,问:这地,啥时候能薅到头啊?

妈说:手是好汉,眼是懒蛋。

我要是能把一个词说清楚,也就不枉我对文字上心这么多年。可是现在我知道,很多词我还是说不清,我也写不明。

我知道这个词不是从字典里,是母亲最早告诉我,在村子南道的地垄里,在村子北坡的山梁上。后来我在字典里认得了更多的字,在书本里学到了更多的词。母亲识不得太多的字,母亲小时候只是在识字班待过不几天,可是天底下最有资格讲"薅"这个字的,还是母亲。

可是母亲已经不说话了。

母亲在的时候我没感觉,母亲不在了之后,那么多母亲从我身边走过去,我看着都和母亲走过去是一个样。

周华诚 | **蔬食记**

萝卜记

西北的朋友说给我寄了两个生萝卜。我纳闷：西北干旱，哪有好的萝卜？

好的萝卜，听说是天津有。去年在北京念书，有一姓杨的同学是天津卫的，说一口马三立风格的普通话。他站在讲台上，一开口就能把人乐翻。但我尤为惦念的，是他身为一个律师，业务繁忙，却惦记着念文学的书，有一天甚至更加跨界，从天津给大伙带了好几大箱萝卜来。

当然是好萝卜。天津的沙窝萝卜据说有名，然而我以前并不知道。天津卫的青萝卜，带着萝卜缨子，皮也是碧青碧青的。说是产自一个叫小沙窝的地方，适合生吃，口口脆甜。这个萝卜，跟鲁迅文学院地下一层餐厅里经常免费供应的萝卜不一样。食堂里的萝卜，个头不大，圆溜溜的，皮上带红。同学们常取了萝卜蘸豆瓣酱吃，咸鲜脆美。北京的冬天天干物燥，房间里暖气又足，我这个南方人颇为不适，以致鼻唇皴裂，看见这脆生生的萝卜顿生喜悦，每顿必拿两枚，一枚餐后即食，另一枚带回宿舍吃。

杨同学胆敢把沙窝萝卜带到鲁院来，一定是别有用心。难道鲁院会缺萝卜吗？我忖度他的心思，一定是他觉得自家的萝卜比鲁院的好。然而那两天我不知道在忙些什么，等到发现这物事的时候，一个萝卜一个坑，杨同学带来的萝卜都已名萝有主，我遂就此错过美味。

萝卜是个好东西。南方人也素喜萝卜。我以前当记者的时候，行内有个术语叫"拔萝卜"，便是指记者去参加新闻发布会，或是赴一个什么活动，到了现场签个名字，领一个薄薄的信封。那就是"萝卜"，也算是约定俗成的事情。信封里的钱不会多，大抵是一顿快餐钱加来回的打车费。但如果碰上一条吃香的线口，每天的活动多，一天拔上三五个萝卜，那就也还可观，至少比工分的收入要好一些。记者是很辛苦的，有人每天忙于拔萝卜，也有人每天奔波在老少边穷地区，分工不同，志趣也各异。我在当记者的几年里，不跑部门，不跑企业，只是跟平头百姓聊聊人生，自然没有什么萝卜可拔，却因此结交了不少有趣的人，也是极大的收获。

拔萝卜的说法，起源于何时何处，已无可稽考。据本行业的老前辈说，大约在二三十年前，因为萧山地方出产特色萝卜干，但凡记者前往采访，就每人送两袋萝卜干作为礼物。也算是一种人之常情吧，那时记者与采访对象见面一聊一写，就此结下深情厚谊的不在少数——久而久之沿袭下来，戏谑说"拔了一个萝卜"。后来时代发展，萝卜干渐渐演变成小信封。我不干记者好多年，最近几年纸质媒体的记者转型的多，纷纷奔赴各种新行业。偶与旧友见面，聊起那些青春岁月，不禁抱头感慨兼相互打趣一番。听说这些年新闻行业作风严谨，不仅"萝卜"消失既久，即便是真正的萝卜干也都不拿了；采访打交道也多纯是出于工作，情意不情意的，已经无所谓了。

扯远了，还是说回萝卜吧。四个月的鲁院时光一晃就过去，离别日近。有一天向阳同学忽然来敲我门，说家中有事，必须提前回山西了。我旋即出门跟他到房间，看他包都打好了，后背一个双肩包，左肩一个包，右肩一个包；交代我说这一本书请转交给谁，那个杯子请交给谁，说完就出门去。我要去送他，他说不用送，一个人噔噔噔噔直奔电梯去了。我站在门口，看见隔壁国福兄也在门口目送。我看向阳的背影进了电梯，心里一股兵荒马乱的情绪涌上来，就从眼里出来了。

回到向阳房间，我拿了书和杯子，又看见柜子上的塑料袋里，还留着两个沙窝萝卜，缨子都蔫了，皮还是青的，有一点起皱。我想继承向阳的事业，拿去把两个萝卜吃掉，捏了捏，实在有点蔫软，于是算了。又过了两天，鲁院结业，同学们也就如流云一般散了。

这两天，西北朋友说给我寄萝卜，我很期待。终于等到快递电话，兴冲冲抱回家来，一路上心里想的是那碧青青、脆生生的沙窝萝卜，不晓得西北的同类长什么样。到了家打开一看，嘿，哪里是什么萝卜，而是沙漠里来的两根新鲜的肉苁蓉。掐了指头一数，我与这位西北朋友认识居然快十年了。以前也是因为采访而结识，一起在沙漠里光了膀子滚沙堆，一起在星夜下火堆旁喝烧酒吃羊肉聊大天，想来真是岁月如流。我不干记者了，他依然惦记我，肉苁蓉也好，萝卜也好，我也算是"拔"了，回头也给他寄两瓶烧酒吧。我这两年在家种田，用粮食自酿烧酒，与朋友们共享自是十分合宜。

　　写这篇文章的时候，我也从网上订了一箱天津的沙窝萝卜。

　　不知几天能到？

剥笋记

　　中午做了一碗黄鱼笋片汤，很简单：黄鱼整条用油煎一下，入一点姜丝，倒进滚水；把切极薄的笋片下锅，兼下一点倒笃菜，就这样慢慢地煮。煮二十分钟，一碗汤浓肉嫩味鲜的黄鱼笋汤出锅。大寒，在一年当中最后一个节气，我用这样的吃的方式，与千百年流传的传统文化发生联结，因为在冬天，江南的笋，最是时令的妙物。那些笋子说不定昨天还在山里，藏在黄泥之下，直觉季节的变化而悄然萌动；闻风而动的山农——说不定真是从吹拂的山风里感受到了笋意——他荷一柄镢头上山，笋山陡峭，覆盖深厚腐殖质的黄泥，犹如保暖的厚衣包裹着冬笋。挖笋这件事必须依靠天赋，或者如有神授，你看他爬了半天的山，身上已然蒸腾起雾气，他站在林间，竹叶在微风中飒飒作响，他闭上眼睛听一会儿，听见了笋在泥中生长的声音。此时他需要辨别笋的方位。于是他抬头望向天空。此时此刻，天空深邃，一个一个星球如此遥远，他叹一口气，举起镢头就开始挖身边那一片泥土。也许是泥面上一小条裂缝向他泄露了笋的秘密，也许是方才一仰头时外太空传来了笋的信号，总之，他对脚下的这一片土地充满信心。他一下又一下地挥动镢柄，许多泥土被翻过来。过了一会儿，他的动作变得轻柔，变得小心翼翼，因为一枚小小的、浅黄色的、有着弯曲茸毛的笋尖，已然出现在了眼前。他已经猜到，这会是一枚大笋。正如海明威所说，"冰山运动之雄伟壮观，是因为它只有八分之一在水面上"。海明威写小说，永远是向读者隐去了那八分之七，这种神秘主义，简直和冬笋殊途同归。我喜欢海明威的短篇小说，比如那篇《白象似的群山》，阅读起来就好像有人用切片机把一小片时光给切了出来，我们所能看到的，是那一个切片里零零碎碎的场景，有一句没一句的对话，其实就是真实日常的全部，它不向突然进入的人交代所有的真相。如果你忽然来到山上，忽然进入一片竹林，感受就与此相仿——好像在读这样的一篇短篇小说，因为你不知道脚下什么地方会藏着一枚可爱的笋。海明威说："你可以略去你所知道的任何东西，这只会使你的冰山厚积起来。"他说得对，笋正是这样做的，只有山农——那个聪明的读者才读得懂它。他耐心地,一镢头一镢头地阅读,越来越欢喜,被泥土覆盖的八分之七,正慢慢地显露出来。

我不舍得把一枚大笋轻易用完,哪怕是在大寒。大笋被人挑进了城,摆上菜摊,接受挑选,来到我的厨房,这一路的颠沛流离令人忧伤。我用菜刀在笋壳上纵划一刀,从这一个刀口向两边剥开笋衣,就好像剥开……对此我想写一篇《剥笋指南》,以便告诫所有剥笋的人,要尽量保持对一枚笋的爱护,下手宜轻,笋壳的很大部分其实娇嫩可食,如果全部剥去,就是暴殄天物,大大的浪费。《剥笋指南》是所有即将对笋下手之人的必读书目,一枚笋应该被合理地尊重,而不是草率地对待,即便一个有钱人可以买一大筐笋子来只做一道菜,那也是他的自由,但是我觉得如果真有这样的人,应该把他送到山上去挖一天笋——或者让他当一天竹子,如果有条件的话,可以是一星期。这样一来,他或许会改邪归正,成为一个对笋有用的人。当我在厨房面对这样一枚笋的时候,在大寒这样寒冷的日子里,有机会品尝到一碗滚烫鲜美的黄鱼笋片汤的时候,我内心充盈着一种感激之情。

我把笋切成薄薄的片,放进乳白色的鱼汤里一道煮,咕嘟咕嘟咕嘟,笋片的鲜美滋滋地化出来,与鱼汤的鲜美融为一体,呈现出山野与水域的握手言欢,它们交融了各自的气息。笋片只用去了一枚笋的四分之一,这样已经足够。对于一道菜来说,如何掌握各个材料之间的配比是厨师最重要的难题之一,其他的难题还包括:火候、水色、咸淡、动静、快慢、独立与统一、抒情与议论,浪漫主义或者存在主义,等等。剩下四分之三的笋,切成稍微厚一点点的笋片,加上几片咸肉,再切上两根大蒜,大蒜要斜切,保持与笋片及肉片在视觉审美上的统一,如此,就有了另外一道咸肉炒笋片。当然,我建议放到晚餐再烧出来,如果有红椒的话,不妨也切几片一道加入,于是,蒜青,椒红,笋白而微黄,咸肉透明,鲜香缤纷,端的是一碗好菜。

玉磬 | 即景散句

芦柴叶子大运河

几片宽宽长长的芦柴叶子,逐个顺条上下拼接。女孩摇头晃脑地说:喏,这是我的大运河,荡漾着碧波。

接头处,压着镇纸、魔方、印章之类,不按印章我也知道:京杭大运河是中国的。

没有踌躇,火柴盒拿来了,以空火柴盒的抽屉拼成驳船,一只又一只,挂靠在硬纸折的机船后。

在几片芦柴叶子的航道里,鹅鸭、鱼群、樯帆,画在彩纸上。哧溜一下,南北、古今就通了,女孩的目光就远了。

耳畔似有数声汽笛,那远方烟水蒙蒙……

像超越时空的意识流,话梅干、核桃仁做的气垫船、快艇,瞬息把女孩的大运河,带进童话里。

暖忆

砌砖封瓦,四白落地,再配上电气水暖,就是一个舒适的家了。

她一踏进门,随手三抓两挠,抓着了他,把他关了进去,他居然整天还笑眯眯的。嘿嘿,一日三餐,荤素结合,营养搭配。缝洗浆补,针头线脑,无微不至嘛。

他进门,出门,都是由她把门:她似乎生怕后面追来一个艳丽的"第三者"。

他也训练有素了:万人宠不如一人懂。

他因为阅读,双眼望得到一点点历史,也望得到一点点未来——所有传统,都向未来看齐?

他,不用说有点神气活现,有着用不完的精气神。她一有时间,就把他当成窗。

她在窗外,摇晃杨柳枝,到黄昏,放牧一只只萤火。

在湖风吹送的小城。在细雨霏霏的小镇。

更远,则是在幸福战栗的北茶村。

从前,她手提一包红柿子,前来拎取他的口感心暖。她身上的裙装,燃烧着火焰的饰纹。

当他的心脏跟着起火时,她已故意走远。救火的人,一个都没有。他只有自救。从此不能自拔。一直到三十二年后,某月某日,她默默地解下胸前玉佩,摘下戒指,与门钥匙归并在一起,放在他饭厅桌子上,落泪而去……

他已过了中年,不可能用一把火,将自己烧成灰烬。

不要误会,这把火,不是别的火,是他对文学的魔怔:他越写越不着调,有时两三年只见刊几首小诗……

回到这个夏天,从她眼中,他再次发现微火,他的心头,全都是柴草堆满。

仿佛又回到了幸福战栗的北茶村:她刚从蒸屉出来,头发湿漉,晚浴后的浴露之香,细细升腾。

扒山芋

坡地上风吹,山芋藤子红红的,一垄垄的山芋藤码在坡地上,厚匝匝的。

坡上扒山芋,藤底下拽地雷,地雷一串串,硬笃笃的不是吹。

妇女们扒到山芋,扔在坡野,一大堆。

娃儿扒到了,揩揩塞进嘴,一直啃到肚子胀,腮帮子疼。也不管属谁家的,专门挑个大的,在山芋堆前扔着玩。小的掰断了,冒出浆汁是白色的。

有个大嫂说,你们这些细小伙,看就看吧,看到啥啦?

——大的,硬如牯牛屁股下的,叫啥?细的,红似公狗肚子下的,又叫啥?

牛卵子。狗膦子。

一伙细伢子笑得前仰后合,都说她是女流氓。

荷花、白藕与莲蓬

荷塘里,风荷摇曳,或南或北,忽东忽西,不是一条线,而是一大片。这丰美的世界里,圆带圆,圆托圆,圆上举圆,圆外加圆,把偌大的绿色家族,支撑得芳馨而有阵势。

红花莲子白花藕。此时，所有长荷、短荷，皆为拱卫，守护在芙蓉浦里，欲为家族盛事即将到来，竭尽绵薄。

荷塘里的大事：上有莲蓬下有藕。

咱思量过，白藕在形态上不是像鱼鳔吗？也许往世前生，一尾鱼畅游，一头扎入泥淖，鱼鳔变成淤泥中的白藕，带着不受阻碍的天性，渐渐壮实……

八月所见到的莲蓬，人们就叫它"壶嘴莲"了。壶嘴的眼孔里，端坐着一个个莲子，莲子的嘴头子是青色的。此时它太脆嫩，只可观赏，摘掉它则是暴殄天物。

荷塘里的水，现出银闪闪的细鳞的光，始终清亮得照见人影，直到莲蓬熟了。

大批莲蓬的头勾着，脸在侧影里发黄，似因倾听而缄默。

莲蓬老熟。那沉稳的静气让我发呆。

老熟的莲子像虫蛹，包裹的外皮，不薄不脆，是一种皮鞘，很坚实。这么说，莲子就是甲胄之躯吗？而莲蓬是其驻扎的营盘？

铜绿的莲蓬，压不住西风。

它在西风中挺立得这么高，委实不容易。它要结出的种，从青青嫩嫩到白白胖胖，成熟时的至韧，指甲都难以掐破，可以保存万年而不泯灭。莲蓬朽败，仍有密实稠厚的绵性，只是不能缫丝。

最终抱不住一窝的老莲，归其所归。莲落，沉泥。莲蓬空了，黑掉了，干瘪成那样了，还挺立在水中央。

其间，倒可能被淘气的小童摘了去。

莲子是荷之家族的第几代？那小童又是小童家族的第几代？兴许莲子辈分比小童要高出若干代呢！

辛稼轩有一句"溪头卧剥莲蓬"，小童剥莲蓬，居然以卧着的姿势，怎见得小童不讲理了？小童特别会反诘："那上面又没有刻着属于谁家的字。"

犟嘴！

所有的荷都不忿。

乖乖！你再看小童——

小童摘莲蓬的那双手，活泛而灵动。

"要问写荷谁至性，平生佩服朱自清。"

妻说我名字中虽也有个"清"字，但是此"清"非彼"清"也。

晨雨记札 | 习习

在雨声中醒来。是在南方。

雨是间接落到地上的，从高的树木落到灌木上，从灌木枝叶高高低低落到草上、地上。连绵的小雨，躺在床上，能辨得清落雨的高低远近、稀疏稠密。黄土高原的西北，雨落到地上，"噗嗒""噗嗒"，少有枝叶的阻挡。雨会溅起土腥气，干燥的时候，满眼晴土黄，但闻不到土的气味，潮湿泛起的土腥，是那种彻底的土味，被激发出的深沉好闻的土地的味道。

能躺在床上，细听耳边的落雨，缘于求得一隅，能过几个落在地上的日子。开窗见绿，各样植物，叫上名叫不上名的，都等我细细品赏。暂时认得了园子里的几样植物：接骨木、棕竹、欧报春、苏铁、白杜、蜡梅。接骨木样子普通，名字大约是先前的人起的。先前跌打损伤，靠的都是草药。武侠电影里，义士伤了筋骨，醒来时躺在好心的陌生人的床榻上，白须白发面容慈善的老人正给他的伤处换接骨木捣的草泥（这样子也是我心目中李时珍的样子）。苏铁的叶子，像从株干处翻开的硕大羽毛，一层层一蓬蓬，远观温柔，近看密布杀机。是植物中的活化石了。和恐龙同一时期活过，恐龙灭绝久矣，苏铁凭着这刀锋剑齿，繁衍到了今天。

在西北，我一年四季被束之高阁，在高楼的高层，日日迎面见的还是高楼，透过楼群，能看见一块块被隔开的狭窄的天空。夜晚关窗帘时，偶尔看见楼缝里的月亮，总是欣喜。时序并非跟着日历，而是跟着上弦月、满月、下弦月更替。人仰望月亮，能时时发现自己的小。落在地上，像窗外的草木，人能看见自己的平常。

气味和声音，在雨中都有微妙的变化。儿时最不喜欢雨天上厕所。北方多是简陋的旱厕，气味在潮湿中弥散，脚下又混沌，雨落着，总是顾了下顾不了上。到如今，我梦境里还反复着这样的情景，无处落脚，分外焦虑。在南方，这个落雨的清晨，即便不打开窗帘,我也知道,窗外各样花木正被雨水浸润,各样好闻的气味,正在潮湿中浮动。

为什么对雨的记忆总是如此深切?雨细密地连接着可以无限伸展的外部,从时空到身心,无限大又无限小。雨让日常的所见有了另一番样子。儿时的一幕雨景犹在眼前:雨隔开我和大院里的孬女子,她那边是稠密的大雨,我这边是轻飘飘的小雨,我们中间仿佛隔着一面无形的高到天空的透明的大墙。我后来时常忆起这个情景,它是我从童年积攒至今的有关这个世界的难以解释的神秘之一。

蜡梅混在别的灌木里,但我一眼就看出了它的不平常。仿佛浸了油的黄蜡梅,花骨朵紧簇袅娜,细嗅,散着冰冷的香气,低调又馥郁。它成了园里闪闪发光的一角,我每日去看,十几天过去了,蜡梅仿佛被封冻了似的,花形花香如故。正是寒冬腊月,它的花瓣确乎油润如蜡,也该是所以得名的一个缘由。落雨里再去看它,依旧独具风致。置身植物丛,像在人群里,同样能看出一些花朵独有的品格。梅香在落雨中依旧内敛,但更深长,敏感的人一下子就能嗅到。

还有声音。在细雨里,声音会走得很远。先前,下过雨的清晨,在兰州,能听见很远的寺院响起的诵经声。兰州有很多寺院,落雨的那一天似乎是被诵经声托起的,干燥的城市变得潮湿又幽深。窗外的棕竹上落了一只喜鹊,真切地看它许久,黑白燕尾,并不像人的燕尾服的尾巴拖得那么长,它热切地叫了一声,飞走了,在雨里留下了尾音。又走来一只猫,隔着窗玻璃,和我对视了好一阵子。一到深夜,好几只猫在花木阴影里出没,为了传宗接代而厉声啸叫,它一定是其中一员。现在,它安适自在,喵呜一声,走了,那"喵呜"在雨里也带着回音。

这小雨是前几天小雪的尾声,只在空中看到微小的雪片,落到地上即刻成了水。四岁的女孩木木第一次见雪,兴奋地说,我刚才像姐姐一样,用舌头吃了一片雪。问她是啥味道,她说,冰块的味道。她姐姐和她现在一样大的时候,见过大世面,到过北方,去过祁连雪山脚下,被真正茂密的大雪花围拢过,只是她说只记得到处白白的,雪花的样子已经忘了。想起一位外国诗人的诗句——如果你看向我,我会温柔地消融——这诗句,就像是雪花对小木木说的。

落雨的清晨,院里一棵花树格外叫人瞩目,我之前问当地人是啥树,听不清方言,后来终于有人一字一顿地说:丝——棉——木。一树粉粉的小花,小铃铛似的,花瓣白天打开,晚上关闭。查了书本,原来又叫"白杜",真有些白居易和杜甫的意思。杜甫写过"花重锦官城"，繁茂的花朵压住了一座城池，这锦绣何等壮阔。锦官城就是我的旁邻，城里是否也开着这样玲珑的白杜呢？

雨落在壬寅年腊月的最后一天，我这样逃离似的暂别了故乡，心头有着格外的意思，仿佛想让空间切断时间，切断这马上过去的一年里的疼痛。我想起一年里相继故去的父母，想起种种叫人心碎的事情。有一天，从未入我梦境的已故的大舅——最疼爱母亲的她乡下的大哥，在我梦里说起我的母亲。他说了什么，醒来后都记不得了，但我想，他们兄妹仿佛终于在另一个世界相聚了，这叫我心里有些安慰。个人和时代命运纠缠得如此紧密，诸人诸事连点成线。在这个落雨的清晨，在异乡，在远远近近高高低低的落雨声里，我在席卷而来举重若轻的"辞旧迎新"的词语身后，远远地把即将过去的一年回望了一遍。

潘鸣 | **野有蔓草**

　　川西平原一望无际的田畈上,透彻的绿,是盎然的时令流行色。小麦是蓊郁的墨绿,烟叶是幽幽的沉绿,抽苔的油菜是玉质的荷绿,芹菜莴笋和一些瓜豆正在拔苗,是娇嫩的翠绿……绿意如涨潮的水,从陇亩泛漫到宽宽窄窄的田埂上。隆冬里板结光秃的一条条乡间小路,趁势泅出一脉草色。这些野生植株,纷繁浩荡如满天星子,远胜田间人力培育的农作物品类。每一棵小草都身形曼妙,各具情味。单观其叶茎状,就足以令人眼花缭乱:瓜柳叶、星星瓣、锯齿茎、针尖棘、莲花朵……当然没有人刻意栽培浇灌,谁也说不清它们的衍生基于怎样的机巧。也许是缘于从远处掠来的一阵风中的微粒,也许是横空飞过的鸟儿口中的遗失,也许是行走田陌的农人脚板或牛蹄子漫不经心的捎带。同样低到尘埃的命运使它们自然结盟,彼此不分族类,无论强弱,叶攀着叶,茎交着茎,相依为命地簇拥成茸茸蔓草。我曾经用铁锄铲开一片表层土,探究野生蔓草的根系。那是一张错综交织的缜密的地下管网,像是万千条白皙纤细的手臂互相紧紧扣挽。田埂有多长,它们的根脉连缀就有多远。如此众志成城的底里,成就了蔓草"野火烧不尽,春风吹又生"的顽强生命接力。

　　走在春草织就的毡毯之上,脚下软绵绵的,有些踏虚的感觉。神思恍兮惚兮,倏然浮想到《郑风·野有蔓草》的唯美意境:

野有蔓草,零露溥兮。

有美一人,清扬婉兮。

邂逅相遇,适我愿兮……

　　显然,也是春和景明的时令,旷野里芳草萋萋。旭日东升,草叶上镶坠着晶莹剔透的露珠。多情爽性的男儿与眉目清婉的妙龄女子路上不期而遇。热辣辣四目相对，大胆诚挚相识相交，没有任何算计与防范，爱慕的瞬间碰擦出灼灼火花。一见钟情，两心相悦。再度相逢蔓草摇曳的野径，年轻的心已经滚烫，爱悦之情喷涌而出。于是不再他顾，比翼双飞，往芳草深处共赴甜蜜的幽会。这样的诗意场景，发生在古远先秦时期，故事的主人公是我们的华夏先民。并非随意轻佻，而是最恰当的时间遇到了最恰当的人，一切都适意自然，一切都顺理成章。那时候，先人们像初生的婴孩一样单纯，一场婚恋的诞生，毋须门当户对之类附加累赘，只要两相媚好，它可以随机而率性地萌发于一条蔓草迷离的路野之间！既然大自然温润葳蕤，青春激情张扬，那么原始的浪漫甜蜜，人性的自由旷放，一切也都是那么质朴圣洁，浑然天成。

早年生长于乡村，岁岁逢春生发的莘莘蔓草铺满乡间的埂陌溪堤，也深深根植在我少儿的心田中，缀结成永久的记忆。它不仅仅是历久弥新的往日风景，也曾是乡人维系日常生活不可或缺的物质源泉和稚童流连忘返的秘境趣园。缺吃少粮的年头，青黄不接的日子，村人会去野地陌上采摘折耳根、蕨菜、马齿苋、灰灰苗、青蒿、红梗艾、地耳之类可食的野草，既当菜肴，又可搭混粗粮充替主食，果腹充饥。谁家有人害个头疼脑热、咳喘血虚，一般也不会去诊所。家中主妇束上围裙去田埂上走一遭，扯一大把车前子、灯笼草、何首乌、鸡矢藤之类，再去竹林里抽几丝竹芯，桑园里摘几片桑叶，兜回家熬成汤药，病人连饮三两日，症状即告消退。更有村墟奇人，家藏祖传秘方，能慧眼识读蔓草中隐生的神性异株。专门选择惊蛰时令的雨天，披簑戴笠独去野地里采寻，捣成青泥配制秘药封存于老釉瓷坛。等村人患了跌打损伤疱疹恶疮一类时，寻上门来，一汤碗米麦即可换回一瓶药膏，涂抹伤患处，每每药到疾除。有邻家汉子进山打柴被毒蛇咬伤，腿肿如水桶，连敷几帖奇人研磨的药膏，最终竟也化险为夷。

幼时的我们是跟着味蕾的导引去亲近陌上蔓草的。那时，困顿的乡村农家没有花花绿绿的水果糖娇养我们，但小儿们对甜蜜滋味的天性渴求却无法泯灭。而我们也不觉得有多么委屈，各自想招解馋。口中汪着涎水的一帮小子邀朋呼伴，去野地草丛中四处扒拉寻觅。尽管其时尚未听过神农氏尝百草的故事，但我们无师自通，凭借贪馋的眼光和灵敏的舌尖，在蔓草里小心翼翼试探，竟真的有了令人欢欣鼓舞的发现——把茅尖草白净的根须拔出泥土捋净了塞进牙缝嚼着是淡淡清甜的；四叶瓣的酸酸草，味道是名副其实酸酸甜甜的；有一种蛇泡草，名字听着瘆人，其实叶片掩映的花蕾像精巧的红灯笼，一枚枚摘下来，噙在嘴里是水嫩蜜甜的；还有一些草间小花，趴在地上对着花蕊用力吮吸，会有一缕琼浆凉凉地滑入喉头……那些时光，我们埋身在一团团草窝子里，津津有味地品咂着自己发掘的天然美味。草叶间的甜蜜实在太细微，无法大快朵颐，但我们的味蕾会放大和延长那种美妙的感觉。

转眼已是少年，原野蔓草丰腴的春日，我们仍然时常出没于埂陌之间，却不再是为那一味童趣。乡村少年，人手一柄刃锋银亮的月牙扁刀，背负竹篱大背篓，去田埂荒坡上打猪草。那时乡下家家养猪，为之采草供食是农家少年不容推卸的劳务职责。好在当年猪只口味也粗，除了野棉花、断肠草，其他各色杂草均可采割喂食。青草饲料铡成半寸长，用清水熬煮了，加拌少许糠麸，用瓜瓢盛入猪栏石槽，猪即争先恐后挤上来抢吃，口中发出响亮的吧唧声。

割草是苦活也是细活。下刀时人得深蹲下去，尽量低伏腰身。左手薅着蔓草辫，右手握捏扁刀斜斜切割。嚓嚓嚓，刀锋紧贴着左手指头飞快地游走，场面不免险象环生。少年人再谨小慎微，也难免失手自伤。时不时会听到有小伙伴一声尖叫，扔了月牙扁刀，跪在地上，慌忙把吃了刀刃的手指头喂进嘴里，使劲吮吸，殷红的血水随之从嘴角牵着缕丝溢出来。眉头皱一皱，却并不掉眼泪，稍息片刻，继续割草。在家乡，几乎所有割猪草的孩子，手指上都有几道蚰蜒一样的醒目疤痕。

割草的孩子劳作时腕指高频率活动，分寸力度却拿捏得恰到好处。割草不能连根拔扯，那样会灭绝草种，自断后路；也不能铲得太狠，要留下浅浅的桩苑，蔓草才会像畦上韭菜一样一茬接一茬。就这样，像是给青草剃头，耐着性子一寸一寸剪下；双腿随着手的牵引，以蹲步一点一点往前挪移。大半天时间过去，背上的空竹篓被柔软的蔓草一团一团填充起来，终于垒出了尖，少年们方才直起身，舒活一下麻木的腰腿。抬头时，一轮橙红的日头已缓缓西沉，半个月亮悄悄爬上来，为即将来临的又一个春夜戳下一枚银亮的印章。遥遥地，各家母亲呼儿回家的长长吆喝声，开始在炊烟里此起彼伏……

如今，猪也活得讲究，再也不稀罕当年吧唧着嘴筒子抢食的离离原上草了，要享用精制配方机器生产的混合饲料了。而丰衣足食的人们，除了新春时节偶尔采摘几枚野菜尝个新，再也没谁凭靠野地草卉为食为药。没有人畜的觊觎与厮磨，脚下春草舒适恣肆地泛漫，势头明显比早些年蓬勃苍劲。然而当野径间少了那些流连盘桓、寻寻觅觅的身影，也不免隐隐地透溢出几许的荒凉与落寞。